国家哲学社会科学成果文库

NATIONAL ACHIEVEMENTS LIBRARY
OF PHILOSOPHY AND SOCIAL SCIENCES

文学道德论

高楠 著

人民出版社

高楠 本名高凯征，1982年毕业于辽宁大学中文系，现为辽宁大学文学院教授、博士生导师、中国语言文学一级学科学术带头人，辽宁省重点研究基地"中国文艺思想研究"学术带头人。担任中国中外文艺理论研究会副会长、中国文学理论学会常务理事等职。为享受国务院特殊津贴专家，荣获全国模范教师称号。

出版专著19部，发表论文百余篇。代表作有《蒋孔阳美学思想研究》《艺术心理学》《道教与美学》《中国古代艺术的文化学阐释》《生存的美学问题》《艺术的生存意蕴》《文艺学：传统与现代的纠葛》《中国文学跨世纪发展研究》《西论中化与中国文论主体性》《改革开放30年中国文论建构》等。其中《中国文学跨世纪发展研究》获中国第五届鲁迅文学奖，其他学术成果曾先后获中国北方15省市第二届、第四届、第五届社会科学优秀著作奖，辽宁省政府第五届、第六届、第七届、第八届、第十届、第十一届哲学社会科学优秀学术成果一等奖。

《国家哲学社会科学成果文库》
出版说明

为充分发挥哲学社会科学研究优秀成果和优秀人才的示范带动作用，促进我国哲学社会科学繁荣发展，全国哲学社会科学规划领导小组决定自2010年始，设立《国家哲学社会科学成果文库》，每年评审一次。入选成果经过了同行专家严格评审，代表当前相关领域学术研究的前沿水平，体现我国哲学社会科学界的学术创造力，按照"统一标识、统一封面、统一版式、统一标准"的总体要求组织出版。

全国哲学社会科学规划办公室
2011 年 3 月

目　　录

绪　论　…………………………………………………………（ 1 ）

一、本课题探索的问题及问题式求解　………………………（ 1 ）

二、由文学的道德问题向文艺学的理论问题提升　…………（ 2 ）

三、本课题求解的文艺学道德命题的理论问题　……………（ 3 ）

第一章　文学的道德在场　……………………………………（ 8 ）

一、人的现实生存的主体性　………………………………（ 8 ）

二、在行为中文学的道德属性　……………………………（ 10 ）

三、文学行为符号系统的道德反思　………………………（ 14 ）

四、文学的道德在场及其预设　……………………………（ 20 ）

第二章　创作主体的道德意识　………………………………（ 24 ）

一、创作主体的道德感　……………………………………（ 24 ）

二、文学道德意蕴的文学一体性　…………………………（ 31 ）

三、文学道德意蕴的行为系统　……………………………（ 37 ）

第三章　道德价值的文学形态与文学超越　…………………（ 42 ）

一、道德价值的文学形态　…………………………………（ 42 ）

二、道德具体性与文学个性生存超越性　…………………（ 47 ）

三、道德普遍性与文学的现实具体性　……………………（ 50 ）

四、道德永恒的文学主体化　………………………………（ 54 ）

第四章 体验是文学道德的心理形态 ……………………（ 58 ）
　　一、生存意蕴的体验状况 …………………………（ 59 ）
　　二、文学体验的伦理指向 …………………………（ 69 ）

第五章 文学的伦理情感与情境 ……………………………（ 90 ）
　　一、体验的情感属性 ………………………………（ 90 ）
　　二、伦理情感的关系与目的性 ……………………（ 99 ）

第六章 道德的文学接受 ……………………………………（106）
　　一、道德感的惯习性与建构性 ……………………（106）
　　二、文学道德接受的综合性 ………………………（111）
　　三、道德感在文学接受中建构 ……………………（115）

第七章 道德批评的应在之维：艺术与人的道德生存 ……（121）
　　一、见于整体定性的生存道德 ……………………（122）
　　二、生存道德悖论 …………………………………（129）
　　三、生存道德的美学失落 …………………………（136）
　　四、在艺术中实现的生存道德 ……………………（141）

第八章 中国古代艺术的伦理传统 ………………………（154）
　　一、传统文化的人伦特质 …………………………（154）
　　二、艺术传统的人伦取向 …………………………（162）

第九章 孔子的伦理诗论 …………………………………（189）
　　一、从设教角度看孔子诗论 ………………………（190）
　　二、孔子诗论的仁学设教在于匡正人伦 …………（193）
　　三、孔子诗论的仁学结构 …………………………（200）
　　四、孔子诗论的通性启智 …………………………（203）

第十章 文学道德属性的审美之维 ………………………（209）
　　一、放逐肉体欲望的文学之思 ……………………（210）
　　二、生存的审美取向 ………………………………（213）

三、美学的身体放逐 ···（218）

四、传统美学的生存意蕴 ·······································（222）

五、文学道德属性的美学阐释 ···································（232）

第十一章　文艺学的道德命题 ·····································（237）

一、道德命题的时代突显 ·······································（237）

二、道德的文学标志 ···（244）

三、文学的道德接受与道德批评 ·································（252）

参考文献 ···（260）

索　引 ···（264）

后　记 ···（266）

CONTENTS

Introduction ·· (1)

  1. Issues examined and solutions sought ································· (1)

  2. Transition from literary morality to literary criticism ··············· (2)

  3. Theoretical exploration to the proposition of literary morality ········ (3)

Chapter I　Morality in literature ····································· (8)

  1. Man's subjectivity in life ··· (8)

  2. Moral attributes of literature illustrated in behaviors ·················· (10)

  3. Moral reflections on behavioral symbols in literature ··············· (14)

  4. Morality in literature and its prerequisite ···························· (20)

Chapter II　Moral consciousness of the creating subject ··············· (24)

  1. Moral sense of the creating subject ·································· (24)

  2. Oneness between moral implication and literature ··············· (31)

  3. Illocutionary act system of moral implication in literature ··········· (37)

Chapter III　Literary forms of moral values and literary

      transcendence ···································· (42)

  1. Literary forms of moral values ····································· (42)

  2. Moral concreteness and the transcendence of literary

  individuality ··· (47)

  3. Moral universality and concreteness of literary reality ··············· (50)

　　4. Literary subjectification and moral eternity ·································· (54)

Chapter IV　Experience: psychological pattern of literal

　　　　　　morality ·· (58)

　　1. Experience of life implication ·································· (59)

　　2. Ethical orientation of literary experience ·························· (69)

Chapter V　Ethicalemotion and its context in literature ················· (90)

　　1. Emotional attributes of literature ···························· (90)

　　2. The relation and aim of ethical emotion ·················· (99)

Chapter VI　Morality accepted via literature ························· (106)

　　1. Moral sense asa habit and way of construction ·················· (106)

　　2. Integrity of the acceptance of literary morality ···················· (111)

　　3. Moral sense constructed in literary acceptance ···················· (115)

Chapter VII　Moral criticism: moral existence of art and man ········· (121)

　　1. Existentialmorality as general rules ···························· (122)

　　2. Paradox of existentialmorality ································ (129)

　　3. Aesthetic loss of existential morality ·························· (136)

　　4. existential morality attained in arts ·························· (141)

Chapter VIII　Ethical tradition in ancient Chinese arts ················ (154)

　　1. Human relations emphasized by traditional culture ·················· (154)

　　2. Orientation of human relations in artistic tradition ·················· (162)

Chapter IX　Confucian poetics of human relations ················ (189)

　　1. Confucian poetics from the perspective of teaching ·················· (190)

　　2. Renxue (Doctrine of Confucius' benevolence) to rectify

　　　 human relations ·· (193)

　　3. Structure of Renxue (Doctrine of Confucius' benevolence) ·········· (200)

　　4. The enlightenment of Renxue (Doctrine of Confucius'

　　　 benevolence) ·· (203)

Chapter X   Aesthetic dimension of moral attributes of literature ········ (209)

   1. Literary reflection on indulgence in carnal desire ····················· (210)

   2. Life's aesthetic orientation ································· (213)

   3. Aesthetics embodied in body experience ····················· (218)

   4. Life implication of traditional aesthetics ··················· (222)

   5. Aesthetic explanation on moral attributes of literature ················· (232)

Chapter XI   Moralproposition of literary theory ···················· (237)

   1. Significance of moralproposition in the contemporary era ············· (237)

   2. Literary signs of morality ····································· (244)

   3. Moral acceptance and criticism of literature ···················· (252)

References ·· (260)

Index ·· (264)

Epilogue ··· (266)

绪　　论

一、本课题探索的问题及问题式求解

文学与伦理学的关系，从文艺学角度说是以文艺学为学科主体所要求解的命题，这个命题的性质被规定于文艺学的学科属性，关涉文艺学的一系列基本问题。如作为文艺学研究对象的文学是怎样体现其道德属性的，又是怎样实现其道德功能的；文学的道德形态是怎样的，道德说教、诉诸判断的道德评价及明显的道德倾向为什么总是引起多数优秀文学家及批评家的反感与否定；文学家的道德意识与文学作品的道德表现有何关联，是一体性关系还是差异性关系；文学的道德表现与现实生活的道德规范有何关系，二者是反映与被反映的关系，抑或有另外的超越关系；文学接受、文学的道德意蕴是以怎样的方式被接受，并被接受为怎样的道德意蕴；文学创作主体的道德责任是怎样的责任，先验律令之说是否有人的本性根据，道德责任被体验为怎样的创作身份感；文学叙事或抒情是否有其内在的道德结构，这道德结构的创作主体根据是什么，文学的文本根据是什么，接受根据又是什么，这类结构是既在的、生成的、抑或既是既在的又是生成的等。这类从文艺学研究对象角度遇到并显示出重要性的问题，其求解思路及求解根据当然不能框定在既有的文艺学学科理论，探索顺着上述问题的思路延伸，进入伦理学科领地就顺理成章了。

这里的关键是提出问题及求解问题的思路。阿尔都塞研究马克思理论，提出一套问题式的研究方法，阿尔都塞问题式研究有一个对本课题研究有重要意义的预设，即思想理论的问题式提出并不是思想或理论自身运作的结果，也不是对于思想或理论自身的某种结构性承诺，它的根据在于现实社会生活，在于现实生活的意识形态场域。现实生活及其意识形态场域作用于思想理论主体，内化为思想理论主体的关于思想理论的问题式构架，再将之实现于思想理论。这就有了一个问题式的衡定标准，即愈是接近于现实社会生活及其意识形态场域客观规定性的，经由这样的问题式所产生的思想理论便愈具有真理性，否则，便远离真理性。

本课题研究本着这样的问题式思路，立足于时代向文学提出的上述种种道德问题，将之纳入当下中国社会转型期诸种规定性的考察中，在文艺学既有的学科理论问题式中，构入当下社会生活及意识形态场域新的结构因素，并把伦理学的学科理论问题式择其相应成分有机地导入文艺学的问题式结构主体，从而构建以文艺学为学科主体，以伦理学为结构性辅助，并向当下社会生活及意识形态场域敞开的问题式结构，在这样的问题式结构中思考文学的种种道德问题，将之提升为文艺学的理论课题，进行要点式求解。

二、由文学的道德问题向文艺学的理论问题提升

这是一个对当下个别问题概括其普遍性进而进行文学道德论的理论思考过程。文学的个别道德问题见于具体的文学文本，就它们的创作而言是当下性的，是当时社会生活的文学反映或文学虚拟。不过，就本课题的思路而言，当时文学的具体文本并不是本课题立论的逻辑起点，而只是进入理论的逻辑思考的问题场域。关于逻辑起点的问题马克思在《〈政治经济学批判〉导言》中讲得非常明确，当时的具体，包括成为轰动一时的当时事件的具体，如文学领域的一些涉及道德问题的事件或文本现实，它们本身并不是它们自身的原因，它们的原因在它们之外，而它们只是一个"混沌的关于整体的表象"[①]。当追问其原因时，追问者自然就要归入文学道德问题的现实普遍性与历史必然性，因此也就自然要归入理论形态的文艺学的道德命题。

---

① 《马克思恩格斯选集》第 2 卷，人民出版社 1975 年版，第 103 页。

这些命题虽然有待进一步的理论求解，以完善理论的实践敞开性，使之获得真理的实践属性，但命题求解的理论前承是文艺学的理论既在，我们只能以这些理论既在为前提，并在既定的理论生成结构——亦即前面谈到的问题式的作用下，进行进一步的理论建构，这是"从表象的具体达到越来越稀薄的抽象"① 的过程，也是在进一步的问题式运作中进行新的理论建构的过程。于是，本课题便在文艺学的道德命题中，获得了一系列的理论设置，并在这些理论设置的展开中，进行进一步的文艺学道德命题的求解与建构。

三、本课题求解的文艺学道德命题的理论问题

本课题深入开掘中国古代道德情感体验基础上的有机整体的生存论思维，将中国传统道德论与西方道德论相对照地互释，由一系列道德范畴的一般性研究进入实践的构成性研究，进而进行本课题的问题求解。

1. 文学的道德在场

道德属性是文学的本质属性。文学即布设的道德场所，道德是这一场所的随时在场及永久在场。无论创作主体或接受主体是否自觉这种道德的本质在场，他们都使道德在场。同时，道德在场永远是文学的预设性在场。这预设性既在于文学是既有道德规范的文学性预设，即它不仅是文学创作与接受如何展开的预设性引导，更在于这种预设总是某种道德规范的理想性预设并尤其是某种超越性预设。文学各构成因素在这样的预设中获有整体性的各得其所。

2. 创作主体的道德意识

文学的道德意蕴不是道德说教，它是文学创作主体的道德感经由形象行为系统的传达。按西方学者的探索，道德感是普遍的主体活动，它面对事实或情境进行道德判断，它既有先验性又有经验性。在此基础上，本课题进而

---

① 《马克思恩格斯选集》第 2 卷，人民出版社 1975 年版，第 103 页。

认为道德感产生于道德主体心理结构，是主体不断见于外又活跃于内的道德习性，是规定并组织主体实践的道德场。道德感化入文学作品成为文学道德意蕴，文学道德意蕴以直觉运作和意识运作方式共生于文学作品，文学设定的各种身体行为是道德规定的选择性实现，并在行为系统中成为具有稳定性的延续过程。

3. 道德价值的文学形态

文学的道德价值是文学随时实现着的价值，它是文学的普遍价值，又是文学作品具体价值。它与文学共生共在。它的实在性即它的历史性，不同历史状况下的文学道德价值有不同的活跃状况，在文学接受中形成不同的道德意识与道德行为转化，并因此推动社会生活。一般地说，社会转型期也是活跃的道德构建期，道德失准与道德失序成为这类时期的历史特征，新的道德标准与秩序在这个过程中潜移默化地脱胎。这样的时期也是文学的道德价值格外突显时期，当下，我国文学活动就正处于这样的时期。这一时期的文学理论理应给文学道德价值问题以更多的关注，理应突破既有的宏观概述的理论水平。本书旨在这方面做些努力。

4. 体验是文学道德的心理形态

文学是体验的产物。按照传统分类，模仿艺术与表现艺术，不管属于哪一类，都是从主体体验世界中脱生出来。表现自不必说，它就是主体心灵世界的艺术呈现，尽管这被呈现的心灵世界与外部世界彼此关联，互生互动，但它仍然是体验的心灵世界。而模仿艺术所模仿的，也不是哪个客观给定物，它仍然是对于主体心灵世界不同对象的模仿。这个心灵世界，既非认知的世界也非实践的世界，它是融合着认知与实践的体验的世界，只不过模仿艺术更注重体验物与它所对应的客观给定物的某种相近性的保留。

5. 文学的伦理情感与情境

艺术是属于人的，为人而在并由人构成。人是艺术的永恒主体。而人又总是关系生存的人，规定着关系生存或关系生活的伦理是人的生存规定。相对于艺术而言，一定的伦理目的的实现不是艺术创作主体想不想为之的问题与是否自觉为之的问题，它仅有在必然为之的情况下选择如何为之的自由，而且，这一自由也是在一定的伦理目的规定下的自由。艺术的伦理功能是必然的，艺术的伦理批评也是必然的。伦理情感体验具有情境性，是情境性体验。情境是关系概念或间性概念，它包括对象状况及主体对这一状况的理解与接受两重意蕴，是这两重意蕴在情感或体验中的统一与融合。

6. 道德的文学接受

道德属性与文学共在的关系从属于一个更大的关系体，即文学与生活的关系体，在这个关系体中，文学的道德属性成为有待接受并实现于接受的属性。文学的道德属性何以为接受属性又如何为接受属性，这是文学道德论的基本问题，这个问题由于常在刻意的意识运作中求解，而这又是违背道德接受规定的状态下被创作主体所处理，继之，它又在简单化的道德批评中被置于观念或具体经验的位置，故而使这个问题缺乏更为深入的也是更合于道德接受关系的求解。

7. 道德批评的应在之维：艺术与人的道德生存

生存是做的本原根据，做是生存形态。具体人生存地做时，道德律便律定他的生存与做。作为生存道德律的整体性生存是生存的现实形态。整体性现实地占有着生存主体，这是生存道德律对于生存主体的至上性所在。整体生存在时间空间的延续中又体现为现实非整体性，这便是生存道德悖论。艺术由于根基于生活的非现实形态，因此以其生存的有机整体性超越具体的现实生存的非有机整体性，并获得时空超越，这使得艺术在真实的虚拟或虚拟的真实中求得生存道德悖论在生存整体性的超越及实现中化解。

8. 中国古代艺术的伦理传统

伦理特性是中国古代艺术的稳定发挥核心作用的基本特性，也是区别于其他民族艺术的民族特性，这一伦理特性体现艺术的伦理价值观，艺术的此岸关注及见于尊古崇圣的艺术自觉、投入现实的生命意识、修身齐家的心理定位、人伦序位的价值追求四个方面的此岸倾向。

9. 孔子的伦理诗论

"性"是"仁"的本源,"仁"是"礼"的根据。孔子站在仁学设教的立场,运用诗、理解诗、阐释诗,使《诗》成为通性启智的仁学教材。这是读解孔子诗论的基本点。孔子论诗分为三个方面,即诗特征论、诗功能论、诗实践论。孔子论诗的这三个方面,又都是就诗义而言,基本没有涉及诗的文学形式,因此这又是诗义论。孔子的诗特征论,是由"仁"而"性"并由"性"而"仁"的特征论,他所强调的"思无邪""不淫""不侮",都是从诗之所以为诗的特征角度,发挥诗的仁学设教作用。孔子诗功能论的兴、观、群、怨之说,与他的性—仁—礼的仁学结构相对应,这是他的仁学结构对于他诗功能理解的系统定位。诗实践论,充分体现着《诗》对于孔子仁学设教的意义。孔子诗论通过《诗》通性启智的特征与功能,引导着学生们的仁学实践及对于仁学的接受。

10. 文学道德属性的审美之维

当文学以生活本质为揭示对象时,思的精纯就被突出出来。这是亚里士多德的模仿说所圈出的一个涉及文学根本属性的领地。在这块领地上,灵肉二元论的权威性被不断强化,灵亦即思的合法性实现于对于肉体欲望的放逐中,尽管置身于这一领域的文学作品不乏肉体描写,然而,在思的深处,肉体欲望被禁绝。这从文学道德论的角度说,是思的道德对于生存道德的否定;这从美学角度说,则是对于美的釜底抽薪。本章从审美维度探求文学的道德属性。历史已经证明,观念性的精纯的美实则非美;现实正在证明,纵欲性的沉沦的美实亦非美。就美与人的社会有机生存的关系而言,其永恒之根基于二者相融合的生存的有机整体性中。这样,在生存的有机整体性中释美,于当下正进行的美学批判与建构;于时下热闹非凡的审美实践,都有应予重视的意义。

11. 文艺学的道德命题

多年来文艺学建构中道德问题常被不同角度、不同程度地提及。近年来,日常生活的很多道德规范发生变化,一些新的道德规范陆续形成,社会行为层面的道德冲突随时可见。这是中国现代化进程的道德反应，也是人规模社会转型所引发的道德震荡，全球化的时局为这一反应与振荡推波助澜。尤其是中国有着根深蒂固的道德传统，这更使现时道德状况具有历史冲突的性质，这是一场潜移默化地发生于现实生活的道德"变革"。现实生活的道德状况以生存语境的方式作用于文学创作者，一切外在的反应、震荡、"变革"便都内化为创作者的道德意识，创作者道德意识以道德感的形态随着综合性创作目的进入文学作品，形成文学的现实道德状况，并由此成为文艺学道德研究的鲜活的文本。同时，它们所体现的道德反应、震荡与"变革"的历史性质，正构成文艺学须予认真研究的道德命题。

第 一 章

文学的道德在场

道德属性是文学的本质属性。文学即布设的道德场所，道德是这一场所的随时在场及永久在场。因此，无论创作主体或接受主体是否自觉这种道德的本质性在场，他们都使道德在场。而同时，道德在场永远是文学的预设性在场。这预设性既在于文学是既有道德规范的文学性预设——文学展开的预设性引导，更在于这种预设总是某种道德规范的理想性预设并尤其是某种超越性预设。文学各构成因素在这样的预设中获有整体性的各得其所。

一、人的现实生存的主体性

无论对文学有多少不同解释，各种解释都无法离开人这一文学主体性。这不仅在于文学是由人而发生，更在于文学存在实现人的存在并始终是实现人的原本样子的存在。原本样子即人的生存样子，身体行为的样子，精神与机体的有机整体性的样子。

这样说并不是否定人的片面存在或抽象存在同样具有存在意义，如社会分工造成的人的片面的角色化及哲学抽象进行的人及人的生活的本质性思考，这都有其不容否定的存在意义。但存在意义与原本的存在样子不是一回事。文学是生存的本来样子的存在。固然，文学通常要表现或再现人的片面生存或抽象生存，这来源于文学的本质性哲思，是面向人和对于人的哲思，但就其样态而言文学则只能把自己锁定在本来样子的身体性的生存上。身体性生存即机体的行为生存，身体的形态不是解剖学式的身体构成而是身体的生命体现。身体的生命体现如马克思所说是全部人类史的成果，是自然人化的现实形态，它不仅是机体的生理活动，更是在机体活动中生成又支配机体活动的精神活动的机体实现。在这样的活动中精神是机体实现的精神，机体则是精神实现的机体。精神具有超越机体亦即超越生物时间与空间的自由，因此它可以非机体地形成意识与观念；但机体活动，只能拘泥于机体现实时间与空间，却不具有否弃精神的可能性。机体活动被支配于精神活动的必然性来自于自然人化的必然性。自然人化的充分性体现为机体活动见于精神活动的充分性。即是说，任何机体活动的发动、过程调控以及活动结果，都伴随着认知、体验、意志制导的精神活动。

而就人的本质来说，人的社会关系的综合构成性，又规定着人的机体活动。其发动也好，过程调控也好，结果获得也好，都在相应社会关系的综合作用之中，相应社会关系对于机体活动不仅是其发生与实现的条件，而且，经由精神活动的一体化的协调与支配，后者就是前者的有机构成形态。或者说，机体活动总是相应社会关系中的活动，并且就是活动中的相应社会关系。自然人化的充分程度同时就是自然社会化的充分程度，或者，简要地说，也就是关系活动的充分程度。困卧而眠，这该是最简单也最原始的机体活动，但就是在这样的活动中同样活跃着困眠中的精神活动，发生着何者困眠，如何困眠等相应社会规定在内的社会关系规定。

文学中人的主体性规定使文学必然以自己的形态实现着人的身体性活动即关系活动。在这样的活动中，精神活动支配其中，相应社会关系活跃其中，每一次人的关系活动的实现就是人的生存现实。在这个过程中，文学的不同构成，包括情节性构成、抒情体验性构成、领悟认知性构成等，都是依附于人物角色的机体活动的构成，由机体活动引发，受机体活动限定，并实现于机体活动。

当然，文学中的关系活动并不是生活实存的关系活动，它是这类实存活动的虚拟再现或表现。但虚拟再现或表现的文学实质，在于它与实存的关系活动的对应与对照，强调这种对应与对照关系的切实与切近程度的，有一个重要的概念，一个概述出文学本质的概念，也是一个人们耳熟能详的概念，即真实性——认知的真实性、体验的真实性、感悟的真实性、关系行为的真实性。

二、在行为中文学的道德属性

把文学实质的人的主体性集中为关系行为的主体性，这主体性中的道德属性便被突出出来。"道德是一定的社会为了调整人们之间以及个人和社会之间关系所提倡的行为规范的总和。它通过各种形态的教育和社会舆论的力量，使人们具有善和恶、荣誉和耻辱、正义和非正义等观念，并逐渐形成一定的习惯与传统，以指导和控制自己的行为"。① 道德是一定的行为规范，道德的功能在于使人们形成合于一定规范的行为，道德规范性的根据是人必然地关系地生存，道德规范性实现的途径则是教育、舆论、习惯与传统。这里的根本问题是形成合于道德规范的关系行为。正是从这个意义上，孔子这位儒家伦理学奠基人物才强调说："言忠信、行笃敬，虽蛮貊之邦，行矣。言不忠信，行不笃敬，虽州里，行乎哉？立则见其参于前也，在舆则见其倚于衡也，夫然后行。"② 这里的"忠"与"笃敬"就是规范，有了合于这类规范的言行就无所不立。为此，孔子又说："德不孤，必有邻"③。中国古代把伦理问题视为社会的核心问题，中国古代智慧也首先是做人的智慧，这与孔子的仁学伦理学的理性思索与阐释分不开；这种分不开的原因又在于中国古代建立在宗法血缘关系基础上的人伦社会形态。西方的社会形态人伦性不突出，人与人的关系主要见于并体现为人与物的关系，因此主体性与对象性明确。尽管如此，建立在人与物关系上的人与人的关系同样构成人的生存关系，因此也同样离不开各种关系行为的道德规范，古希腊先哲就多有深刻的道德思考。德谟克利特说："如果有人忽略了公共的事，那么即使他并没有偷盗也没有做不义的事而使自己犯罪，他也将得到一个坏名声"；苏格拉底说："善人是幸福的，恶人是不幸的"④。先哲的这类只言片语，是道德理性的开启，经由这样的理性开启，后来的西方伦理学围绕两个任务展开——"1. 元伦理学的任务——对于人的行为、思想和语言中规范的道德成分之意

① 董学文、张永刚：《文学原理》，北京大学出版社 2001 年版，第 256 页。
② 《论语·卫灵公》。
③ 《论语·里仁》。
④ 宋希仁主编：《西方伦理思想史》，中国人民大学出版社 2004 年版，第 29 页。

义和性质进行分析。2. 规范伦理学的任务——我们在判断道德的好坏是非的时候提出并鉴定一种标准，以此标准来评价规范的道德成分"①。因此，无论是强调人伦关系的中国，还是强调主客体关系的西方，对于关系行为道德规范的必需则并无二致。

尽管古今中外不同时代有不同的道德理论，尽管这些道德理论观点不一且体系各异，但它们都是萌生于、着落于人的生存，并具体见于关系行为。道德理性是实践理性，伦理学是实践科学，理论是道德理性与伦理学的观念形态；关系行为则构成它们的实践形态。行为受意识支配，理论是意识的观念化；而从道德的行为规范的实质说，则关系行为是道德规范的行为化，不同的关系行为行为化着不同的道德规范，起码也是趋向于不同的道德规范。

就关系行为进一步发问，有三个问题无可回避，即行为是什么，为什么发生行为，如何发生行为。这是各种关于道德的行为理论与实践理论集中研究的问题。

行为是什么，是在追问人的行为本质。简要地说，行为本质亦即人的本质，同时也是人类文化的本质，行为即人的现实生存形态，而人类历史也就是行为发生与物化的历史。马丁·霍利斯在他的那部重要著作《人的模式》中曾作过这样的自问自答："什么是人生？人生便是行为的表演"②，对"表演"，他揭示了人总是角色地生存，而对表演的方式，他认为便是在本性与教化中形成的行为。日本学者祖父江孝男在分析人类行为时，强调人类行为的文明进化性质，认为行为状况即文化发展状况的直接体现，他引用司芬克斯之谜说："人类只是在幼年的时期，不用四肢就不能走路，可稍过一点点时间，就变为只用两只脚自由行走了。只用两只脚走路这件事，意味着两只手能够自由使用，可以从事其他方面的工作这一事实。于是，只有人类变得能够用手从事制造东西、绘画等高级的劳动"③。本质地说，人的行为即人的生存，它是受人的意识与意志支配的人的身体在人与周围环境的相互作用中所发生的动作。在这样的身体动作中，周围环境打上了人的烙印，成为人的身体延伸，人的身体连同支配身体动作的意识与意志在周围环境中实现，

① 《简明不列颠百科全书》，中国大百科全书出版社 1981 年版，第 456 页。
② ［英］马丁·霍利斯：《人的模式》，范进等译，光明日报出版社 1990 年版，第 81 页。
③ ［日］祖父江孝男：《简明文化人类学》，季红真译，作家出版社 1987 年版，第 2 页。

成为人的生存的对象化。离开身体这一生存自然，离开使身体的生存自然得以对象化的意识活动，离开使意识与身体一体化生存的社会文化规定，以及离开使对象化得以发生的自然与社会对象，离开其中任何一个方面，便没有所谓行为。具有如此本质意义的行为必然是协调性的，行为者必须随时协调意识、身体、相应社会文化条件、行为对象这四个基本方面的关系。其中尤其是相应社会文化条件，因为这类条件不仅是外部限定性的而且是主体构成性的。这是一个复杂的协调过程，协调手段及策略的选择与运用，不是偶然的，其中既有身体自然的必然性也有文明进化的必然性。道德，作为一定的行为规范，在其复杂的协调过程中，规律性地发挥不可或缺的作用。基于行为的本质性理解，霍利斯在分析自然主义道德论与实证主义道德论基础上提出："……'我根本不否认道德世界是有其规律性的。行为有其先决条件，这些先决条件有时全部，但常常部分地在与自然规律相一致的情况下，决定着行为'。'任何把人的道德能力看作从属于必然性或永恒的普遍规律的人都是同盟者'"。①

为什么发生行为，涉及行为动机行为目的，这是历来道德探索集中展开的问题。自觉本质规定着人的行为的自觉性，即人不仅知道自己正做着什么，而且知道自己为何做，并在做的过程中随时按做什么和如何做的要求或路数进行行为调整。即便是习惯性行为乃至无意识行为，借助顺其自然的行为惯性或意识不到的行为动因，这类行为可以以非自觉的状况发生，但这类行为发生所必然伴随的身体感觉及这类行为的周围影响，却可以使行为者随即便进入这类行为的自觉状态并进行自觉的反馈性调整。而在这个过程中，只要行为者有兴趣进行这类行为动因的自我追问，他都可以有所解答。无意识追问的可然性尽管隔着一道"化妆室"的幕墙（弗洛伊德语），但进入这道幕墙也只是个技巧问题。而正是在行为的自觉发动与调控中，也包括可以事后求得的自觉中，规范行为的道德成为行为发动与调控的自觉，道德在这样的自觉发动与调控中得以实现，行为也因此成为自觉的道德或不道德行为。行为的道德与否，是个道德标准的运用与坚持问题，而不是道德有无的问题。当然，有些行为道德性突出一些，明显一些，另一些行为则不那么突

---

① ［英］马丁·霍利斯：《人的模式》，光明日报出版社1990年版，第47、49页。

出或明显，这也只是个道德实现的充分与否的问题，同样不是道德有无的问题。就拿吃或睡这类身体性相当突出的行为来说，其吃睡的动机以及是否合于来自各方面的吃睡的规定性，也同样关涉道德。

为何发生行为即行为动因，伦理学大致有两种说法，由此形成规范伦理学的两个标准：一是义务论；一是目的论。义务论的代表人物有普里查德·罗斯，还有不少存在主义者。他们把行为的合道德规范性归因于守约、说真话、关注他人情感等自明性义务，并由此探索公度性义务标准。康德也是伦理学的义务论者，他认为道德义务乃是"无上命令"，这种命令的无上性在于它不受任何环境与内容制约，为一切有理性者所不得不遵守，因此又被称为形式的义务论。目的论把道德动因由义务转到善性和价值，从行为及背景转为行为结果。目的论尤其注重一定环境下的行善冲动，即尽可能多地、随时地行善，而不计较这善是否是最高的善，最普遍的善。在近代，目的论又区分为利己主义与利他主义。目的论的代表人物有图尔明、贝尔、辛格、黑尔等。义务论与目的论，都是对行为道德动因的观念性解释。从反映论角度说，必然合于某种道德规范的行为是第一性的，行为的义务论或目的论解释则是第二性的，前者不因后者解释而在，但后者使前者形成自觉。

至于如何发生行为，这涉及道德规范的具体样态，其理论问题便是道德规范是否具有普遍确定性，亦即道德原则是否具有真理性。对此，伦理学相对主义看法较引人关注。"伦理学相对主义是关于道德原则是否是真理的看法。根据这种看法，变动的和甚至是相互矛盾的道德原则同样是真的，因此没有任何客观的方法来证明某一原则对一切人和一切社会都是正确的。相对主义的社会学上的论据来自各文化的歧异。"[①] 对相对主义质疑的观点，如克莱德·克拉克洪和拉尔夫·林顿等人类学家，他们更强调道德规范中的某些伦理共性或跨文化的相似性，他们认为禁止凶杀、禁止乱伦、禁止说谎及禁止不公正，这些道德原则或信条比道德歧异的特殊性更值得重视，道德歧异可以被看作是那些更具共性的更基本的结构的产物。此外，还有道德怀疑论者，他们认为道德问题不是认识论问题，无所谓真伪；道德认识不过是赞同不赞同的情感表述，或者，这只是一种行动指令。关于如何发生行为的道

---

① 《简明不列颠百科全书》第5卷，第457页。

德论的不同说法，其实都是在为见于行为的道德规范寻找标准。说法的差异是标准理解的差异，也是标准坚持的差异，不同说法守持一个共同前提，即行为总要有行为的道德标准。即便是怀疑论者对标准的怀疑，其实标准的怀疑也是一种标准。

三、文学行为符号系统的道德反思

行为本质，行为动因，行为规范或行为标准，这是道德行为论的基本内容。尽管就此展开的理论或学说众多，但都是由行为引发并在行为中落实。行为是现实道德形态，这形态的现实又是历史的道德现实。

现实行为的历史性是指投入现实关系或现实交往的各种行为都有一个在历史延续中大体定型的过程，都是历史延续的现实定型。人类在长久历史交往中发展至今，各种行为都被交往模塑为有普遍接受性的符号，这些行为符号传达着特定的生存信息、精神信息。通过这样的传达，如科罗斯利所说："通过强调我们在世的相互肉身性特性和肉体基础这种方式解决互为主体性的问题。"① 行为交往，行为关系，即行为符号的普遍有效的运用，使社会生活得以在人的自然活动中展开与发展，也使人的自然活动成为社会活动，人的复杂的社会关系在身体的自然形态中获得真正的生存意义。而行为的这一重要性的获得则在于它的历史符号化。行为的历史符号化对于一般意义的人而言，是代际递进交流与传承的结果，每一代人都把自己得于上代人的意蕴确定的身体行为及行为系统，作为自己现实交往的根据，又把自己这一代人的生存规定性与交往规定性融入所承的行为及行为系统，使之成为这一代的交往符号系统，再把这样的系统像他们的上一代那样传递给下一代。每一代人都在所承的行为系统中增添一些意蕴或减少一些意蕴，每一代人与下一代人都有一段共时性交往，从而使行为符号系统的代际传递不是断代传递而是交叉交融式传递。这保证着行为符号系统的历史传递永远是一种共时性传递，因而永远有共时性理解。这种情况对于个体人而言，则是一种共时性的历时传递，他总是与和他的生存相共时的上代人及同代人乃至下代人进行行

---

① 江民安、陈永国编：《后身体文化、权力和生命政治学》，吉林人民出版社 2003 年版，第 403 页。

为符号系统的交流与交往，在这样的交流与交往中他承袭上代人，融通同代人，启领下代人，又把由此获得的行为符号系统在自己身上历时性地延续。他的承袭融通与延续，总是要随时增添删减其中的某些意蕴，使之个性化、时下化。再把这种个性化、时下化的行为系统承袭地、融通地、延续地播散开去。他在他的行为符号系统中成为承袭的他、融通的他、延续的他，他也在这个过程中成为他的关系，成为他关系中的他者。行为的代代相承的规范性由此而来，行为的符号化也由此代代相承地发生。对这种身体行为符号化的历史状况，马塞尔·莫斯称之为身体技术在传统中传递。他说："我们到处面对的是系统行为生理的——心理的和社会的方面的聚集。在个体生活和社会历史中，这些行为或多或少是习惯的和古代的。……在作为一个整体的群体生活中，存在着秩序井然的'行动教育'。……因此，在所有这些事实中，有种强大的社会学因果关系……另一方面，所有这一切都预先假定了一个巨大的生物学和生理学的机制。……我认为在所有这些技术中的基础教育组成了身体对其'使用'的适应"①。身体行为的符号性的获得及运用是一种历史性的及日常生活性的"基础教育"，这一教育的成果便是"技术"性获得。对身体行为的符号意义的获得，梅洛-庞蒂的说法是"它产生于生命运动的任何时刻"。②

作为符号，身体行为与语言一样——其实，语言运用也是行为，即语言行为——它的每一次现实运用同时也是历史性运用，是社会交往普遍性见于特殊环境、特殊场景的运用，甚至也可以说，这是特定社会交往的现实环境对于历史形成的身体行为的现实符号性运用。在这样的运用中，身体行为的灵活选择与自由组合，乃是历史与现实环境的规定，是历史与现实环境规定的规范性获得与体现。这规范性也可称为身体行为符号的普遍性编码程序。身体行为符号的运用得以历史与现实普遍性地进行并随时个性化地进行，就在于它暗合于某种规范或普遍性编码程序。

行为符号的历史与现实普遍性具体个性化地实现于这类规范或程序中。而这类规范，同时也是道德规范。被称为行为技术伦理学代表人物的斯金

---

① 江民安、陈永国编：《后身体文化、权力和生命政治学》，吉林人民出版社 2003 年版，第 401 页。

② 江民安、陈永国编：《后身体文化、权力和生命政治学》，吉林人民出版社 2003 年版，第 408 页。

纳，从社会交往环境总是历史与现实地规定、操作身体行为，从而使之合于道德规范的角度指出："从科学理论观点上看，人的行为是由起源于种的进化历史的原始天资所决定的，是由人生活于其中的环境决定的。"①

文学所以是文学，在于它奠基于并存在于行为符号系统的反思，是反思的行为符号系统。

实在的现实生活，就是实在的行为符号系统。它的实在性体现为多元错综性，不同社群及个体各有自己符号性的行为系统性。社群规定性与个体规定性，包括它们的构成性，都实现并体现于它们各自的行为系统性。它们各自的道德规范既规范着各自系统性又在各自系统性中被规范。换句话说，现实生活中不同社群与个体，都活跃于各自的道德规范中，亦即活跃于各自道德规范的行为系统中。各自道德规范的行为系统合于并坚持各自的道德标准，实践各自的道德。这种情况见于各自之间形成各自间的道德差异，见于各自内部则形成各自道德的公度性标准。社群及个体的行为差异，同时也是道德差异，其间的行为共同性同时也是各自社群及个体间的道德共同性或公度性。

文学不是生活实在，是虚拟的生活实在，或者，是生活实在或虚拟生活实在的主观形态的文学化。但不管是虚拟形态还是主观形态，文学与生活的对应关系或真实关系都是建立在行为符号的基础上。所谓虚拟，乃是行为符号或行为符号系统的虚拟；所谓主观，也是行为符号或行为符号系统的主观，包括主观认知或主观体验，并且这种主观认知与体验又正是见于或实现于相应的行为符号或行为符号系统。启迪后世文学观念的亚里士多德的模仿说，正建立在行为符号的虚拟基础之上："诗由于固有的性质不同而分为两种：比较严肃的人模仿高尚的行动，即高尚的人的行动，比较轻浮的人则模仿下劣的人的行动"②。后世对亚里士多德对于行动之于文学的意义的强调并没有给予更多的重视，并没有特别关注为什么亚氏把行动列于性格之上的道理。莱辛，这位精确地论述了文学三要素即情节、性格、境遇的影响深远的文论家，在通过荷马而论述文学特点时，突出强调的便是行为："我发现

---

① 石毓彬、杨远：《二十世纪西方伦理学》，湖北人民出版社 1987 年版，第 501 页。
② ［古希腊］亚里士多德：《诗学》，见伍蠡甫、蒋孔阳主编：《西方文论选》，上海译文出版社 1979 年版，第 54 页。

荷马除掉持续的动作，不描绘什么其他事物；他如果描绘任何物体或任何个别事物，也只是通过那物体或事物在动作中所起的作用，而且一般只涉及它的某一个特点……"① 莱辛对荷马文学的行为强调，不是一般地强调荷马的技巧风格，而且强调见于荷马的文学实质。尼采在他论述艺术的日神精神与酒神精神的著作中，对于行为作同样的强调："面对自然界的这些直接的艺术状态，每个艺术家，或者是酒神的醉艺术家，或者（例如在希腊悲剧中）兼是这二者"②。这方面的说法后来已近乎于文学常识。一些学者谈论文学的特点，更多是谈文学的形象或形象性，而形象或形象性是构成的，它由更具有元素意义的行为构成，是行为构成的行为符号系统。形象地探索文学与行为地探索文学，二者差异于后者更具有本原性质，前者则多了一些非本原的构成性与概括性，如性格、情节、创作技巧、创作风格等，它们都是经由行为而构成形象，并被概括为形象。

　　文学通过行为虚拟生活或表现生活的主观形态，它的一个本质定性便是反思。固然，生活行为也是反思的，这是一种即时性反思或直观反思，这种反思通常体现为习惯习性的经验沿用，行为者在反思中实现行为自觉。文学行为反思则是反思的反思，它所反思的是虚拟的反思行为，是对于反思行为的反思。文学创作主体通过反思进行行为选择与组合，他反思的是所择行为与创作主旨的关系，与性格的关系，以及与环境、情节的关系。通过反思，他使行为获得系统性组合，成为行为符号系统，传达或表现一定的符号意蕴。文学接受过程则是对所接受的行为符号系统进行意蕴反思及关系反思的过程，这是对于创作主体的行为反思所进行的反思，在反思中，接受主体形成接受的整体性理解、整体性判断，并在需要时转入批评。

　　反思不是回忆，而是对于所为的省察，包括动机的省察、过程的省察、效果的省察。省察见于行为，省察根据之一便是行为是否合于一定的规范，亦即是否合于某种道德。实在行为反思，常受行为实在目的及周围条件压迫，因此即时性较强。行为的即时反思可以在时间中历史化，成为历史性反思，如今天对于昨天行为的反思，今年对于去年行为的反思，不过，历史性

---

① ［德］莱辛：《拉奥孔》，见伍蠡甫、蒋孔阳主编：《西方文论选》，上海译文出版社 1979 年版，第 421 页。

② ［德］尼采：《悲剧的诞生》，周国玉译，生活·读书·新知三联书店 1986 年版，第 7 页。

反思的作用已不像即时反思那样，旨在行为调控而是在于行为经验的获得。前者是感性形态反思，后者是理性形态反思。这个问题从道德角度说，则前者在于道德实现，后者在于道德追怀。道德实现的行为性与道德追怀的精神性显然不是一回事。

尤其是行为德性的即时反思，无论是目的压迫还是条件压迫，都难免行为及行为德性的片段性，如麦金太尔所说，这是因为"现代把每个人的生活分隔成多种片段，每个片段都有它自己的准则和行为模式。工作与休息相分离，私人生活与公共生活相分离，团体则与个人相分离，人的童年和老年都被扭曲而从人的生活的其余部分分离出去，成了两个不同的领域。所有这些分离都已实现，所以个人所经历的，是这些相区别的片段，而不是生活的统一体"①。即时反思，由于时间性间隔切近，更多地受蔽于行为片段性，行为德性反思也因此更多片段性。道德追怀的反思则不同，它在时间间隔中已可以更多地面对非片段或由片段连续而成的行为过程，因此德性判断便更具有统一性。

文学创作的行为反思是在两个层次上进行：一是行为的即时性反思，这一反思愈是贴近生活中实在行为的即时性反思则愈真切。它主要是在人物的性格规定性、人物的即时心理状况及人物与周围环境所构成的即时场景关系中进行即时行为思考、行为选择与组合。反思的另一个层次则是追怀性或历时性的，创作主体在创作之初便预先形成创作构思的总体性，包括创作题材、故事梗概、基本人物关系、人物命运、创作主旨、创作内容的时代地域定性、情感基调等等。这类创作构思的初创的总体性成为创作主体预先获得的选择与组合行为的总体性统一根据，如性格统一性、情节统一性、情境统一性等。随着创作的展开，一个个即时性行为场景及场景行为创作课题相继提出，对这些课题的创作性求解是选择与组合各种即时性行为。这时，每一个即时性行为的确定都是把前面提到的即时性反思再纳入构思的总体统一性中，进行总体统一性反思，这一反思愈是切近于生活中实在行为的追怀性或历时性，则愈合于人们生活其中的所谓生活逻辑或实践逻辑，因此便愈有真实感。由此选择与组合的行为，则既是性格（包括

①　［美］A. 麦金太尔：《德性之后》，龚群译，中国社会科学出版社1995年版，第257页。

身体自然状况、身份、角色、人格构成）与具体情境相互作用的即时性行为，又是合于性格统一性、情节统一性、情景统一性、体验统一性、主旨统一性，乃至地域与时代统一性的总体性行为。行为的符号系统性也因此获得。

在文学创作中，行为反思的即时性与历时性互为前提，交互作用。即是说，任何行为即时性反思都是历时性的合于创作构思总体性的反思，创作构思总体性反思在即时性反思中得以明确与具体化，甚至由即时性反思而得以调整；行为历时性反思则在即时性反思中有所着落，得以细致化与具体化，并因此获得行为反思的实在性或真实性。对行为反思的即时性与历时性的相互关系，有学者从文学创作的即时心理活动与整体构思的历时性经验的总体根据角度进行过阐释："文学创作的心理与历史的统一，从一个角度看是审美心理要通过社会历史实践这一中介，向历史现实靠近，被赋予以历史内容，使自己历史化。这可以说是从心理向历史的运动，是化心理为历史的过程。从另一个角度看则是它的逆向运动，即从历史向心理的运动，使历史心理化，或者说是化历史为心理的过程。实际上，任何文学创作活动都存在心理历史化与历史心理化的双向运动"①。心理与历史的互化，是创作过程与生活过程的互化，生活的历史过程总要转化为心理过程才能进入创作，进入创作的历史总是采取总体构思的形态，这一形态在与即时性行为反思的相互作用中行为化，使这类行为在总体性与历史性中成为一定的行为符号系统。

文学创作中总体性的历史性反思是文学道德属性的根据。道德规范作为道德的普遍性履践标准与评价标准其实质是历史性的，是众人行为的历史模塑，是历史模塑的规范化与普适化。通过文学创作的总体性反思，符号化的行为系统成为一定道德的符号系统，道德的历史性具体化为文学的行为系统，并经由一系列即时性反思的行为而生动体现。创作主体愈是把传达一定的道德意识或道德观念作为总体性构思的主旨而确立，他据此创作的行为系统就愈是富于道德意蕴的符号系统，接受者经由这样的符号系统就愈是获得相应的道德接受或道德启示。

①　杜书瀛：《文学原理：创作论》，人民文学出版社 2001 年版，第 284—285 页。

四、文学的道德在场及其预设

文学道德属性的普遍性与必然性固然见于道德主旨明确或相对明确的作品，但更多的文学作品不是创作于明确或相对明确的道德主旨，甚至不以道德为主旨，如表述某种心境的作品、热衷于情节的作品、表现某种生活体悟的作品等。那么，在这类非道德主旨的文学作品中，具有普遍性与必然性的文学道德属性当如何理解呢？

这一问题的解答在于行为对于文学的基本构成意义。前面说过，无论文学是什么，人们对文学做何理解，行为都为文学所不可或缺，它既是文学的基本构成也是文学的基本形态。通常作为文学的本质特征被不断提到的文学形象或形式，都是一定行为或行为组合，即便是心态或心境这类虚无缥缈的文学意蕴，也是借助一定行为而表现。

而行为，同样如前所述，总是相关一定道德，总是人与人、人与社会的关系行为，总是一定的道德符号，行为是一定道德规范的行为化或符号化。行为与道德的这种互构互化关系在现实生活中是实存性的或者说是客观性的，它不以行为主体是否形成道德自觉为转移。一个推销行为、一个应聘行为、一个求爱行为，或者一个独处的侧卧行为、仰睡行为，都有道德意蕴其中，都是一定的道德意蕴符号。即便是最不用担心道德评价的独处行为，也不可能是动物式的为所欲为。漫长的人类关系史早已把人的行为按照关系需要打磨到枝梢末节。多数行为的道德意蕴所以不被发现，不被重视，乃是由于这多数行为常常是另外的目的性行为，其中的道德意蕴被非道德的目的性遮蔽，行为主体、对象乃至他者，都在非道德的目的性遮蔽中形成道德忽略或忘却。

除目的性遮蔽，行为的道德忽略或忘却，还由于麦金太尔所说的日常生活中行为的片段化。延续性、连贯性、统一性，这是道德评价的常见性。很多散见的、跳跃的或彼此矛盾的片段行为的道德意蕴，常常会因为延续性、连贯性、统一性的缺乏而难以纳入统一的道德规范评价，或者没有必要纳入道德评价。不过，难以纳入或没有必要纳入道德评价却不等于没有道德意蕴可以评价。

再有，就是道德无意识的存在。很多行为是习惯延续性的，它不涉及道德动机及道德反思，但它却合于或不合于某种道德规范，因此体现出不自觉的或无意识的道德意蕴或道德价值。

行为的目的性遮蔽，片段化以及道德无意识，并不能取消行为的道德意蕴这一事实。见于以行为为基本构成的文学，便形成普遍必然性的文学道德属性。出于这一属性，文学的道德在场成为必然。许多文学作品，大量文学的行为叙述与描写，在始料未及的情况下发生各种道德效应或道德影响，正是无所不在的文学道德在场的显化。

从创作角度说，文学的道德属性源于文学的道德预设。文学的道德预设即在作品构思阶段便已先于作品而形成或设定的创作主体的道德体验、评价或目的。道德预设潜身于创作主体源于日常生活的道德反思或反思中的道德无意识。创作主体在现实生活中对随时接触到的种种关系行为产生情境性道德体验、道德态度、道德评价，这种情境性的体验、态度与评价又是创作主体既有道德意识或道德观念的现实具体化，它作为创作主体的日常生存状况预先地活跃于创作构思并参与创作构思的形成与展开。它是创作中的各种人物、人物关系、人物活动场景、人物情感情境的谋划者或谋划参与者，同时，它又是把这类构思转化为文学的具体关系行为或行为细节的转化者。

固然，文学创作的性格演化过程、情节展开过程、情感流转过程并不仅是道德性的，而且它们很少是为了单一的道德目的。在更多的情况下，它们还受控于设定的人物关系中人物间的出于其他目的的相互作用，受制于在作用及反作用中展开的性格逻辑或情绪情感活动的可体验性。这里还关联着创作主体的更为复杂的人生理解、人生态度，即便是创作风格、创作方法、修辞手段这类东西也无不在创作构思中整体性地发挥作用。不过，在这样一种多种因素的综合作用中，道德则不可或缺。作为在场者，道德总以预先形成的倾向性伴随始终，并借助选择或组织的行为关系得以表现。由此，文学的关系行为系统成为表现创作主体的一定道德意识或道德规范的符号系统。"道德关系是比人们的政治关系、宗教关系、经济关系、法律关系等更为普遍、更为明显、更为民间化因而也更为人重视的人际关系。……道德价值是文学价值的重要组成部分，文学的人间情怀，在道德关系上可以得到最为直接平易的展示。"① 道德作为无所不在的生存关系规定，规定着主体生存，形成主体生存意识；在主体尚未进入文学创作时，它先已生存意识地生存，因此也先已在某种道德关系规定中生存。创作，是这种预先生存的文学导入与文学敞开。道德预设，作为预先确定的目的性引导着创作主体的已然生存向着文学导入与敞开，并实现为文学的道德在场。由此说，文学的道德在场不能简单地理解为创作主体在作品中不时地发出的某些道德精言或警句，也不能简单地理解为某位作品主人公慷慨激昂的道德陈辞。文学的道德在场是作品创作主体整体性构思的道德预设目的的文学实现。

此外，文学的道德预设还有一重含义，即它可以为某些关系行为的新规范的建构或形成进行某种意义的道德引领。或者说，它可以为某些新道德的建构或形成提供行为性先导，它是道德应有性的预设性演示。

道德史证明，道德是不断演进的历史范畴。在历史演进过程中，一些道德合理性被否定，另一些则被肯定，不少先前的道德行为此后则可能不再道德。而在这个过程中所发生的变化不仅是观念性的，它更是社会历史性的道德体验及道德行为的普遍变化，是生存的道德状况的变化。福柯曾对欧洲不同时代的疯癫的社会对待情况进行道德考察与分析，揭示在疯癫现象上体现的社会道德的历史变故。如在剖析 17 世纪创造的对于疯癫的禁闭制度时，他概述疯癫的不同时代的道德对待："这样，疯癫就被从想象的自由王国中强行拖出。它曾凭借想象的自由在文艺复兴的地平线上显赫一时，不久前，它还在光天化日之下——在《李尔王》和《堂吉诃德》中——跟跄挣扎。但是，还不到半个世纪，它就被关押起来，在禁闭城堡中听命于理性，受制于道德戒律，在漫漫黑夜中度日"。② 在对于疯癫的道德史的考察中，福柯得出对既有道德真理的颠覆性结论，这一结论深刻地揭示了道德的不断演进的历史相对性："我们在谈论那些重新置于历史之中加以考察的行动时，应该将一切可能被视为结论或躲在真理名下的东西置于一旁，我们在谈论这种造成理性与非理性之间的分裂、疏离和虚空行为时，绝不应依据该行为所宣

---

① 董学文、张永刚：《文学原理》，北京大学出版社 2001 年版，第 257 页。

② ［法］福柯：《疯癫与文明》，刘北城、杨远婴译，生活·读书·新知三联书店 2003 年版，第57—58 页。

布的目标的实现情况"。①

造成道德的历史相对性的原因是多方面的，观念的、习俗的、经济的、政治的、法律的、宗教的等。不过从行为规范的本质而言，道德规范的历史性变更，总是最初地起于行为者的行为并进而普遍地接受于行为者的行为。在行为发生与行为普遍化过程中，道德作为行为规范生成并发生作用。对行为的社会发生机制，布尔迪厄曾从实践逻辑角度做过分析，认为行为主体在不断发生的实践行为中形成合于实践逻辑的实践感，实践感在与实践对象的照面与相互作用中引发实践行为；实践感是世界的内在性，世界由此出发并将其紧迫性强加给行为主体；行为主体在实践感中接受行为选择的导向作用且合于实践逻辑地展开行为。通过实践感，实践逻辑"直接实施于身体动作之中，而无须经过对被考虑的或被排除的'方面'、对相似的或相异的'侧面'的明确把握"②。体现着复杂社会关联及其动态发展的实践逻辑，规定着人们的实践关系行为，因此也规定着道德规范的生成与普遍性的实现。它通过实践感直接实施于身体动作之中，又通过身体动作显现出来。在布尔迪厄的实践感论述中，可以获得道德发生于行为实现于行为的根据，也可以说，道德的历史相对性在内化着实践逻辑的实践感所引发的关系行为中现实化。

文学的行为形态不仅使文学在虚拟的行为领域求得道德在场，而且，它通过文学创作主体被文学的行为形态所规定、所锻炼的行为敏感性与行为洞察力，在创作中更充分地调动职业化的虚拟实践感，从而把一些正在生成中的初露端倪的新道德因素通过虚拟行为强烈地或隐秘地表露出来。这些透露着新道德光亮的文学虚拟行为或行为系统，便成为生活中新道德的预设，它启蒙着人们的新道德意识，成为新道德的行为预演。欧洲文艺复兴时期一批文学经典所启蒙的现代新道德，20世纪中国革命文学经典所启蒙的共产主义新道德，都是通过它们各自的行为符号系统进行着各自的道德预设，这些道德预设在文学的不同时代的接受中转化为新的道德实践。

---

① ［法］福柯：《疯癫与文明》，刘北城、杨远婴译，生活·读书·新知三联书店2003年版，前言第2页。

② ［法］布尔迪厄：《实践感》，蒋梓骅译，译林出版社2003年版，第139页。

第 二 章

创作主体的道德意识

　　文学的道德意蕴与文学共生共在，但它不是道德说教，道德说教是道德教科书或道德宣传材料的事。文学道德意蕴是文学创作主体的道德感经由形象行为系统的传达。

　　这里有三个问题需要论证：一、何为文学创作主体的道德感；二、为何文学道德意蕴与文学共生共在；三、为什么形象行为系统是文学道德意蕴的传达。以下对这三个问题展开论证。

一、创作主体的道德感

　　道德感问题是伦理学的重要问题。人们在生活中随时面临善恶选择，选择的不经由意识活动的直截了当性，使人们对实施这种直截了当性的道德感的由来多有疑义也多有争论，这构成西方源远流长的“良心”理论。在“良心”理论中有理性直觉论、感情直觉论、知觉直觉论、经验论，以及直觉论与经验论的调和理论。直接提出“道德感”这一命题并展开论述的，是17世纪英国伦理学家沙甫慈伯利与弗兰西斯·哈奇森。沙甫慈伯利认为道德感是一种对于正邪是非的感觉，这是所有理性生物的自然本性，它是“任何一种思辨的意见都不能直接排除或消灭的感觉”①。哈奇森认为人被两

----

　　① ［英］沙甫慈伯利：《论美德或功德》，见［美］弗兰克·梯利：《伦理学导论》，何意译，广西师范大学出版社2002年版，第24页。

种情感推动，即自爱和仁爱，这两种情感发生冲突，道德感作为人的内在本性就会出现，做出有利于仁爱的决定，道德感总是"赞同某种仁爱的"。对道德感的由来，哈奇森说它不是像理性论者的良心那样从自身中推论出普遍命题，而是像眼睛感知光明和黑暗一样感知德性和邪恶，它是"调节和控制的机能"，"感知道德上的优越的能力"①。康德谈到这个问题，称此为绝对命令，对道德感的由来，康德持直觉论与经验论相调和的态度，认为构成道德感的"义务"范畴是一种充满经验内容的一般道德形式，这一般道德形式则是先验的。黑格尔曾提出他的伦理学思想的"第一前提"，即"意志自由"，他所谈的就是道德感的选择意志。他认为选择的意志自由不是来自基于表象的定义，而是"直截了当地把自由当作现成的意识事实而对它不能不相信，来得更方便些。"②

多年来，西方学者对道德感问题的探索在三个问题上形成关注点，即道德感首先是一种普遍的主体活动。它进行着随时发生的道德判断，进行赞成或反对、投入或逃脱的选择；其次，道德感面对事实或情境进行的道德判断，是不经过意识操作的直截了当的判断、选择，情感状况及行为在这样的判断中完成；其三，道德感的生成，有其先验性，也有其经验性，但更主要的在于经验性。对此，斯宾塞的说法很有代表性："我可能同意直觉论的伦理学家认为存在一种道德感的观点，但不同意他们对道德感根源的看法。……虽然存在着所谓道德感，但它们的根源不可能是超自然的，而只能是自然的。人们的道德感情依靠社会内外活动的训练而成长，它们不是对所有的人都一样的，而是多多少少因各个地方的社会活动的不同而不同。"③

出于本书论述需要，这里对道德感，尤其是其生成、同化、调节机制，作进一步阐释。

道德感不是道德观念或道德信条，也不是具体的道德经验、道德行为，而是道德的主体结构，是主体不断见于外又活跃于内的道德习性，是规定并

---

① ［英］弗兰西斯·哈奇森：《论善美观念的起源》，见［美］弗兰克·梯利：《伦理学导论》，广西师范大学出版社 2002 年版，第 25 页。

② ［德］黑格尔：《法哲学原理》，范扬、张企泰译，商务印书馆 1961 年版，第 11 页。

③ ［英］斯宾塞：《伦理学的材料》，见［美］弗兰克·梯利：《伦理学导论》，广西师范大学出版社 2002 年版，第 45—46 页。

组织主体实践的道德"场"。道德感是一种"场"效应。道德感的主体性是主体社会性生存、实践性生存的生存体验与生存获得，它是主体的内在生存形态。

在现实生活中，人们每时每刻都要进行做什么与如何做的选择，并且实施所做的选择。这样的选择表面看是情境性的，随机性的，如在某一次具体交往中，是选择坐下来闲聊，还是选择站起来走开，在闲聊中是选择听还是选择说等。支配这类选择的，固然有它直接的场景规定及现实目的、主体心态状况等，但更为重要的，而且往往是决定性的，则是先于现时选择而在的主体的习性，这从道德角度说就是道德感。换句话说，不是现时情境进行选择，而是既有习性在情境中选择。另须指出的是，习性在情境中进行选择的道德属性总是选择的基本属性。这种情况取决于选择本身的属性，而选择又总是关系的选择或指向某种关系的选择，而各种关系如马克思所说又是因人而在，人是关系主体，这样，专事进行关系调节的道德性就其本质说就是基本的关系规定性。人不可能非关系地生存，因此他也不可能非关系主体地生存，亦即不可能脱离道德规定地生存。也可以这样说，在人所进行的任何选择中，都包含着或暗含着选择的道德性。这样确认，并不是在强调一种泛道德论或道德决定论，后者倾向于排斥或遮蔽人的其他生存属性；而此处对于选择的道德性的确认，则是从生存整体性角度说在生存的基本属性中道德性无所不在。

见于习性的道德感是历史与既往生活史的主体化。它的现实形态是它的现实判断与选择的具体操作，而掌握与运用着操作权的则是它得以形成的历史与生活史。道德感活跃于现时情境的激活，而且，后者之所以成为道德感的现时情境，这又是道德感的情境选择。道德感预先地进行于足以使自身激活的情境，又在现时的情境激活中使自身活跃为可以感知的道德感。因此，道德感与现时情境发生着前激活的选择与选择的激活这样的交流。交流在预期中展开，主体在选择发生前对将进行的选择总是有所预期。预期首先发生于相信预期情境会作为事实存在者而呈现，这是一种面对事实的预期。胡塞尔曾称此为不受怀疑或拒绝干扰的"一般设定"，他说，"这个一般设定当然不是存在于一个特殊行为中，不是存在于清楚的关于存在的判断中"①。

---

① ［德］胡塞尔：《纯粹现象学通论》，李幼蒸译，商务印书馆 1996 年版，第 94 页。

"一般设定"基于"在那儿""在身边"的事实特征，即一种与己相关之关系的发现。而与己相关之关系的发现或"一般设定"，其中就有道德感的前选择的可能性活跃起来。这相当于梅洛-庞蒂说的"知觉投向"。而这种可能性，便是相关于道德的事实可能性。未进入道德判断与选择又实施了道德可能性的判断与选择，这是道德感对现时情境的预期。至于道德感对于现实情境的激活性选择，则是预期的预决——预期之物是否如期而至及如何如期而至。道德感见于情境选择的预期的预决，与预期一样，不涉及具体经验与判断，这主要是认同与否的感受及据此产生的亲近与疏远的体验。韦伯把这种存在于现时情境中的实现着预期的预决的可能性称为"平均可能性"，布尔迪厄则称此为"结构性特征"。① 比如任何两人以上的交往情境，都有一个交往者是否投入其中的选择。投到情境中来，这是可能性选择，道德预期已然发生，即这是一个具有怎样的道德可能性的情境。预期的可能性不能预期地到来，主体就不会投入其中使之成为他的现时情境。投入其中便发生面对情境事实的行为选择，包括对话选择，选择的发生是投入情境时的预期的预决，任何选择与实施都是预决式实现。而这一实现也是道德感的实现。在这个过程中没有特殊的行为经验与可供实施的行为目的，但应该如何去做的道德选择却发生了。

道德感通过历史及个人生活史形成的习性，实现着现实情境的投入，并调控着投入活动。这是历史及个人生活经验生存沉积的产物。布尔迪厄用结构化的内在法则谈论这种情况，认为习性是既往经验的结构化，"这些既往经验以感知、思维和行为图式的形式储存于每个人身上，与各种形式规则和明确的规范相比，能更加可靠地保证实践活动的一致性和它们历时而不变的特性"②。因此，以习性为根据的道德感，当它不露经验与观念痕迹地进行道德的情境性投入时，习性所由生成的历史与个人生活经验是以其整体性方式参与其中的。这是历史与个人生活经验经由现时情境的激活，也是其道德现实化。

由此说，道德感具有超越现时情境与实践活动的稳定性。任何一次具体

---

① ［法］布尔迪厄：《实践感》，译林出版社 2003 年版，第 81 页。
② ［法］布尔迪厄：《实践感》，译林出版社 2003 年版，第 83 页。

的道德实践活动，都是在道德感中与历史及生活经验整体性的相遇，前者面对的是后者的历史性。这种稳定性以布尔迪厄所说的感知、思维与行为图式的方式投入到现实情境的实践活动中，对之进行感知、思维及行为的组织、加工、处理，这是一个同化过程。同化即使同化对象向着同化主体转化，使之合于同化主体的规定并构入同化主体。这里，同化主体相对于同化对象必须足够地强大与稳定。由于道德感是历史与生活史的结构性积沉，因此它比起一般投入到它之中的现时之物自然要强大与稳定得多，使后者在选择与进一步的判断中合于它的规定性，这是道德感总能在现时关系活动中不断地确认自己的根据。说话者在对话中不断地、随机性地组织着自己的话语，实际上他是在不断解决该如何处理对话关系的道德的课题。他必须合于对话者身份、对话语境、对话的即时情绪、对话内容的语言运用，以使对话得以进行。这里的每一步都有道德感的同化功能在起作用。亦即每一步都要合于道德感对于应该维持怎样的对话关系的预期。而这一预期的同化过程又总是以一种不经意的方式适应对话情境的变化即时地完成。由于不合预期而终止或退出对话，或者使对话关系走向恶化，这也同样是道德感的同化过程，即因为对话的不合预期而实施同化的否决权。布尔迪厄把自行调控的这类道德感的活动机制称为习性的"潜在行为倾向系统"，认为"潜在行为倾向系统是继存于现时，并能在按其原则结构化的实践活动中现时化而延续于将来的过去，是外在必然性（不可归结为情势的直接约束）法则借此持续实施的内在法则，因此该系统是主观主义赋予社会实践活动但又无法加以解释的连续性和规则性的根源，也是机械论社会学主义的外来和即时决定因素，以及自发主义主观论的纯内在但也是即时的限定所无法解释的规则性变化的原由"。① 作为习性的"潜在行为系统"，它以直接方式非意识地处理的各种实践问题，实际上都是历史与人生经验的合于规则的延续，同时也都是它们合于规则的实现。道德感基于预期进行应该的现时规划与调控，而实施规划与调控的，则是历史与人生经验。

　　道德感是历史与人生经验的既有稳定性的守持，但这并不是不同情境的历史与人生经验的同构复制，它在对情境进行同化的同时，又根据情境情况

---

① ［法］布尔迪厄：《实践感》，译林出版社 2003 年版，第 83 页。

随时地进行调整。显然，任何情境都是个别的，差异性时刻存在于此情境向彼情境的转换中；而道德感就现时性而言总是情境的道德感，它呈现于情境并在情境中发挥作用，情境的差异性必然作用于呈现在情境中的道德感，使后者的呈现也具有差异性。呈现的差异性不仅是呈现的，也是呈现本身，即呈现的道德感本身。在这个过程中，构成道德感的结构在差异性作用下发生程度不同的调整。在差异性不突出的情境中，调整是细微的，在没有情境压力的情况下，调整微乎其微，惯性在延续中起主导作用；在差异性突出的情境中，情境又具有很强的无可回避的压力，这时，道德感便陷入不同程度的无可适从状况，这是习性受阻。习性受阻道德的意识活动便活跃起来，这时，相关道德观念与经验参与到情境活动中来，应如何选择、为什么如此选择的思维随之发生，这时的道德活动不再是道德感的直觉活动而是意识的经验或逻辑运作。此后，这一情境性的道德意识活动便作为经验得以积累并沉入道德感结构，引起道德感的结构性调整。而当类似情境再度出现时，得以调整的道德感便可以以道德感的方式而不是意识活动的方式参与情境的道德活动。

以上情况，是日常生活中直觉的主体道德活动情况，即主体日常是在道德感的作用下进行道德活动，各种经验习得以及观念恪守，也都积沉到道德感结构中，以道德感的方式发挥作用。不过，这种直觉性的道德感活动在艺术创作中则主要是道德感的形式运作，创作主体的构思、抒情、表现，其道德意蕴的赋予不是靠说教，不是靠观念的逻辑运作，而是以道德感的形式完成，即读起来或看上去各方面都是自然而然，人物不是为了某种道德观念而行动，而是道德感地行动，作品的体验表现也不是观念的逻辑展现，而同样是道德感的表现。一些作品不能坚持艺术表现的道德感形式，而是观念地或概念地调动表象经验展开想象，作品的人物、情节，以及所表现的人生体验便沦为道德演绎或说教。这既是艺术属性的迷失，也是真实的道德生存的歪曲。

应予强调的是，艺术的道德感形式，是说道德感在艺术中被形式地运用着，但就实质而言，艺术创作过程既是道德感的活动过程，又是道德感的意识运作过程。

在这里主体是双重身份，一方面，他是道德感的主体，他在自主营造的情境中进行道德感体验，包括直觉的道德判断与表象的选择、组织及展开想象，并因此而营造情境，即是说，他在道德感地营造情境，又道德感地在所营造的情境中进行道德判断与选择。如鲁迅在《孔乙己》中进行孔乙己的行为与命运安排，这是一个生存过程的选择性安排，在这样的安排中，读者看到孔乙己如何说、如何做、如何与周围环境相互作用。作为创作主体，鲁迅对孔乙己生存过程的选择性安排就是道德感的运作，也就是说，当创作主体安排人物如何说如何做及如何与周围环境相互作用时，前者不是接受来自观念、概念及具体道德经验的指令，而是在道德感中直觉地进行这类安排。由于道德感活动总是要合于和体现某种道德的，因此，对创作主体的道德感创作，读者可以进行道德评价，也可以进行道德接受，人们说在《孔乙己》中鲁迅表达了对那一代没落知识分子的悲哀、同情与无奈，这便是道德评价。另一方面，在艺术创作中创作主体又是道德感的意识运作者，他的这个意识运作便主要是道德感的形式运作，即按照道德感的形式进行理性的运作，包括理性地或有意识地选择安排人物的活动情境，设置人物性格及情感活动状况，以及将之付诸行为，并在这个过程中根据道德感形式组织与处理人物及人物与环境间的道德关系。这又有两种情况，一是创作主体对于自己见于创作的道德感，在创作的一些重点和难点上，他需要从道德感的直觉中脱身出来，借助于具体经验进行比较与思考，寻求解决方案。当然，这个过程也一般不是深度的逻辑思维，而是如奥尔德里奇所说的"领悟"活动——"领悟也可以说是一种'印象主义'的观看方式，但它仍然是一种知觉方式，它所具有的印象给被领悟的物质性事物客观地贯注了活动。"[①]它一般也是在知觉层面进行，但这是从道德感脱离出来的对于道德感直觉运作中的问题进行"领悟"的或知觉的求解。另一种情况便是他的"领悟"或知觉活动不是从道德感中脱身进而解决道德感中的问题，而是进行道德感本身的判断与营造，这是在进行道德感的形式虚拟，是在营造虚拟人物的道德感，如孔乙己不是鲁迅，鲁迅投入创作的自己的道德感不是孔乙己的道德感，但孔乙己又必须道德感地活跃起来，去说、去做、去经历命运。为此，鲁迅必须为孔乙己营造孔乙己的道德感。这种营造就是道德感的形式虚拟，

---

① ［美］奥尔德里奇：《艺术哲学》，程孟辉译，中国社会科学出版社 1986 年版，第 31 页。

在形式虚拟中创作主体必然综合考虑虚拟人物的种种规定，如性格规定、环境规定、虚拟情境中的现时状况规定等等，这些综合考虑又必须将其痕迹消融在所营造的道德感形式中，使其看上去不是综合考虑的结果而是浑然天成的道德感。所以，这样所营造的道德感便只是形式的道德感。在形式的道德感或道德感形式中，道德感是主体所面对所考虑的对象，创作主体须不断地潜入其中，进行直觉尝试及进行道德感的自行活跃——屠格涅夫忘却自己，情不自禁地按照他创造的虚拟人物巴扎洛夫的方式去思考与体验，就是这种情况——唯有如此，创作主体才能营造形式的道德感。同时，他又必须抽身面对与思考他所虚拟的道德感，考虑它的各种规定性，再将之圆和为道德感，以此保证道德感的形式。同样须强调的是，这个过程并不是深度意识活动，创作主体是凭其敏锐的知觉与迅疾的"领悟"从而抵达意识的深度。不是深度的意识活动却可以获得意识深度，这固然也离不开直觉。这靠的是艺术家的天赋与修养。正如阿诺·理德所说："艺术家的机体生来就对于感官印象有极强烈的感受力，并对这些印象有高度的辨别力，而且他的心灵能迅速地去理解这些材料中所具备的那些对他的想象力特别有价值的意义"[1]。阿诺·里德的这种说法也适于文学艺术创作主体的道德感运作及道德感的形式运作。

二、文学道德意蕴的文学一体性

文学道德意蕴与文学的共在关系，不仅是说文学道德意蕴须见于文学这一常识，尽管这种常识性理解也还有一些需要进一步厘清的问题，如在这个常识性判断中暗含一个重要前提，即文学道德意蕴怎样才是文学的。既然是文学道德意蕴，它自然有别于生活道德规范或生活道德意蕴，那么它们有别于何处？进一步追问，这种有别，就道德功能而言，前者与后者有何不同？再进一步追问，文学道德意蕴与文学共在，这种共在关系是内在的还是外在的，或者，是一体性的还是形式的？正是这一常识问题的有待厘清，致使文学的道德批评经常在现时道德规范层面展开，常浅止于日常生活式的道德判

---

① ［英］阿诺·里德：《艺术作品》，见中国社会科学院哲学研究所美学研究室编：《美学译文》（1），中国社会科学出版社 1984 年版，第 91 页。

断。如前几年对于文学中性意识、性表现的道德批评，对 70 后身体写作的道德批评等。而一些文学创作也常满足于观念性或经验性道德预设，再用文学形象的形式实现这一预设，从而获得一次道德实现的愉悦。如某些女性写作的女性伦理尺度的强调性运用，强调的程度在高度抽象的观念表述上令人吃惊。这类常识性问题在创作与批评中的浅止，离不开对文学的道德属性这一常识性问题尚待进一步追问这个现实情况，这进一步追问便是文学的道德意蕴以何种方式与文学共在。

前面谈到文学家的道德感，指认这种道德感以人们在日常生活中的道德感为前提，在转入文学创作时前提性的日常道德感仍然发挥着整体性作用，同时，文学创作主体又要在日常道德感的前提下进行道德感的形式运作，而运作的形式仍然是道德感的；即是说，文学创作主体道德感的形式运作不排除观念意识运作以及具体道德经验的渗入，但这类运作与渗入却必须在道德感的形式中藏匿，使之成为形式的道德感。如果这种说法可以接受，那么，进一步说，文学的道德意蕴与文学共在的关系正是建立在道德感及道德感的形式中。

道德感是结构效应或场效应。当它活跃起来并发挥作用时，它的结构或场构造只是一种自行发挥作用的内部构成，它不在外部效应中显露，也不以任何可感样式构入外部效应。这如同电视机，电视机的音像效应，是电视机内部结构所为，但电视机内部结构却绝不在它的音像效应中显现。这里的关键是自行发生的整体运作过程。

道德感是历史的产物，对于具体生存者它又是生存经验的结晶。历史先于具体生存者，是具体生存者必然落入的前在生存现实。在这种前在中，客观的道德关系是一种命定的关系，道德感关系的种种规定既是一种客观规定，又是由前在生存者形成生存接受的主观规定，这类主观规定以历史形态客观化，它们客观化地留存于一切历史文明中，成为历史文明的道德灵魂。前在生存者在生存接受中形成的主观规定，其日常活跃形态便是道德感，是由道德感规定的生存行为。后来的生存者落入历史的道德感规定，亦即落入前在生存的道德感，这是纵向的直觉传递，尽管传递途径不都是直觉，而且主要不是直觉，如教育、关系实践、意识活动等，但其成果则是通过积沉而不断地生成的道德感。

　　不同民族、不同地域，包括不同群体及不同家庭，都为后来的具体生存者进行了道德生存的先定或预决。对此，具体生存者无可选择。道德规定的历史延续和代际传播在这样的先定或预决中进行，这既是同一历史中道德传统的由来，也是不同历史中道德差异性的由来。具体生存者无由选择他所投入的传统，却可以选择传统中的道德差异性，或者，对于传统进行道德差异性选择——虽然历史倾向呈差异性整合，但当历史具体化时它又总是差异性留存。中国古代的儒道墨法佛等诸家，都有自己的道德差异性，面对道德差异性的历史，古代的具体生存者便进行差异性道德选择，形成差异性道德感。而具体生存者所历史承受并现时接受的，又不仅是族谱性历史，同时还有前在的异族历史以及现时的种种差异性生活。对于前在的异族历史，当它不是作为传统而是作为知识或观念作用于具体生存者时，后者不是投入历史的命定而是投入知识或观念的差异性选择。但这种选择只能在传统命定之后进行，起码，这种选择也要受传统命定的影响，当具体生存者有能力进行知识或观念的差异性选择时，他的选择能力已经发生性地被传统命定规定。由此说，具体生存者对道德史的差异性选择，乃是传统命定的历史选择。对此，哈贝马斯在论述西方理性主义的普遍意义和有效性时，引用韦伯《新教伦理》的话来说明生活得于历史的差异合理性，其中包括道德选择的合理性依据："从某一观点来看是'合理'的东西，换一种观点来看完全有可能是'不合理的'。因而，各式各样的合理化早已存在于不同文化的各个生活领域当中；要想从文化历史的角度说明它们的不同，就必须搞清楚，它们的哪些部门被合理化了，以及是朝着哪个方向合理化的"①。这一看法的重要性在于它揭示了现实生活的各种合理性，在其现实性中都隐含着一个历史结构，因此是受历史规定或影响的合理性。这个问题就道德感的差异性选择及差异性形成而言，或者说，就道德感的直觉差异性而言，便必是历史传统规定或影响的差异性。离开历史传统的规定或影响，差异性无所着落，这便是道德感的历史命定。

　　道德感得以形成的人生经验，是在心灵中接受生存整合的经验，认知经

____

① ［德］韦伯：《新教伦理·导言》，见［德］哈贝马斯：《哈贝马斯精粹》，曹卫东译，南京大学出版社2004年版，第29页。

验在其中不可或缺。道德判断本身就是价值判断、意义判断，它的预期与预决都是相关价值与意义的预期与预决。虽然在道德感的具体运作中，直觉是运作的基本特征，这直觉也是价值或意义的直觉。价值或意义，既离不开主体的自我认知，也离不开主体对于价值或意义对象的认知。如见孺子落井而惊恐、恻隐、施救，必有一个孺子生命危险的认知构成其基础，其他人对这样的情感活动及施救行为形成赞许的道德评价，也必有对这类情感活动及施救行为表现出对于生命关爱的认知及对施救者舍己为人的认知在其中。就形式说，施救者无暇多想，如黑格尔所说，这是"直截了当"的行动；评价者也无须多虑，便直接作出道德评价。但实质地说，这是瞬间达成的认知过程。此外，情感体验也在道德感的活跃中发生，体验的即时性无须多论，这在心理上属于反馈结构，即主体对于对象形成相应的机体反应，反馈结构把这种机体反应反馈情感中枢，从而获得体验，见孺子落井的惊恐、恻隐之情便是瞬间即起的体验。情感，是道德感活跃的征候，也是道德感的伴随状况。至于意志，在道德感中构成行为直接发动的动力，对此，康德称为"自由意志"，"自由是这个道德律的存在理由"，"我能够因为我必须"①；格林对这种自由意志则解释说："由人加于自身——这本是道德义务的本质"②。意志瞬间便激发道德行为，不假思索，见孺子落井而施救，便是道德意志行为。在道德感活跃中，认知、体验、意志判断及意志行为，共时性地瞬间发生，它们整体性地构成道德感，并整体性地处理道德感对象。而由于这种整体性的道德感活跃，道德感主体所选择性接受的道德传统及其道德经验的选择状况，便在这无暇思索之间整体性地表现出来。因此，道德感是以心灵整体性形态完成并显露的道德心灵整体性。在道德感所显露的道德心灵整体性中，道德感主体的历史选择及人生经验的道德状况便在不经意间无可保留地诉诸他者。

在文学创作中，无论是道德感的直觉运作，还是道德感形式的意识运作，都是创作主体道德感的历史状况与人生经验状况的艺术呈现。在道德感的历史状况与人生状况中，历史状况是预先规定，它不仅规定道德感主体现

---

①　［德］海尔曼·柯亨：《康德的伦理学原理》，见［美］弗兰克·梯利：《伦理学导论》，广西师范大学出版社 2002 年版，第 41 页。

②　［美］弗兰克·梯利：《伦理学导论》，广西师范大学出版社 2002 年版，第 41 页。

实道德感活跃的历史性，而且规定着道德感形成过程中生活经验的积沉。当然，在道德感中，历史性对于现实生活经验的规定是初始性规定，相对于历史的初始规定，生活经验规定是习得性规定。后者以其现实紧迫性及活跃性可以对前者施压，造成前者的现实迷途，但现实迷途的前者仍然是前者，它可能在施压中顺应后者，接受后者的引导，像笛卡尔所说的林中迷途者那样，被动地接受后者的现实选择。不过，前者一经看到经验辨析物的蛛丝马迹，它很快就会从后者的引导中摆脱出来，并带着后者前行。对这种情况，涂尔干阐释说："我们每一个人身上不同程度地都有一个过去的人，只是程度不同而已；出于必然，这个过去的人在我们身上占主导地位，因为同这一塑造和产生我们的漫长过去相比，现时委实微不足道。只是我们并不感觉这个过去的人，因为年深日久，此人已扎根于我们；他是我们身上的无意识部分。……相反，对于文明的最新成果，我们都有一种强烈的感觉，这是因为这些成果是最新的，所以还来不及在无意识中生根"①。涂尔干所说这个源于漫长过去的无意识的自我，也包含着更为漫长的历史的过去。艺术创作主体道德感中这种历史与现时生活经验的关系，与日常生活中人们的道德感并无二致，只是当前者进行道德感及道德感形式的艺术运作时，他的意识活动更要承担起对历史与现时人生经验二者关系的监护责任，它尤其需要冷静处理那些看起来新奇，而实际上是缺乏历史及人生经验根基的因素。即是说，创作主体应该使创作中道德感反思的意识活动即道德感形式的意识活动，成为道德感历史与人生经验的守护者。

据此而论，就有了一套文学创作及文学创作中道德意识与道德表现的批评标准。首先，创作主体及其文学作品所坚持与实现的道德活动是否是道德感活动及道德感形式活动，倘若不是这类活动，创作主体及其文学作品便出离了作为文学特征的道德活动，常见的道德说教及道德图解便是犯了这类毛病。其次，创作主体及其文学作品通过道德感及道德感形式所进行和实现的道德感活动，是否有道德感的历史选择性与人生经验选择性的根据，一些标新立异的东西，如女性写作中舶来的女性意识，是否在道德感的历史与人生

①　［法］涂尔干：《法国的教育演变》，巴黎阿尔康出版社 1938 年版，见［法］布尔迪厄：《实践感》，译林出版社 2003 年版，第 86 页。

经验选择中经过选择。倘若未经过选择或未找到如是选择的根据，则如是的道德表现或道德内容，无论它怎样有离经叛道的慷慨和大胆突进的勇气，那都是一种道德虚假或伪善。最后，在现实与历史之间，现实的新奇须在道德感的历史与人生经验中有所落实，这是道德的历史深度。倘只表现一种没有根基的道德义愤，或者，只是出于同情或吹捧所进行的缺乏道德感历史与人生经验根基的道德赞赏与标榜，同样是道德伪善。

这样说，倒不是要建立一个退回去的文学道德批评标准，这只是强调，文学的道德表现与道德批评，应在文学道德意蕴与文学的共在关系中，确立有历史深度的文学的道德标准。

此外，共在关系是一种必然性关系，即是说，文学历史地与现时地与其道德意蕴共生共在，具体文学作品也是如此，它们分享着共在关系并共同地构成共在关系。这一必然性由来于文学创作主体作为生存者必然关系地生存，因此也必然合于某种关系规定地生存。在众多关系规定中，如政治关系、经济关系、家庭关系、同人关系、同学关系等，都蕴含着道德关系，并以道德关系为关系存在的基础。道德规定不是和其他关系规定相并列的规定，如家庭关系与同人关系，而是各种关系规定的基础性规定。道德规定从生存关系实践中形成，内在地规定着生存实践的展开，同时，它又外化为生存实践的历史形式，使后来的生存者开始其生存便落入这样的历史形式中，从而合于道德规定的生存。合于道德规定的生存，是道德的历史形式或历史规定性的内化，它内化为生存者的道德感，又通过道德感实现着实践展开的道德规定。因此，生存实践（关系实践）—道德规定—道德感—生存实践，这是一个递进生成、循环往复的过程，它在往复循环中有所变化，又在有所变化中往复循环。每个生存者都置身于这个过程，为道德而生存并道德地生存，他在这个过程中使动物的它成为人的他，使个体的他成为类的他，又使现实的他成为历史的他，或者说，他因此成为生存者。对此，高兆明有一段话说得很精当："道德是关于人的生活方式与生活态度合理性的稳定的共享性社会精神。这种社会精神在世代社会生活中通过反思形成，它潜藏于人们的内心深处，流化为日常生活习惯，固化为日常生活行为规范，并成为人们存在意义与行为选择的价值根据。"[①]

---

① 高兆明：《伦理学理论与方法》，人民出版社 2005 年版，第 26 页。

　　道德的这种无可或缺的生存性质，不仅使它必然与文学创作主体共在，构成他创作生存的规定，而且也必然在他的生存创作中成为创作的规定。毫无疑问，任何创作主体的文学创作都是相关于人的生存创作，无论他以何种方式、形式创作这生存的人，无论这被创作的生存的人怎样展开其生存，这被创作的人都只能在有着某种道德规定的关系中生存，因此也都只能是有着某种道德意蕴、道德价值的生存。这种情况作用于接受者，接受者便在文学接受中生存，接受者用其道德生存接受作品中被创作的人的道德生存，再据此与文学创作者的道德生存形成道德对话，文学的道德意蕴便在创作主体、被创主体与接受主体的文学实践中实现为文学的共在。

三、文学道德意蕴的行为系统

　　道德感的直觉性使道德与身体知觉或知觉身体得以一体化。即是说，经由道德感，道德成为身体行为的道德，身体行为成为道德的身体行为。见于生存或实践关系的道德是在身体行为的规定中实现为道德，道德归根结底要落实到身体行为的规定中，道德经验的积累，道德习惯的养成，道德观念的确定，道德理解的求得，道德批评的进行，道德教育的实施，这一切倘若不能在身体行为规定中奏效，便都无所谓真正意义的道德。身体行为占据道德的两个端点，即道德发生的端点与道德落实的端点。对此，国外伦理学家，如赛瑟、斯宾塞、缪尔赫德、马提诺等均有共识性见解，即"道德判断的对象是人的行为（conduct），即人有意识有目的的行动（action）"①。而康德式的追问，诸如"我是什么"，"我能做什么"，"我应做什么"，更成为西方伦理学"研究的焦点与旨趣所在"②。至于中国伦理传统，一向把行放在第一位，一切伦理规定都更直接地见之以行，验之以行。孔子把行为的伦理反思列为"吾日三省吾身"的全部内容，朱熹、王阳明则强调知即是行、行即是知。

　　身体行为是道德规定的实现，这不仅是从理想意义上说，而且这也是每

---

① ［美］弗兰克·梯利：《伦理学导论》，广西师范大学出版社 2002 年版，第 7 页。
② 高兆明：《伦理学理论与方法》，人民出版社 2005 年版，第 119 页。

时每刻的行为实质。行为与道德规范达到一体化程度，是人类文明史的成就，亦即马克思所说"自然人化"。漫长的关系性生存，充分地模塑着生存者的身体自然，使身体自然的任何枝梢末节都为人类文明所开发，都获得合于生存关系的道德属性。这里也有一个进化论原理，在不断的道德演进中，道德规范不断地在身体行为中结晶，那些未被道德规范结晶的身体行为便因为不合于道德规范而为关系生存所纠正或者制止，在行为谱系中自行出局。因此，关系生存对于生存者充分到什么程度，身体行为与道德规定的一体化也便达到什么程度。远在古希腊时代，苏格拉底就认识到即便独处的行为也有一个如何才合于文明的问题。他提出"关怀自身"的原则，并将之置于"认识你自己"原则之上。

这里有一个问题须稍加展开，即"自身"与关系生存的关系。"自身"，身体的自我，是无可取代的个别，自己去吃、自己去喝、自己去睡，当患病或垂死时，无论周围的亲人如何关心、焦虑与痛苦，都只能置于旁观者的位置。身体具有封闭性，虽然它每时每刻都通过知觉而向外部敞开，并不断与外界进行能量交换，但这种敞开与交换都是在一种机体空间中进行。萨特认为身体对于身体者而言是一种偶然性获得，这种偶然性本身又是必然的，因此他把身体定义为"我的偶然性的必然性所获得的偶然形式"①。这里，萨特的存在主义立场很鲜明，即存在只能是对于世界的存在或在世界中存在；就世界而言，世界所在的身体，是这个身体还是那个身体，这确实是偶然的，任何身体都不可能是世界的中心。不过，就身体者而言，身体则是他唯一始终占有的必然，世界在他之中，而他就是所在的世界的中心，因此他才能称为世界的主体。萨特为身体的偶然性焦虑，又深深地孤独于身体这一偶然性的"自为的处境"。他强调人的"自由选择"，把它作为"存在先于本质"之后的存在主义的第二原则，由于这样的"自由选择"建立在身体这一最根本的偶然性之上，因此，每个身体者都在偶然性中"自由选择"，选择的也都是附属于个人偶然性的世界偶然性。由此他提出存在主义的第三个原则，即"世界是荒谬的，人生是痛苦的"。萨特的第三原则体现着他的伦

---

① ［法］萨特：《存在与虚无》，陈宣良等译，生活·读书·新知三联书店 1987 年版，第404 页。

理焦虑，而他的伦理焦虑则来于他对于身体的自身性与关系生存伦理规定的历史必然性的疏于把握。萨特的焦虑或困惑，当然有其西方世界的时代原因，如置身于第二次世界大战的灾难语境，目睹无数个体生命的偶然消失；但也应看到，萨特伦理焦虑的西方伦理状况根据，西方文艺复兴之后，个性经历了一段被无节制地高扬的时光，当个性以其身体的自身性从必然的关系生存中强化出来时，它确实就成为偶然性存在，自由选择在高扬个性的旗号下，也就成为失去必然性的偶然选择。因此，萨特面对基于身体偶然性的自由选择所产生的焦虑，具有重要的道德提示意义，即忽略了自身的生存关系，无论客观世界还是主观世界，都将陷入萨特式的荒谬。

身体的无可取代的自身性在其关系生存中获得关系的道德规定性，这规定性既是历史的又是人生经验的，这是人类的生存定性以时代的、民族的、地域的或社会群体的、家庭的方式，对身体行为进行规定与模塑。这一身体行为的规定与模塑又经由经验的意识活动积沉为道德感，被积沉的道德感是生存的关系规定的内化，它内化为身体行为的发生机制，各种各样的道德观念不过是内化为身体行为发生机制的理性概括。

在内化的关系规定性中，历史与人生经验是永久的在场，由生存关系构成的世界也随之在场，每一个自由选择的他者都规定着此者的自由选择，每一个自由选择的此者又规定着他者的自由选择，他者是生存自由的地狱，同时又是自由生存的天堂。身体的自身性与关系生存的道德性，在自身性中统一，并因此演奏生存乐章。

鉴于身体行为的生存关系的道德规定性在道德感中引发身体行为，而道德感中身体行为的引发以直觉达成的判断与选择为前提，判断与选择是对象性的或情境性的，情境是泛化的对象或对象群。在任何一次道德感活动中，都有关系对象的投入，因此是对象性活动。即便是独处的自身活动，道德行为化的充分性也使之成为潜在的关系活动，有关系的道德规定性在其中。行为的关系规定性建立在关系各方的相互作用的基础上，并实现于关系各方的相互作用中。相互作用的表层原因直接原因是现时的、当下的，但它所产生的行为选择又合于相互作用各方的习性，或者说，由此引发的作用各方的行为选择必是合于习性的。这样，相互作用的直接原因就有了一个相互作用之外的前在规定，而且就是这前在规定规定着现时的相互作用，无论是对于相互作用的预设，还是对于相互作用的预决，都有习性的前在规定调控于其中。习性的前在规定既是历史又是习性主体的人生经验，它以其前在的无限性规定着即时作用的有限。这种情况如怀特海所说："任何有限的东西的认识总是包含了对于无限性的一种关联"①。由此说，道德感对于相互作用的即时行为反应，乃是此前在无限性中引发的习性的即时反应。在这类反应中，关系生存的道德规定发挥作用。所以，当谈到情境性的身体行为时，不能因其是行为的即时反应而视其为偶然，不过，情境或对象刺激可能是偶然的、始料不及的，主体由此产生的行为反应则有其偶然的必然性，即这是在偶然中存在的道德必然。

因为道德感的行为选择具有道德的必然性，身体行为才称得上是道德规定的实现。

身体行为实现着道德规定这种情况见于文学，则文学的形象行为或人物行为便是体现着道德规定的行为。创作主体在为文学创作进行的道德感反思中，尽管他笔下的人物行为不同于现实生活中在直觉中受道德感调控的现实行为，但创作主体的道德感投入，道德感形式的坚持，使他的道德反思也须合于在道德感中发生的行为的道德规定性，从而使行为成为一定的道德实现。

创作主体根据道德感唤起相应的行为表象，当这类行为表象被唤起时，它们只是直觉地唤起，主体未必形成道德意识，即未必对唤起的表象进行有意识的道德运作，从而使之成为承载道德意蕴的表象或想象；但尽管如此，行为表象自身的道德性质却因为是创作主体的道德感运作而自然获得一定的道德属性。如前所述，创作主体对于道德感运作的反思，无论是反思于他投入创作的自身道德感，还是反思于他所设定的人物的道德感，他都必须是合于道德感的反思。这一方面在于道德感的生存性决定着创作主体对其创作生存及生存创作进行的反思，必然是合于道德感的反思；另一方面，他的反思必须合于道德感对于行为的习性运作，尤其是当这道德感是设定的人物道德感时，他必须经验地思考人物习性，并在人物的表象行为选择中实现其习性，习性在其他地方也被称为性格或性格规定。而无论是创作主体在创作中

① ［美］怀特海：《思维方式》，刘放桐译，商务印书馆2004年版，第41页。

对自身道德感所生行为的反思，还是他对于所设定的人物道德感所生行为的反思，其实都是他的既有道德意识的运作，也都是他既有道德意识的实现。这从接受角度说，接受者经由作品中的人物行为的设定便可以获知创作主体设置人物行为时的道德状况。

还有一个问题须要说明，即文学创作除道德感的直觉运作及随之而来的反思，他还须将之付诸文学表述与表达。这时，文学的规定性便成为他设置人物行为的规定性，如文体规定性，小说、散文、戏剧、诗歌，各自的文体规定不同，对创作主体设置行为的规定也不同。再有就是创作风格对于行为设置的规定，不同创作主体因为有不同的风格追求，因此，在修辞手法上、语言运用上及创作技巧的运用上也各有不同，它们见于文学创作的表象设置，也形成规定性。这类规定性虽然也相关关系生存，但却是关系生存的工具性或技术性的规定，这是道德规定之外的规定。

最后要说的是行为系统性。在日常生活中行为的道德规定主要是体现为行为系统的规定，行为主体的习性及各种行为的目的性，都不是偶然的，而是一个具有稳定性的延续过程，这就是系统性。虽然在道德充分化的状况下，单一行为也有深层的习性根据，但现实生活的时间延续性使单一行为难以在现实生活中获得意义，也很难见到目的性单一行为。所以，这里说的日常生活行为，主要是就行为系统而言。在文学中又有另外的情况，这使得行为的系统性强调在文学中有特殊意义，这种另外的情况在于，文学并不遵循现实生活的时间延续性。现实生活时间在文学中是碎片性的，这些碎片性的时间是创作主体根据创作需要所进行的剪接处理，这些碎片性时间，由从延续性行为系统中进行的表象剪接予以承担。这样，每一个片段时间都分承着一个片段性行为，延续性行为系统化为片段时间中的片段行为或单一行为，如行为细节。而当创作主体对这些片段行为进行组合时，上面所说技术或技巧的工具性考虑又发挥作用，如行为的反衬、对比、虚实等。这种情况下，行为的道德意蕴便见于创作主体对于片段行为赋予的系统性。行为系统性的安排或设计，则是主体有意识的道德运作。

第 三 章

道德价值的文学形态与文学超越

　　文学的道德价值是文学随时实现着的价值，它是文学的普遍价值，又是文学作品分有的具体价值。它与文学共生共在，它的实在性即它的历史性。不同历史状况下的文学道德价值有不同的活跃状况，在文学接受中形成不同的道德意识与道德行为转化，并因此施动社会生活。一般地说，社会转型期也是活跃的道德构建期，道德失准与道德失序成为这类时期的历史特征，新的道德标准与秩序在这个过程中潜移默化地脱胎。这样的时期也是文学的道德价值格外突显与更充分地实现的时期，当下，我国文学活动就正处于这样的时期。这一时期的文学理论理应给文学道德价值问题以更多的关注，理应突破既有的宏观概述的理论水平。本章旨在这方面作些努力。

一、道德价值的文学形态

　　道德的古义是得天之"道"。"德""得"相通互训，即"德者得也"。许慎释"德"为"外得于人，内得于己"。①"道"是中国古代哲学的基本范畴，如高兆明承许慎《说文解学》所说："道""从行从首，像人张首于十字路口，以示辨明方向引道而行之意。道字本义是引道而行，后引申出导

---

① 许慎：《说文解字》。

引之义，并引申出作为名词的具有一定方向性的道路之义"。① 由此义进一步引申，则"道"为宇宙或世界得以成为宇宙或世界的规则、秩序，也有人释之以规律，这是天地宇宙至上至大的规定性。这样的"道"见于人，就有了人的得"道"之说，亦即"道德"。因此，"道德"乃是一个生存概念，它是指人必须合于宇宙规定性而生存，宇宙规定性是人的先在规定性，人则是这规定性的分有分享。康德的先验普遍律令的道义论从"道德"超越性地规定着人的生存角度讲出了这一层道理。

"道德"属人，唯有人才能"得"宇宙之"道"；"道德"规定着人的生存，人的"道德"即人的"道德"生存。"道德"之外只有活着而没有生存论意义的生存，那样的活着即人之非人。所以，"道德"又是生存的标准，即做人之准。这是道德之于人的概述。

这里有几个问题须从本章所论角度予以求解：

作为生存的道德如何从永恒规定化入历史规定？

道德生存的历史性如何化入个体生存的道德具体？

个体生存的道德具体性如何获得非道德的道德超越？

道德具体性的行为形态如何是文学道德价值的形态？

这四个问题由抽象而具体，即道德普遍性与历史性的关系问题，道德历史性与现实具体性的关系问题，具体道德否定及道德超越与道德历史普遍性关系问题，以及道德的价值体现或价值形态问题。这四个问题又正对应着文学活动的历史定性、文学活动的生存具体性、文学活动的个体自由性，以及文学形态的形象行为性。文学道德价值问题贯穿于这四个问题的求解，在这四个问题的求解中本章致力于伦理学与文学的价值论融合。

这里，本着由具体而抽象的思路，从第四个问题推及第一个问题。先行求解第四个问题，即文学道德价值见于文学创作与接受的形态。

关于道德，有一种通识性阐释，即"道德是一定的社会为了调整人们之间以及个人和社会之间关系所提倡的行为规范的总和"② 这里的核心问题是"行为规范"，它的两个关系限定即"人们之间"和"个人与社会之

---

① 高兆明：《伦理学理论与方法》，人民出版社 2005 年版，第 4 页。

② 董学文、张永刚：《文学原理》，北京大学出版社 2001 年版，第 256 页。

间"。人是关系性存在也是关系性构成，除了构成人的人与人之间及人与社会之间的关系，人便是什么都没有的虚空或空白，是只具有一定能量的虚空的待创。人的关系规定成为人的生存规定，同时也成为人生存的条件规定，这类规定包括三个方面，即作为关系主体的人，作为关系对象的人，关系的自然与社会规定性。关系的自然与社会规定性，既规定关系主体的人，又规定关系对象的人，同时规定这关系本身，而无论是关系主体的人，还是关系对象的人，又以其人的自然与社会的被规定性构入自然与社会规定性，使自然与社会规定性规定人又由人所规定。以往理论思考经常出的问题便是在自然与社会和人的相互规定性中或此或彼地有所偏颇。

自由作为区别于动物的类特性或类规定性是被规定的自由，被自然与社会规定并被他人自由规定，这就是关系规定。这种关系规定的必然性与恒常性是道德即道德生存说法的由来——道德即自由、即关系，亦即生存的规定。对此高兆明强调说："道德使人以人的方式而不是以动物的方式存在着，这就意味着道德是对动物性的克服与超越，或者说，道德标识着人超越动物性的努力与结晶"。①

道德使人成为人的规范性质，或者，人使道德成为人的种类生存的规范性质，总是实现于人的关系实存或人的关系实践中；而人的关系实存或关系实践，又见于具体的实践行为。行为，是道德规范的现实化，是现实化的道德规范。"道德作为实践的实现价值的行动，是有目的的活动"。②"实践不再是像动物那样由生命本能支配的纯粹自然的行为方式，它在这里指的主要是有关人生意义和价值的活动"。③

人的行为为意识所支配，当我们说人的现实行为方式是道德规范的现实方式时，便已预先肯定了道德规范的意识方式。对此，张汝伦说："行为者自己决定对错的形式叫准则。准则指的是一个负责的、慎思明辨的行为者在一个特定的情况下认为是一个正确行为的东西。……准则只有在对实施行为之可能性的慎思明辨中才能产生。这种慎思明辨是直接为行为服务的，因为

---

① 高兆明：《伦理学理论与方法》，人民出版社 2005 年版，第 16 页。
② 周中之主编：《伦理学》，人民出版社 2004 年版，第 60 页。
③ 张汝伦：《历史与实践》，上海人民出版社 1995 年版，第 216 页。

不决定怎样做是正确的就不会有具体的行动实施"①。这便较为准确地抓住了行为、行为准则、道德意识的关系。康德把道德准则的主体形式称为实践理性，也是突出人的行为方式是道德意识（规范，准则）得以实现之方式这一要点。而道德意识的进一步抽象或理性化，便是可以诉之于概念并因此形成道德思想体系的道德观念。由此，可以概括为这样一个脉络，即行为方式—道德意识—道德观念。作为具体行为者，他的行为由一定道德意识支配，但他却未必能概念地表述其道德意识，即是说，他未必形成道德观念自觉；而另一种情况，持有某种道德观念的人，其行为方式选择却未必合于他的观念，这便是道德意识与道德观念的错位。满口仁义道德者未必道德，就是这种情况。在这种情况下，行为方式具有道德意义——这是实践着的道德形态。

　　讨论文学道德价值，作为道德形态的行为方式具有特殊意义，这形成文学道德价值无可取代的特殊性。

　　这是由文学的形象思维特点与文学的审美特征决定的。尽管对"文学是什么"这一本质问题历来多有争论，但文学离不开人的生活或生存，并且以生活或生存的本来样子表现或再现着生活或生存，对这一点，无论是文学家、文学批评家还是文学接受者，大家都从各自理解的角度不厌其烦地予以肯定。生活或生存的本来样子，即人的直观的行为样态，亦即所谓形象。从原始人至今，无论有没有语言，持什么语言，浮着或沉积怎样的文化结晶，人都是机体所展示的各种各样的行为，是关系规定中行动的机体，是可供知觉的机体活动。正是这些特定关系中的机体活动最初地使语言得以产生，使精神活动得以产生，使人类得以产生。这类机体行为的群体目的性地发生，就是实践。德谟克利特所说与聪明才智相结合的身体，苏格拉底所说在眼睛里描绘出来的神色，亚里士多德所说模仿的对象是在行动中的人等，这些古希腊先哲格外强调的都是关系中的机体行为样态，都是生活或生存的本来样子。道德，就在这样的机体活动中不断地产生、不断地实现。

　　见于关系行为的生活或生存的本来样子，正是文学的本体样子——文学在关系行为中产生并经由语言生动地表现或再现关系行为。生活的本来样子

---

① 张汝伦：《历史与实践》，上海人民出版社1995年版，第225页。

主要是就叙事作品而言，生活以见之于事的方式进入文学；生存的本来样子则可以见于叙事作品，也可以见于抒情、体验、哲思及理性象征等作品，它们有一点是相通的，即它们都是在一定的关系行为中获得其本来样子。黑格尔说："属于这种创作活动的首先是掌握现实及其形象的资禀和敏感，这种资禀和敏感通过常在注意的听觉和视觉，把现实世界的丰富多彩的图形印入心灵里"①。这是在讲文学创作主体首要的创作活动，即获取各种行为样态。倘若文学创作主体没有掌握生活或生存本来样子即形为样态的资禀和敏感，他就无缘成为文学创作主体。文学接受也首先是这本来样子的接受，接受者经由阅读使作品中关系行为的本来样子在头脑中复现，虽然这复现已经是阅读主体的经验性复现，融入了经验理解与体验成分，因此发生了以作品为媒介的创作与接受的主体转换，但转换的只是本来样子的心理形态，而不是本来样子的关系行为实质，关系行为作为实质性存在是创作与接受的共同的文学存在。关系行为是文学实存又是文学构成，就文学整体而言，文学即按照生活或生存的本来样子创造的特定情境中的人的行为样态；就文学构成而言，文学构成的各种要素，情节、事件冲突，人物性格、人物环境或世界，作品主旨及体验等，都具体地构成于关系行为样态。小而言之，关系行为样态是文学存在的细胞形态；大而言之，关系行为样态又是文学构建的世界形态。但无论是细胞形态的关系行为还是世界形态的关系行为，都反映着、体现着生活或生存的某种意蕴或意义。杜夫海纳从现象学角度阐释了建立在关系行为基础上的文学创作与接受的审美转换关系："审美对象表现自己的作者，这不仅因为它是作者活动的产物，而且还因为它是作者存在的表现。通过对象揭示出来的是一种意识"②；而接受，"不再是深入作品，而是深入审美对象的世界，这个世界不是审美对象再现的世界，而是它发扬光大的世界"③。在这个关系行为的审美世界里，创作与接受实现于文学。

　　关系行为，如前所述，作为生活或生存的本来样子，是现实具体化的道德规范，因此也是道德规范的本来样子。道德规范的其他样子，意识的、观念的，都是这本来样子的精神影像。在文学中，关系行为作为被表现或被再

---

①　[德] 黑格尔：《美学》，朱光潜译，人民文学出版社 1959 年版，第 348 页。

②　[法] 米·杜夫海纳：《审美经验现象学》，韩树站译，文化艺术出版社 1992 年版，第 453 页。

③　[法] 米·杜夫海纳：《审美经验现象学》，韩树站译，文化艺术出版社 1992 年版，第 461 页。

现的生活或生存的本来样子，是道德规范的文学形态，它以道德规范的本来样子被文学地接受，则是文学道德价值的实现。

二、道德具体性与文学个性生存超越性

关系行为的说法旨在对行为关系予以强调，其实，作为各种社会关系交互作用凝聚而成的人的本质定性，决定着人的各种行为都是关系性的，都是在人与人、人与自然或社会的复杂关系的历史作用与现实作用中被规定并被养成的。包括最简单的个体行为，如坐卧行走，都有关系规定凝聚其中，并且是关系规定的现实形态。人类学家确认，经过漫长的进化史与人类史的雕琢，人类行为的自然性已充分社会化，虽然不同地域、种族、群体间存在社会化情况的差异，但各自的差异性行为对于各自生活或生存的社会性差异，则体现着历史与现实适应性。由于人的行为总是特定社会关系中的适应性行为，它所适应的是社会的关系规定，因此它的实质便是社会关系的归属实质，它不过是社会关系的行为性实现。卡西尔强调的人类行为的符号化意义，就是在强调行为对于社会关系的归属实质。他说："符号化的思维和符号化的行为是人类生活中最富代表性的特征，并且人类文化的全部发展都依赖于这些条件，这一点是无可争辩的"①。行为是社会关系的符号化又是社会关系或道德关系的本来样子，符号化与本来样子的统一确立于人的社会关系实质这一基点。道德的意义则在于对各种社会关系的协调，这种协调社会关系的意义正是通过被道德协调的关系行为而实现。

人的生存是反思性的。这见于人的关系行为，便形成具体的行为性反思，在具体的行为反思中，道德意识及道德观念成为行为的规定与组构力量，使具体关系行为成为道德行为。"道德是人对存在的反思性把握或评价性反映"②，高兆明曾这样强调说，他进而谈到道德反思的特点，认为通过道德反思，人形成社会关系生存意识，形成道德行为内在标准，并合理地安排自己的生活。通过反思而合理地安排自己的生活，这是一个使普遍道德标

---

① ［德］恩斯特·卡西尔：《人论》，甘阳译，上海译文出版社1985年版，第35页。
② 高兆明：《伦理学理论与方法》，人民出版社2005年版，第29页。

准或公度性道德标准具体化的过程，在这个过程中道德行为化。由此说，人们在日常生活中的各种关系行为是道德反思的行为。

人的任何关系行为都关涉道德，这是否有泛道德论之嫌？其实，道德就是"泛"，实践是人的生存，反思是人的生存，社会关系就是人的生存实质，这不正是人的生存的全部，也是道德的全部？任何具体行为都归入无所不在的道德语境与道德符号系统。

文学，作为被创构与被接受的关系行为系统，是道德实存的第二性存在。实存的关系行为是反思性的，文学的行为系统则是反思的反思，是创作者与接受者对文学作品人物的反思性行为的反思。前一个反思见于作品人物，不管那人物自觉与否，或创作者让他自觉与否，作为行为的"泛"道德性质，都有人物自己的道德意识或道德观念根据，都是他的道德意识或道德观念行为；后一个反思则见于创作者，创作者把这个人物创造出来，赋予他行为，不管创作者自觉与否，都有他的道德反思在其中，都是他道德意识或观念在具体创作中的运作，他像在生活中反思自己的日常行为一样，反思被创他者的行为，并把这样的行为选择出来或组构出来。固然，创作者为被创他者选择或组构这类行为，他可能预设一个无关道德的目的，让这个他者为无关道德的目的而行动，不过这类行为一经发生同时便也是道德地发生。它总要直接合于或暗合于某种道德目的或道德义务，并因此直接合于或暗合于某种道德标准。这也同于生活中，很多主体行为是非道德目的或道德义务的，但却仍具有道德性。这是无意识的道德运作，即道德无意识。阿尔都塞在谈论包括道德在内的意识形态时，专门谈到这种无意识状态——"把意识形态作为一种行为手段或一种工具使用的人们，在其使用过程中，陷进了意识形态之中并被它所包围，而人们还自以为是意识形态的无条件的主人"。① 道德无意识活动是文学创作的普遍性活动。对于文学创作者，写，即某种道德地写。

而对于接受者，他的接受过程也是反思之反思过程，他反思创作的反思，他的反思的直接对象，是创作者在反思中创作的行动着的人物及人物行为，他既有的道德意识或观念支持着他的反思，又在反思中被反作用，进而

---

① ［法］阿尔都塞：《保卫马克思》，顾良译，商务印书馆1984年版，第204页。

形成他接受中的理解、批评及不同程度的调整。这期间道德无意识活动伴随性地发生，在接受者没有意识到道德意识或观念活动在接受中启动时，他已被实现为一定的道德接受或影响者。

由此说，文学的道德价值又常常是以一种无意识形态而潜移默化地实现着的价值。

道德在日常关系行为中现实具体化，在文学中也同样，道德在人物的关系行为中具体化，人物的关系行为构成道德的文学形态。这里有一个问题，即在生活中或在文学中，那被具体化或获得具体形态的道德规范，是以既有公度性被分享，还是这道德公度性是在其行为具体化或具体形态中被不断建构与超越？这个问题的重要性在于，从伦理学角度说，它涉及既有道德规范的历史性变化是否在道德具体化的行为中获得变化的第一性根据，坚持这一根据则坚持了伦理学唯物论立场，即从现实具体的实践行为来确认道德规范的合理性，包括规范变化的合理性。这便是"不是使世界从属于道德原则，恰恰相反，而是从世界引出道德原则"。[①] 道德关系的演进始于引起演进的最初的关系行为。总是行为在打破关系一体的平衡，引起关系一体的调整，这也就是道德规范的调整——当然，打破关系一体的初始行为并不是毫无缘由的偶然之举，而是社会关系综合作用的行为体现。这涉及道德意识的社会变因。这个问题从文学角度说，则关涉以关系行为的系统形态而实现的文学道德价值，究竟是历史或现实的既有道德价值的维护，是其典型性的虚拟实现，还是可以求得某种程度的道德超越？这里存在着文学道德价值与道德标准的水平差异性。

就文学创作而言，创作主体由于掌握着选择与组构关系行为系统的自由，因此他获得有比在现实生活中更大的道德实现自由。他的创作过程是一定道德规范在他选择或组构的关系行为系统中具体实现的过程，这不是观念地实现，而是在想象的关系行为系统中实现。这样，实现道德规范的现实行为障碍便在想象中去障碍，想象的人物行为成为实现道德规范的行为；道德因果律经由想象的行为系统创构，突显为道德规范的历史与现实感召力。于

---

① ［苏］A. 古谢伊诺夫、Γ. 伊尔利特茨：《西方伦理学简史》，刘献洲译，中国人民大学出版社 1992 年版，第 7 页。

是，创作主体便经由他的行为系统创构，进行道德规范合理性的证明。另有一种情况，即现实道德规范是有缺欠的或失去合理性的道德规范，而现实生活的延续性以及习俗力量又维持这类道德规范行为的过程；这时，创作主体的创作自由就成为通过想象的行为系统进行道德批判的自由，他通过行为系统想象性构建，布展理想的道德规范，以行为具体的方式，以个体生存的敏感性，实现既有道德意识、道德规范的超越。

就文学接受而言，接受者面对的是生活及道德本来样子的关系行为，在关系行为中他首先是知觉地接受相应道德规范，同时，他既有的道德意识与观念被唤起，由被动的知觉接受转为能动的反思性接受，道德思索与道德批判就此开始。这时有三种情况可能发生，其一，在关系行为的知觉接受中，所接受的道德规范与接受主体既有道德规范相接近，又有道德规范被强化，被更自信地导入道德意识与道德观念层面，道德意识与观念因被印证而活跃，而转化为主体道德自觉、道德行为以及道德知觉经验性。其二，被接受的关系行为所行为化的道德规范与接受主体既有道德规范具有明显差异，接受主体的道德意识与观念被否定性激活，从而进入接受追问、反思与判断状态，否定性道德情感也被连同唤起。这时，如果被接受的关系行为的艺术冲击力或感受力不够强大，则接受主体道德意识或观念在对所接受道德规范的批判中被认证并被强化得更为自觉；如果被接受关系行为的艺术冲击力或威力足够强大，接受主体受到艺术震撼，则他进入道德理性与审美情感难以统一的状况，而新的统一关系的建立，则有可能是既有道德理性做出调整的结果。其三，被接受的道德规范与接受主体既有道德规范并不矛盾，但比后者更具有应然性或者更理想、更完善，这时，接受主体既有道德意识与观念便会超越性提升，与此相伴生的是强烈的审美感动，接受主体被置入崇仰的道德情操中。

三、道德普遍性与文学的现实具体性

道德具有现实性，是行为的现实调整与规范。道德规范的反思性就其现实规范而言是规范情况的即时反思，其反馈性纠正也通常是即时纠正。同时，道德规范的现实性总是实现于具体性中——非具体的一般道德规范或道德观念主要是定型于普遍的历史延续性或逻辑稳定性而不是现实性。

实现着道德现实性的道德具体性，使在表现或再现关系行为中获得道德价值的文学显出特殊重要性。这一重要性源于文学作品通过接受而对接受者行为产生直接现实的道德影响。不过，进一步追问，为什么文学作品能产生这样的现实道德影响，则答案不仅在于文学作品以生活或生存的本来样子表现或再现人的道德关系行为，更在于它所表现或再现的这类关系行为，是在历史过程的凝聚中被更充分地认识与体验到的某种道德普遍性的行为，这是创作主体生活经历与阅历的富于历史深度的开掘，它使接受者通过这类行为获得道德的历史深度。也就是说，文学是通过有历史深度的现实具体性实行着道德的历史普遍性。

18世纪法国浪漫主义运动先驱、批评家与作家史达尔在论述诗的文学特征时曾强调指出，优秀抒情诗富于历史深度的现实具体性问题，认为这是诗的代表性特征："抒情诗与万事无关，不限于时间的持续，也不限于空间的范围；它的翅膀遮蔽各个国家和时代；它给予崇高的刹那以时间的延续，因为人在此刹那间超越了生命的痛苦和快乐。他觉得在世界奇迹之中，自己既是创造者又是创造物，他必定要死，但又不能不存在，他的心战栗，但同时又坚强，自己感到骄傲，但又拜倒在上帝面前"①。在这样的富于历史深度的现实具体性中，诗获得"结合着想象和沉思"这两种力量。其后，批判现实主义大师巴尔扎克分析小说创作时也特别谈到这类问题，他说："为了得到艺术家都会渴望的赞词，不是应该进一步研究产生这些社会现象的多种原因或一种原因，寻出隐藏在广大的人物、热情和故事里面的意义么？在寻找了（我没有说：寻到了）这个原因，这种动力之后，不是还需要对自然法则加以思索，看看各个社会在什么地方离开了永恒的法则，离开了真，离开了美，或者在什么地方同它们接近吗？这些前提虽然牵涉甚广，单是它们就可以成一巨帙；可是，如果要使这部作品做到完整，就必须给它一个结论。这样描绘的社会，它本身就需要带有它的运动的理由"②。不仅要文学

---

① ［法］史达尔：《论德国》，见伍蠡甫、蒋孔阳、秘燕生主编：《西方文论选》（下卷），上海译文出版社1979年版，第138页。

② ［法］巴尔扎克：《人间喜剧》前言，见伍蠡甫、蒋孔阳、秘燕生主编：《西方文论选》（中卷），上海译文出版社1979年版，第168页。

地描绘社会现象，而且这些社会现象本身就须有它社会历史的乃至自然法则的理由，文学的现实具体性中的历史深度问题，由此被深刻谈到。

而这类在充分的现实具体性中表见出充分的历史深度或普遍性的艺术或审美话题，康德、黑格尔、柏格森等大哲学家也都更富哲学意味地谈过。如康德谈论想象构成"美学上规范的观念"时说："这是整个种族的形象，它飘浮在个体的各种不同直觉之中，自然把它作为它制作同一种属时的原型，但没有一个个别事例能够完全达到它。"① 这是在谈艺术想象在具体性中超越个别的普遍性。黑格尔对此讲得更明白一些："与直接的感性存在或历史的叙述的表现或相似物相比，艺术的相似物有个优点，即它指向超越其本身的东西，使我们联想到它本身之外的，它想在我们眼前显示的东西……自然的外壳和日常世界使我们的心灵难以打破而进入观念，艺术作品较易做到这一点"②。在历史中演进的普遍性的东西，在艺术的直接感性存在的相似物中被显示出来。这可以说是文学艺术的一个特征。至于柏格森，他对这个问题谈得更为具体，他分析莎士比亚的人物，发现这些人物都具有突出的特殊性但又不受各种特殊接受情况的影响——"他们是共同人性的真正产物，这个世界永远能提供，仔细的观察随处可找到。他的人物行为言语只受每个心灵都能为之激动而整个生活凭此不断运动的普遍性或情感原则的影响。在其他诗人手里，一个人物往常只是一个个人，而在莎士比亚手中一般说他是一个种属。"③

由以上论述可见，文学建构着关系行为系统的具体性，这具体性本身又是具有历史深度的普遍性，在这样的具体普遍性中，文学获得有无可取代的道德价值。

前面说过，道德是历史范畴，道德功能又在于现实地规范行为，在行为的具体的道德规范作用中历史现实化。道德之于个体行为，其规范性获得于社会对个人的规定性与构成性。个人在社会中生存，这种说法基于两个前

---

① ［德］康德：《判断力批判》，J. H. 伯纳英译，见［美］威廉·K. 维姆萨特：《具体普遍性》，赵毅衡编选：《〈新批评〉文集》，百花文艺出版社 2001 年版，第 285 页。

② ［德］黑格尔：《艺术哲学导论》，伯纳·鲍桑盖特英译，见［美］威廉·K. 维姆萨特：《具体普遍性》，赵毅衡编选：《〈新批评〉文集》，百花文艺出版社 2001 年版，第 286 页。

③ ［法］昂利·柏格森：《论笑》，见［美］威廉·K. 维姆萨特：《具体普遍性》，赵毅衡编选：《〈新批评〉文集》，百花文艺出版社 2001 年版，第 288 页。

提，即这个个人不是任意个人，而是在特定社会群体生活中存在的个人；这个社会也不是任意社会，而是使个人得以存在的各种群体性生活构成的社会。即是说，这个社会与这个个人必须具有一个共同体关系，否则，道德的行为规范性就无法形成与发挥作用。这就是为什么政治道德对非政治群体中的人不具有行为规范性，基督教道德对于非基督教群体中的人不具有行为规范性的原因。当然，有些原本属于道德的规范性对于某些非群体中人在特定情况下可以发生强制性作用，如强制地接受某些政治规范或宗教规范，但这时，这作用已不是道德的，而是某种政治或宗教律令，这是道德的否定。个人与社会的共同体关系的形成及共同体成员对这种关系的认同，乃是一个历史模塑过程。社群主义伦理学代表人物麦金太尔深刻地谈到这一点，他认为包括正义原则在内的价值原则无论其形成、发展还是现实地发挥作用，只有回到历史才能得到恰当解释，这些价值原则正是对历史的一种认识与解释。道德规范的多样性及变化性，不是人们先天具有的，也不是"无知之幕"下的"原初状态"，而是历史地形成的。在麦金太尔看来，"任何一种个人行为的选择及其意义，只有在特定的'文化图式'或历史背景中才能被理解。"① 另一位社群主义伦理学代表人物桑德尔也做过类似强调，他认为道德规范的作用不可能是偶尔任意的，"被随意确认的任何特殊的社会，似乎就不可能比个人更有权对个人偶尔具有的某些特殊禀赋提出什么要求，唯有在历史地形成的个人——社会的统一联结中，规范性才获得并实现"②。道德之于个体的这种建立在共同体基础上的规范性，对生活中的个体来说难免被动性、盲目性与即时性，再理智的人也难以继往开来地设计自己的延续的道德人生过程，他无法规避意想不到的种种生活问题。文学却在这个方面占有不可比拟的优势。文学表现或再现行为系统的自由，以及它的全知全觉的造物主般的优越地位，使它致力于主动地、清醒地、延续地思考、体验人，人与人的关系，人生命运，并且对此进行整体规划。一切看似偶然的东西都是它有意地设置与安排，都是一种预先把握的必然。于是，道德规范的行为化，在关系行为中实现的道德规范的历史性，以及这种具有历史深度的道德

---

① ［美］A. 麦金太尔：《谁之正义，何种合理性》，万俊人译，当代中国出版社 1996 年版，第 35—40 页。
② ［美］桑德尔：《自由主义与正义的局限》，万俊人等译，译林出版社 2001 年版，第 177—178 页。

行为的生动的现实具体样态，都在文学的历史普遍的现实具体性中获得在其他地方无法获得的表现或再现根据。

四、道德永恒的文学主体化

道德又是一个人类生存的永恒范畴。它与人类生存共在，它在人类生存的发生中产生，它是人类生存的历史规定与现实规定。

道德的生存永恒性从规范功能而言，在于它不仅从整体性和丰富性上规范历史与现实生存，而且在整体性和丰富性上引导历史与现实生存。这里有两个要点，即人的整体性与丰富性的既在，以及人的整体性与丰富性的应在。

历史在关系行为系统中开启并实现为人的整体性与丰富性的历史，这里有一种自结构与自组织的机制与力量在发挥作用。布尔迪厄在分析实践感时谈到一个应予重视的概念——"习性"，这"习性"即活跃于具体生活的人的生成性，它是人的自然性与社会性相互作用的产物，它对道德具有原生意义。布尔迪厄说："条件制约与特定的一类生存条件相结合，生成习性。习性是持久的、可转换的潜在行为倾向系统，是一些有结构的结构，倾向于作为促结构化的结构发挥作用，也就是说，作为实践活动和表象的生成和组织原则起作用，而由其生成和组织的实践活动和表象活动能够客观地适应自身的意图，而不用设定有意识的目的和特地掌握达到这些目的所必需的程序，故这些实践和表象活动是客观地得到'调节'并'合乎规则'，而不是服从某些规则的结果，也正因为如此，它们是集体地协调一致，却又不是乐队指挥的组织作用的产物"①。布尔迪厄由此揭示各种道德规范的原始由来。这是在实践关系中基于"习性"的自组织与自结构，它在新展开的实践活动中，在没有规定性的地方原初地组织与结构着规定，使实践活动规定性地展开；意识与观念则在反思中使这些规定性获得意识与观念形态，由此有了各种自觉的规定与规范，道德因此而现实化。这样的思路为康德先验道德律揭示了实践根据。关于"习性"，布尔迪厄进一步阐释说："作为习性的生成

---

① ［法］布尔迪厄：《实践感》，译林出版社 2003 年版，第 80—81 页。

图式系统，习性使在习性的特定产生条件之固有范围内形成的各种思想、各种感知和各种行为自由产生成为可能，而且只能使这类思想、感知和行为的自由产生成为可能。产生习性的结构借助习性支配实践行为，但途径不是机械决定论，而是通过原初为习性的生成物规定的约束和限制。……习性是一种无穷的生成能力，能完全自由地（有所限制）生成产品——思想、感知、表述、行为，但这些产品总是受限于习性生成所处的历史和社会条件，习性所确保的受条件支配的和有条件的自由不同于无法预期的创新，也有异于和原初条件的机械再生产"①。习性，是实践行为发生的根据，是思想、感知、表述行为这些构成人的有机生存的各要素整体性生成的根据，它不是单一地生成某类要素，如思想、表述等，而是综合性地生成这些要素，并使之综合地化入实践。不过，习性不是单一根据，它是主体见于及活跃于历史与社会条件的根据，习性与在历史及社会条件的相互作用中构建可以预期的生存展开，亦即生存的应然。

布尔迪厄经由习性而论及实践再进入实践史，这是类根据的强调。回想马克思在巴黎手稿中论述人的自然存在与社会存在关系的一段话，会看到探索人的社会实践行为包括道德行为的自然根据与社会根据，并确认这两种根据的更为深层的联系，是深刻哲学家的历史性努力。马克思说："只有在社会中，人的自然的存在对他说来才是他的人的存在，而自然界对他说来才成为人。因此，社会是人同自然界的完成了的本质的统一，是自然界的真正复活，是人的实现了的自然主义和自然界的实现了的人道主义"②。马克思的"人的自然"，布尔迪厄的"习性"，在各自的思想体系中有各自的强调，他们的思维一致性则在于把人的本性放到综合地实现着人的生存整体性的社会实践中考察，并把这种社会整体性实现看作是人性的实现——"……同样地他也是总体，观念的总体，被思考和被感知的社会的主体的自为存在，正如他在现实中既作为社会存在的直观和现实享受而存在，又作为人的生命表现的总体而存在一样"③。

---

① ［法］布尔迪厄：《实践感》，译林出版社 2003 年版，第 83—84 页。

② ［德］马克思：《1844 年哲学经济学手稿》，中共中央马克思恩格斯列宁斯大林著作编译局编译，人民出版社 1979 年版，第 122 页。

③ ［德］马克思：《1844 年哲学经济学手稿》，人民出版社 1979 年版，第 123 页。

道德是人的自然性、习性这类生成属性与社会性在历史实践中得以统一的规定。从这一点说、道德与人及社会共生共在因而永恒；更进一步说，它又必须永恒于人与社会的整体性实践关系中。这里说的整体性是相对于人的片面的、割裂的、碎片的，以及抽象的设置情况而言，人见于历史实践的生存整体性实现，便是不断克服片面的、割裂的、碎片的、抽象的生存状况的过程，是这一过程的应然收获。这是道德永恒的应然。

历史地、超越地、整体地实现着人的思想、感知、表述、行为的道德永恒性，在文学中获得比其他领域更充分的实现可能性，这是更为现实的文学应然。

在现实生活中，人被多方面地割裂、抽象、片面化与碎片化，这已成为越来越严重的生存危机。这当然也是道德危机。人们不仅不断经历着外部和谐关系，即实践的社会关系的破裂，而且不断经历着内部和谐关系，即生存整体性的断裂，包括生理与心理的断裂、情感与理智的断裂、人格的断裂等等。内部断裂由外部引起又加剧外部整体性的进一步破裂。这种情况见于知识与观念领域，则是人的概念的混乱。对这种危机情况，卡西尔曾引用马克斯·舍勒的话说："在人类知识的任何其他时代中，人从未像我们现在那样对人自身越来越充满疑问。我们有一个科学的人类学、一个哲学的人类学和一个神学的人类学，它们彼此之间毫不通气。因此我们不再具有任何清晰而连贯的关于人的观念。从事研究人的各种特殊科学的不断增长的复杂性，与其说是阐明我们关于人的概念，不如说是使这种概念更加混乱不堪"。① 这是对人的所谓观念地或科学地救赎的明确否定。

在这种情况下，文学在使人回归——其实也是超越——人的生存整体性方面，便因为它按照生活或生存的本来样子，即按照人的关系行为样态来表现或再现人的生存，因而获得使回归有机整体性和谐的道德，得以生存地或实践地实现的优势。在文学关系行为系统创构中，拥有生存整体性道德修养的创作主体不仅实现他的道德意识、道德观念，更有机整体性地实现他的道德情感与意志，他把内在的知情意的统一具体化为人物的关系行为系统，创造出既反映道德既在又反映道德应在的文学形象；在文学形象的接受中，接

---

① ［德］卡西尔：《人论》，上海译文出版社 1985 年版，第 29 页。

受主体通过反映着道德既在与应在的文学形象，将自己提升到历史超越的整体性生存境界，享受更高层次的道德实现的愉悦。

大概正是从这样的道德实现角度，尼采说："艺术家比迄今为止的全部哲学家更正确，因为他们没有离开生命循之而前进的总轨道"①；我国著名翻译家、文学批评家傅雷则对他远在国外的儿子谈到中国传统艺术中的艺术地实现人的生存整体性的伟大艺术家时说："你所赏识的李太白、白居易、苏东坡、辛稼轩等各大诗人也是我们所喜欢……等到你有什么苦闷、寂寞的时候，多多接触我们祖国的伟大诗人，可以为你遣兴解忧，给你温暖"。②

---

① ［德］尼采：《悲剧的诞生》，见《尼采美学文集》，生活·读书·新知三联书店 1986 年版，第387 页。

② 傅雷：《傅雷家书》，生活·读书·新知三联书店 1981 年版，第 19 页。

第　四　章

体验是文学道德的心理形态

　　文学是体验的产物。按照传统分法，模仿艺术与表现艺术，不管属于哪一类，都是从主体体验世界中脱生出来。表现自不必说，它就是主体心灵世界的艺术呈现，尽管这被呈现的心灵世界与外部世界彼此关联，互生互动，但它仍然是体验的心灵世界。而模仿艺术所模仿的，也不是哪个客观给定物，它仍然是对于主体心灵世界不同对象的模仿。这个心灵世界，既非认知的世界，也非实践的世界，它是融合着认知与实践的体验的世界，只不过模仿艺术更注重体验物与它所对应的客观给定物的某种相近性的保留。

　　这里，把文学的伦理属性作为课题进行研究，就创作的发生与运作过程而言，体验自然无法回避。尤其在文学的道德说教已多受指责，已令很多接受者深感厌倦的情况下，文学是否还须承担其道德责任，在文学的众多功能中是否还应强调文学的道德功能，这个问题也应该在文学的艺术体验中寻找求解的根据。而体验，在一些学者的研究中只是被作为体物感人的一种方法，由于它相对于认知的模糊性与变动性、随机性与个人性，因此常被置于理论的冷落位置。其实，体验是认知及各种生存活动的本源，它不仅孕育与促生认知及各种生存活动，而且，它又是认知及各种生存活动的高级形态，生存伤痕及生存疲劳在延续的生存体验中得到平抚。种种情况使得体验及体验的伦理性问题，成为必须予以重视的文艺学研究课题。

一、生存意蕴的体验状况

体验是人与外部世界相关联的主体生存形态，人通过体验而建构、把握、构入外部世界，并使外部世界内在化，从而使生存成为此在生存或世界生存。人世界地生存因此也体验地生存，人在体验中成为人并获得人的世界。海德格尔谈论人与世界的关系时说，这个存在者在世，就是说："它能够领会到自己在它的'天命'中已经同那些在它自己的世界之内同它照面的存在者的存在缚在一起了。"① 获得这种"天命"式的生存关系的生存过程或生存形态，就本源性而言即体验。

1. 体验是对象的身体性呈现

何者成为对象取决于主体接受其为对象，在是否接受这一点上主体具有主动性，尽管这种主动性常常又是被动的，如某种声音因其意外而引起警觉并获得主体的关注，就是主动于被动之中。但尽管如此，就对象性关注是否发生而言，主体是主动的，对象在主体主动性中成为对象。

主体接受对象的主动性不仅在于把一个既有的、确定的对象纳入关注，更在于他使这一对象得以构成，即使对象成为这样一个对象。如心理学教学中使用的双视图像，可以把它看成是一个圣杯，也可以看成是两张对视的人的侧脸，这取决于观看者。杜夫海纳称这样的接受主动性为"构成活动"："构成活动仅仅把外观理顺以便在外观中确定一个可以辨识的对象，并就该对象与其他对象的关系进行思考"②。世界所以不同于有确定形态的周围客观环境，在于世界是构成的，主体拥有世界构成的主动性。

在对象构成中，形式组合或建构是一个方面，另外还包括特征、性质、意义、功能等深度方面的东西，这些东西不是后来思考的发现或者结果，它们就在最初的使对象成为对象的主体主动性中向主体呈现出来。主体感受到它们，并在感受中或经由感受构成对象。必须要指出，对象未必就成象，或

---

① ［德］海德格尔：《存在与时间》，陈嘉映、王庆节译，生活·读书·新知三联书店1987年版，第69页。

② ［法］米·杜夫海纳：《审美经验现象学》，文化艺术出版社1992年版，第427页。

者说，它未必有明确可辨的听觉象、视觉象，如建立在触觉基础上的肌肤感，建立在运动觉基础上的活动感，以及零散的不同感觉因素所形成的综合感，它们都未必成象，但却可以成为某种对象，通常所说气氛、氛围、环境感、季节感等属于这一类。

在各种构成性对象中，有一类对象构成是植根于身体的，即植根于各种身体感觉。这类对象构成具有原始性，因为这是人类在漫长的进化史中最早获得的构成性，也是人在一生中最初拥有的对象主动性，而且，在各种生存活动中这又是最具有直接性与本源性的活动，其他活动都由此衍生。体验对象当它引发原初体验时就是这样的对象，而由此形成的体验便是对象的身体性呈现。在对象的身体性呈现中，呈现的是对象的可由身体把握的形态与属性，这是体验对象不同于其他对象的所在，也是体验有别于主体其他生存活动的所在。人类的各种活动由此开启。如叔本华所说，这是"一切证据的最高源泉"①，也是理性的最高源泉。

2. 主体与对象在体验中互构

主体在各种对象性活动中成为主体，却又根据对象成为不同主体，当他面对对象本质时他是思维主体，面对对象物性时他是实践主体，面对爱恋的情人时他是情感主体，尽管不同主体对于同一个人并非割裂，但也有各种侧重。对象也是一样，对象总是世界的对象，当主体以不同的主体性把握对象时，主体所开启的世界及世界中的对象也各有不同。因此同一个人、在同一个主体的不同主体性把握中可以是公民、父亲、朋友、领导或下属。他的这些不同的对象性各归属其相应世界，有其相应的世界规定性。这就是主体与对象互构。

体验，作为对象的身体性呈现，构成着身体性主体，也构成着身体性对象世界及对象。这种互构关系是互生互动关系，主体体验因对象而形成，对象成为主体体验的对象。但可以肯定，这种身体性呈现的互构，见于身体却不止于身体。这涉及生存论的有机整体性常识，即生存总是灵肉一体的生存。灵肉一体的有机整体性实现于生存的每一个环节，没有单独的身体，也

---

① 〔德〕叔本华：《作为意志和表象的世界》，石冲白译，商务印书馆 1981 年版，第 114 页。

没有单独的心灵，或者说，身体总是心灵的身体，心灵也总是身体的心灵。出于研究的需要，身体与心灵可以分立为不同对象，但一经进行生命的追问与抚慰，二者必须向一体性还原，生命或生存便属于灵肉一体的世界。从这个角度面对身体，身体通达并构成心灵，心灵也直接就是身体。对这一点，无论是心理学实验还是现象学研究均已有所证明。从心理学角度说，人们愈来愈接受这样的事实，即"感觉过程并非不受中枢神经系统的影响"[1]，人们承认，刺激一经在中枢神经系统组合，也就不会再有止于客观刺激的感觉。感觉的心灵性、肉体的心灵性早已在细胞与神经构造水平上获得生存根据。对此，梅洛-庞蒂说："学者也应该学会放弃作为信息传导器的身体概念。感性事物是我们用感官把握的东西，但我们现在知道，这个'用'不仅仅是工具，感觉器官不是一种导体，周围神经的生理印象已经进入以前被认为是中枢神经的关系中。"[2]

这就是说，在体验的身体形态与身体呈现中，源于对象的客观刺激已不再具有"客观"效果，对象刺激的客观性在体验的敞开中获得了主体属性，主体得之于进化与得之于经验的主体性在体验中构建到对象中去，对象因为有了这样的主体构入也才成为主体的对象。而这对于主体，也是一个激活与充实的过程，对象的刺激投入及主体对于刺激投入的身体与心灵反应，使主体的现实生存得以展开，展开为对象体验的现实生存。

3. 体验的心灵整体性

体验的身体性投入与身体性呈现并不止于身体，而是经由身体激活并充实心灵。心灵在体验活动中不仅经由身体而构建对象，同时，也是整体性地实现于对象。

传统地理解心灵活动，是把心灵分为感性活动与理性活动，在感性活动与理性活动之间，经验活动又被置于中介地位，经验一部分是感性的，一部分是理性的，经验在感性活动中根基于身体，而在理性活动中则有待向观念提升。黑格尔深刻地揭示了感性与理性的辩证互动，马克思则把这种辩证互

---

① ［美］W. 科勒：《论未觉察的感觉和错觉判断》，见［法］莫里斯·梅洛-庞蒂：《知觉现象学》，姜志辉译，商务印书馆 2001 年版，第 29 页。

② ［法］梅洛-庞蒂：《知觉现象学》，商务印书馆 2001 年版，第 31 页。

动的过程拨转到唯物论的基础上。问题是在西方以二元论为逻辑基点的传统思维方式中，进入理性活动，感性活动便因为其偶然性、个别性及非本质性而被置于否定位置，身体在否定中被放逐。这样一来，在心灵活动中，生机充盈的感性经验、身体经验、情感活动等也变得没有意义，这时理性的努力及其成果，便是把这些毫无意义的东西滤除或者蒸发。于是，充盈着生机、流转着情感、活跃着欲望意志的心灵构成便被逐出心灵，心灵整体性因此被破坏。

体验构成心灵整体性并守持心灵整体性，体验不仅把心灵带入身体，更把身体提升为心灵。在尊重体验的西方哲学家那里，在卢梭、叔本华、尼采、柏格森、海德格尔、福柯等那里，体验是对抗灵肉二元论的利器，很多在西方引起震动的、离经叛道的思想观念，均从这利器中获取锋芒。

心灵在与身体的有机整体性中拥有身体，并在身体的拥有中拥有世界。心灵获取世界，亦即思考与体悟世界。心灵总是要思考与体悟，它在思考与体悟中拥有身体，又在拥有身体的情况下思考与体悟。因此，心灵的整体性是经由身体而思考与体悟的整体性。前面说的身体中有心灵，即身体中有心灵的思考与体悟，同样，因为身体中有心灵的思考与体悟，才有拥有身体的心灵的思考与体悟。

那么，身体为什么能进行心灵的思考与体悟呢？对此，杜夫海纳提出一个"情感先验"的概念。杜夫海纳指出情感基于感觉，而且它本身就是感觉的，"感觉因为是情感的，所以它的特点就是认识情感，而这种情感乃是对象的第一特征"[1]。这样，对象，体现着心灵整体性的情感就在体验的身体形态中获得了相融通的根据，感觉，既感觉情感又感觉对象，既是情感又是对象。杜夫海纳进一步说："感觉就是感到一种情感，这种情感不是作为我的存在状态而是作为对象的属性来感受的。情感在我身上只是对对象身上的某种情感结构的反应。反过来说，这种结构证明对象是为一个主体而存在的，它不能归结为任何人存在的那种客观现实。因为在对象身上有某种东西只有当主体向对象开放时通过一种交感才能被认识。所以，用情感修饰的对象在一定范围内自身就是主体，而不再单纯是对象或一种非属人意识的关联

---

[1]　［法］米·杜夫海纳：《审美经验现象学》，文化艺术出版社1992年版，第480页。

物。各种情感特质都意味着某种自身与自身的关系，即把自身构成整体——我们倒愿意说是自己感动自己——而不是从外部被泛泛确定的一种方式"①。这实际就是对体验的一种结构性分析，体验在感觉中占有对象又被对象占有，构成对象又被对象构成；同时，感觉又占有着因占有对象并被对象占有而活跃的情感，感觉因占有情感又被情感占有，因构成情感又被情感构成，体验成为对象、身体、情感的一体性结构。进而，杜夫海纳引入"情感先验"概念。他引用康德的说法："先验首先是一种认识的特性，这种认识在逻辑上而非在心理上先于经验；它可以从一些必然性和普遍性的逻辑特征中作为认识被认出。"② 这样，认识这一心灵的重要活动便经由先验而在情感中有所着落。他概括出先验当然也包括情感先验的三重规定性，由此确认情感的认识功能："首先，先验是对象中把对象构成对象的因素，因此它是构成因素。其次，先验是主体向对象敞开并预先决定其感知的某种能力，亦即把主体构成主体的能力。因此，它是存在的先验。最后，先验可以成为一种认识的对象，这种认识本身也是先验。"③ 杜夫海纳在此揭示的主体结构是在体验中实现的，因为在体验中，感觉与情感才能互构为一体，对象与主体才能互构为一体，情感与认知也才能互构为一体。

固然，体验的心灵性不仅在于它在情感先验中把握世界，它同时也是经验性的，既有经验总是在体验的世界组构中参与其中，这里有理解也有判断，有本质直观并自觉这种直观。任何一个新的体验对象都具有先验性，它都具有某些先于主体经验的成分，否则，它就算不上是新的对象；即便是对熟悉对象的再体验，由于种种体验情境的不同，也有新的体验成分被发现或发生，这新的被发现或发生同样先于主体经验。这里有一个组合与生成的过程，一些新的体验内容被组合与生成出来。对此，梅洛-庞蒂称为"知觉综合"，新的体验内容是知觉综合的结果。这先于经验的新体验的生成，渗透着既有经验的运用与操作。

既有经验参与现实体验，并不是先前的个别经验的记忆浮现并在体验中活跃起来，当然这样的浮现或活跃完全可以在体验中发生并且经常发生，但

---

① ［法］米·杜夫海纳：《审美经验现象学》，文化艺术出版社 1992 年版，第 481 页。
② ［法］米·杜夫海纳：《审美经验现象学》，文化艺术出版社 1992 年版，第 481 页。
③ ［法］米·杜夫海纳：《审美经验现象学》，文化艺术出版社 1992 年版，第 483 页。

它们只是体验的唤起物，在唤起物被唤起之前，体验便已发生。经验对于现实体验的参与依靠着经验心理结构。这种心理结构是经验沉积的结果，它以皮层上不同功能区域经由经验而形成的神经联系为根据。对于没有地震经验或地震知识的人，地光与地震没有联系，但经历过地震，知道了地光闪亮之后地震随之而来，地光的记忆便与地震的恐惧联系了起来，这种联系可以在其他地震场所活跃起来并转化为防范行为。

梅洛-庞蒂认为各种身体感觉并不囿于对象的几何轮廓、色彩、声音、气味、强度本身，同时还要关联其他，涉及性质，触及意义，因此指出各种感觉总是有深度的感觉敞开，并且总是有深度的各种感觉记录综合投入的结果。在这样的综合投入中，感觉对象也不再囿于对象本身，而是借助于感觉记录的综合投入向四面八方延伸开去，当然也向主体延伸过来，从而形成世界性敞开。他说："每一种颜色在其本质中只不过是一种在外面表现出来的物体的内在结构。金子的光泽明显地向我们表明其同构结构，树木的灰暗色向我们表明其异质结构。感官在向物体敞开时在它们之间建立了联系。我们知道玻璃的刚性和脆性，当玻璃伴随着清脆声碎裂时，这种声音是由可见的玻璃产生的。我们知道钢的弹性，烧红的钢的延伸性，刨子的刀刃的坚硬，刨花的柔软。物体的形状并不是物体的几何轮廓：物体的形状与物体本身的性质有某种关系，它在向视觉说出真相的同时，也向我们的所有感官说出真相"[1]。因此，作为体验的身体呈现，在身体对于对象的掌握中，身体感官不仅从众多横向联系中而且从纵向的深度中揭示与构建对象，主体经由身体把握到的，乃是对象与主体均在其中世界，而这一世界的广度及深度又是主体经验的广度及深度。概括地说，当谈论体验的心灵整体性时，我们要相信身体。

心灵整体性的突出特点是心理各要素在体验对象时的综合性活跃与投入。在这一瞬间，建立在先验与经验基础上的整个经验结构都承接并构入对象。其实，在对象被确定为对象的前对象阶段，整体性的经验结构就以意向性的方式开始工作了。体验仅体验需要体验并能够体验的东西，而需要体验与能够体验的判断又发生在体验之前。这是一个门向谁敞开的问题。门向谁

---

[1] ［法］梅洛-庞蒂：《知觉现象学》，商务印书馆 2001 年版，第 293 页。

敞开，是心灵整体性的预先运作。"意向性把我的身体本身具有的全部潜在知识当作已经获得的知识。知觉综合依靠身体图式的前逻辑统一性，除了身体本身的秘密，不再拥有物体的秘密，这就是为什么被感知物体始终表现为超验的，这就是为什么综合发生在物体中，发生在世界中，而不是发生在作为思维能力的主体这个形而上学的场所中……"① 梅洛-庞蒂这里提出的"身体图式的前逻辑统一性"，其实就是先在于具体体验的心灵整体性。

4. 文学体验

文学体验与日常体验并没有实质性差异。身体呈现性，主体与对象的互构性，以及心灵整体性，这些日常体验的生存意蕴同时也是艺术体验的生存意蕴。

不同的是，艺术体验是更具有自觉的期待性，体验敞开的定向性，以及体验反思性的体验。

（1）文学体验的自觉期待性

日常体验更多是应时应物应景而生，即所谓因物动情，触景生情。在顺应中，主体很少预先存有对于体验的自我限定，因此主要是有待发生，至于发生什么，状况本身如何强烈，如何微妙，如何蕴含隽永则较少期待。这种有待发生决定于体验对于生存的意义，生存是敞开的，生存过程即不断向世界敞开并进而求得与世界互构的过程，它需要对各种因敞开而涌入的超验对象或对象的超验信息进行先验与经验的处理，将之构建到生存境遇中来。生存敞开就是应对陌生，就是消除陌生的冷漠，使之照亮于生存的光焰。各种体验便因此发生。生存敞开中随时相遇的超验陌生是无可预计的。有待发生及顺应而变便是情理中事。当然，按部就班地生活，各种习惯性的重复，在人的一生中也绝不可免，这时的体验就不是重复体验或期待性体验，但这是生存的封闭，生存的封闭仍然可以生活，却不是生存论意义上的生存敞开的生活。

文学体验的期待性，不仅是对新鲜体验的有所期待，更是对体验状况的有所期待。而这体验状况的预期又是以艺术创作主体对艺术的理解，对艺术

① ［法］梅洛-庞蒂：《知觉现象学》，商务印书馆2001年版，第297页。

创作的经验与知识储备、艺术创作风格的倾向性，尤其是彼时彼地艺术家已然活跃的心境密切相关。这些唯艺术创作主体才能经由积累而获得的东西，在创作冲动的作用下，形成虚待的心理场，它成为艺术体验的动力源，激发艺术体验的预备状态，在无所体验时形成很强烈的体验状况期待。

文学体验状况的期待，亦即对艺术体验自身的期待，它要求新鲜、强烈、有冲击力、有丰厚的意蕴，这是心灵综合性的强力调动与开发。这种状况通常会伴随着心灵整体性与生存整体性得以实现的生存愉悦，它是世界的发现与建构，又是自我的发现与建构，它是因日常生活压抑而形成的焦虑、郁闷、痛苦、愤疾，以及在生活压抑中形成的非整体性生存状态的有待消解，因此文学体验常常伴有自由与解放的快感。"众里寻他千百度，蓦然回首，那人却在灯火阑珊处"，王国维所强调的艺术创作的这第三种境界，可以理解为对强烈的艺术体验状况的期待与寻觅。

在文学体验状况的期待中，体验状况本身成为体验对象，期待主体期待着这类体验状况的出现。而有所得必有所知，期待主体预先知道或经历过这类体验状况，他才能对此形成期待，他对于所期待的预先所知，源于他的艺术创作与艺术鉴赏经验，这类经验是生存整体性的，从身体到心灵，因此这不是观念，又非语言所尽言，这是复现的体验，由此说，文学体验的期待是期待体验复现的文学体验状况，这是自觉的体验期待。

（2）文学体验的定向敞开性

现象学所说的"意向性"，同样适于体验及文学体验。"意向性"是说意识活动总要关涉一定的意识对象，"认识体验具有一种意向（Intentio），这属于认识体验的本质，它们意指某物，它们以这种或那种方式与对象发生关系。尽管对象不属于认识体验，但与对象发生的关系却属于认识体验。"[①]体验，总是对象性体验，尽管这对象同时是在体验中被建构的对象，但它仍然构成体验的所指，无所指则无所体验。在对于对象的所指中体验并构建对象，这就是体验与对象的关系，这同样是体验的内容。一切体验都是如此。

文学体验的特殊性在于，它不是必然地指向对象并在体验中建构这一对象，而是必然地、定向地指向对象，并在定向性中定向地建构对象。定向性

---

① ［德］胡塞尔：《现象学观念》，倪梁康译，上海译文出版社 1986 年版，第 48 页。

的"定"，源于创作主体的意向性选择，相对于日常体验的随机性与顺应性，这种定向选择更体现着体验主体的能动性，它更具有指导于心灵的规避机制，即它不是像日常体验那样不得不顺应跃入体验视野的随机性，而是可以对某些对象拒绝体验，而对另一些对象既形成期待又刻意去体验。指导艺术创作主体进行这种定向选择的，不在于日常体验所顺应的对象，而在于创作主体的自身状况。创作主体不是在一般的选择意义上选择对象，而是在选择适应于创作需要的对象，即选择可以在对象中体验的进行文学创作的自己，对象愈是适合于这种自我选择及选择自我，对象则愈有可能被选择与建构为文学体验的对象。这就是文学体验的定向性，体验对象定向于创作主体的现实需求与现实状况。对这种定向性，杜夫海纳曾从审美主体与审美对象的交感思考角度作以阐释，他说："解答不再是通过发现作品外部的一个原因，而是通过对作品内部的一种必然性的感觉得到的。这种必然性确实应该称为存在的必然性，因为它类似于我们在自己身上体验到的一种必然性。当我们的存在的发展本身使我们感到必须进行某种选择或某种判断的时候，我们在自己身上便会体验到这种必然性。"① 艺术体验中定向体验的自我选择性在杜夫海纳那里作了准确的描述。

中国古人对艺术体验的定向性及定向体验中的创作主体心境的主宰性，更是早有感悟。如近两千年前的陆机，就曾说过："伫中区以玄览，颐情志于典坟。遵四时以叹逝，瞻万物而思纷；悲落叶于劲秋，喜柔条于芳春。心懔懔以怀霜，志渺渺而临云；咏世德之骏烈，诵先人之清芬，游文章之林府，嘉丽藻之彬彬。慨投篇而援笔，聊宣之乎斯文。"② 这段话，由创作主体体验的主体根据谈起，讲到主体基于主体根据的定向体验，讲到这种体验中主体既规定对象又顺应对象的体验过程，以及定向体验中既往经验的汇入，直至投入创作落笔成文。这是很精当的艺术体验的过程性描述。刘勰对艺术创作的定向体验及体验因定向而物我相融、物我互动，也有深刻而细致的感悟，他说："山沓水匝，树杂云合。目既往还，心亦吐纳。春日迟迟，秋风飒飒。情往似赠，兴来如答。"③ "心亦吐纳"是定向体验的主体心灵根

① ［法］米·杜夫海纳：《审美经验现象学》，文化艺术出版 1992 年版，第 434 页。
② 陆机：《文赋》。
③ 刘勰：《文心雕龙·物色》。

据，"目既往还"则是定向体验的主体身体根据；在这样的定向体验中，"山沓水匝，树杂云合"经选择而进入体验，从而实现着体验的"情往似赠，兴来如答"。这是定向体验中主体与对象的互动性描述。至于司空图，他就艺术作品表现定向体验的含蕴性作以阐释，"不着一字，尽得风流，语不涉难，已不堪忧。是有真宰，与之沉浮，如渌满酒，花时返秋。悠悠空尘，忽忽海沤，浅深聚散，万取一收"①。这里说的"真宰"当是定向体验的心灵根据，它融入体验对象，同时也蓄藏于体验对象，这样的体验对象被表现于艺术，创作主体的心灵主宰也就含蓄其中。这是主体心灵在定向体验中的主宰状况的描述。

（3）文学体验的反思性

日常生活体验可以反思，但并不务须反思，而且常常并不反思。文学体验不同，它是必须反思的，通过反思，文学体验才能进入文学创作，也才能求得文学体验的实现。

文学体验的反思性源于向着文学作品的转换性，文学体验发生于文学创作主体与文学创作对象互相作用的关系中，这种关系是见于主体的关系，即主体是这种关系的体验者，创作主体在与对象的相互作用中形成对于对象的体验，同时他又体验着这种体验，对于对象的体验成为他体验的对象。他唯有使体验成为体验对象，才能面对体验地表现体验，使之获得表现的文学形态。这时，文学创作的质料规定性、文学创作方法与文学技巧才能被适当地运用。

使体验成为体验对象，其间有一个创作主体从初始的定向体验中抽身而出的过程，这个过程是初始体验的中断或终止。这时，创作主体从初始体验中走出，回归他的主体身份，这是他从所营造的体验世界向着现实世界的回归。这也是日常体验对于发生过的文学定向体验的干预。在这样的干预中，文学体验获得现实生活属性，其对于生活的认知意义、娱乐意义、伦理意义、审美意义等得到审视与必要的调整。这就是文学体验的反思性。在反思中，创作主体的创作理念、创作经验、艺术趣味、审美标准等，在不自觉地或习惯性地参与了原初体验之后，这时，又以不同程序的自觉性参与进来，

---

① 司空图：《诗品二十四则》。

进行原初体验的审视与调整。通过这一番审视与调整，定向体验的意蕴得以确定。这时，体验对象不是像日常体验对象那样，在体验终止时返回它自身以外，即返回它所由来的那个客观事物及该客观事物所归属的外部规定性，相反，这时它是深入自身，在自身的体验意蕴中巩固自己的安身之所。显然，在这个时刻，定向体验的意蕴既不是那个最初地唤起体验的客观物的自身意蕴，也不是定向体验时初始唤起的体验意蕴，初始唤起的定向体验意蕴这时已不同程度地消除其最初的粗糙、多意及变动不居，尽管它仍然可以言说不清，但它却凝聚了创作主体融入其中的意蕴。杜夫海纳阐释过这层道理："一般知觉超越给定之物去寻找给定之物的意义，而审美对象只有在知觉不是通过给定之物而是停止在给定之物这样的条件下才交出自己的意义；它不容许知觉离开。"① 审美对象的意蕴在知觉在场的情况下获得，因此它不是观念性的，审美对象的意蕴又唯有它不再是原始的客观物时才能经由体验主体而获得。这时，审美对象交付的意蕴便是审美主体，亦即体验主体在体验及体验反思中获得的意蕴，而体验的反思虽然是与对象一体的初始体验的间断或终止，但它仍然伴随着体验，这时的体验是反思的体验，它是原初定向体验的升华。

至于文学体验的艺术表现，又多了一重质料因素，尤其是语言质料，理解是使用语言质料的前提。理解，既有对已然发生的体验及体验之体验的理解，又有对所用言辞与体验的对应性的理解，理性运作在这个阶段便成为艺术体验的主导。

二、文学体验的伦理指向

就文学史而言，最初的也最具经典意义的文学，如中国的《诗经》、希腊的《荷马史诗》都是创作者的体验之作。创作者把他们体验的世界吟咏起来、表述出来，其中有炽热的情感，有人生的智慧，有世界的奥秘，它时而如清泉般明澈见底，时而又像谜团般拆解不开，它的很多场景、它的很多人物、它的很多情节、言辞，对于后人来说，隐含着深意又启迪着智慧。它

---

① ［法］米·杜夫海纳：《审美经验现象学》，文化艺术出版社1992年版，第156页。

们的典范性证明着体验之于文学艺术的重要性，而体验的基本规定性自然也就从基本方面规定着文学艺术。

道德伦理内涵对于艺术体验而言，并不是附加，也不是体验之前的责任性期待或体验之后的阐释，道德伦理内涵就融合于体验中，它存身于体验发生、形成及反思的全过程，并且是体验得以发生、形成及反思的根据。艺术总是体验的，由此说，见于艺术体验的伦理内涵也就是艺术的必然构成。

1. 伦理体验的先验律令

伦理判断不仅指向他者，也指向判断主体自身，对还是不对，应该还是不应该，这是主体时常都须进行的判断，也是时常都要进行的自我行为选择。判断离不开判断的根据，伦理判断的根据由何而来？它为何能对主体行使其权力，使主体不仅如此认为而且如此行动？这是人们不断追问的道德发生问题。

儒家以道德为立学之本，"仁"是儒家学说的核心范畴。孔子谈"仁"便是立于"性"，孔子在"性"中对"仁"追本溯源，这"性"便是本真自然的本性，是生而有之，即所谓先验之本。"性相近也，习相远也"①，是说人的自然本性是差不多的，是后天习得使人与人有了明显差异。这"性"便是"仁"的根据，孔子论证"仁"的至大至高的合理性，就在于它合于"性"。"其为人也孝节，而好犯上者，鲜矣；不好犯上，而好作乱者，未之有也。君子务本，本立而道生。孝弟也者，其为人之本与？"②这段话讲的就是孝悌之本性如何引发出不同的伦理规范。"性"的伦理表述是"仁"，"仁"是道德的内修与外作，当"仁"外作为交往行为时便成为规范化的"礼"。人们复"礼"而得"仁"，由"仁"而归"性"。这既是一个由个人推及人伦的外化的逻辑结构，又是一个由人伦推及本性的内化的心理结构。

孟子的"仁政王道"主张，是伦理治国论的经典，他论述伦理治国的

---

① 《论语·阳货》。
② 《论语·学而》。

合理性，同样是以"性"为本，强调人的自然本性即为善，守持自然本性，则各种道德规范就有了根基，以之修身则身立，以之治国则国强。"人皆有不忍人之心。先王有不忍人之心，斯有不忍人之政矣。以不忍人之心，行不忍人之政，治天下可运之掌上。"① "老吾老，以及人之老；幼吾幼，以及人之幼。天下可运于掌"②。对于"性"，他提出"四端"说："恻隐之心，仁之端也；羞恶之心，义之端也；辞让之心，礼之端也；是非之心，智之端也"③。"仁"、"义"、"礼"、"智"，都是中国古代伦理学的基本范畴，也是须臾不离的道德规范，孟子从"恻隐"、"羞恶"、"辞让"、"是非"这四端确立其先天根据，这是对中国道德论的深刻悟解与贡献。

孔孟确立的为伦理探源于自然本性的思路，成为后来道德论建构的基本思路，不少后学致力于这种本性研究，形成系统的儒家心性论。

关于伦理的先天根据问题，西方也有很多学者在思考。如早期基督教思想家裴拉鸠斯说："在我们的灵魂里，可以说有一种天生的神圣，它统治着我们精神的城堡，支配着我们对善恶的判断。"④ 奥古斯丁说："在判断的天赋能力中有着确定的规则和德性的本原，它既是真实的，又是不可言传的。"⑤ 中世纪佛罗伦萨的安东尼纳斯发挥了道德本能的说法，认为道德本能是一种天生的习惯或天分，一种天赋的光，它引导人们禁恶向善。17 世纪英国伦理学家库德华兹，在论述包括道德判断的理智活动时，提出先验范畴及先验概念的说法，认为理智活动就是运用后来习得的经验对一些先验范畴或概念予以充填，经由这样的充填，后来习得的个别经验便获得了普遍性。这是在思考何以人们经历的各种经验都是个别的，而理性却可以把它们提升为普遍的，个别中没有普遍，普遍性的获得不在经验而在先天。19 世纪的亨利·考尔德伍特强调了良心这一概念，认为良心是一种直接认识道德原则的能力，"这种能力是一种观察力，使人可以得到一种对自明真理的知觉，但它并不贡献任何东西给它所知觉的真理。这是真理本身固有的一种权

---

① 《孟子·公孙丑上》。

② 《孟子·梁惠王上》。

③ 《孟子·公孙丑上》。

④ ［英］裴拉鸠斯：《与德麦特利乌书》，第 4 章，见弗兰克·梯利：《伦理学导论》，广西师范大学出版社 2002 年版，第 19 页。

⑤ ［美］弗兰克·梯利：《伦理学导论》，广西师范大学出版社 2002 年版，第 19、22 页。

威，这意味着它有绝对的权力发布命令，而不必束缚于外力"①。考尔德伍特坚持认为良心不是教育得来，相反，是它引导并规定人们如何接受教育，接受哪些教育，这就像眼睛去看、耳朵去听一样。这类说法，把道德判断的根源确定在先验的理性范畴，认为天生的神圣、天赋能力、良心，都是一种理性的直觉，尽管这种理性直觉是先天的。

　　还有一些学者，从感情或知觉角度思考伦理问题，认为人们平时所作的对或不对，正当或不正当的判断，是通过情感或知觉进行的，与理性无关，良心不过是进行道德伦理判断的情感或者知觉。17 世纪的英国伦理学家沙甫慈伯利提出具有"引向私人的善的自爱的情感"及引向公共的善的"天生的仁爱的或社会的情感"。德性的作用在于在这两种情感间建立一种恰当的和谐或平衡，这就是道德感。道德感是对正邪是非的感觉，是理性生物的自然本性②。18 世纪英国伦理学家哈奇森认为人的活动由两种情感推动，即自爱和仁爱，当这两种情感动因发生矛盾时，人的内在本性道德感就会出现并进行裁决。这种道德感不是理性论者所说的良心，而是一种感知，像眼睛感知光明与黑暗一样感知德性与邪恶，这是一种调节与控制机能，是"感知道德上的优越的能力"③。休谟也是一位道德感知论者，著有《道德原则研究》。他认为人们关于道德正义与堕落的决定是一种知觉。道德很少被判定而主要是被恰当地感觉到，它"依赖于一些内在的感觉或感情，这些感觉或感情是先天造就的，是我们整个人类普遍具有的"④。在休谟看来，对德性的感觉不是别的，而只是一种特别的满足，一种特殊的快乐。

　　康德的先验道德论为学界所熟知，尤其是他的那句令人敬畏的道德律令的名言，更是为时下谈论道德的人所经常援引。其实，康德对各种具体的道德规定或所谓道德真理，并没有给予敬畏，他所敬畏的是先验的一般道理形

---

　　① ［美］亨利·考尔德伍特：《道德哲学手册》，见［美］弗兰克·梯利：《伦理学导论》，广西师范大学出版社 2002 年版，第 22 页。

　　② ［英］沙甫慈伯利：《论美德或功德》，见［美］弗兰克·梯利：《伦理学导论》，广西师范大学出版社 2002 年版，第 24 页。

　　③ ［英］弗兰西斯·哈奇森：《道德哲学体系》，见［美］弗兰克·梯利：《伦理学导论》，广西师范大学出版社 2002 年版，第 25 页。

　　④ ［英］休谟：《道德原则研究》，见［美］弗兰克·梯利：《伦理学导论》，广西师范大学出版社 2002 年版，第 26 页。

式，主要是义务范畴。他认为在人的心灵中先验地存在着某些机能或原则，形式或范畴，是先于经验的纯粹的心灵存在。人在现实生活中通过感觉、知觉获得各种零散的个别的经验，心灵先验的感性或知性能力按照空间、时间、因果等先验形式对这些经验予以分类整理。因此，关于事物的空间意识、时间意识、因果意识，就空间、时间、因果这些用以分类的形式而言，并不是从个别经验中获得，而是一种先验赋予，这种先验赋予提供了人们理性地观察世界的一种方式。道德律就是这样一种先验原则。理性在处理各种经验时，不仅被命令按照因果律及时间与空间形式进行安排，而且要按照道德律进行安排，这种命令是无条件的绝对命令。康德确信道德律真实地存在着，先验地决定着人的行为。这种绝对命令的道德律的原则或条件，范畴或形式，即义务或者叫应当。对此，康德说："在一切道德评价中最重要的一件事就是：我们应当极其精确地注意一切准则的主观原理，这样，行为的全部道德性才有着落，这个着落处就在于：行为的成立必须本于职责，本于对法责的敬重，而不是本于对行为效果的喜爱和偏好。"① 这"职责"与"法则"，就是康德所说的先验的"义务"，对此，他又称为"善良意志"；"一个彻底善良的意志，它的原则必定表现为定言命令，包含着意志的一切形式，任何客体都不能规定它，它也就是作为自律性"②。正是这先验的"义务"、"善良意志"的自律性，决定着它不是为各种经验所决定，而是决定着各种经验。

以上通过对中国古代孔孟伦理主张对于先验之"性"的简要概述，也通过对于西方古代关于道德先验论的概述，要证明的是人的道德意识，理性也好，感性也好，确有其先验性。它不仅是后天习得的产物，更是人类进化的产物，它已经成为一种注入生命的人类生存的定性，作为人的生命构成，它必然要代代相传，这是整个人类进化史的财富。对此，弗兰克·梯利在分析了西方伦理学中道德先验论的各种看法之后，所得出的结论就显得很有启发性："道德情感在个人和神的历史中都是比较晚才达到的。它们和某些特殊行为的联系不是从来就有的和不可分离的，而是在适当的条件下可以逐渐

---

① ［德］康德：《实践理性批判》，韩水法译，商务印书馆 1960 年版，第 164 页。

② ［德］康德：《道德形而上学原理》，苗力田译，上海人民出版社 1986 年版，第 42 页。

附着于任何行为类型的。另外，这样想也并非不可以，即联系着某些行为来体验道德情感的倾向是可以多得固定和习惯起来，并遗传给后代"①。

前面说过，体验及艺术体验的发生相关于先验，即它们总是在先验中获取某些组织经验的原则、范畴、形式及条件。这里所指认的道德律令或道德情感的先验，在体验与艺术体验的发生中自然形成一定的原初规定性，是这些先验的原初规定性，使后来的道德与道德意识从零乱而有序，从个别而普遍，从无所习得而普遍认同，也使得文学有了现实超越的根据。文学，当它超越了现实的种种约束，政治的、经济利益的、观念的，也包括经验与知识束缚时，源于悠久的人类进化史的先验才得以显现，而这种先验所释放的秩序、和谐的道德律令，才放射出照亮人类道德行旅的光辉，这是文学的超越的自由，也是人类道德的自由实现。

在文学与艺术领域有永恒主题的说法，也有艺术母题的说法，而永恒主题与艺术母题中有一种超历史、超文化、超个性的永恒的感人力量，体验与分析这种感人力量，我们不难确认它总是密切地连着神秘的先验的道德情感。这种道德情感所唤起的普遍体验效果，用任何经验论都很难解说清楚。比如对于《诗经》作品的道德体验，那种欢愉，那种执着，那种自由，两千年后的今天，很难在现实道德经验中找到认同的根据，一切道德的构成条件都已大不相同，但我们又都可以对之形成普遍性的道德体验。《荷马史诗》中的英雄阿喀琉斯，他属于那个崇尚武力的远古时代，但他的勇敢、无畏、责任、义务，却自然而然地唤起我们的道德愉悦。显然，我们不是对他的愤怒与暴躁投以积极的道德评价，也不是对他的死投以功利的道德评价，但我们却被激发了活跃的道德情感，并从中获得新的道德启示。非道德的道德激活，非道德标准的道德评价，揭示着艺术体验中无可或缺的先验道德律令，这是艺术的永恒魅力的由来。

2. 伦理体验的经验构入

伦理意识离不开养成，养成的过程是教化与经验积累的过程。上面说到的伦理先验，提供着各种原初的道德伦理原则、范畴、形式，它们在生存中

---

① ［美］弗兰克·梯利：《伦理学导论》，广西师范大学出版社 2002 年版，第 66 页。

发挥作用，也离不开经验的开启与充盈。它们就像心理学家所说的"语言河床"一样，人在进化中已先天地获有接受语言的神经通路，但没有后来的语言习得，这通路不仅不能自行产生语言，而且很快将自行闭合，人便永远失去顺利接受语言的可能性。道德先验也应是如此。

中国古人尤其重视道德伦理教化，儒家的实质就是行儒学之教，而儒学之教主要是道德伦理之教。孔子在礼崩乐坏的历史状况下最为担忧的就是道德混乱与道德沦丧，他认为这是天大的事，于是他挺身而出，整理教典，编撰诗、书、礼、易、乐、春秋，用作伦理教材，求于史、述于理、授以行，都围绕着伦理展开。孔子的伦理之教，因其本于"性"，结于"史"，用于"生"，因此顺应国治民安的需要，后来的历代统治者几经选择而立足于儒家思想并使之成为统治思想，并非因为独此一家别无他学，这是一个淘汰与选择的过程，很像进化论的物竞天择，适者生存。因此，这是一种民族的历史生存的必然。不是儒家伦理启迪教育了历代民众及统治者，而是历代民众及统治者呼唤并激励了这种教育，使它蔚然成风。中国古人得于民生之初又强化于民生之史的基于原始农耕经济的宗法血缘生存关系，要求合于这种关系的伦理维系，否则就没有这样的关系生存，因此也就无可生存。无论在后来的社会发展中生发于儒家伦理理性的中国封建礼教表现出怎样的局限或者陈腐，具有怎样的吃人或杀人本质，但它都是中国古人历史生存的伦理维系，都是被维系的中国古人的历史生存。

因此，不同的历史状况有不同的伦理维系，这不同的伦理维系就伦理意识而言是各种合于历史状况的伦理规定，就伦理实践而言，便形成合于历史状况的伦理经验，各种伦理规定与伦理经验，规定着历史的现实伦理行为。

伦理经验的合理性在于它的现实性。违背伦理经验的现实合理性，道德伦理判断及行为将陷入混乱。这构成伦理经验的历史相对性。家庭或家族是农耕经济的基本生产单位。家庭及家族的稳定便带来农耕经济的稳定与发展，同时也就有家庭或家族以及个人的发展，这种情况下使家庭或家族稳定的道德规定及道德经验就获取了合理性，孝顺老人、关照孩子就被赞扬，保护自己家庭或家族免受别的家庭或家族的侵犯就被视为道德。在以手工业及商业为主的城邦制国家，如古希腊、古希伯来，国家的作用十分重要，家庭家族的重要性就差得多，这时，国家目的与家庭目的发生矛盾时，为国家而损害家庭利益，就成为道德的事。对此，弗兰克·梯利曾举例说："我们确实认为古希腊道德的最高典型的那些人，例如苏格拉底、柏拉图、亚里士多德，都把我们谴责的行为看作正当和合理的风俗，因为在他们看来，这似乎是国家赖以存在的基础。柏拉图谈到遗弃孩子的事情时，他的关切并不比我们对一条狗被杀所感到的关切更多。亚里士多德用奴隶制度的必然性，来证明这种制度是合理的，并开玩笑地宣称，一旦织机上的梭子开始自己运动就立即废除奴隶制度。"①

情况就是这样，伦理先验是普遍的，而伦理经验总具有适合于现实状况的特殊性。

而在艺术体验中，艺术体验主体总是要经验地体验他所经历着的事物与人物。在这样的体验中，道德经验不仅以心理结构的方式整体性地参与具体体验，从而形成主体的道德情感——这种情感通过表现为喜欢不喜欢、赞成不赞成的情感倾向，形成对于体验对象的整体把握与加工处理倾向。如对于喜欢的人物便倾向于进行彼为善的构想与表现，而对于不喜欢的人物则倾向于进行彼为不善甚至彼为恶的构想与表现。这样的构想与表现又常常并不自觉，在不经意中便随顺而来，相关的行为、细节以及所用言辞也在这种不经意的随顺而来中接受进一步的选择。刘勰说："故思理为妙，神与物游。神居胸臆，而志气统其关键；物沿耳目，而辞令管其枢机。枢机方通，则物无隐貌；关键将塞，则神有遁心。"② 刘勰说的居于胸臆之"神"、统其关键的"志气"，都是贯通着构思的笼罩性的或整体性的东西，它不是了然于胸的什么哲思，不是有所属的什么情感，更不是哪种具体的景物事物，它恍兮惚兮，却有一种类似于光照的力量，烛照因它唤起的耳目之物，使之显现无隐，通而无塞。至于它的由来，如刘勰所说："是以陶钧文思，贵在虚静，疏瀹五藏，澡雪精神，积学以储宝，酌理以富才，研阅以穷照，驯致以怿辞，然后使玄解之宰，寻声律而定墨；独照之匠，窥意象而运斤……"③ 这是一个积蓄才识、融会经验的过程，正是我们所说的经验在心灵中积沉为结构的过程，它先已积沉而成，在具体体验中被整体地唤起，从而发挥"使

---

① ［美］弗兰克·梯利：《伦理学导论》，广西师范大学出版社 2002 年版，第 79 页。
② 刘勰：《文心雕龙·神思》。
③ 刘勰：《文心雕龙·神思》。

玄解之宰，寻声律而定墨；独照之匠，窥意象而运斤"的作用。这段话讲的是积沉而成的经验结构整体性地参与艺术体验的状况及过程。其中当然也包括道德经验的积沉及在艺术体验中整体性地发挥作用的情况。特别是在中国古代，以宗法血缘关系为基础的社会生活的各个方面都格外强调人伦体制与人伦秩序，以致伦理性成为中国古人社会生活的核心属性，一切均由此而生发而规定而评价，从做人到读书、为官、习艺、齐家、平治天下，无一能离得开伦理二字。刘勰著书发表上述言论时这种情况早已成为定向，因此他所说的神思与体验的主体经验根据，自然是以这伦理经验为核心的。他在其他篇章中谈到的艺术创作活动，如"体性"、"情采"、"比兴"、"隐秀"、"时序"、"物色"等，透过他的阐释及体验性描述——《文心雕龙》及其他中国古代文论经典的理论描述大多都属于体验性描述，都有论者体验在其中；而一些基本文论范畴，如意、神、理、化、趣、风、骨、境等，也都是体验范畴并通过体验才能把握——人们不难把握到其中的伦理根据。

　　此外，伦理经验还以具体或个别形态在艺术体验的反思体验中参与，发挥对于整体体验的明晰、强化、点染等作用。前面说过，对于对象的整体性体验乃是主体的整体性投入，而见于创作的艺术体验还必须通过反思而具体化，即落实到具体景物、事物与人物上，这时，相关的具体经验就根据体验而活跃起来并构入艺术体验中去。《论语》记载孔子解诗的两段话，是具体经验导入体验从而使体验按人伦之教的需要得以明晰的典范事例。"子贡曰：'贫而无谄，富而无骄，何如？'子曰：'可也，未若贫而乐，富而好礼者也。'子贡曰：'《诗》云，如切如磋，如琢如磨'，其斯之谓与？子曰：'赐也，始可与言《诗》已矣，告诸往而知来者'。"[①]"子夏问曰：'巧笑倩兮，美目盼兮，素以为绚兮。'何谓也？子曰：'绘事后素。'曰：'礼后乎？'子曰：'起予者，商也，始可与言《诗》已矣！'"[②]诗的鉴赏与习得过程是接受的体验过程，解诗，则须从体验而走入具体经验，这具体经验可以是感性的也可以是理性的。孔子在"如切如磋，如琢如磨"的艺术体验中导入"贫而乐，富而好礼"的伦理经验，从而使体验经验化；在"巧笑

----

①　《论语·学而》。
②　《论语·八佾》。

倩兮"的诗句体验中，他则引申出饰之以礼的伦理经验。这些具体经验对于艺术体验的投入与引出，是体验的反思，继之，它又会充实与深化体验，使鉴赏更现实地展开。艺术创作更是如此，如果创作主体不能借助于有关对象的具体经验，如观树须有树的经验，看山须有山的经验，他就无法进一步形成体验，而他体验中如果不能由树而进入现实人生的具体生存状况，联系到一些具体经验，他也就无法获得艺术意蕴并进而展开创作。可以说，艺术创作与接受的过程，是具体经验参与并融入体验的过程，同时也是使体验艺术具体化或艺术形象化的过程。相关的伦理经验对于艺术体验也是这样的融入关系。

　　伦理经验的融入是伦理判断及伦理体验的现实根据的由来。伦理判断及伦理体验具有突出的现实属性，它直接贯彻于现实具体行为，不仅现实直接地判断及体验现实对象性行为，而且，自身行为的每一次发生主体都须作出是否应该做或是否应该这样与那样做的决断，否则，就不会有真正意义的自身行为发生，因为真正意义的自身行为必然是自主选择性的，决断即选择的确认。伦理经验，通常是具体伦理经验，便以规范或律定的方式组织或判断行为。至于伦理的批判性，越是现实具体的伦理批判，越是依凭具体伦理经验，这几乎是一种对号式的运作。如见义勇为的道德伦理经验对应见义勇为的行为，诚信经商的道德伦理经验对应诚信经商的行为等。一些场所的道德行为规定，如不许大声喧哗、不许穿短裙拖鞋入场、不许乱扔果皮等规定所以能够奏效，在于这些行为规定作为被规定的具体道德经验而现实地发挥作用。道德教育及道德规定的意义于此可见。这种情况见于艺术体验，使得艺术体验的现实性得以突出，从艺术创作角度说，创作主体把自己的具体的伦理经验融入具体情境的艺术体验中，使这样的体验合于某种伦理经验地展开，想象便因此成为合于某种伦理经验的想象，或者，这类想象成为某种道德经验批判的想象，它甚至可以具体到人物关系的设定，人物行为的展开，人物细节的刻画，乃至人物对话的组织。鲁迅《风筝》中对于在不自觉中压抑了弟弟的童年的道德自责，朱自清《背影》中回味父亲背影时所产生的父爱体验，都是人们熟悉的以其道德感染力传世的作品内容，就其创作而言，便是这方面的具体伦理经验参与了艺术想象。而从艺术接受角度说，接受主体通过艺术作品中体现着具体伦理经验的内容形成伦理经验的艺术体验，获得相应伦理经验的艺术感受，同时也就对这类经验形成不同程度的接受。红色经典在特定时代所发挥的如何做人，如何敬业，如何克服困难，如何公而忘私的道德教育作用，均以作品中具体伦理经验被接受为艺术体验的根据。

伦理经验的心理结构形态与具体道德经验的规范条律形态或行为形态在艺术体验中是综合地发生作用的，二者互相判认，互相协调，有时，也体现为互相矛盾甚至对立。伦理心理结构本身可以具体化地激活，是因为它原本就是具体经验中共性因素的积沉，它也完全可以具体化地还原。当艺术体验中涉及的具体伦理经验被对象性地体验时，伦理心理结构也就对应性激活，从而整体性地投入体验，或是对前者进行和谐融合，或是与前者处于不协调状况，这种情况见于艺术表现，常常便形成所谓倾向性与真实性原则的矛盾，因为这类矛盾是体验的而非认知的，因此它甚至为创作主体所不自觉。还有一种情况，即不是具体对象对于结构整体的激活，而是结构整体在投入艺术体验时使具体伦理经验对象被发现从而将之构入体验。心境性创作即属于这一类，艺术主体处于某种心境，在这种心境中创作了一些作品，则这些作品的具体伦理经验便都可以在心境的结构整体性中获得整体性的伦理根据，如柳宗元被贬在政治压抑心境中写的那些流传于世的作品，其中的具体伦理经验便都应和于他的政治压抑的心境整体性。杜甫的"感时花溅泪，恨别鸟惊心"，讲的就是作为结构整体性的心境与具体经验对象在"家与国"的伦理经验中的对应。

曾钊心曾从经验角度谈到"良心"，认为"良心"是"人们在履行对他人的和社会的义务的过程中形成的道德责任感和自我评价能力，它是对社会要求的积极反应，又是对义务的深刻理解和自觉行为"①。这是从后天习得角度理解道德意识或"良心"，这与前面说的伦理先验，唯有在获得后天经验时才能成为现实的道德力量，才能发挥现实道德作为，可以统一起来理解。伦理经验使伦理的先天可能性转化为现实必然性，大概正是在这一点上，马克思说："理性把我们的良心牢附在它的身上"②，"良心是由人的知识和全部生活方式来决定的"③。这"人"的"全部生活方式"，当然包括

---

① 曾钊心：《论良心》，《福建论坛》1983 年第 9 期。
② 《马克思恩格斯全集》第 1 卷，人民出版社 2008 年版，第 134 页。
③ 《马克思恩格斯全集》第 6 卷，人民出版社 2008 年版，第 152 页。

"人"的进化的先验留痕。

3. 伦理体验的目的规定

伦理活动，无论是内在的还是外在的，都是目的性活动，即是说，都存有一个为何如此的问题。伦理伴随着最初的人类行为而发生，当人类行为成为伦理行为时，人类也便得以生成。这是因为从根本上说，伦理是人类生存关系的规定性。人类集群而生，最初的发明与使用工具，最初的意识交流，这都是群体交往的活动。这类交往活动奠基于人的身体进化，而人的身体进化又是在这类交往活动中进行，这种互生互成的关系构成人类生成的历史。不管最初一切都是何等简单或者低级，最初的人类身体之光（包括最初的智慧）便已透照着当时的人类交往，同样，这最初的人类身体之光便也在人类交往关系中得以放射。而正是那人类最初交往的规定，它规定着交往，规定着交往的人类生成。从互生互成的角度说，这规定并不是自然力或上帝的赋予，它是最初的人类身体之光照耀最初的人类交往，并在这交往的照耀中生成。因此，不是先有了人类，再有人类交往及其规定，也不是先有了规定，进而人类在规定中交往并成为人类交往或交往的人类。人类、交往、交往规定互生互成。

既然如此，那与人类及其交往互生互成的最初的交往规定便有一种指向人类交往并使之互生互成的目的性，即它的目的指向在于人类交往，而它的指向目的则在于使交往成为人类的。可以说，目的性的人类交往规定，是本原的伦理意蕴，也是核心的伦理意蕴。

由于本原的核心的伦理意蕴不是指向单个人，而是指向人的交往关系，因此它的规定便是关系规定，关系规定对于构成关系的各方面具有超越的性质，各方面服从这种规定才有各方面构成的关系，也才有关系的各方面。这样，关系规定对于被规定的构成关系的各方面就成为一种约束性的总体力量。伦理目的性是要求伦理关系各方面都须接受的、外在于各构成方面的总体规定性。伦理关系体的各构成方面在总体的社会伦理关系中生存，接受总体伦理关系的总体规定性，并使外在的总体规定性在接受中变为内在的规定性，这是超越的伦理目的性的内化。当其内化时，它便不再超越，而成为自身目的性。总体的伦理目的性内化为自身目的性，它就社会总体而言，并对社会总体形成规定，这里既有先验的根据，又有后天习得的根据。伦理关系的历史与时代规定性规定着关系各方面，唯有进行伦理规定的目的性的内化，人才能现实地、正常地生存。因此，对于构成伦理关系各方面的生存个体而言，实现伦理目的性的内化不是情愿与否的问题，而是生存必然。

中国古代圣哲对伦理规定的总体目的性早有所悟，确认这种目的性于己于家于国的重要性，因此对此形成必须服从的敬畏。孔子说："富与贵，是人之所欲也，不以其道，得之不处。贫与贱，是人之所恶也，不以其道，得之不去。君子去仁，恶乎成名？君子无终食之间违仁，造次必于是，颠沛必于是。"[1] 这"道"即"仁"，由于"仁"的总体目的性是至上的，必须小心翼翼地坚持，个人的"欲"与"恶"都必须服从于"仁"。为服从"仁"的总体目的性，就需不断反思，以"仁"为生活取向，"吾日三省吾身，为人谋，而不忠乎？与朋友交，言而不信乎？传，不习乎？"[2] 孔子自誉为丧家之犬，惶惶而不可终日，这正是面对伦理规定的总体目的性而必欲每日三省的自我描述。孟子的伦理敬畏也是同样，对于极有诱惑力的"利"与伦理规定性的关系，孟子对梁惠王辨析说："王何必曰利？亦有仁义而已矣。王曰'何以利吾国'，大夫曰'何以利吾家'，士庶人曰'何以利吾身'，上下交征利，而国危矣。万乘之国，弑其君者，必千乘之家；千乘之国，弑其君者，必百乘之家。万取千焉，千取百焉，不为不多矣。苟为后义而先利，不厌不餍。未有仁而遗其亲者也，未有义而后其君者也。王亦曰仁义而已矣，何必曰利？"[3] "利"是各类人等必欲求之的自身目的，不同人的自身目的彼此对立，相互纷争。为利而利，国无宁日家无宁日人无宁日，而合于"仁义"的总体目的性，即合于伦理关系的和谐，则各方面都可安其事并获其利。显然，伦理规定性的总体目的性是超越于构成伦理关系各方面的一己目的性的，因为它超越才能兼顾才能使各方面的目的性在它的协调中实现。

庄子面对伦理规定的总体目的性也是同样的敬之畏之，只是它们把这伦理规定的总体目的性视为"无为"，即在伦理关系中，构成伦理关系各方面

---

① 《论语·里仁》。

② 《论语·学而》。

③ 《孟子·梁惠王上》。

都做到"无为"，则伦理关系体得以稳定，各方面也都可以"无为而无不为"。对此，庄子说："圣人之静也，非曰静也善，故静也；万物无足以铙心者，故静也。水静则明烛顺眉，平中准，大匠取法焉，水静犹明，而况精神！圣人之心静乎！天地之鉴也；万物之镜也。夫虚静恬淡寂寞无为者，天地之本而道德之至，故帝王圣人休焉。休则虚，虚则实，实则伦矣。虚则静，静则动，动则得矣。静则无为，无为也则任事者责矣。无为则俞俞，俞俞者忧患不能处，年寿长矣。夫虚静恬淡寂寞无为者，万物之本也。"① 庄子讲虚静无为，虚静无为便是不为物累不为利扰，也便是去欲，亦即忘却或抑止一己之自身目的，因此可以不为这些而去劳身劳神。而这样一来天地自呈万物自生，天下百姓也自然归顺，至于个人，也就是自身目的的最高实现。由儒道宗师对于伦理规定的总体目的性的共识，可以看出中国古人伦理意识的深刻。

　　西方先哲同样感悟到伦理规定的总体目的性在于超越个人而维系人的共同生活，保证人在关系生存的定性中合于关系规定地生存。如苏格拉底，他一生最为关注的问题便是伦理学问题，他钻研伦理学的结果在于他发现了伦理规定超越于个人的神圣性，相对于这种超越的神圣性，人其实一无所知。由此他提出"自知自己无知"的著名命题。他以自知自己无知而自豪，并据此揭示人们："人们啊！像苏格拉底那样的人，发现自己的智慧真正说来毫无价值，那就是你们中间最智慧的了。"② 苏格拉底这里说的毫无价值的智慧是针对当时智者学派建立在个人感性基础上的那些个人欲望经验而言，这与中国孔孟老庄超越个人利欲而强调伦理规定的总体目的相一致。对这种超越个人利欲的伦理规定亦即"德性"他宣称："每天探讨德性以及相关的问题，对于人来说是一种至高之善。没有经受这种考察的人生是没有价值的人生。"③

　　苏格拉底的这一说法与孔子所说"吾日三省吾身"，有着对于伦理规定的总体目的性在敬畏感上的相通。至于柏拉图，他的著名的理念说本身就是对超越的理性——其中自然包括伦理规定的总体目的性的神化，只有这理念

---

① 《庄子·天道》。
② ［古希腊］柏拉图：《申辩篇》，《西方哲学原著选读》上卷，商务印书馆1981年版，第68页。
③ ［古希腊］柏拉图：《申辩篇》，《西方哲学原著选读》上卷，商务印书馆1981年版，第69页。

才是各种现实生活的规定者，现实生活的各种知识不过是对理念的认识。

由中外先哲可以看到，在人类理性的奠基时代，伦理规定的总体目的性便以其不容置疑的性质而被深刻地认知，并在先哲立说的实践中被坚持。

伦理规定的总体目的性在不同时代的伦理意识及伦理规范中被分享，成为不同时代、不同地域乃至不同生活领域伦理规定的目的性根据，由此分化出不同时代、不同地域、不同生活领域的伦理规定的总体目的性。

因为这分化了的伦理规定的总体目的性是伴随人类发生而来的伦理规定的总体目的性的引申或具体化，因此它们同样实现着维系人的关系生活的功能，只是这关系生活是具体化的关系生活；同样，由于它们的总体目的性是超越各关系体的构成方面的，因此各构成方面为维系关系体的存在从而保证自己的存在，它们便必须遵循这类总体规定性并使之习得而内化。内化的结果是伦理心理结构的合总体目的性的形成，以及各种伦理经验的现实发生与运用。这也使不同时代、地域、领域，或者不同群体、学派的伦理主张有了共同的历史指向，获得进行历史阐释的共同根据。

伦理规定的总体目的性是向着不同时代、地域及领域敞开着的，它不是黑格尔的理念式的既在，它被不同时代、地域及领域的分享亦即它的被生成，历史地看它已沉积为历史既在，现实地看它则向着历史既在生成。总体目的敞开的现实生成性因其受多种生成因素影响而表现出对于生活关系的不同情况，有些时候合于生活关系的历史发展，有些时候则干扰甚至阻碍生活关系的历史发展，如"文革"期间基于教条主义及个人崇拜而被普遍接受并坚持的政治伦理、封建社会为强化君权与男权而被坚持的政治伦理与家庭伦理等。这时，伦理批判及调整就显得必要，"文革"之后的拨乱反正，20世纪初推翻帝制及女性解放都是对背离生活关系历史发展的总体伦理目的的批判及调整。而有些时候，总体伦理目的的不合理性是由于时代状况发生了变化造成的，这使得先前适合于社会生活发展的一些伦理规范显得不同程度的不适应，如20世纪五六十年代在个人与社会的关系中对于社会性的强调，进入20世纪90年代便显出了不适应性，这是因为90年代因经济体制与政治体制改革，个人被赋予了更大的发展自由，于是，根据时代状况而发生的伦理调整也就在所难免。

伦理习得的意义在于使个体活动目的及活动方式合于体现着伦理总体目

的的伦理规范，这是一个学会按伦理规范进行自我约束的过程，亦即形成合于规范的自身目的及交往方式的过程。个人欲望、利益及发展自由在这个过程中被不同程度地压抑或阻制，作为必然在社会关系中生存的个人而言，这类压抑与限制无所避脱。适当地压抑与限制个体欲望及自由从而保持社会稳定与发展，这是伦理的社会功能。当伦理的社会功能被接受为主观目的性根据时，自身目的性的主体就进入通常说的理性状态。这是伦理规定的总体目的内化为自身目的的高级形态亦即自觉形态。在这种形态中，主体学会了在周围环境中进行合于伦理规定的自我调整。对这种理性状态韦伯称之为"实践合理性"，哈贝马斯在分析韦伯的"实践合理性"时指出，韦伯认为满足了实践合理性的总体要求，人们就有了合理的生活方式，而"合理的生活方式既促成也保障了行为的后果：（1）从工具合理性的角度来看，它履行了技术的使命，并建立了有效的手段；（2）从选择合理性的角度来看，它坚持在不同的行为之间进行选择（在此过程中，如果必须注意到对方的合理选择，那么，我们就称之为策略合理性）；（3）从规范合理性的角度说，它在伦理原则范围内履行了道德实践的使命。"① 伦理规定的总体目的性的内化，既有了合理生活的理性根据，也有了合理生活的理性选择。

伦理规范的目的性在艺术体验中具体化为艺术体验的伦理目的性。

尽管在现实生活中体验常常是情境性的，主体随波逐流于对象引起的体验过程，如听秋风而体验愁绪，沐春雨而体验勃兴，但这里仍有一个向何处随波逐流的选择。其实，在这样的选择中就隐含了一种目的，用精神分析学的话说这是使某种压抑得以宣泄的目的。宣泄某种压抑主体未必自觉，或者说，未必能意识到这是一种选择，但在听秋风而可能形成的众多体验中为何单独体验到愁绪？不用选择来解释就说不通。这类似于弗洛伊德的释梦，做什么梦及为什么做这个梦，做梦者说不清楚，但弗洛伊德发现，做梦是在实现一种潜在目的，即达成生活中不能实现的愿望。可以说，生活中各种体验的发生都是在实现一种潜在目的。这种潜在目的潜在地开启着体验对象的因主体体验而获得的意蕴或意义。胡塞尔把这种在体验中实现潜在目的的体验活动称为"意向的体验"："每一种意向的体验——正是它构成了意向关系

---

① ［德］哈贝马斯：《哈贝马斯精粹》，曹卫东译，南京大学出版社 2004 年版，第 21 页。

的基本部分——具有其'意向性客体'，即其对象的意义。或者换个说法：有意义或'在意义中'的某种东西，是一切意识的基本特性，因此意识不只是一般体验，而不如说是意义的'体验'，'意向作用的'体验。"① 体验，即通过体验而赋予对象以意义。主体体验的意义在于使意义得以生成，这意义的生成又可以看作是主体体验的潜在目的的实现——因为意义的得出总离不开意义如何的目的性追问，这正是胡塞尔强调的意向性。

在体验中栖身的潜在目的，在艺术体验的反思性体验中必然要接受目的性反思，并对目的性反思的结果进行再体验。听秋风而生愁绪的日常体验进入艺术创作，创作主体便要从愁绪中脱身出来使愁绪成为审视的对象，思考它是否可以进入艺术及如何获得艺术表现。起码，他首先要判断这是愁绪。在进行这样的审视与判断时，形成愁绪的潜在目的就落入审视与判断之中，即这是内在于什么的一种愁绪，是思乡是失恋还是衰老、叹时？而作答的往往不是言辞性结论，更多的是瞬间即起的相应意象。到这时，主体再"窥意象而运斤"，使之复归艺术的整体性体验。这个过程是体验的潜在目的在艺术的反思性体验中的意象化，没有这样的目的性过程也就没有进一步的艺术表现。多数人可以敏感地、强烈地体验却当不了艺术家，一个很重要的原因在于他们没有使体验的潜在目的在文学的反思性体验中得以意象化的工夫。

构入文学反思性体验的日常体验的潜在目的，常常就是伦理性的。这是因为人的关系性生存的实质使人的众多压抑源于人的伦理关系。这是自身化的伦理规定的总体目的性作为应该如此的主体根据，或者，如韦伯所说，作为合理生活的主体根据，面对现实的未能如此或未能合理而感受到压抑或者不平，这种压抑或不平积郁于胸，见于相应对象的体验，就成为体验的潜在目的。当创作主体由此进入艺术的反思性体验时，他获知这类体验在关系生活中的普遍意义或可交流意义，他才能进一步形成艺术表现的冲动。上述情况，是艺术的反思性体验应体验而生的伦理目的的艺术实现。这就是刘勰所说"春秋代序，阴阳惨舒，物色之动，心亦摇焉"② 的状况，在这种状况中，体验对象是引发体验的规定性。

---

① ［德］胡塞尔：《纯粹现象学通论》，商务印书馆1996年版，第227页。
② 刘勰：《文心雕龙·物色》。

　　还有一种情况，即伦理体验的目的性引发主体的内在体验，内在体验再向外获得体验的艺术表现形态。这又有两种情况，一种是他是一个得于外孕于内再见于外的过程。得于外一是说就体验的意向性而言，它总是对象性体验，而且是对象性即时体验，体验被外部对象唤起。但体验被唤起后，由于体验对象造成的心理痕迹继续保留，如它造成的压抑的继续保留，它造成的喜悦的继续保留，以及对即时的压抑或喜悦体验的继续保留，使得体验由初始的外部即时体验向内部的持续体验转化。这便是孕于内。孕于内的体验根据外部即时体验心理留痕的情况而表现出强度及持续时间的差异，强度高，继续时间长的外部即时体验所引发的孕于内的过程往往便是有强度的持续时间长的过程，即反复地体验于内、反思于内。如友人离别的压抑，它的外部即时体验即离别，可是离别之后，离别的压抑不仅没有随之结束，而且随着离别时间的延续而不断加深，这导致离别体验不断在心中发生，并不断引起体验的回味。如苏轼的《江城子·十年生死两茫茫》："十年生死两茫茫，不思量，自难忘。"对于非艺术创作主体而言，体验的孕于内是自我性的，他自己体验并把这种孕于内的体验消融于自己心灵，化为体验的记忆；但对于文学创作主体而言，他就要形成将之赋诸艺术表现的冲动，这种冲动所引发的体验便是体验的见于外。在见于外的体验中，创作主体获得艺术表现的外部形态，包括可用于表现的景物、事物、人物等，此时，创作质料的斟酌使用，如诗句的形成，便也得以进行。而上述这种孕于内再见于外的体验就是伦理体验的目的性由内向外的引发。宋代张戒说过这样一段与体验目的性由内向外引发相关的话，这也是中国古代艺术家对这一问题的共识性理解，他说："《诗序》云：'情动于中，而形于言，言之不足，故嗟叹之'。子建、李、杜皆情意有余，汹涌而发者也。刘勰云：'因情造文，不为文造情。'若他人之诗，皆为文造情耳。沈约云：'相如为形似之言，二班长于情理之说。'刘勰云：'情在辞外曰隐，状溢目前曰秀。'梅圣俞云：'含不尽之意见于言外，状难写之景如在目前。三人之论，其实一也。"① 这里说的"情动于中""因情造文""意见于言外""景如在目前"，都是说孕育于胸臆的体验的内在目的性实现于外的情况。

---

① 张戒：《岁寒堂诗话》。

　　还有一种情况，不是得于外孕于内再见于外的目的性实现，它也孕于内，但这孕于内的由来却不是得于外，而是动于内。动于内即身体自身的体验发动，如欲望性发动，病痛性发动，也包括理性发动。其中理性发动又分为观念性与经验性。这种动于内的目的性的获得，往往没有相对明确的初始外部对象，这时的外部条件可以是情境性的，主体主要是体验着一种内在压力，并在这种压力的作用下形成把内在体验的压力艺术地表现于外的目的性。童心说的代表人物曾很生动地描述这种情况说："且夫世之真能文者，比其初皆非有意于为文也。其胸中有如许无状可怪之事，其喉间有如许欲吐而不敢吐之物，其口头又时时有许多欲语而莫可所以告语之处，蓄极积之，势不能遏。"① 因为这种体验的目的性动于内，所以它没有像得于外那样的相对明晰的对象性形貌，它就是一种急欲表达的内部冲动，它越是强烈便越是要急于找到见于外的形态，向外生发的目的性行为因此发生。

　　上述体验目的的见于外与动于内这两种情况，都以孕于内为重心，孕于内，即持续的反复的反思体验，如前所述，在反思体验中，形成于心理结构的伦理理性或伦理经验便不断地发挥过滤、积沉的作用。使由此形成的体验目的性成为伦理的体验目的性。如友人离别的体验，在孕于内的过程中通常要经过交往伦理的"真"与"诚"的过滤；思家思乡体验，常要经过"孝""悌"等家庭、家族伦理的过滤；不遇或失意体验，则常要经过君臣及臣僚关系的政治伦理的过滤。而这种用以过滤的伦理心理结构便是前面说的伦理规范的总体目的性的内化。孕于内的过程就是体现艺术主体伦理修养的过程，修养差的因物而物或因欲而欲，其伦理过滤的体验目的便粗浅、混乱甚至不合道德；修养好的还分等级，在中国古代艺术活动中，有及于事理物理常理者，最高层次是合于性、通于天、及于道。如《乐记》说："乐由天作，礼以地制。过制则乱，过作则暴；明于天地，然后能礼乐也。"这是把通于天地作为音乐合德的最高伦理标准。柳宗元则强调文以明道，这道，即取于圣人经典的最高伦理规范。他说："本之《书》以求其质，本之《诗》以求恒，本之《礼》以求其宜，本之《春秋》以求其断，本之《易》以求其动。"为实现明道的伦理目的，它提出四个"未尝敢"："故吾每为文

---

①　李贽：《焚书》卷三《杂述·杂说》。

章，未尝敢以轻心掉之，惧其剽而不留也；未尝敢以怠心易之，惧其驰而不严也；未尝敢以昏气出之，惧其昧没而杂也；未尝敢矜气作之，惧其偃蹇而骄也。"① 这是一种小心翼翼的伦理运作功夫，对于最高伦理目的之于文章写作的敬畏感，于此可见一斑。

相对而言，西方人对于伦理体验的目的性理解，尤其是在艺术论的实践层面对这个问题的理解就不如中国古人细腻。这与它们过于强调认知理性的传统相关，伦理体验的很多东西处于微妙的动态中，为语言难以穷尽，中国古人通过取譬连类的"立象以尽意"或意象性言说将之表述出来，西方人则拘泥于抽象表述而不长于此。不过，它们中的很多人对于伦理目的性，以及基于伦理目的性的伦理直觉与伦理情感也是多有理论论述，并且在理论的系统性上表现出优势。这些人的理论观点被统称为伦理学的目的论。它们包括亚里士多德的《尼各马可伦理学》、巴特勒《讲道录》、哈奇森《论美善观念的起源》，休谟《道德原理研究》、斯宾塞《伦理学的材料》、冯特《伦理学》、康德《道德形而上学基础》、马提诺《伦理学说类型》、斯宾塞《社会静力学》等。其中，如哈奇森谈论伦理直觉与伦理情感的目的性时说："我们直觉地认识到某些感情和行动是善的，我们对美德有一种直接的天赋感觉，这种感觉是一种来自超自然的指导。所有这些善的感情和行动的一般性质是倾向于产生幸福。"② 这里所进行的伦理情感于伦理直觉的目的性追向，就是伦理体验的目的性追向。杜夫海纳从审美经验现象学的角度谈到艺术体验的伦理目的性问题，他是在谈"情感范畴"这一概念时涉及这一问题的，他说："莫扎特的欢乐与一般欢乐的关系不同于种与属的关系，也不同于堂吉诃德的勇敢与一般勇敢的关系或方济会修士的谦逊与一般谦逊的关系。我们将会看到人与人类的关系是建立在作为人类代表的人自身内部的。这种关系，对思考它的人来说，就是在人身上发现人性。所以与人性有关的一般不同于与事物有关的一般。与事物有关的一般是从模仿我们对事物可能产生的影响开始的，因为事物确实受我们的影响。与人性有关的一般总包含着某种有关人类整体的观念，以及任何人与我们都有亲属关系的这种感觉"③。杜

---

① 柳宗元：《柳河东集》卷三十四《报崔黯秀才论为父书》。
② ［美］弗兰克·梯利：《伦理学导论》，广西师范大学出版社 2002 年版，第 84 页。
③ ［法］米·杜夫海纳：《审美经验现象学》，文化艺术出版社 1992 年版，第 512 页。

夫海纳说的"与人性有关的一般","人类整体的观念","任何人与我们都有亲属关系"的感觉，就是心灵化的伦理规定性的客观目的性，亦即艺术体验的伦理目的性。

当文学创作主体伦理体验目的足够强烈并且足够自觉时，主体的文学创作便常常会传达出一种自觉的伦理责任与伦理意义。

第 五 章

文学的伦理情感与情境

艺术是属于人的，为人而在并由人而构成。人是艺术的永恒主体。而人又总是关系生存的人，规定着关系生存或关系生活的伦理是人的生存规定。这样，人即艺术的永恒主体便决定着一定的伦理规定性随着人的艺术主体位置而成为艺术的基本规定性。一定的伦理目的的实现，相对于艺术而言，不是艺术创作主体想不想为之的问题与是否自觉为之的问题，他仅有在必然为之的情况下选择如何为之的自由，而且，这一自由也是在一定的伦理目的规定下的自由。这就是说，作为艺术创作的主体投入过程，艺术体验的过程必然是伦理目的性规定的过程。这见于艺术作品，便是伦理目的性的艺术实现，亦即一定的伦理目的规定在艺术中得以体现。据此，艺术的伦理功能是必然的，艺术的伦理批评也是必然的。

伦理目的作为艺术体验的目的，实现着伦理对于艺术中人的关系生存的规定性，并因此组构着艺术的伦理体验形态。

情感是伦理体验最为直接的主体形态，也是艺术伦理体验的直接主体形态。因此，文学的伦理情感问题成为艺术伦理学的基本课题。

一、体验的情感属性

1. 体验的情感伴随性

就体验的自身性质而言，体验的状况即产生了怎样的体验，总是经由身体的综合活动而直接形成神经中枢特定区域的情感活跃，并且主体也直接地体验着这种活跃。这种直接性是说它未必通过意识从而被意识。尽管它必然地关涉着意识并不同程度地由意识所调整，但它却可以直接被唤醒并不经由意识而直接被体验。希尔曼作为荣格派的精神分析学家，对情绪亦即情感的体验的直接性问题做过阐释，他指出："每种情绪具有：它自己的行为模式和体验性质，这永远是对于整个精神的总态度；它自己的分布和在人体基地上的能量强度；他自己的符号刺激。这种刺激部分是意识的，部分并不表现为意识；它自己实现的转化，这具有某些生存价值，并且与非情绪状态相比是某种改进。"① 情感是发生在体验主体与对象相互作用的关系中，它直接揭示着这种相互作用的体验状况。并且这种揭示可以是非意识与非认识的。伊扎德与汤姆金斯在其长久的情感情绪研究中确认，"感情是先天的原始的动机系统"。他们提出这一动机系统具有三个组成部分："（1）神经学方面——涉及神经细胞的放电密度。（2）行为方面——面部、身体和内脏反应。（3）现象学方面——作为一种动机的情感。感情系统被认作与其他系统相对独立并且它规定着认知、决策和行为。"②

当然，体验的情感形态并不是与其他心理系统如认知系统、行为意志系统相割裂，而是相互沟通，在具体的心理活动中综合于整体性的心灵活动。情感认知理论的代表人物阿德诺坚持认为，体验的情感评价确实有其不经由意识或认知的直接性，但同时，这种直接性又在认知系统的调整与控制之下："某些评价是直接的、直觉的和先天的，与此同时，一般认知在情绪中起着极为重要的作用。如果认知已如此重要地卷入到情绪中，这意味着人应当能够控制他的情绪。但是如果评价是直接的，直知的和先天的，又怎么可能做到这一点呢？"③ 这是用一种质疑的方式表述出体验的情感活动与认知活动相互关系的复杂性。

体验在情感活动中有自己的唤醒与强度调整的渠道，同时，他又基于认知而唤醒与调整。这形成情感的机体与意识的综合构成性。不过，尽管如此，这丝毫不影响情感是体验的直接主体形态。体验的状况在情感中比在认

---

① ［美］斯托曼：《情绪心理学》，张燕云译，辽宁人民出版社 1986 年版，第 204 页。
② ［美］斯托曼：《情绪心理学》，张燕云译，辽宁人民出版社 1986 年版，第 174 页。
③ ［美］斯托曼：《情绪心理学》，张燕云译，辽宁人民出版社 1986 年版，第 159 页。

知中更为直接，也更为一体性地标示出来。

　　文学的伦理体验，或者文学体验的伦理形态，既是最直接地也是一体性地见于情感，这种直接性使得艺术主体通常在讲不清来龙去脉的情况下便使自己进入某种体验的情感状态，或者自己便由一种情感状态进入另一种情感状态，由一种情感强度进入另一种情感强度。说不清情感的所来所往，说不清事物为何唤起这种情感而不唤起另外的情感，也说不清这种情感与那种情感的明显界限，这是常见的情感发生的主体状况。不过感情发生之后，也包括情感发生的过程中，由于认知的参与，主体又可以在反思中进行原因追问，揭示其中的认知内含。这是常见的主体反思的情感状况。艺术创作主体就是在发生的主体状况与反思的主体状况中形成体验并表述体验。而反思的主体状况所进行的认知，不过是从发生的主体状况中所进行的综合构成的某种选择性抽取，所选择的必是可认知的。这涉及对于体验的情感形态的一个重要说法，即体验的情感形态是综合构成性的，就像前面曾谈到的身体的综合构成性一样。对此，胡塞尔曾结合一位深情地望着她的孩子们的母亲所形成的爱的体验进行分析，认为这是一种综合性或集合性的爱，他说："集合性的爱的行为统一体不是一种爱另加上一个集合性的表象行为，即使后者与作为其必要基础的爱相关联。相反，爱本身是集合性的；它像'根基于'它的表象行为或多重判断行为（Plurale Ureeilen）一样也是多射线的。我们将在与谈论多重表象行为或判断行为完全相同的意义上来谈论一种多重的爱。综合的形式进入情绪行为本身的本质，即进入它们特有的设定层。"①爱的综合性基于对象构成的综合性，任何爱的对象都是多种因素的构成体，对于这多重因素的构成体，认知只能拆开来说，而体验的情感却可以综合地把握。因此，艺术活动中某种情感的发生，当认知试图对其作出说明或判断时，它便实现着某种目的选择性。

　　其实，体验中情感的发生同样是选择性的，对象的无限可能的综合性构成它唤起多种感情的可能性，主体面对对象产生某种情感，同样是多种情感中的目的性选择。不同的是在认知选择中主体操控着这种选择，而在体验的情感选择中主体有时并不是操控的而是接受的。

---

① ［德］胡塞尔：《纯粹现象学通论》，商务印书馆1996年版，第296页。

体验的情感的选择性同时也便是体验的选择性，艺术体验的伦理目的在这样的选择中实在。体验的情感选择性体现为情感的选择性发生，即面对同一对象形成怎样的情感体验，为什么仰望浮云，不同诗人会产生不同的情感，有旷达者，有悠然者，有飘忽者，有轻松者？为什么同一个人面对同一景物在不同时间又会产生不同的情感？显然，对象是相对确定的，主体在体验中对于对象进行了不同情感属性或情感因素的选择，于是便形成不同的情感体验。

体验的情感选择是被限定的选择，而限定条件又是构成性的，它们限定情感向哪个方向发生，在怎样的程度上发生，以及如何进一步地变化。构成性即是说，这些限定情感发生的条件同时就是情感构成的因素，它们构成情感发生性质（发生了何种情感）、情感强度，以及情感的起伏变化，并且由此可以追问构成这样的情感性质、强度、变化的先验根据何在、经验根据何在、情境根据何在等，艺术创作主体在反思体验中常要进行这样的追问，进而使之进入艺术表现。

2. 情感体验的先验性

情感的对象性体验是具有先验性的体验，或者说，情感的体验性发生，在情感体验主体与情感体验对象间，体验关系的建立有其先验规定性，这先验规定性是非意识的，它既没有意识根据，它的何以发生也不为意识所意识。对这种先验研究，格式塔心理学派做了大量工作，并取得可信成果。

格式塔学派通过大量实验认识到，大脑视觉区及听觉区等本身就是一个按照电化学动力自行作用的"场"，在这个"场"很多相互作用的发生不过是一种电化学现象，并因此产生类似于"力"的作用，主体不同程度地感受到这类作用，才有所谓经验的发生。对此，阿恩海姆说："按照格式塔心理学家们的试验，大脑视皮层本身就是一个电化学力场。这些电化学力在这儿自由地相互作用着，并没有受到像在那些互相隔离的视网膜接收器中所受到的那种限制。在这个视皮层区中，任意一个点受到的刺激都会扩展到临近的区域中去。"[1] 由此，格式塔心理学派认为，各种视知觉的发生，它所以

---

① ［美］鲁道夫·阿恩海姆：《艺术与视知觉》，滕守尧、朱疆源译，中国社会科学出版社1984年版，第10页。

这样发生而不那样发生，以及随着视知觉的发生而产生不同体验，其中有一些原因是纯然生理的，尽管它们可以在发生之后转化为或被接受为心理现象。"我们可以把观察者经验到的这些'力'看作是活跃在大脑视中心的那些生理力的心理对应物，或者就是这些生理力本身。虽然这些力的作用是发生在大脑皮质中的生理现象，但它在心理上却仍然被体验为是被观察事物本身的性质。"①

对建立在先验亦即生理基础上的主体与对象的感知觉关系，格式塔学派进行了深入细致的条件性研究，这都是些先验条件，如平衡原则、简化原则、形式组合原则等，在图-底关系中他们又提出接近律、对比律、统一律等。在这些原则与关系中，主体对于对象的接受是一种先验的自组织作用。进而，他们又用这类原则或关系研究光线、色彩、线条、运动等对于主体产生的先验效果。如红色为什么使人激越，蓝色为什么使人宁静，这类效果反应即使尚无经验可谈的婴儿也会作出。

在他们研究的先验效果中，包括与艺术的情感体验密切相关的表现性问题。他们发现，在情感活动中存在着生理与心理的某种结构同一性，这使得生理效应可以经由生理与心理的"同构"而形成心理效应，以至于心理效应由于是被意识的效应，在意识中便好像是原发效应。其实，经验效应往往是后发的，它是在后发中对原发的生理效应作出了解释。如威廉·詹姆斯说："必须指出，为这些作者们所极力强调的活动与情感之间的不等同，并不像乍一看上去那样绝对。在一般的情况下，我们不仅能从时间的连续性中看到心理事实与物理事实之间的同一性，就是在它们的某些属性当中，比如它们的强度和响度，简单性和复杂性，流畅性和阻塞性，安静性和骚乱性中，同样也能看到它们之间的同一性。"② 这里，作为生理的反应对象的生理事实与经验地把握对象的心理事实之间，虽然具有异质性，但这不能影响它们之间还具有结构性质的等同性。

出于这样的"同构"理解，鲁道夫·阿恩海姆分析了一个舞蹈情感表

① ［美］鲁道夫·阿恩海姆：《艺术与视知觉》，滕守尧、朱疆源译，中国社会科学出版社1984年版，第10页。
② ［美］鲁道夫·阿恩海姆：《艺术与视知觉》，滕守尧、朱疆源译，中国社会科学出版社1984年版，第11页。

现性的试验。他说，这是一个要求通过舞蹈表现悲哀的试验，按照这个要求，"所有演员的舞蹈动作看上去都是缓慢的，每一个动作的幅度都很小，每一个舞蹈动作的造型也大都是呈曲线式，呈现出来的张力也都比较小。动作的方向看上去时时变化。很不确定，身体看上去似乎是在自身的重力支配下活动着，而不是在一种内在的主动力量的支配下活动着"，这样一种机体的重力表现，却产生了"悲哀"的情感效果。于是阿恩海姆结论说："'悲哀'这种心理情绪，其本身的结构式样在性质上与上述舞蹈动作的结构式样是相似的。"① 一套动作的结构性组合，一组声音的结构性组合，甚至一个物理对象的结构形式，如一块石头、一棵树，都可以因为它们与一定情感发生过程的心理结构相似，而成为这种情感的表现，或者说，表现了这种情感，这使主体体验到仿佛它们有这种情感。

3. 情感体验的经验性

伦理经验在体验中占有重要位置，这是因为体验主体本身便是伦理经验主体。经验主体的体验往往同时便是伦理的。前面提到的情感体验的先验性，只是在原发性上具有意义，即某种情感的初因何在。随着情感初蒙，经验往往便立即投入其中或立即被相应地唤醒，经验既承担起对于先验的情感蒙生的解释任务，而且还构入情感，使先验情感体验转化为经验情感体验。一些学者批评格式塔心理学派割裂经验在知觉中的必然性联系使知觉先验化，就知觉确有先验作用而言，这种批评有些武断，但就知觉又必然为经验所构入而言，这样的批评又有其道理。

伦理经验参与情感体验并在情感体验中发挥作用，主要体现在四个方面：

（1）伦理情感体验的引导性发生

引导可以是情境性的，也可以是指令性的。情境性引导是当某种伦理经验情境出现时，主体凭借经验进入情感唤起的敏感状态，在这种敏感状态中接受相应刺激，活跃伦理情感体验。如惜别情境、悲风情境、苦雨情境等。

① ［美］鲁道夫·阿恩海姆：《艺术与视知觉》，滕守尧、朱疆源译，中国社会科学出版社 1984 年版，第 614 页。

这类情境所以与惜、悲、苦等情感体验相关联，是因为此前曾有类似情境经历，并唤起过相应情感体验，此时，这类情感复现，主体对此形成经验性接受。中国古代诗词中大量意境性作品都属于这一类。从创作说，是创作主体被置于某种情境，被唤起某种情境经验，情境的对象性情况、被唤起的经验情况，被主体提炼为相应的意象再艺术地表现出来。从艺术接受角度说，接受主体被作品营造的伦理情境所感动，唤起相应的伦理情境经验，根据作品提供的体验线索形成接受的伦理经验体验。情境性问题后面还要专谈。

伦理情感体验的指令性引导，来于某种伦理经验被现实激活，或是以回味的方式复现于胸，或是以理性方式形成主旨，与之相关的情感体验被引导进而发生。指令性的特点在于情感体验的经验起因的具体明确，因以它所唤起的情感性质、强度、变化等，也都有较为具体的经验根据。刘勰所说："故其叙情怨，则郁伊而易感；述离居，则怆怏而难怀；论山水，则循声而貌；言节候，则披文而欠时"①，是说一类创作须先形成叙、述、论、言的主旨。进而依此主旨在形成主旨所依凭的经验中进行情感体验，使之获得感人的艺术力量。情感体验的经验情境性引导，其产生的作品多属于含蓄一类；情感体验的经验指令性引导，所产生的作品往往主旨较为明确，起码，对于创作主体它是较为明确的。

（2）见于伦理经验结构的情感体验

结构主义心理学的一个突出贡献是对于经验心理结构的存在给予了更为充分的揭示与系统的论述。他们为经验的结构化找到了神经联系的根据，并令人信服地论证了经验积沉为心理结构转而又以心理结构的方式参与各种经验活动的心理过程。如 E. A. Lunzer 在评价结构主义心理学代表人物皮亚杰时所说："……皮亚杰把认知的生长（法文 intelligence）预先假定为一系列的结构—自我调节、具体运算、形式运算，这些还要继续依靠智慧的内部机制平衡的原则，而不靠知觉，语言甚至神经生理的发展。"②

伦理经验结构在引发情感体验时是一种不知其然的整体性作用，这种结构活动可能在极远的结构端点上被引发，然后由彼及此，在此点上引发情感

---

① 刘勰：《文心雕龙·辨骚》。

② 陈孝禅等译：《皮亚杰学说及其发展》，湖南教育出版社 1983 年版，第 101 页。

体验。如沐春风而归，春风的知觉与归家的乡情便是相隔甚远的两种情况，如果将之经验具体化则要经过一系列的情感关系推导，可是春风与乡情却可以在知觉水平上被直接关联，获得直呈式体验，这就是经验的心理结构的作用。在中国古代这种由彼及此的直呈性越是超乎于经验具体性，即越是出乎意外，经过具体经验的追问又越能在情理之中，则也就越被很多人所赞赏。

伦理经验结构由于是经验的积沉，固以它与经验所由形成的历史、时代、人格、情境密切相关，后者既是经验结构形成的条件，又是它的构成。这就是说，投入情感体验的经验结构具有历史性、时代性、个人性及情境性。此一历史传承中、时代背景中、个性中及情境中因经验结构投入而形成并艺术表现的情感体验，在另外的历史传承、时代背景、接受个体及接受情境中所唤起的情感体验必然是差异性的。这是经验结构导致的差异，这也是创作和接受的永恒差异。不过，由于人的类特征毕竟赋予人以共性，因此也赋予人的历史、时代、人格、情境以共性，这类共性见于经验结构便形成经验结构中的某些共性，这种共性见于艺术创作、艺术品与艺术接收，也就形成超越历史、时代、个性、情境的情感体验，这是伟大艺术所共有的永恒感染力的由来。

（3）见于具体伦理经验的情感体验

经验结构积沉于具体经验，它们也可以从经验结构中随时地释放出来。经验结构中具体经验的复现亦即记忆复现，这记忆复现可以是知觉表象的，也可以是知识观念的。这样的经验复现可以在心理学的表象、记忆、语言研究中找到根据。

具体伦理经验见于情感体验，主要发生于情感体验的两端，即体验发生与体验反思，也可以称为发生体验与反思体验，至于体验过程，主要是身体综合状态的感受，只要体验主体不刻意使自己从体验中脱身，即使有具体经验在体验中复现，那也是浮光掠影，无可细究。因为细究便形成经验的关注，按照心理学的"优势兴奋中心"原则，体验也就终止。发生体验是体验的引发，因为这时主体尚未进入体验状态，具体经验可以外部地也可以内部地被从经验结构中唤起，外部包括具体对象或语境，内部包括表象或语言。但无论哪一种它们都必须在获得或原初形成时便伴有一定的情感活动，因此从某种角度说它们属于情感记忆或对象性的情感触发。如商店柜台里的一支钢笔，它可以作为外部对象，也可以成为经验记忆，但它尽人可购的商品属性很难引起情感活动；而一支友人馈赠的钢笔或亲人遗留的钢笔，就容易产生睹物思人的效果，因此也就容易形成情感激发或情感记忆。语言也是一样，有些词语属于冷冰冰的词语，有些词语在既往运用中容易体味情感，它们的浮现也容易激发情感。情感体验经由这样的激发而产生。至于反思体验，唤起的具体经验则是与情感体验具有同类情感属性的经验，或者说，是那些曾引起过同类情感体验的经验。它们的浮现源于反思中的追想，即顺着情脉去联想，具体经验在追想中复现，这时，一是对所发生的情感体验予以解释，一是唤起沉浸效果，即主体通过一定的情感经验的追想更深入地获得情感体验。这种具体经验对于情感体验的投入状况，陆机曾作过精彩描述："于是沈辞怫悦，若游鱼衔钩，而出重渊之深，浮藻联翩，若翰鸟缨缴，而坠曾云之峻。收百世之阙文，采千载之遗韵，谢朝华于已披，启夕秀于未振，观古今于须臾，抚四海于一瞬。"[1] 陆机抓住具体经验对现实情感体验的规定、构成，以及具体经验在现实情感体验中的唤起与复现，更对这样的唤起与复现进行情感体验，再将之表述于文。

（4）伦理情感体验的经验解释

无论是创作还是接受，解释都是必需的。当然，有些解释是观念性的，如"诗言志"，它作为一种对于诗的观念性理解，对诗创作或诗予以判断，看其是否言志，所言之志又是如何，从而进行进一步的诗的创作、修改或批评。这类观念性的东西包括艺术何是、艺术何为、艺术如何等，它们被作为规定或原则、原理等被概念地论证与表述，在艺术实践中发挥解释、判断、批评作用。除这类观念的东西，更有一些经验的东西在艺术实践中随时发挥解释作用并由解释而参与、指导艺术实践。这类经验性的东西，包括概括经验与具体经验两种情况。概括经验，因为它的结构性运作具有自主性，所以以一种自然而然的方式在实践活动中发挥作用。它通常表现为一种习惯性的自我规定，使创作主体不须特别的解释或思考，就确定哪些可以形成情感体验并使之进入艺术表现，哪些不形成情感体验，而哪些形成了情感体验却不能进入艺术表现。郑板桥有一段话谈他画竹的体会，就涉及经验结构在艺术

---

[1] 陆机：《文赋》。

创作中自行运作的状况："江馆清秋，晨起看竹，水光、日影、露气，皆浮动于疏枝密叶之间。胸中勃勃，遂有画意。其实胸中之竹，并非眼中之竹也。因而磨墨展纸，落笔倏作变相，手中之竹又不是胸中之竹也。总之，意在笔先者，定则也；趣在法外者，化机也。独画之手载！"① 这眼中之竹化为胸中之竹，是绘画的经验结构超绘画主体意识地自行进行着删减增生的处理，而由胸中之竹现到手中之竹，这一转化，也是经验结构自行运作的结果。郑板桥对这种经验结构的运作用了一个相当精当的词，称为"趣在法外"。

具体伦理经验的解释，主要是情感体验的反思性解释，在这样的解释中，一些具体经验规定或经验表象活跃起来，进入解释过程。白居易说："圣人知其然，因其言，经之以六义；缘其声，纬之以五音，音有韵，义有类，韵协则言顺，言顺则声易入。"② 这里的"经之以六义"，"纬之以五音"，就是"六义""五音"的具体经验，以"经""纬"方式参与到艺术创作的反思性解释中来，并通过反思性解释，使所表现的情感体验"言顺"且"声易入"。具体经验在艺术接收中，则不仅见于标准性判断、指向性判断体验，而且很多强化接受效果的联想、想象也由此引发。因为联想与想象的展开总是基于对引发联想的艺术构成因素的理解。倘若孔子没有对《诗经》"巧笑倩兮，美目盼兮"诗句的理解，就没有他"绘事后素"的经典概括，就谈不上他对于子夏进行的"礼后乎"的联想赞赏。

以上所考察的伦理经验参与以及构成情感体验的四个方面，具有普遍性，古今中外艺术都与之适应。而在中国传统艺术中，其独特性在于伦理特征更为突出，也体现得更为充分，即经验引发、经验结构、具体经验以及经验解释都更具有突出的伦理特性。因此，在中国传统艺术中，伦理体验的情感形态是更具伦理特征的形态。

二、伦理情感的关系与目的性

情感就心理接受形态而言，不同于经验表象，也不同于观念语言，它也

---

① 郑板桥：《板桥全集·题画》。
② 白居易：《白氏长庆集》卷二十八《与元九书》。

是一种体验，它的体验形态也是情感性的，但它不是对于表象对象及观念语言的直接的情感体验，而是一种生发性体验，由表象对象或观念语言生发开来，像月光由月轮生发开来，日光由太阳生发开来一样。有人把这种生发的效应称为"场"，这是说它虽然没有感性形式，却可以引起感性反应。这是具有关系属性与目的属性的情景性体验。

1. 情境体验与情感关系

情境这个概念被很多学者用到，但多是在描述的意义上使用，即用以描述事情发生的某种状况。其实，细究起来，情境是一个关系概念或叫作间性概念，它包含着对象状况及主体对于这一状况的理解、接受两重意蕴，是这两重意蕴在情感或体验中的统一与融合。古希腊的伊壁鸠鲁学派与中国的先秦大哲们深刻地把握到这种见于主体感受的对象与主体融合的关系。

情境性情感体验从所接受的对象而言，实际上是一种关系体验，即对象世界的不同的感性形式之间相对于主体形成一定的情感关系，这种关系可以是对象的形式关系，如一棵弯曲的老树与一条悬垂的枯藤，它们之间便形成一种类似于垂暮、孤独的关系，这种关系虽然生发于物与物之间，却是因观察或体验主体而在的关系——那种垂暮孤独的感受就是从老树与枯藤的空间关系中向着主体生发出来的。这种关系也可以是对象形式与人的关系，如一轮明月与望月者，月因被望而与望的主体建立起一种"望"的关系，这种关系不在月也不在于望月者，而在于非月非望的望月关系，一种它圆而我不圆、亮在眼却又无所趋就的体验在望月关系中生发，思乡之情缘此而生。因此，这同样是因主体而在的关系。由此说，这种关系是由主体赋予情感内容的关系，而关系本身又足以唤起并承受相应的情感体验。唤起并承受相应情感体验，是情境的非感官形式的形式给定性。

那么，进一步追问，何以这种非感官形式却具有一定情感的形式给定性呢？说到底，还在于对构成关系的对象形式，主体投入了相应的情感经验，即这是因主体而生成的为主体而在的关系。拿垂暮感的生成来说，如果构成关系的对象形式不是老树与枯藤，而是鲜花与嫩柳，面对这一关系形式的主体未投入相应的垂暮经验，也就无所谓垂暮情境与垂暮感。与表象对象或语言对象不同，情境对象不在于对象的表象形式或语言形式，而在主体经验构入的表象或语言综合而成的关系，它所唤起的情感经验也不是对于具体表象或语言记忆的情感经验，而是生发于关系得以构成的各对象形式的经验综合。简要地说，情境既非 A 又非 B，而是 A 与 B 所组成的因主体而在的关系，或者，是 A 或者 B 与主体构成的主体关系。

在情境中，有可供主体感受的先验形式因素，如构成情境关系的对象形式中的色彩、明暗、疏密、声音等，它们先验地唤起主体，使主体在这些形式因素的组合中直接形成情感体验。如"孤帆远影碧空尽，唯见长江天际流"，"两个黄鹂鸣翠柳，一行白鹭上青天"这类诗句，它们的感染力，关联由近及远的空间关系和不同组合的色彩关系。主体进入这样的情境，由此而感。情境更多的还是见于经验关系，或者包含着先验关系的经验关系。这类经验关系所唤起的经验，由于没有一般对象关系接受中的那种表象着落或语言着落，因此常常是些无所附着的经验体验，或者，是经验内含不明晰、不确定的对于情境的关系形式的体验。刘勰说的"秘响旁通"，这类似于司空图说的"味中之旨"，严羽所说"相束之色"。

总之，（1）在一定的关系体内，构成关系的对象形式相互构成的生发性；（2）主体经验对于关系的构成性；（3）主体在关系接受中的经验不明晰、不确定性；（4）先验形式的构入性。以上四点，便是情境及情境的情感体验的特点。

在由对象形式生发而成的情境关系中，主体的既往经验以不明晰、不确定的方式投入其中，并不是说它不可进行经验追问，实际上主体总是能在追问中获得对于情景的经验解答。如这是因为思乡，那是因为爱恋，第三是因为孤独等等。这样的分类性的经验解释对于一般知识水平的主体并不难办到。投入情境体验的既往经验所以在投入时是不明晰、不确定或者是模糊的，主要是由于情境关系是一种仅要求主体作出情感体验反应即可的关系。因此往往没有必要进行进一步的经验或观念追问，这是一个发生着的情感体验过程，进一步追问，认知活跃了，情感体验却因此终止。梅洛-庞蒂就关系交往中经验参与其中但是又无须明晰的问题说过这样的话："当我与我十分了解的一位朋友交谈时，他的每一句话和我的每一句话，除了它对整个世界所表达的意思，还包括与他的个性和我的个性的主要方面有关的许多东西，我不需要回想我们以前的交谈。把第二意义给予我的体验的这些已获得的世界，本身清楚地显现在作为其第一意义基础的一个最初世界中。"① 他把正在进行的关系行为体验称为第二意义给予的体验世界。他把这一体验得以发生的基础称为第一意义的最初世界，他确认正在进行的第二意义的世界体验不需要作为基础的意义的最初世界进行意义复现。为此，他接着说："同样，也有一个'思想的世界'，即我们的心理活动的一种沉淀，它能使我们信任我们已经获得的概念和判断，就像信任存在着的和整个的呈现出来的物体，如果我们不必每时每刻重新对它们进行综合。因此，对我们来说，可能有一种带有突出区域和模糊区域的心理全景，有一种作为研究、发现、确定性的智力问题和情境的外观。"② 梅洛-庞蒂所说"心理全景"，是任何情景性心理活动，包括情感体验的经验根据，而"智力"与"情境"，则是以能力和情感方式对于现实的把握，"心理全景"不必浮现，但情感体验却现实地发生。情境引发的情感体验过程即属于这种情况。

在情境的关系属性中，体现着人与人关系规定性的伦理属性居有经常性的、重要的位置，或者说，伦理情境是经常发生的情境。伦理规定性在现实生活中越突出，伦理"心理全景"便越被强调，而它所参与构成的伦理情境也就越具有情感体验的现实性。中国古人在占主导地位的伦理规定性中生活，他们最经常地经历的，也是最敏于构成的就是伦理情境。被中国的古代文人历史性地广为谈论的"取境"说、"造境"说、"意境"说，及后来经王国维而突出的"境界说"，应该说，便是情境构成与接受的学说，只是情境是侧重于关系构成的对象性一方，而"境"及"意境"则偏重于情境接受的主体性一方。如叶嘉莹通过考据王国维"境界"说的传统由来，阐释说："唯有由眼、耳、鼻、舌、身、意六根所具备的六识之功能而感知的色、声、香、味、触、法等六种感受才能被称为'境界'。由此可知，所谓'境界'，实在乃是专以感觉经验之特质为主的。换句话说，境界之产生，全赖吾人感受之作用；境界之存在，全在吾人感受之所及。"③ "境界"作为境界的主体组构与接受形态，是感性经验以直接的感性形式、情感体验形式对于情境的反应及艺术表现。依叶嘉莹的看法，中国传统艺术文论中很多难

① ［法］梅洛-庞蒂：《知觉现象学》，商务印书馆 2001 年版，第 173 页。
② ［法］梅洛-庞蒂：《知觉现象学》，商务印书馆 2001 年版，第 173 页。
③ 叶嘉莹：《迦陵论词丛稿》，上海古籍出版社 1980 年版，第 277 页。

以透解、难以把握的范畴，如"象外之象"、"兴趣"、"神韵"等，都与"境界"接受与表现，亦即这里所说伦理境界的情感体验密切相关。

2. 伦理情感体验的目的性

情感体验虽然经常在不经意中发生，像拂面而过的风，但其实，这却是主体参与营造的风，而非自然之风。同一事物可在不同主体那里引起不同的情感体验，其差异就在于其中发生了不同的主体营造，主体经验及现实生存状况在不经意中参与其中。这种不经意的参与，实际在实现一种不经意的目的，即现实生存状况的经验对待。

情感体验的目的性包括先验目的性与经验目的性。

（1）伦理情感体验的先验目的性

康德分析美这种属性时，提出一个"范式的必然性"的说法，他说："一切人对一个用范式来显示出一种明确说出的普遍规律的判断，都要表示同意的那种必然性"[①]，朱光潜就此分析说，康德承认这种必然性是建立在人的"共同感觉力"的基础上的，这便是一种先验目的性的体现。

先验目的性是生命及生存的合目的性。如对于平衡的需要、安全的需要、有序的需要乃至归宿的需要等，这些需要都是从动物祖先那里承袭而来，它们在动物那里便已有原始的需要样态。后来，随着自然进化及人的历史发展，它们成为唯人才有的社会需要的先验基础，人的社会关系本性的形成，同时也就形成了建立在这些原始需要基础上的社会关系需要，而这些原始需要则成为内在地规定着社会关系需要的先验目的。这便是伦理规定的先验目的。

伦理规定的先验目的由于是奠基于人类进化史中，所以它具有人类普遍性，成为不同时代、地域、民族、社群伦理中根基性的，又是深层的共性目的。中国古人自先秦以后便不断思考与阐释的一些基本伦理范畴，如道、德、理、仁、中庸等，都是围绕着伦理的先验目的展开，并且指向其先验由来，如"天"、"命"、"性"等，都在力求本原性解答。西方传统中，也能看出对于伦理的先验根据的寻觅与遵循，如远古英雄时代，勇敢是德性的体

---

① 朱光潜：《西方美学史》，人民文学出版社 1979 年版，第 369 页。

现，而勇敢在那个时代显然在于有助安全、秩序与归宿的原始需要的实现——"勇敢之所以重要，不仅由于它是个人的品质，而且由于它是维持一个家庭或一个共同体所必需的品质"①。在古希腊时代，"德性和善的概念与幸福、成功、欲望的满足等概念之间有着不可分解的联系"②，而根据苏格拉底、柏拉图等阐释，幸福、成功及欲望的满足等，显然与和谐、秩序等先验目的性相关。格式塔学派的完型理论，则提供着伦理体验的先验形式根据，这种根据见于富于伦理意味的建筑、雕塑，以及日常交往的伦理行为，成为这方面伦理情感体验的由来。如体现着等级尊严目的的宫廷的高大立柱，体现着崇拜目的的凝重的古希腊雕塑；实现祥和目的的周代韶乐，破坏祥和目的的乱世之音；《论语》论述的各种合于伦理的目的交往行为，如"孔子于乡党，恂恂如也"，③"君召使摈，色勃如也；足躩如也。揖所与立，左右手，衣前后。襜如也。趋进，翼如也。"④根据近年来身体语言的研究，这类表示屈尊、谨慎、谦恭的身体行为，都有其先验的结构根据。

（2）伦理情感体验的经验目的性

经验目的，从伦理角度说即合于一定的伦理经验的目的。伦理经验目的在情感体验中，可以定向地引发某种情感体验，如刚刚提到的《论语》中"孔子于乡党，恂恂如也"，这"恂恂"，即温和恭顺的形貌，温和恭顺是情感体验，有这样的情感体验便做出这样的形貌，而这样的情感体验，便是"乡党"经验的目的性引发。伦理经验目的还可以抑制那些不合伦理规定的情感，如"君子不以绀緅饰，红紫不以为亵服。当暑，袗绤绤，必表而出之"⑤。这是说孔子不用深清透红的颜色和绛红色镶银领边；不用红色和紫色衣料做居用衣服。夏天，穿粗或细的葛布单衣，并且必须穿在外面。显然这样的选择是出于伦理考虑，伦理情感克制着日常好恶，压抑着不合伦理规定的情感需求。

此外，伦理经验目的还指导着情感体验的艺术表现。艺术地表现哪种情

---

① ［美］A. 麦金泰尔：《德性之后》，中国社会科学出版社 1995 年版，第 154 页。

② ［美］A. 麦金泰尔：《德性之后》，中国社会科学出版社 1995 年版，第 177 页。

③ 《论语·乡党》。

④ 《论语·乡党》。

⑤ 《论语·乡党》。

感体验，在怎样的程度上表现，用何种方式表现，伦理经验目的都在其中发挥作用。如中国古代的重要伦理标准是诚信与中和。庄子说："真者，精诚之至也，不精不诚，不能动人。"①《中庸》说："喜怒哀乐之未发，谓之中。发而中节，谓之和。中也者，天下之大本也是；和者天下之大道也。致中和，天地位焉，万物育焉。"② 这样的伦理经验在中国古代艺术制作中一直发挥着情感体验的制控作用，以致在长久的历史过程中成为极具普遍性的核心艺术标准。

伦理规定的主体实现，伴随着主体敬畏、愉快的情感体验；同时，这种情感体验构入主体实现的伦理规定中，成为经验性情感。伦理经验情感与伦理先验情感综合为伦理情感。因此，伦理规定的实现必是伦理情感的实现。伦理性作为艺术的基本属性，情感体验形态是其基本形态，情感体验形态既可见于各种先验形式，也可见于各种经验表象或语言，但不管哪一种，它们都不同程度地表现着伦理的情感体验。

---

① 《庄子杂篇·渔父》。
② 《中庸·一章》。

第　六　章

道德的文学接受

文学的道德属性与文学共在，这种共在关系是文学发生史与发展史的构成关系，又是后者的生成关系。这种关系决定着文学为生活不可或缺，并决定着它总是生活的文学，它以生活的样子归属生活，为生活提供道德意义。因此，道德属性与文学共在的关系又从属于一个更大的关系体，即文学与生活的关系体，在这个关系体中，文学的道德属性成为有待接受并实现于接受的属性。

那么，文学的道德属性何以为接受属性呢？这是文学道德论的基本问题，这个问题由于常在刻意的意识运作中求解，而这又是违背道德接受规定的状态下被创作主体所处理，继之，它又在简单化的道德批评中被置于观念或具体经验的位置，故而使这个问题缺乏更为深入的也是更合于道德接受关系的求解。

一、道德感的惯习性与建构性

关系生存是自由自觉的本质形式，自由自觉便是关系生存的本质。哲学家们不断思考的类本质问题，在自由自觉的关系生存中不断地有所着落。自马克思以来，从社会关系考察人、分析人的本质活动，已成为求解人类之谜的基本思路。作为"效果史现象"，被哈贝马斯称为20世纪四种哲学思潮的分析哲学、现象学、西方马克思主义和结构主义①，都围绕这个关系生存的思路展开，都不同程度地以关系存在为立论根据与立论框架。这种情况如哈贝马斯所说，这"充分证明了我们的认识能力深深地扎根在前科学的实践以及我们与人和物的交往中"②。

既然如此，人与人的关系定性就成为实践与思维中必须予以坚持的规定性。道德规定即人与人之间的关系规定，它历史与经验地转化为人的内在规定性，人们受这种内在规定性制约，合规定地进行日常关系交往，并在这日常关系交往中生存，这就是道德生存。当然，人除了道德地生存，还进行着其他生存，如各种目的性生存，政治的、经济的、艺术的、学术的等，但这类生存必然是社会关系的生存，而且这类目的生存也必然在社会关系相作用的过程中实现，道德生存就是合于社会关系规定的为实现各种目的而进行的过程性生存。任何行为，只要是人的行为，都暗含着一定的道德规定，好的或坏的，善的或恶的，或者介于好坏善恶之间的，这是"自然人化"的历史性成就。它充分到如此程度，即甚至任何独处的个人行为也暗含着某种道德规范。不过，这样说并不意味着随时都要进行道德评价或道德判断，道德与否的尺度是在社会关系的一般规定性受到不一般的作用与影响时，即某种行为以其道德意义而引起关注时才获得运用的必要性。如个人隐私，其中存有道德与否的问题，但其私人性使其并没有对社会关系的一般规定性构成显性影响，因此一般就没有必要进行道德评价。道德敬畏意识、道德感或良心这类被称为主体道德根据的主观性活动，其自律程度存在个性差异。如上面所说隐私，自律性强的人不因其没有对社会关系的一般规定构成显性影响而放弃自我道德评价，"吾日三省吾身"就属于这种状况。这里有道德尺度的相对性，其中含有道德评价在何等情况下显得必要的个性差异。而道德评价的社会性运用，则有其一般标准，这一般标准亦即社会的一般道德水平。像随地吐痰这类个人行为，社会一般道德水平不高的情况下，它不是社会道德

---

① ［德］哈贝马斯在《后形而上学思想》中提出，今天各种思潮日新月异，在 20 世纪主要形成四种思潮，"分别是分析哲学、现象学、西方马克思主义和结构主义。这四种思潮之间差别很大，我们只要深入考察一下，立刻就会发现这一点。不过，它们到底还是一条思想大河中的四种各具特色的思想体系。"（译林出版社 2001 年版，第 4 页）

② ［德］哈贝马斯：《后形而上学思想》，曹卫东、付德根译，译林出版社 2001 年版，第 7 页。

评价对象，但随着社会一般道德水平的提高，情况就发生了变化。

这里，与本书题旨密切相关的问题是，人们在日常生活中进行道德评价、道德行为选择，尤其是自律性评价与选择，其发生机制是怎样的，在这一发生机制中，文学的道德接受有怎样的作用及如何发生作用。

一般地说，人们的日常道德评价与选择是根据所处情况以直觉方式进行的。即是说，人们并不是在有意的意识运作中，借助于观念或具体经验进行道德评价与选择，而是直接地、不假思索地，如黑格尔所说，是"直截了当"地进行这类选择与评价。这正如布尔迪厄谈到包括道德判断与选择的日常实践活动时所说的那样："日常实践活动是自动的和非主观的，是有所意指而无表意意图，故适合于一种同样是自动的和非主观的理解，它们所表露的客观意图的再现丝毫不需要'重新激活'行为人的'生活'意图，也丝毫不需要备受现象学家和所有持'参与论'历史观或社会学观点者重视的'向他人的意向转移'，同样不需要对他人意图进行默示的或明言的讯问（你想说什么）。'意识之相通'意味着'无意识'之一致（亦即语言和文化能力的一致）。对实践活动和作品的客观意图的辨识与生活经验的'重建'（即狄尔泰最先说的 Nachbidung）毫不相干，也与'意图'——并非是它们的实际起因——具有的个性特征之无用而又不可靠的重建毫不相干"[1]。日常实践活动，包括日常道德活动，它的行为判断与选择，都具自动的非主观操控的，但它作出判断与选择，并不需要行为的意图追问，不需要具体地唤起先前的经验或了解被选择与判断者的生活经验，也不需要对于判断或选择对象进行个性特征的掌握，道德判断与选择就在特定情境中直接作出。如对于对方友善表情的同样友善的回应，友善是对于对方表情的判断，友善回应是对于自己的选择，判断与选择都是不假思索地直接作用。

道德活动的直觉性来自基于惯习的道德感的运作。惯习，亦即布尔迪厄所说"习性"，既有先验根据又有后天习得的根据，如任何道德判断都须奠基其中的安全、秩序、节律的感受，以及对于光亮、色彩、音调、线条构型形式的格式塔质的感受，便都具有先验性，可以找到遗传学根据。随着生命科学的发展，对于后天经验形成具有必然规定性的先验族谱被开列得愈来愈

---

① ［法］布尔迪厄:《实践感》，译林出版社 2003 年版，第 89 页。

多，道德感的天授根据也被发现得愈来愈充分。后天习得的根据，亦即经验积沉的根据，在日常关系生存中，主体通过家庭、学校及社会生活接受被肯定的道德行为模式，同时被告知何以这样做就应予肯定而不这样做不被允许。行为模式连同其道德意蕴不断被主体接受，这就是不断积累的道德经验。不过，对于惯习而言，它并不是具体经验的叠加，惯习见于日常生活，也不是具体经验的复现或复制，惯习确实是经验地运作，并且在相似的经验情境中才得以运作，但惯习并不复现或重建先前曾经经历的经验境况，如前面所引用的布尔迪厄所说，它是"自动的和非主观的"。结构主义者用"心理结构"解释建立在经验基础上的又是非经验的心理活动，如皮亚杰，他认为日常经验性行为产生图式，这类图式经过"同化"作用形成自行操作的"心理结构"："从生物学的观点看，有机体在同环境中的物体或能量所发生的每一个相互作用里，就在顺应环境的同时把物或能量与自身的结构加以同化，同化作用是使有机体的种种形式具有恒久性和连续性的因素。在行为的领域中，一个动作有重复的倾向（再生同化作用），从而产生一种图式，它有把有机体自己作用所需要的新旧客体整合于自身的倾向（认知同化作用和统括同化作用）。"① 行为经验图式化、图式化的行为经验经过同化地接近或有某种关联的行为经验图式，统括进来形成更趋复杂化的结构，当再遇到与既往结构经验有某种关联性情境时，这类结构便自行发生作用，直接形成判断与选择。

对上述这种既有先验根据又有经验根据，而在具体的道德活动（包括内部心理活动与外部实践活动）中又以惯习和心理结构的方式自行调控的主观形态的根据，我们称为道德感。这是"一种品质，它的践行导向人的目的实现"②。文学创作主体在创作中，对于各种虚构情境的判断与选择，也是基于道德感，也是首先进行道德感的直觉运作。与日常生活中道德感直接见于实践情境不同的是，创作主体还有一个道德感的反思过程。他要对得于道德感的表象判断与选择进行整体性反思，将之纳入更大的创作境况，进行包括道德目的的综合目的思索，如这个人物的某一表象行为是否合于人物

---

① ［瑞士］皮亚杰：《结构主义》，倪连生、王琳译，商务印书馆 1986 年版，第 50 页。
② ［美］A. 麦金太尔：《德性之后》，中国社会科学出版社 1995 年版，第 233 页。

的性格规定，合于设定的人物关系规定，合于情节规定及文体规定等。有些时候，他要运用全能权力进行行为说明与阐释，进而，他还把这类反思返还道德感形式，使被反思的表象行为看起来仍然是道德感的而不是概念运作或意识运作的。换句话说，文学创作主体对于各种道德问题的发现、提出及处理，首先便是道德感的，这与日常生活相通，因此才有所谓真实标准。

如前所述，道德感离不开经验习得，所习得的经验，既有历史的也有现实人生的，它们积沉为结构。因此，每一次道德感的活跃，都是历史与人生经验的活跃，每一次道德判断与选择，都是历史与现实的人生经验对于现实的判断与选择，这是历史、人生与现实的相互作用。不过，在充分认识道德感作为惯习的结构稳定性的同时，也要同样充分地认识道德感的现实敞开性，道德感不是机车轨道似的固定存在，以至每一次道德情境的投入都如一列驶过的列车。道德感对于相应的外部情境既具有同化功能同时也向之调整。在现实生活中不存在生活情境的机械重复，其中只有不同程度的相似性，而非相似的部分或相似中有所偏差的部分则引起道德感的不同程度的调整。即是说，道德感存有不断建构的品质，当然，它的建构的活跃性与敞开程度因人而异，也因对象情况而异。道德感的延续性或稳定性是建构中的延续性与稳定性。在西方伦理思想史中，对道德判断与选择的稳定性与建构性形成两种相反的看法，即绝对主义与相对主义。相对主义更多地看到道德活动的相对性，他们坚持规范相对论，认为人们对同一道德行为作出完全不同的价值判断，这是可能的也是可以理解的，其原因在于规范或规范内容本身。① 在这方面，境遇伦理学有一套方法，弗莱彻对之概括说："……这种方法可以说是从（1）唯一的法律——上帝之爱出发，到（2）包含许多多少具有可靠性的一般规则的宗教与文化的教训，再到（3）决断的时候，具体境遇中的应负责任的自我在其中判定教训能否服务于爱。"② 境遇伦理学强调道德活动的境遇相对性，这从活动主体的道德规范而言，就是对道德感的建构性的确认，因为显然，在弗莱彻概括的（3）中，那个在具体境遇中应负责任的自我，就是在稳定的延续中又灵活地进行情境性应对的主体。对

---

① ［美］理查德·T. 德·乔治：《经济伦理学》，李南译，北京大学出版社 2002 年版，第48—54页。
② ［美］弗莱彻：《境遇伦理学》，程立显译，中国社会科学出版社 1989 年版，第23页。

于道德感或道德品质的稳定的敞开性，高兆明明确地说："如果说人类的生命力在于在不断变化的生活世界中充分发挥自己的创造力，适应新情况，解决新问题，那么，道德的生命力也应当有一种开放的品质，应当有适应新情况解决新问题，与时俱进的品质。"①

道德感的稳定的敞开品质，使得文学创作主体见于文学的道德运作，不是重复而是道德感的情境性实现，同时，也是道德感的情境性调整。这使得他的每一部新著都需要进行道德感的情境性审视，并由此把握他的道德感的变化情境及总体情况。而道德感得以形成的不同的历史根据、人生经验根据，以及具体的情境根据，又规定着不同的文学创作主体之间，不同的文学接受者与文学创作主体之间的道德感差异，这种差异使阅读中道德感的交流与互构成为重要的接受情况。

二、文学道德接受的综合性

文学接受是文学作品与接受者的互为过程，接受者在接受文学作品中使作品成为自己的作品，他一方面依附着作品使自己成为接受者，另一方面又行使对于作品阐释的权力，他在阐释中成为作品主体。这种情况如作家圣伯夫所说："我总是生活在别人身上；我总在他们的灵魂中找我的窝。"② 自己的窝，他者的灵魂，这种互换的同时又是互构的间性关系，正是作者、文本与接受者的关系。

阅读中进入的他者灵魂，既包括作者灵魂，也包括作者作品中人物的灵魂，它们先于接受者而在，像对于一幢陌生的旅店，接受者只是走进去，一切都陌生，他要默默地看，他所看到的这幢陌生房子的程度，取决于他默默地看的程度，而他所看到的，并不是可以单独看到的道德那一部分，在文学作品中没有单独的道德这回事，像在现实生活的具体人身上没有单独的道德存在一样。作为接受前提，接受者进入的是一个综合性的或整体性的文学存在。这涉及文学的道德形态问题，文学的道德形态只能是综合着文学的各种

---

① 高兆明：《伦理学理论与方法》，人民出版社 2005 年版，第 442 页。
② ［法］圣伯卡：《致茹斯特·奥里维埃夫人书》，见［比利时］乔治·布莱：《批评意识》，郭宏安译，广西师范大学出版社 2002 年版，第 5 页。

属性及各种构成的文学形态。其中包括人物性格、人物关系、环境、情节、主旨、修辞技巧、创作风格等。这是因为创作主体进行创作时，也并不是单独地进行道德表述或表现，在创作中创作主体的道德感是与其他感受综合地活跃着并发挥作用，而且创作主体的其他素质或品质，如政治素质、宗教素质、文学素质、哲学素质等也与道德感一起浑然一体地发挥作用。就创作中道德感的反思而言，他不是单独进行道德反思，运用于反思的具体的道德经验也不排除道德观念，但又并不是单独的道德经验或道德观念。他在创作中的道德反思连同他的其他反思一起综合地或有机地展开。只有在特殊情况下，如涉及某个人物或人物的某个关系行为、心理活动对于整个创作具有特殊的道德意义时，道德感的反思才突出出来成为纯然的道德反思，而且即便这时，道德反思也只能在人物构成及人物活动的总体背景下展开并又很快地归落到总体背景中去。当创作主体出于个人的道德兴趣或道德责任感而刻意形成道德追求时，他的创作便会因过分地出离人物的有机构成及人物活动的总体背景而出离文学，成为一种道德观念的传达。这时，他所创作的人物及人物在其中的作品，就只能是一种道德抽象的东西。

在文学作品中，道德意蕴体现在根据创作目的展开的文学主旨中。创作目的是文学创作的预设，它规定创作展开的意向，并使想象进入意向活跃状态。目的预设即打算创作什么，它包含创作动机以及动机初设的理性目的，这时，主体已走出因外部或内部激发而形成的意向不清的焦虑状态，是反思帮助主体走出这一状态，尽管它仍然很模糊，似雾里看花，但它在哪儿，它大体是什么则已有所确定，因为它是反思的，所以它是理性的。随着目的预设的意向性获得并随之展开，预设目的的"意义"也因此有所显现。胡塞尔对意向的最初形成与最初"意义"的产生关系描述说："每一种意向性体验由于其意向作用的因素都正好是意向作用的；其本质正在于在自身内包含某种象'意义'或多重意义的东西，并依据此意义给予作用和与此一致地实行其他功能，这些功能正因此意义给予作用而成为'充满意义的'。"① 创作的预设目的最初地规定合于预设的意向，而意向一经形成对于意向对象的所向，意向对象便因合于意向而成为对象，而成为合于意向的意义对象，这

------

① ［德］胡塞尔：《纯粹现象学通论》，商务印书馆 1992 年版，第 223 页。

意义即是意向的又是对象的，意义获得于二者相遇，不能获得这一意义二者就无缘相遇，因此，预设目的所预设的意义就存在于预设目的中。而预设目的在文学创作中总是文学的，文学形象的起码规定规定着文学的预设目的不可能不是形象的，由此生出的最初意向在与意向对象的相互作用中形成的"意义"也便是形象意义，作为形式而言那就是意义的形象。可以肯定地说，创作主体的文学身份及他对于文学的常识性了解，使他在最初形成冲动时，便已在形象的规定中。道德感或道德规范之类的东西不可能以其非形象的形式在创作之初规定主体。形象的意义是形象的，这种原初规定规定着意义的形象有机性或综合性，可以说，这时的道德意蕴就蕴含在形象意义的有机整体性中并把有机整体性作为自己的存在特征。随着创作的意向性展开，合于形象意义的形象与它的形象意义一起孕育、发展、逐渐明晰，其中的形象意义也因此可以对象性地体验与反思。这时，融合在其中的道德感也作为道德感而活跃并发挥作用。它作为形象的意义随着形象的逐渐明晰而明晰为道德感，道德感又在其活跃中使它在其中的形象明晰，这是一个互为过程，而且在这个过程中道德感与其他意义构成共处于有机状态。随之而来的反思也是同样情况，即反思所反思的是道德感在其中的形象意义，不断明晰的形象意义促使反思向更深入、更有所分化的方面进行，道德感在所反思的意义中成为反思对象，是与意义的其他方面具有有机关联性的对象。

　　上述这种情况是创作的主导情况。所以对这样的创作过程进行描述，其对象既在于创作又在于批评。时下的不少创作既不是坚持形象意义的有机性创作，也不是道德感形式的创作，文学的道德意蕴因此被观念性地处理；至于批评，更是走着道德简单化的倾向，不从形象的有机整体性与形象意义的综合性角度分析其中的道德意蕴，由此展开的道德批评，既缺乏历史性与人生经验性，也不能从现实生存的有机整体性中分析其道德意义。以文学创作的性道德而言，某些创作者出离文学的形象规定及形象意义的综合规定，把性表现作为调味剂使用，或仅仅张扬一种性自由或性主体性的道德观念，致使性表现成为游离于形象有机整体性与意义综合性之外的观念性赘疣；而对于这类表现的批评，也主要是对创作者所持道德观念及这类道德写作现时作用的批评，至于这类写作的非道德感性质及非文学性质，则所及无多。

　　文学的道德意蕴见于接受，接受者所接受的也不是单一的道德意蕴，他在接受中唤起的，并不是单一道德感。文学作品形象的有机整体性及作品意义的综合性有机而且综合地作用于接受者，他关注文学形象的行为，关注行为相互作用而发生的进一步的关系系统，由此他关心作品情节，关心人物命运，关心作品传达的喜怒哀乐。以这类对于文学自身的关心为前提，他由关心转入理解，转入侧重性的体味与思考，这时，文学的道德意蕴才与文学的其他意蕴一起进入接受的理性程序，而且，这时的理性接受仍然是综合性的，他是在理性地探询见于作品的另外人的灵魂，而不是弄清哪个概念或思辨哪些观念。他由此得到的人生悟解及艺术感动是综合的。他的道德感被激活，对于作品的道德意蕴形成直觉性把握，同时，他的其他感受也被激活，并彼此作用，形成政治的、宗教的、哲学的、艺术的，以及现实生活的种种感觉。他是在一种综合作用中体味所唤起的道德感，并把道德感在其中的综合体验随着阅读展开而不断地向着作品融入，达成作品理解，使作品成为他的作品，他成为作品的主体。

　　亨利·詹姆斯谈到小说的道德问题，针对白桑提出的"有意识的道德的目的"的说法，他以设问的方式反驳说："你的道德和你的有意识的道德目的，又是什么意思呢？你可否把你的这些术语加以界说，并解释一下一幅图画（一本小说就是一幅图画），如何可能是道德的或不道德的呢？你愿意画一张道德的图画或雕刻一座道德的雕像：你可否告诉我们你将如何着手呢？我们是在讨论小说的艺术；艺术的问题（从最广义说）是艺术手法的问题；道德的问题完全是另外一回事，那么你可否让我们明白，你怎么会觉得这样容易把它们混淆在一起呢？"① 亨利·詹姆斯就"有意识的道德的目的"说法的设问，可以看作是对整个文学而言，他坚持对文学目的与道德问题进行区分，并坚持在文学中不可能设定并实现"有意识的道德的目的"。这显然是正确的。文学的道德意蕴是文学总体意蕴的构成，它在文学总体意蕴的实现中变得可以在接受中有所侧重地追问与思考。道德意蕴在总体意蕴中见出，是强调或坚持文学道德意蕴的构成性，构成性实现的特点是它与其他构成互构并且由其他构成构成。构成性实现在其构成体中单独作为

---

① ［美］亨利·詹姆斯：《小说的艺术》，见伍蠡甫、蒋孔阳、秘燕生编：《西方文论选》（下卷），上海译文出版社 1979 年版，第 515 页。

问题提出并思考，是问题提出者另外的目的性行为，它已进入问题提出者的意向性活动，并且由问题提出者完成。它的专门思考的性质使它发生于对文学的思考时，便不再是一般意义的文学接受，而只是引发于文学的"借端生议"。

这里反复强调文学的道德接受的综合性问题，旨在进一步指出文学的道德意蕴只能见于文学的综合意蕴，亦即形象意蕴，在文学中"有意识的道德的目的"即便提出形成道德意蕴，也会使文学因此陷入非文学或伪文学境地。而对文学的道德接受也只能是构成性接受，是艺术感动中的接受，在这个过程中不是接受者的理智而是接受者的道德感受到潜移默化的影响。至于对那些为"有意识的道德的目的"而创作的"道德"作品，它们所应受到的不是道德与否的批评，而是文学与否的批评，应把它们逐出文学领地，交付伦理学家去审理。

三、道德感在文学接受中建构

文学道德功能见于文学的道德意蕴，文学的道德意蕴是构成性的，它构成于文学的总体意蕴中，这种情况决定着文学的道德接受不是抽象的或可以从形象中抽象的道德观念的接受，而是在总体意蕴中并且不脱离总体意蕴的道德接受，这是一个春雨润物细无声的熏染过程，它随着见于形象的行为系统的一步步展开而一步步地形成系统性接受。系统接受不是个别接受或单元接受的叠加，系统大于整体之和，因此，就总体意蕴中道德接受的状况而言，这仍然是一种综合性接受，即道德的系统接受实现于道德接受的综合性中。

道德的系统接受或综合性接受不仅是直觉地发现某种道德规范、感受某种道德规范并对之形成认同与否的道德评价，接着，在进一步的接受反思中把这种感受与评价提升为道德思考，当然，这样的接受过程在接受中确要一般性地发生。而且，文学的道德功能还在于它进而会对接受者形成道德影响，使其道德水平有所变化。这个过程便是接受者的道德感在文学接受中得以构建的过程。

文学的道德接受是在道德感层面发生的。道德感活跃于文学接受的理解中，它不是正在进行的理解本身，但它奠基于理解。文学接受首先是对于文本所提供的词义的理解，词义支撑着它所展示的形象，形象在词义组织中获得形体与生命。根据解释学观点，词义的理解以及词义的陈述都依循着整体与局部相互作用的循环关系，"这种解释学循环的古典形态就是部分与整体的相互依存关系：整体只有通过它的部分才能去理解，同样，部分也只能由整体去理解"①。创作的整体性预设比较容易理解，它体现为意向性，体现为最初的目的预设，尽管这种意向性或目的预设初时相当模糊与不确定，这是一个随着创作展开而不断明晰并在不断明晰中不断推进的过程，但创作的整体性预设具有充分的创作经验证明，对这样一个整体性预设并不断实现的过程，赫施引用奥古斯丁的一段话加以说明，并认为在这个问题上没有人会比奥古斯丁说得更出色。后者说："……凡我期待的特定部分抛向过去的，我的记忆都加以接受。因此，我的这种活动就向两面展开，我所复述出来的部分属于我的记忆，而要去复述的东西则属于我的期待。而现在，我只想有这样的分辨力，通过它把将来引入过去。这个活动越在进行，则期待越是缩短，记忆越是延长，直至整个活动结束，期待也就消失，并全部转入记忆中。整个诗篇就是如此，而且每个部分，每个音节都是如此。这段诗篇可能是整个诗篇的部分，那么，整个诗篇也同样如此。"② 奥古斯丁这是在讲复述诗歌的心理过程。复述诗，诗的整体性已由诗作为即在提供，而创作时，尚没有诗的整体性即在，但诗的整体性预设却是未来的诗的即在整体性，差异在于前者尚待随着创作而明晰与确定。不过，这样一个在整体性的设定下"向两面展开"的活动情况描述，对于创作过程也是同样精到。

接受学认为，在接受过程中，整体性预设同样存在，正是整体性预设的存在才使词义理解与局部理解合于整体性地展开并获得整体性接受。对这种预设整体性，接受学者进行了大量研究，有不同提法，如瑙曼的"功能潜势"说，苏联学派的"接受模型"说，费希的"能力模式"说，卡勒的"文学能力"说，尧斯的"期待视界"说，赫斯的"范型"说等等。其中，尧斯的"期待视界"说在接受学中影响更为广泛。"期待视界"为曼海姆和

---

① ［美］E. D. 赫施：《解释的有效性》，王才勇译，生活·读书·新知三联书店1991年版，第89页。

② ［古罗马］奥古斯丁：《忏悔录》，见［美］E. D. 赫施：《解释的有效性》，王才勇译，生活·读书·新知三联书店1991年版，第92页。

波普尔率先使用，尧斯将之引入接受学，强调了作家、作品与读者的接受整体性，尤其是强调接受中的整体性作用。"所谓'期待视界'，是指文学接受活动中，读者原先各种经验、趣味、素养、理想等综合形成的对文学作品的一种欣赏要求和欣赏水平，在具体阅读中，表现为一种潜在的审美期待"①。"期待视界"包括源于文学经验的"文学期待视界"与源于生活经验的"生活期待视界"，这两种形态在阅读中交互作用，形成阅读的预设整体性。这种预设整体性具有综合构成性特点，它既是文学经验的综合构成，又是生活经验的综合构成，是这类经验构成的结构化。而且，它不仅是认知性的即不仅是对于词义的合于整体性的认知性理解，它更具有审美意识性，体验贯彻其中，在体验中唤起的情感及意志活动也贯彻其中。道德感正是在这样的"期待视界"中构成性地活跃着。从道德感角度理解"期待视界"，则"期待视界"中蕴含着道德期待，"期待视界"作为接受的整体性预设，其中也包括接受的道德预设。同样，"期待视界"随着接受展开进行的调整，也含有道德预设或期待的调整。

前面提到的奥古斯丁的在整体性预设基础上两面展开的说法，同样适用于道德感的接受运作。道德感的接受预设发生于接受初始阶段，即是说，接受者最初的关注、同情或感动被唤起时，他的道德感期待也就被唤起，他对于文本中不同形象的行为系统由最初的行为理解与接受，逐渐转为行为系统的理解与接受，已然接受的行为部分转入接受记忆，有所期待的部分接踵而来。转入接受记忆的部分又不仅是记忆，它还以期待的实现情况参与下一步期待的调整，每一个新记忆的形成都是下一步期待的肯定或调整。而接踵而来的期待实现，又不是都以肯定的方式成为期待的应合，实际上，充分肯定方式的期待应合恰恰是少见的，再有经验的读者也难以使自己的预期在接受中充分实现。原因很简单，文本创作者与文本接受者，无论其文学经验与生活经验有何等相似性，他们都有不容取代的个性，都有不同的生存根据。预设在接受中不仅必然被接受所调整，而且必然被接受个性所调整。这种情况与我们跟陌生人的交谈相似。与陌生人交谈远不是随意的，为什么谈此不谈彼，为什么这样谈不那样谈，取决于与陌生人最初建立的交谈情境。交谈情

---

① 朱立元、张德兴等：《西方美学通史》第七卷（下），上海文艺出版社1999年版，第295页。

境的最初建立，就是对陌生人可交谈性的预设，这样的预设随着交谈而不断调整，新的谈资随之获得。

实质地说，文学阅读的道德接受，是蕴含在文学意蕴中的道德感接受，这是接受者道德感与创作者道德感以文本为中介的相互作用。创作主体的道德感是历史及人生经验对于他的道德养成，它以直觉方式发生作用于被创作的情境。这是创作主体整体性预设的实现。接受者的道德感在具体文本接受前便已形成，那同样是历史及生活经验对于他的养成，接受之初综合性地激活并在综合性中形成道德期待。道德期待的每一步接受实现都是创作与接受者道德感的融合，接受者的道德感在这样的接受中印证并因此被强化，道德期待的未得实现，这便是创作与接受者的道德感经由文本而形成冲突。这时有两种情况，一是见于文本的道德感没有在其综合性中获得足够的感染力量，接受者形成道德拒斥，在道德拒斥中接受者相关的具体道德经验或观念被焕发出来，投入道德思考与批判；另一种情况是在强烈的艺术感染力中接受者调整道德期待，作进一步的道德接受，如果整个接受过程接受者都处于这样的因强烈的艺术感染力而不断调整接受的过程中，他的道德感便进入活跃构建状态。道德预期的调整同时便是道德感在构建中调整。

道德预期在接受中实现，这是接受者既有道德感的肯定与强化，亦即见于道德感的历史与人生经验的现时实现，这使得接受者爱而更爱，诚而更诚，信而更信，并将之转化为生活实践。因预期未得实现而调整预期，则或是引起道德感视域的扩大，道德判断与选择能力的提高，或者，将始料未及的蕴含着道德意蕴的行为系统转入记忆，使之作为新的道德经验在道德感中积沉，形成相应的结构性变化。在这个过程中被强化、被调整的道德感不仅在进一步的接受期待中而且在现实生活中，进行新的道德感预期、判断与选择。

因此，文学的道德接受，是创作者道德感与接受者道德感在文本接受中的相互作用。接受者对于文学作品的道德接受既是道德预期的接受又是预期具体实现状况的接受，前者接受着预期的肯定或调整，实现着道德感的直觉性，后者则接受实现或否定预期的经验行为，形成具体体验，并连同这体验一起作为记忆储存。前者在接受中是结构性的，它指向接受的整体性，后者则是具体的行为系统性的，它作为具体经验，在经过道德感结构同化或调整处理后积沉为结构。上述前者与后者的两种情况在接受中共时发生，相互作用，进行直觉与经验的互补性运用，并在心理结构中殊途同归。

见于文本的综合意蕴又以道德感的直觉形态体现于综合意蕴中的整体性道德预设，以及在文本接受中同样见于综合意蕴，又以道德感直觉形态体现于综合意蕴接受中的道德预期，不仅具有创作与接受的个性差异，而且也具有历史的、地域的、民族的、阶级的及某些社会群体间的差异。这类差异造成不同文本的道德意蕴差异与不同接受的道德差异。对同一文本，不同接受者因其活跃的道德感各有不同，因此在总体意蕴理由中产生道德意蕴理解的差异；即便同一个接受者面对同一文本，不同情况下其道德接受的差异性也有所不同。这一方面是因为个体接受者本人，其道德感在稳定与延续中同时又处于开放的建构状况，此前接受这个文本与此后接受这个文本，其道德感已因建构而又有所差异；另一种情况，在于即便同一个接受主体在另一次接受同一文本时与上一次接受时其道德感没有明显变化，但接受情境的差异，接受角度及侧重点的差异等，都会导致道德感处于不同的活跃状态，形成不同的道德预期，获得不同的接受实现。如"文革"期间读《水浒》，同一个接受者第一遍阅读时会有感于其中的忠义，而在随之发生的"投降"的政治解说下，他立即回来重读。可能就更多地有感于投降的总体感受。这是接受情境对道德感产生的政治影响。道德感在接受中的相对性，尤其是受外部情境影响及内部心理状况影响的相对性，使接受的道德感及其判断、选择也经常处于相对状态。它有时会放大一些东西缩小一些东西，甚至扭曲一些东西。当把接受的道德意蕴提取出来进行观念审视与批评时，由于文本中道德意蕴的综合条件被取消，整体构成的限定被舍弃，因此更容易成为具体情境性的或道德课题性的接受与批评。

至于见诸历史、地域、民族等差异的文本道德意蕴及接受，由于道德感的群体性差异以至于文学作品道德意蕴的群体差异与接受的群体差异。如中国古代的人伦变化，它的主导性的社会历史地位，使中国传统文学便特别地关注道德意蕴的发掘与表现，这不是出于创作者刻意的道德地运作，而是群体生存状况的自然实现。而不同的群体生存状况，又由于具有共同的类特征及人类生存的共同经验特征，见于道德感，就构成不同群体道德感的"同构"，通过这类道德感"同构"，不同历史时代、民族、地域的文学作品可以获得超历史、超民族、地域的普遍接受，大家可以在差异性接受中形成类似的接受期待，通过接受实现这样的期待，并由此获得大体相似的道德感建构。

仍须强调的是，如前所述，文学的道德意蕴共在于文学的总体意蕴，是总体意蕴的构成，因此文学的总体意蕴形态亦即文学形象的行为系统同时也是文学的道德意蕴行为系统。没有离开文学总体意蕴而另外存在的道德意蕴，也没有独立于形象行为系统之外的道德行为系统。这决定着文学的总体意蕴包括人物性格、情节、环境、抒情、哲理、修辞、创作方法、政治、经济、道德、文化等，以及这一体现或表现总体蕴含的文学形象系统必然以其多种因素构成着并制约着文学的道德意蕴。这种情况从接受来说，则接受者不仅是道德感地而不是观念概念地进行道德接受，而且这道德感接受又是在更大的接受系统即创作者见于文本的总体意蕴与接受者用于接受的整体生存的相互作用中进行，在这个过程中，创作者与接受者道德感相互作用并且构建。道德感构建与道德接受的前提是文学的总体意蕴接受，而文学的总体意蕴接受的最易于直接感知的接受效果，便是感动与否的体验，即文学感染力。接受者在接受中受到感染的程度，与他在文学接受中进行道德感构建的程度密切相关，接受者是在强烈的文学感染力中潜移默化地进行道德接受的，前一节对文学道德功能及道德批评简化的否定，其根据正在于此。从这一角度理解列夫·托尔斯泰，何以这位在创作中充分体现了道德感的作家，充分运用了认知理性从而受到列宁盛赞的作家，在谈论文学艺术是什么时，却对道德与认识避而不谈，而只是不厌其烦地谈论文学艺术的感染力，这真是深悟文学艺术之语①。他是从最高的文学接受效果角度通论了文学包容的一切。

---

① ［俄］托尔斯泰在《什么是艺术》一文中，反复强调感染力对于艺术的本质意义，感染力的直接接受效果便是情感，他说："……艺术活动就是建立在人们能够受别人感情的感染这一基础上的……""作者所体验过的情感感染了观念或听众，这就是艺术""要区分真正的艺术与虚伪的艺术，有一个肯定无疑的标志，即艺术的感染性"（见伍蠡甫、蒋孔阳、秘燕生编：《西方文论选》（下卷），上海艺文出版社 1979 年版，第 432—444 页）。托尔斯泰的感染力标准即文学艺术的接受标准，这是文学艺术的总体意蕴，总体行为系统见于接受主体的综合接受标准。

第　七　章

道德批评的应在之维：
艺术与人的道德生存

　　道德律的至上性无可置疑。人的生存归根结底是合于道德律的生存。道德律是生存的基本律定，一个具体人总要做些什么，他生存地做着，因为生存他做，因为做他生存。生存是做的本原根据，做是生存形态。具体人生存地做时，道德律便律定他的生存与做。

　　至上的生存道德律不就是日常的道德规定或规范，前者具有历史与现实终极性，后者则体现为现实具体性与有效性。生存道德律是日常道德律规范的终极母体，后者在前者处有所继承，但也可能背离。生存道德律总是现实在场，因为生存时时在场。因此，当一个具体的人违反某一日常具体的道德规范时，他是在生存道德律在场的情况下行使这种违反，他由此成为生存的不道德者，但他却依然生存。有些道德违反则并不累及生存，也未触犯生存道德律。这是因为确实存在日常具体道德规范与生存道德律相背离的情况。相比之下，生存道德律是日常具体道德规范的应在之维。这个问题以文学的道德批评而言，它同时也构成文学批评的应在之维，即是说，文学的道德批评不仅由此而生发，而且据此而进行。

　　那么，生存道德该如何理解，从艺术批评的发生角度说它与艺术又有何关系？

一、见于整体定性的生存道德

无论是人类史还是现实生活，严重疾患者除外，正常人中没有纯然感性的人，也没有纯然理性的人，没有纯然精神的人，也没有纯然物质的人，当然，也没有纯然的政治的人、法律的人、哲学的人或艺术的人。人不可能被割裂或抽取为单一属性的人，人的生存永远是融合着众多属性的整体性生存。这是感性与理性的互融，精神与物质的互融，政治、法律、哲学、艺术等各种社会属性的互融，以及各种互融的互融。

对于生存整体性，中国古人早有悟解。老子在论道的同时提出"一"这一重要概念，不少研究者认为"一"即是"道"。其实，"一"有别于"道"，"道生一，一生二，二生三，三生万物。"① "一"为"道"所生，生与所生怎么会是一回事呢？而且，老子还更为明确地阐述"道"这一概念的由来："有物混成，先天地生。寂兮寥兮，独立而不改，周行而殆，可以为天下母。吾不知其名，字之曰道，强为之名曰大。"② 这是说"道"之为"道"，在于其先天地生的原发性，独立不改的原始规定性，周行而殆的运行性，为天下母的创生性。"一"则没有被赋予这些属性，它应该是道的本原形态，是"惚兮恍兮，其中有象"的那个象，"恍兮惚兮，其中有物"的那个物，"窈兮冥兮，其中有精"的那个精，"其精甚真，其中有信"的那个信，并且是象、物、精、信共有的形态。从本原形态来理解"一"，下面这段话才更能说得通："昔之得一者：天得一以清，地得一以宁，神得一以灵，谷得一以盈，万物得一以生，侯王得一以为天下贞，其致之一也"。③天地神谷万物侯王能够保持"一"这种形态，才能清宁灵盈生贞；不能保持"一"这种形态，就"将恐裂""将恐发""将恐歇""将恐竭""将恐灭""将恐蹶"。倘若解"一"为"道"，按照老子在全部《道德经》中的看法，天地神谷万物都是因道而生的自然得道者，它们可以在运行中不保持"一"的形态，却不可能没有道，道在天地万物中是以无为的形式常存的。

---

① 《老子·四十二章》。
② 《老子·二十五章》。
③ 《老子·三十九章》。

那么，这"一"又是怎样的形态？"一"即融一、合一，是差异性因素彼此融合所达到的浑然一体的状态。"载营魄抱一，能无离乎？"① 这是讲形体与精神浑然一体，无可分离，达到浑然一体即抱一，抱为守持、守护。"'曲则全，枉则直，洼则盈，敝则新，少则得，多则惑'。是以圣人抱一为天下式。"② 这里，曲全、枉直、洼盈、敝新、少得、多惑，都是彼此差异甚至对立的方面，能使这些差异甚至对立的因素融合为一体绝不容易，但圣人能够守护住这种融一形态，因此他们才被尊为天下人的标准。"视之不见，名曰夷；听之不闻，名曰希；搏之不得，名曰微。此三者不可致诘，故混而为一"。③ 这个"一"的融一、合一的意蕴就更为明确。所视、所听、所搏，虽则均无所视、无所听、无所搏，但三者肯定有所差异，有所差异的三者在不可致诘的情况下而浑然一体，因此称作"混而为一"。这个"一"，便是差异物的融合状态。

老子把通于道或得于道的天地万物的本原形态称为"一"，将坚持这种形态称为"抱一"，这便是在强调融合差异而为一的整体性，并将之视为宇宙万物的原本形态或原生形态。

这种整体性意识被老子后学也包括儒家学者所坚持并被不同角度地阐发，形成了一套不同于西方的有机整体的宇宙观与生命观。《易经》对于有机整体的宇宙观与生命观的阐释与运用已达到很高的水平。贯穿于《易经》全书的，是天人合一的宇宙人生理解，虽则此后对于"天人合一"的阐述要更为系统，但作为宇宙观人生观，《易经》对后人的影响更为深广。它在天人互动的整体性上求得一种后人难以启及的体悟运作。它在详细的观察体悟中确认了具有无尽原创力的八种自然要素，即天、地、雷、风、水、火、山、泽。在这八种要素的互生互融中，活跃着勃勃生机，实现着博大的宇宙整体性。它们整体性地构成宇宙又整体地生成万物，并在万物中实现着这八种要素的整体性构成，使万物成为各有其整体性的万物，并且各自分得万物所由生的宇宙整体性，与宇宙整体性互动互感互应。这里要特别重视的是宇宙对于万事万物的整体性生成及建立于整体性生成基础上的万事万物之间的

① 《老子·十章》。
② 《老子·二十三章》。
③ 《老子·十四章》。

及万事万物与宇宙之间的整体性对应、互应关系。这就是《易经》的整体性思维根据。《易传》基于这种思维整体性对《易经》解释与阐发，就有了后人对这种整体性的感悟。如《易传》分析八种自然要素的有机整体性组合及宇宙万物的整体性对应，指出："乾为首。坤为腹。巽为股。坎为耳。离为目。艮为手。兑为口。"① 又说"乾，天也，故称乎父。坤，地也，故称乎母。震一索而得男，故谓之长男。巽一索而得女，故谓之长女。坎再索而得男，故谓之中男。离再索而得女，故谓之中女，艮三索而得男，故谓之少男。兑三索而得女，故谓之少女。"② 八种自然要素时而构成人的整体性机体，时而又构成父母兄弟姐妹的整体性家庭。离开构成与生成的整体性及整体对应性，由物而人而家庭的跨越物种物类超越时空逻辑的互应类比关系就变得无可理解。而这正是中国古人宇宙、生命意识的独特性之所在，也是中国古人探问宇宙、生命奥秘的独特智慧之所在。这种独特性在此后中国传统领域的方方面面都充分地体现出来，并构成中国的传统生存形态。

中国古人讲修性养生，讲齐家治国平天下，讲一人一心一宇宙，讲天人合一、知行合一、情景合一，讲持中守道，讲委曲求全，讲气、理、心、性，等等，都是在强调与追求那个生存的整体性境界，认为唯有在这样的整体性中才能获得生存的彻悟并如是地生存。对中国古代哲学有深入研究的冯友兰，曾对比中西哲学的差异，讲过一个很重要的看法："西洋近代史中，一最重要的事，即是'我'之自觉。'我'已自觉之后，'我'之世界即中分为二：'我'与'非我'。'我'是主观的，'我'以外之客观的世界，皆'非我'也。'我'及'非我'既分，于是主观客观之间，乃有不可逾越之鸿沟，于是'我'如何能知'非我'之问题，乃随之而生，于是知识论乃成为西洋哲学中之一重要部分。在中国人之思想中，迄末显著的有'我'之自觉，故亦未显著地将'我'与'非我'分开，故知识问题（狭义的）未成为中国哲学上之大问题。"③ 冯友兰的这一比较准确地抓住了中国古代智慧物我不分主客不分的特点。其实，物我不分并不是不知我非物物非我，而

---

① 《易传·说卦》。
② 《易传·说卦》。
③ 《冯友兰选集》上卷，北京大学出版社 2000 年版，第 11 页。

是认为我非物但我中有物，物非我但物中有我，我与物是互依互存互相融入的整体关系。这体现出坚持或维护整体性的执着。在整体性上体现出的世界认识及世界态度的差异，便决定了中国传统文化中，整体性生存的自觉性要高于西方。

对于生存整体性，更须强调的特征还在于生存的有机性与生成性。现实生活，有众多非生存物，如自然的山、泽、丘、石，也包括人工产品，如车、船、桌、椅之类，它们也大多是多种因素构成的整体存在，也都有其整体性，如庐山的整体性，桌子的整体性等，但它们不具有生存论所注重的生命或生存表现条件，因此它们的整体性不是我们所讨论的生存整体性。生存整体性所以是生存的，离不开其整体性的有机性与生成性。

有机性，指构成整体的各因素间的生命关联，有气、血等生命物质流贯各构成因素之间，并且唯有这些生命因素的流贯，才有生存的整体性。一个人，气、血凝止不再周体流贯，也就没有了生命，虽然形体尚在，脏器仍有，但也不再生存，不再有生存整体性。这生命因素的流贯便是所谓生机，生机盎然、生机勃发等表述健康生活状态的说法，都离不开生命因素的周体流贯，都是生命因素周体流贯的生命洋溢。生存的有机性不独属于人，一切生命物都具有生存有机性，因为一切生命物都有生命因素的周体流贯，它们也都有有机的生存整体性，如各种动植物。不过，由于动植物没有自我意识，所以它们也没有有机的生存整体性的自觉及相应的感受。能够感受动植物洋溢的生机的是人，人不仅能从动植物身上识别出有机的生命特征，而且能把自己的生命自觉移于动植物，从而去感受动植物的生命存在，形成动植物的生机接受与生机评价，这其实就是进入了审美境界。根据生存论美学，审美就是对于对象的生存发现与感受，就是对于所发现的对象生存状况的评价。这是从对象的有机整体性中所发现的生命光彩，是审美主体对于对象的有机整体性的感受中所受到的生存激励，所唤起的生存体悟，以及由此产生的生存愉悦。所以，倘若没有对象的有机整体性及对于这有机整体性的感受，也就没有审美。

由于中国古人的基本思维方式是整体性思维，这使得中国古人长于对于世界，对于对象的整体性发现与整体性把握，并且对于对象整体性中的生命因素的流贯及有机的生机流溢具有特殊的敏感性和细致的体悟能力。又由于中国古人历史地形成了一套表述这种有机整体性的生存体验的话语系统，所以，对于世界的有机整体性的表述便成为中国古人及中国古代美学与艺术论的专长。

中国古人对流贯于生存整体性的有机生命因素"气"的理解与运用，可以说已达到生存论的经典水平。根据中国古代文字学，中国古人对于"气"的最初发现，源自对自然云气、地气等的观察，从这最初的观察中，他们发现的是自然因云、雾而呈现的流动、氤氲的性质。流动、氤氲，既变动不居又无处不渗入，这便成为中国古人对于气，又是对于宇宙自然的原初基本的理解，这是朴素的本体论，也是朴素的认识论，是本体论与认识论浑融一体的宇宙自然属性的原初理解。如《说文解字》对于"云"的解释："雲，山川气也，从雨云，象回转之形，古文省雨"。由云的生成浮动，氤氲流转而结晶出对于"气"的最初理解，并进而在语言文字只能极有限地探入宇宙人生的情况下，较早地就把表述聚散流转的自然属性的"气"创造出来，这不正表明中国古人对自然整体中流转贯注现象及属性的高度敏感和率先形成的生存理性与生存自觉？之后，"气"的流转贯注的意蕴便在万物的生存整体性中有了对应性发现，并且使这种发现获得"气"的对应性表述。如《论语》记述孔子说："君子有三戒：少之时，血气未定，戒之在色；及其壮也，血气方刚，戒之在斗；及其老也，血气既衰，戒之在得。"[1]这里血气连用，"气"的氤氲流转的属性已被运用于人世生存的阶段性理解，成为生命的有机整体性的指认。至汉代，"气"的有机整体性的生存意蕴被进一步强调，"人禀气于天，气成而形立，则命相须以至终死。"[2] "人未生，在元气中；既死，复归元气。元气荒忽，人气在其中，"[3] 这是确认了生存与"气"的关系——没有"气"的流转，就没有人的生存，流转贯注的生命的有机性蒙生于"气"展开于"气"又收结于"气"。宋代张载对于"气"与生存的有机整体性的关系讲得更为充分："太虚无形，气之本体；其聚其散，变化之客形尔。……气之为物，散入形，适得吾体；聚为有象，不失吾常。太虚不能无气，气不能聚而为万物，万物不能不散为太虚。

---

① 《论语·季氏》。
② 王充：《论衡·无形》。
③ 王充：《论衡·论死》。

循是出入，是皆不得已而然也。"① 生命在"气"的聚散中蕴生，并在"气"的聚散中成为有机的生存存在，没有"气"的流转贯注，也就没有有机生命的整体性生存。"气"的氤氲流转的原初意义的较早发现，以及此后"气"的有机整体性的生存意义的普遍应用与阐发，有力地证明着生存论的有机整体性在中国古代生存体验及生存理性中被置于何等重要的地位。

再有就是生存论的整体生成性。宇宙的生成性，无论是由宇宙而银河系，由银河系而太阳系，由太阳系而地球，由地球而万物而人，都不是先生成其中的一石一水、一叶一根，而是生成其包蕴着后来生存的各种规定或因素的整体，进而再在这整体的不断分化中整体性地育生出构成整体的各方面因素。

对这种整体性创生或创生的整体性，我国著名美学家蒋孔阳曾从美学角度进行过分析与阐述。他说："美的形成，是多种因素多种层次的相互作用，相互积累；而美学的出现，则像母鸡孵小鸡一样，不是一脚一爪地逐步显露出来，而是一下子突然破壳而出，正因为这样，所以我们说它是一种突然的创造。由于是突然的创造，所以我们感受美的时候，首先带有直觉的突然性。……其次，感受的完整性。一块砖头，一层石级，甚至一个碉堡，一堵城墙，都不能令我们欣赏到长城的美。长城的美，是一个完整的形象。第三，思想感情的集中性。美不要求我们理解，但却要求我们陶醉。我们把全部的身心，全部的思想感情，沉入到美的对象中，'神与物游''情与景偕'。"② 蒋孔阳这段阐述的深刻性在于他准确地抓住了有机整体性的生成特性，即世间各种生命体的创生都是一种整体性的生成；而对于这种整体性生成，绝非靠逻辑的、条分缕析的认识过程所能把握，它只能是直觉的对象，并在直觉中求得审美主体的生存整体性的对应性把握。蒋孔阳能准确地抓住有机整体性的整体创生的奥秘，得力于他深厚的中国古代文艺与美学修养。因为有机整体性的整体性创生，正是中国古代生存论的精要部分。如董仲舒承儒道两家的精华，对宇宙、自然万物与人的感应关系与生成关系深有所悟，多方面地阐释人及世间万物在阳阴五行这些自然要素的整体性的相互作

① 张载：《正蒙·太和》。
② 蒋孔阳：《蒋孔阳美学艺术论集》，江西人民出版社 1988 年版，第 146 页。

用中，整体性创生的根据，并以此作为他阐发儒家学说的基点。他说："为生不能为人，为人者，天也。人之人本于天。天亦人之曾祖父也，此人之所以乃上类天也。人之形体，化天数而成。人之血气，化天志而仁。人之德行，化天理而义。人之好恶，化天之暖清。人之喜怒，化天之寒暑。……天之副在乎人。人之情性，有由天者矣。"① 他又说："天地人，万物之本也。天生之，地养之，人成之。天生之以孝悌，地养之以衣食，人成之以礼乐。"② 这两段引述可以概括地看出，这位汉代大儒在宇宙，万物与人的整体性创生关系中，灵活运用创生的整体性原理，由生者推衍被生者的整体定性，或由被生者推衍生者的整体定性，并在这样的整体性应照中求取现实生存的伦理根据，在生存论的有机整体性的创生模式中，使儒家伦理观获得更为广博的视野。

　　进一步阐发整体性创生观点并对后世多有影响的宋代新儒家周敦颐，集道儒为一体，将其思想集中表述于领悟《易传》天人创生感应思想的《太极图说》中："无极而太极。太极动而生阳，动极而静，静而生阴。阴极而动。一动一静，互为其根；分阴分阳，两仪立焉。阳变阴合而生水火木金土，五气顺布，四时行焉。五行一阴阳也，阴阳一太极也。太极本无极也。五行之生也，各一其性。无极之真，二五之精，妙合而凝。'乾道成男，坤道成女。'二气交感，化生万物。万物生生而变化无穷焉。惟人也得其秀而最灵。形既生矣，神发知矣，五性感动而善恶分、万事出矣。圣人定之以中正仁义而主静，立人极焉。"③ 有学者认为周敦颐的这种表述太过神秘，是对于阴阳五行说的牵强附会。其实，领悟了中国古人有机生成的整体观，就不难发现，这是一种一以贯之的宇宙论，这种宇宙论一代一代地传下来，其实也是一种整体性生成，其中的"遗传基因"，不可能发生大的变化，主要是复制，这是中国学理发展的弱点，但也是特点。周敦颐的宇宙生成论不可能脱离他所由生的阴阳五行说，他的贡献是把由阴阳而五行而人而万物的有机生成过程梳理得更为清晰，并且更清晰地确定了现实人伦规定的宇宙整体性的演化过程，即无极为一，这是最初的整体性。一动而阴阳分，但分而

---

① 董仲舒：《春秋繁露·为人者天》。
② 董仲舒：《春秋繁露·立元神》。
③ 周敦颐：《周濂溪集·太极图说》。

合，仍为整体，惟其分而合才阴阳互动而生万物，万物分得阴阳互动的整体性，并因此而一于原初的太极。人也是同样，一于太极一于阴阳一于五行，并因此承得依于其所生的形与神的整体性及五性的整体性。形神整体性与五性整体性作为人的生存整体性规定又与其所由生的宇宙、自然与社会的整体性相一相应，这就有了彼此环合的生存系统。

以上，从中国传统的宇宙论与人生论中探索了生存论的理性根据。这并不是说西方就没有生存论意识。生存本身就是整体性的，作为同样生存着的西方人，不可能不与生存整体性相遇。不过，由于西方的传统思维方式及其对象性、本质性地把握世界的语言意识，使他们不思则已，一思便陷入割裂生存整体性的主客二元论的泥潭。他们对于生存整体性的发现及集中研究只是近晚的事，如叔本华、尼采、柏格森、弗洛伊德、胡塞尔、海德格尔等。但即便是这些努力探索生存论奥秘的哲学家，也仍然经常地受困于他们生成其中的二元思辨模式。这也是一种整体性生成的证明吧。而中国传统理性，本身就是整体性的、有机整体性的、有机整体生成性的。这是我们的极可宝贵的遗产。

因此，对于生存而言，生存整体性就是生存之"道"。按照道德之古义，"德""得"互训，即"德者得也"，许慎释"德"为"外得于人，内得于己"。[①] 生存整体性即生存道德律，它为生存立法，并与生存共在。

二、生存道德悖论

作为生存道德律的整体性生存是生存的现实形态。每一个正常人都现实整体地生存着，如前所述，任何正常人都不可能纯生理地或纯精神地生存，整体性现实地占有着生存主体，这正是生存道德律对于生存主体的至上性所在。不过，问题在于生存整体性占有生存主体的程度，也可以说，问题在于生存主体在何种程度实现着生存整体性。

一般地说，每个正常人都现实整体地生存，但每个人又都难以摆脱整体生存的现实非整体性。这便形成生存道德律的一个悖论——既现实整体性地

---

① 许慎：《说文解字》。

生存，又现实非整体性地生存。

造成这个悖论的原因有两个。一是现实生存本身，生存整体性是现实生存的基本定性，现实生存唯有整体性地生存才得以生存。但同时，生存的时间性与空间性又总是把现实生存规定为在空间中部分展开在时间中线型展开的具体生存行为，这种以时空性为基本定性的具体生存行为常常便是生存整体性的由部分而整体地实现及由先而后的实现。即是说，生存整体性是生存的基本定性，而生存整体性由部分而整体或由先而后的实现则是生存整体性见于具体生存的基本形态。由部分而整体或由先而后，这是生存整体性实现的通常过程，在这样的过程中生存整体性有待实现，而生存整体性的实现则是这一过程的结果。举例来说，受空间性所限，人听时未必看，人看时未必触摸；受时间性所限，人对某一行动过程进行谋划时——唯有经由谋划的行动才是有效的行动，人与动物的一个重要区别在于人的行动总是经由谋划的行动，即他总要预知道自己将做什么，如何做，及达到怎样的目的——这时人往往并未行动，行动是随后的事。因此也可以说，生存整体性存在于具体生存的非整体性。

这样说来，生存整体性又是如何体现为生存的基本定性呢？现实地说，生存整体性通常体现为生存规定性，它规定着生存主体形成整体性生存的努力，产生实现生存整体性的欲求，发生实现生存整体性的意志行为和心理行为，由此，生存整体性便为生存主体营造整体性生存的行为场，使他随时接受生存整体性的促迫，并激发整体性生存过程。而过程地说，生存整体性是各种行为过程向之展开的预决目的，作为预决目的，它规定并组织着具体生存过程的程序，承担着生存过程的监督、指导、批评、纠正的任务。生存整体性随着具体生存过程的展开不断地求得阶段性实现，又推促新的具体生存过程的展开。生存过程就是生存整体性不断实现的过程，因此，从这个意义上说，生存，即生存整体性的实现。

对生存整体性在生存过程中得以实现的动态过程性，中国古人有深刻的悟解并多有精彩的阐发。从生存论角度理解中国古代心性之说，会发现中国古人总是在努力寻找可以解释种种伦理规定、人格规定及伦理人格行为的先在生存依据，即寻找其先在的生存整体性根据。他们遵循有机整体性及整体创生性的思维模式，在"天人合一"的宇宙论中，确定"一"的整体性内涵，进而确定依据这样的整体性内涵"一"的整体性分化生成过程（如道生一，一生二，二生三之类），再在逐级分化生成物上对应"一"的整体性内涵（如阴阳互动、五行相生等）。将之指认为逐级生成物的定性，以求得对逐级生成物——主要是人的阐释、评价、教育、规约的依凭。可以说，产生于这一思路的中国古代心性论，其所揭示的伦理生存的心性根据及心性根据转化为现实生存行为的过程，正是上面所说的生存整体性现实具体化的过程。

如孟子论述"性"的这段经典话语："恻隐之心，仁之端也；羞恶之心，义之端也；辞让之心，礼之端也；是非之心，智之端也。人之有是四端，犹其有四体也。有是四端，而自谓不能者，自贼者也。谓其君不能者，贼其君者也。凡有四端于我者，知皆扩而充之矣。若火之始然，泉之始达。苟能充之，是以保四海；苟不充之，不足以事父母。"① 人皆有的"四端"便是先在生存整体性，这"四端"并不是一下就实现，它是人的进一步展开的生存行为依据，它规定着人的生存行为的阶段性展开。倘若不能按照这样的生存整体性展开生存行为，便只能是不足以事父母的生存失败。相传为孔子之孙子思所作《中庸》，对这个问题也谈得很透辟："天下之达道五，所以行之者三，曰，君臣也，父子也，夫妇也，昆弟也，朋友之交也。五者，天下之达道也。知仁勇三者，天下之达德也，所以行之者一也。或生而知之，或学而知之，或困而知之，及其知一也。或安而行之，或利而行之，或勉强而行之，及其成功一也。子曰：'好学近乎知，力行近乎仁，知耻近乎勇。'知斯三者，则知所以修身。知所以修身，则知所以治人。知所以治人，则知所以治天下国家矣。"② "天下之达道"即"天人合一"的宇宙整体性或生存整体性，它先在于人们的日常行为并创生日常行为的人，人的日常行为受其所由创生的"天下之达道"的整体性规定并获得这整体性，当这样的整体性具体化为人的现实行为时，就有了知仁勇这"天下之达德"。由"天下之达道"转化为"天下之达德"，便是生存整体性向现实生存转化的过程，尽管这个过程因人而异，即有的"生而知之"，有的"学而知之"，

---

① 《孟子·公孙丑上》。
② 《礼记·中庸》。

有的"困而知之"，有的"安而行之"，有的"利而行之"，有的"勉强而行之"，但无论如何，其所遵循或实现的生存整体性则是同一的。对先于生存具体并规定生存具体的生存整体性，《中庸》在其"中和"之论中讲得更为明确："喜怒哀乐之未发谓之中，发而皆中节谓之和。"① 喜怒哀乐为人皆有之的见于情感的生存整体性，但这种生存整体性在具体生存中并不总是实现为喜、怒、哀或者乐，当然更不可能喜怒哀乐同时实现，这是有但未发的潜发状态，即所谓"中"，作为生存道德生存整体性正是以潜发状态存在于具体生存。潜发状态转化为现实之发，就有了具体的喜、怒、哀或者乐，喜、怒、哀或者乐有序有节的实现过程，这就是"和"。由"中"而"和"，生存道德便在具体生存中过程化为日常道德规范，日常道德规范具体规范着情感发生状况与行为发生状况。中国古人所崇尚的"中和"之德与"中和"之美，正是生存整体性有而未发，发而中节的生存具体化的过程。

造成现实整体性生存与现实非整体性生存这一生存道德悖论的另一个原因，在于现实生存环境或现实生存条件。生存总是环境的生存，生存整体性也总是条件性的整体性。环境及条件规定着生存整体性的展开或实现，这就是生存的现实规定性。但作为生存环境或条件，也同样是以时空为基本定性的环境与条件，它们总要受时间或空间的限制，从而形成环境或条件的时间空间差异性。这种差异性制约着生存整体性展开的状况，又从而导致生存整体性差异性展开或实现。在此一时或此一地生存整体性体现为此一时或此一地的状况，而在彼一时或彼一地则体现为另一种状况。中国古代心性论一方面认为人承宇宙天地而来有得于宇宙天地的本性亦即生存整体性，另一方面又认为这样的本性或生存整体性又因为后天环境或条件的不同而有不同的状况，于是就有善恶之分，君子小人之分。对此，董仲舒说："天令之谓命，命非圣人不行；质朴谓之性，性非教化不成；人欲之谓情，情非制度不节。"② 董仲舒看到了后天环境或条件对于先在的生存整体性的作用，于是提出了教化成性、制度节情的主张。王充此后也表述了相似的看法："情性者，人治之本，礼乐所由生也。故原情性之极，礼之为防，

---

① 《礼记·中庸》。
② 班固：《汉书·董仲舒传》。

乐之为节。性有卑谦辞让，故制礼以适其宜，情有好恶喜怒哀乐，故作乐以通其敬。"① 鉴于生存本性或生存整体性因环境或条件差异而异的理解，才有了中国古人一直坚持的道德教化主张与人格修养主张，才有了令后人自豪的传统道德教化论与修养论。

接下来的问题，是生存整体性在其现实悖论中总要受生存主体自身情况及环境条件的制约，这种制约常常又不是生存整体性的，这便导致生存整体性在现实生存中被不同程度地压抑、否定乃至破坏。在这种情况下，生存道德被以生存的形态扭曲为非道德生存。生存整体性在压抑、否定乃至破坏中无法再有效地组织生存整体性的阶段性过程，无法在现实生存中实现生存整体性的预决目的，或者，生存环境或生存条件成为生存整体性被阻碍或破坏的环境或条件。这时，现实生存被否定，生存主体被抛入生存困境之中，一些变态的或病态的生存个体被制造出来。如果这种情况是时代性的或社会普遍性的，则这个时代、这个社会、这个区域，便成为变态或病态生存的时代、社会或者区域。

就拿发生于 20 世纪的世界大战来说，少数战争狂人发动战争，把大量爱好和平的人们卷入战争之中。这些战争狂人为了他们丧失了生存整体性而恶性膨胀的某种欲望，调动残酷的战争手段，这些人成为兽性十足的杀人狂，而另一些人则被屠杀。在这样的时代，每个陷入其中者都只能以其被割裂了生存整体性的某一生存方面进入现实生存，他们或者被单一化了杀人的性能，或者被单一化了自我保存的性能，一部分人长久地疯狂，而一部分人则长久地愤怒、恐惧、悲哀或饥饿。这就是失去生存道德亦即生存整体性的时代，这也就是否定生存的时代。当然，像这种以战争手段把全世界都卷入否定生存道德的漩涡之中的时代，毕竟是人类史的特殊时代。更经常的时代状态并不是以这种明显而强烈的方式否定生存道德，而是以另外的、日常的、潜移默化的、不自觉的方式压抑或否定生存道德。这样的生存情况可以成批地产生有某种生存道德欠缺的人，他们仍以正常人身份工作、学习、消费、生活。他们也可以在某些方面成就突出，但实际上，他们却已成为某种生存性能的抽象物，成为某种技能的工具，他们或者畸形地强化了某种生存

---

① 王充：《论衡·本性》。

性能而另外的性能却已退化，他们或者不断地奋力于某种燃烧的欲望，而对其他人生乐趣却麻木不仁，他们烦躁、焦虑、抑郁、孤独、偏执、多疑、疯狂、自闭甚至走向毁灭。对这种情况，马克思从他所处的那个资本主义的特定时代作过深刻分析，提出了我国学界极为熟悉的异化理论。他说："异化劳动，由于使自然界，使人本身，他自己的活动机能，他的生命活动同人相异化，也就使类同人相异化；它使人把类生活变成维持个人生活的手段。第一，它使类生活和个人生活异化；第二，把抽象形式的个人生活变成同样是抽象形式和异化形式的类生活的目的。"① 异化劳动导致人的生存道德的丧失，从而导致人的个体生存与人的类生存都进入异化状态。这里，有一个异化的标准，即非异化即正常化。马克思是在确认人的类生活及个体生活都有一个正常标准的情况下，或者，是从这样一个正常标准出发，来考察异化劳动如何使得人类及个人偏离或背离这个正常标准而异化的。固然，对这个类生活及个人生活的正常标准，马克思没有提到生存道德或生存整体性这类概念，他用的是"人的本质力量"这个概念，认为人的本质力量的丰富性与社会生活的丰富性是相对应的，后者是前者的对象化。"对象如何对他说来成为他的对象，这取决于对象的性质以及与之相适应的本质力量的性质；因为正是这种关系的规定性形成一种特殊的、现实的肯定方式。"② 马克思进而提出，对于丰富多彩的现实生活，"人不仅通过思维，而且以全部感觉在对象世界中肯定自己。"③ 人通过思维，通过全部感觉把握世界，并在这样的世界把握中肯定自己，这种把握世界的思维与感觉的整体性强调，这种全部感觉的有机整体性的强调，以及经由这样的整体性实现才能在世界中肯定自己的强调，与这里说的生存道德或生存整体性并无二致。马克思从这样的类标准出发，批判了异化劳动对于人的异化，指出了人的生存道德的否定所导致的异化乃是人类的悲哀或者灾难。

　　深刻地发现人的生存道德被破坏对于人的现实生存造成恶果的另一位西

　　① ［德］马克思：《1844 年经济学哲学手稿》，《马克思恩格斯全集》第 42 卷，人民出版社1979 年版，第 96 页。

　　② ［德］马克思：《1844 年经济学哲学手稿》，《马克思恩格斯全集》第 42 卷，人民出版社1979 年版，第 125 页。

　　③ ［德］马克思：《1844 年经济学哲学手稿》，《马克思恩格斯全集》第 42 卷，人民出版社1979 年版，第 125 页。

方学者是弗洛伊德。作为精神分析学家，他的毕生努力在于探寻人的种种心理疾病的深层原因并对之进行根本性救治。他为此建构了由"本我""自我""超我"三个方面构成的整体性人格理论。"本我"不断地产生能量形成欲求，并以产生与释放能量满足欲求进而求得快乐为唯一目的。"自我"与外部世界保持着直接的现实联系，它肩负人的自我保存的任务。为了自我保存，"'自我'是在两条战线上作战：为了保护自己的生存，它既需同一个威胁着消灭它的外部世界作斗争，又需同一个提出过多要求的内部世界作斗争"。为了斗争的胜利，它必须一方面集中精力接受来自"本我"的各种信息，另一方面又必须运用全部知觉经验，使自己不断充实与完善，从而更好地应付现实世界。即是说，"自我"总是在内部与外部两个方面完成自己的整体性，并使这两个方面协调为整体。"超我"则"对自我进行观察、判断，向它下达命令，并用惩罚进行威胁"，以此保证"自我"更好地在"本我"与现实生活两个方面作战。"'超我'在'本我'和外部世界之间占据了一个中间地位；它把现在的和过去的影响集于一身。"① 这里有三个人格整体单元，即"本我"整体单元、"自我"整体单元、"超我"整体单元，这三个整体单元保持各自的单元整体性并发挥各自的整体功能；同时，这三个整体单元又共同构成人格整体，人们总是以其整体性人格面对并投入现实生活。人格整体性，是弗洛伊德心理健康的标准，也是他经由精神分析治疗心理疾病的根据。他用大量病例证明，人格整体性的破坏，不论破坏的真实原因如何，都会导致心理疾病的发生，而人格整体性的恢复，则是心理疾病的治疗与解除。

人现实整体地生存，这是就生存的实质而言；人现实非整体性地生存，这是就生存的现实具体形态而言。前者是生存的道德定性，后者是生存道德定性的实现过程。生存道德定性栖身于生存整体性的非现实整体性的实现过程中，并规定着、组织着、引导着这一实现过程，使这一过程成为生存整体性现实实现的过程；生存过程又是生存整体性不断实现的过程，生存整体性不断地在生存过程中实现，但随即又落入新的现实非整体性，再求得新的整体性实现。生存道德的本体意义在于它实现着的现实形态，在于它得以实现

----

① ［奥］弗洛伊德：《精神分析纲要》，刘福堂译，安徽文艺出版社1987年版，第70—80页。

的现实规定性与现实实现过程。

三、生存道德的美学失落

生存整体性的现实非整体形态使得人们在现实生存中必然不断地产生实现生存整体性的欲望或者冲动。这便是生存道德律的至上性，它不以人的意志为转移，不管具体人情愿与否，他生存着，他的生存整体性就在生存中不断地要求实现。这是超验的欲望或者冲动，它生发于生命的整体性结构。构成生命体的每一个部分，包括肢体、脏器、经络都在生存整体性的作用下血气流转、生机贯通，并且每一部分如弗洛伊德所说都关联着一种本能，这些本能不断地生成并释放能量。本能能量的生成与释放形成各种本能欲望或者冲动。生命机体的本能活动是自律的，虽然随着经验层的不断积聚，本能愈来愈受束于经验的控制和引导，真正的本能行为也愈来愈少，但作为本能能量，它们生成与释放的欲求则仍然是自律的，经验只是约束或文化了它们得以实现的方式，这正属于弗洛伊德所说的"自我"与"超我"对于"本我"的约束或者文化。而且，从经验发生角度说，最初的经验总是本能的经验，它们因本能而发生与积累，并逐渐地复杂化为后来的经验结构。生存整体性的超验结构就是各机体构成务求实现的生存权力结构或本能结构。而且这种本能结构的生存整体性不断地在后来的经验性生存结构中实现。生存整体性就是这样的由本能生存整体性向经验生存整体性生成的整体性。

生存道德的超验性与经验性，使得现实非整体性的生存形态不断地引发生存者的整体性实现的欲望及行为。而这类整体性欲望及行为的实现，便会带给生存者以愉悦，这是生存的愉悦，这便是美和审美。

西方美学家也不同程度地意识到生存整体性的存在，并据此对美进行思索。如柏拉图的"理念论"，朗吉弩斯的"整体论"、普洛丁的"神明理式论"、托马斯·阿奎那的"完整和谐论"、莱布尼茨的"感觉结合论"、狄德罗的"关系论"、谢林的"整体性"、黑格尔的"理念说"、车尔尼雪夫斯基的"生活论"、克罗齐的"直觉论"、叔本华的"生存意志论"、柏格森的"绵延论"、海德格尔的"生存论"等，他们都从美中体悟到那种充满活力、创生力的和谐整体性的东西，并试图揭示这种东西。但他们的长于思辨的语言模式以及在抽象中理解世界的思辨传统，使他们对这种无法被思辨地把握或揭示的整体性的东西无能为力，他们或者将之归结于神，归结为难于细究的本原理念，或者只是对之进行一番本质概述或特征概括。他们很难像中国古人那样进入其中去体悟、感受那贯通的血气，冲涌的生机，也更无法用思辨的语言将之表述出来。

我国起于 50 年代的大规模的美学讨论以及成形于 80 年代的美学方阵，承百年中否弃传统追随西学的大思路，不断地袭用思辨模式，因此陷入西方悟及却无法把握生存整体性的覆辙，避脱甚至否定生存整体性研究这一中国传统之长，在一些基本点上形成有碍于甚至否定生存道德的美学主张。

对这类美学主张进行概括，即：

1. 主客二元论地套用西方思辨模式，并且遵循主观即唯心，唯心即反动即反革命，而客观即唯物，唯物即进步即革命的政治套路，实施美学的批判与立论，分析与阐释。在这样的西方思辨模式和中国政治套路中，大家千方百计地躲避所谓政治反动的指挥，同时千方百计地证明美是客观的，唯物的。其所采用的基本策略是把美的主观意识活动或主观意识现象从美中抽取出来或是将之划入美感范畴予以"悬置"，或是找出其中的普遍性，指认其社会性，再进而将之客观化，前者是主客观的割裂，后者则是客观的硬充。一批极有才华的美学家，连篇累牍地论证着国旗的美是主观的还是客观的，星星月亮的美是主观的还是客观的这类今天看来并没有深刻美学意义的问题。对这种情况，当代文艺美学家曾繁仁明确地指出这是主客二元对立的旧唯物主义和认识论的回潮，主客二元论使我国几次大的美学讨论和各美学学派都在相当大的程度上走进了死胡同。[①] 固然，这是那个时代的问题，荒谬的不是美学家而是那个时代，或者，是那个荒谬的时代使美学家们走向荒谬。不过，那个时代留给中国当代美学的主客二元论的胎记至今仍不同程度地保留着，这才是问题的严重性。它潜移默化地渗入当下的理论建构，使一些研究仍自觉不自觉地进行着心物整体性的割裂，情理整体性的割裂，以及感性具体与本质抽象的割裂等等。在这样的二元论割裂中，美与艺术的有机

---

① 曾繁仁：《中国文艺美学学科的产生及其发展》，见曾繁仁主编：《文艺美学研究》第一辑，山东大学出版社 2002 年版，第 65 页。

整体性消失了。

2. 否定感官快适张扬精神愉悦的美学主张，这是几十年来中国美学界几乎达成共识的基本理论主张。这也是二元论的，是感性与理性的二元论。感性与理性的有机整体关系是建立在生命的有机整体基础上的。就形成感性与理性的差异性自觉的中枢神经系统来说，它们就是有机地关联为一体的。大脑皮层尽管有左右两半球之分，而且左右两半球具有功能差异；尽管情感与意识的大脑功能区各有所分并各司其职，不过，这各有所分的区域的神经联系网络却极为复杂地把各区域联系为整体，各功能部分不仅彼此协调，而且彼此融合，甚至当某一部分受到损害时，其他区域可以重新调动与开发自己予以代偿。随着生理学与医学的进步，人们愈来愈多地发现不同功能细胞的分布远非区域性的，区域之分只是功能细胞的相对集中而已；并且，细胞的功能之分也是相对的，细胞功能的全息性被愈来愈多地发现。很难想象，在科学已认定胃肠细胞及其神经系统居然也有思维功能的情况下，我们还在进行生理与心理、感官与精神的二元论思维，并据此坚持抑感官快适扬精神愉悦的美学主张。这除了向先前的二元论观念退缩，还能向哪里去讨如此说的根据？

在审美活动中，也包括在各种生存活动中，人都是以生理与心理，感官与精神的有机整体性而存在的。即便是吃喝排泄、性交嗜睡这类生理性突出的行为，只要是人的行为，也必然有精神活跃并融贯其中，因此也必然有精神的评价、追求、规划、愉悦实现于其中。这就是所说的感性中有理性，物质中有精神的道理。审美活动，由于对日常生活的物质直接性并不作直接性的要求或者强调，其精神性质体现得更为充分，所以美学家们把更多的关注投放在精神愉悦上，这也算合于审美活动的规定。不过，要清楚的是，审美活动虽然不对物质直接性进行直接性的要求或者强调，却也无法对物质直接性进行否定或者排除。人们面对绘画中豪宅的愉悦其实包含着面对那实际物质性豪宅时的愉悦经验，同样，人们面对实际豪宅的愉悦也绝不排除人们能入居其中的愉悦。审美活动不排除的东西却被美学家们观念地排除了。这里的问题出在对审美活动的"退而求其次"的属性认识不够，不强调物质直接性，绝非否定物质直接性，这是在无法获得物质直接性时"退而求其次"的替代性满足，是不得已而为之。生活中这类不得已的事很多，不强调物质直接性的审美也就成为一种普遍活动。把不强调或无法强调确认为否定，把本该实现而未得实现确认为不该实现，再基于简单套用来的西方非此即彼的思辨模式，排除感官快适张扬精神愉悦的美学主张便被提出与坚持。而这一主张所造成的后果，不是有助于克服感官与精神的有机整体性的实现，而是肯定着二者的割痕并且再予以观念的扩大与加深。这实际上便是生存的否定。

3. 对审美活动的功利性的否定与非功利性的理想化。审美不能有功利目的，有功利目的美就消失，审美活动也就终止，这即是美的理想，又是美的现实。这样的观点，在几次美学大讨论中，在各方各派都努力弃同求异，竭力寻找对方问题施以批判的语境中，大家竟然能共同视之为无须多说的前提性结论，可见其影响之普遍之深刻。

这个问题与前面提到的否定感官快适张扬精神愉悦的主张相关。感官快适直接关联着物质功利性，感官快适的被否定自然就连同否定了物质功利性。而物质功利性被否定，与物质功利性相关的其他功利性，如政治功利性、阶级功利性、伦理功利性等也就在可以不言之列。在那个政治话语具有权威性的时代，或者，在政治话语的绝对权威性或日常权威性正在消失而余威尚存的时代，美学家们不动声色地试图为自己留出一个非政治的或政治色彩不突出的美学家园，从而不约而同地坚持审美非功利性，这体现了一种在夹缝中求生的学术理性，这也是不甘荒谬的努力。

不过，既然感官快适的审美否定是出于逻辑混乱而造成的混淆和思辨模式套用而造成的二元切割，那么，与否定感官快适相关的审美非功利性问题及非功利性的审美理想化问题，也就成为一个须予纠正的基本理论问题。

在人的正常生存中，行为目的性与功利性是无法切割的。人的一个标志性的类特征就是活动目的性，即人总要预先地形成活动目的，进而再开始目的性活动，预先形成的目的指导着目的活动的展开又在目的活动中不断地调整并实现。目的就是达到什么或得到什么，它是达或得的预期，它的动力结构生发于与自然拥有整体关系的人的生存，并且不断地实现为生存目的。康德曾从美学角度详细地论述了他的目的观念，他从客观与主观、自然与理性的二元论角度，提出自然目的与主观目的，认为自然目的体现在自然整体关系中，它表现为适应性，而自然物的目的性则表现为自因自果。由此康德提出人的目的是组织自然目的、解决自然目的并使之合于自己的目的，达到对自己的有用性。康德的目的论在自然目的与人的目的阐发中深刻地体现了一种整体意识，他看到了人的目的是使自然目的成为对于人是有用的，即是说，这是使自然的客观目的成为人的主观目的的功利过程，但康德的二元论使他无法看到自然的整体性同样生成着人的整体性，而且是同一个整体性，人的主观目的的功利性就实现于人与自然的整体同一性中。康德的这一局限使他很自然地把目的纳入严格的观念体系，也必然要使他的目的判断成为非整体性的目的活动，并进而使之成为判断力的对象。① 人与自然一体化的整体性判断不仅在康德的二元论中无法进一步提出，而且，即便是实现着人与自然的各自整体性的现实有机形态，在康德这里也只能进行形式判断的观念性运作。由此，生存整体性或目的性活动的物质实在性及有机性便被滤除。而这样一来，唯有在物质实在性及有机性才能实际存在的活动功利性或生存功利性也就随之被滤除。也就是说，康德的二元论美学在主观性与对象客观性的对立中只能确立非物质实在性的形式认识关系，这是因为如果这种形式认识关系进入物质实在，主客体的整体同一性问题就无可回避，二元论也就无法坚持。主客体的物质同一性问题、实践同一性问题是所有二元论者都竭力绕开的问题。以二元论为主导方法论的中国 20 世纪 80 年代盛极一时的实践论美学，虽然提出了并普遍运用了实践范畴，但他们却把否定实践的主客同一性，包括主观与客观互融互动的整体同一性作为立论的重点。他们执着地追问——实践中即使有所谓主客统一，但统一于何处？是统一于主观还是统一于客观？正是在这样的二元论追问中实践的整体性被取消了，实践被抽象为客观的物质行为。而当实践被抽象为客观的物质行为时，实践便成为二元论可以观念地运用的符号。审美非功利说取利于二元论的观念抽象，它在康德的目的论中获得支持，并不断地维持康德所代表的二元论。

　　人的生存整体性否定着把目的性与功利性相切割的美学观点，并否定造成这种切割的二元论。当下，一个重要的审美现象是大众审美文化正以其不

---

① ［德］康德：《判断力批判》下卷，商务印书馆 1964 年版，第 17—35 页。

容回避的功利性向美学界施压，寻求美学解答。美学研究者倘若不能尽快地由二元论转入生存整体论，从而在生存道德的至善层次上寻求善与美的统一，美的功利性问题就无可求解，我们也就不能以积极的理论姿态进入如火如荼的大众审美文化。

四、在艺术中实现的生存道德

尽管不同时代，不同的艺术论者对艺术有不同的理解、解释及实践，但艺术之所以被理解、解释及实践为艺术，还是有着某些超时代超不同论者的东西存在于被称为艺术的存在物中或现象中。这类使存在物或现象获得艺术称号的东西，就是通常所说的艺术的基本属性。不同时代、不同论者对于艺术的理解、解释及实践，其实不过是这类艺术的基本属性的时代化、思想派别化或创作风格化。虽然有些情况中的艺术与其他情况或常态情况中的艺术大不相同，如现代艺术对于传统艺术，后现代艺术对于现代艺术，以至于当一种反叛性的新的艺术派别出现时引起时人包括当时众多艺术家及批评家的大哗。但放一段时间再看这曾引起大哗的反叛艺术，人们会发现，它们仍在艺术的基本属性上稳定着自己，只不过是使这类基本属性获得了新的艺术形态。

简要地说，艺术的基本属性是稳定不变的，变的只是它的时代与风格形态。或者也可以说，在不同时代或风格的艺术中，唯有那些共存的、稳定不变的东西，才能被称为艺术的基本属性。正因为艺术的基本属性对于不同时代、不同风格的艺术具有使之成为艺术的原发规定性，所以艺术的基本属性问题才为历代艺术论者所高度关注。而且，愈是在新的艺术形态活跃创生的时候，艺术论者对于艺术的基本属性的追问就愈紧迫。因为这不仅关系着如何界定这些新的艺术形态，而且关系着如何阐发它们的意义，评价它的价值，展开对它们的批评与欣赏。

当下，为市场经济大潮所推波助澜的大众艺术的兴起，以及这种兴起对既有艺术的冲击、影响甚至解构，正使得当代中国进入新的艺术形态活跃创生的时期。与之相应，艺术基本属性的追问也就成为时下美学及文艺学界热切求解的课题。

1. 艺术基本属性追问的方法论误区

在我国，艺术基本属性的理论追问，就体系性或系统性及明晰性，严谨性而言，近年来的努力成果明显地优越于传统文艺论研究。无论是 20 世纪 20—30 年代在救亡图存的时代语境中展开的文艺传统性、文艺大众性及文艺革命性的争论，还是 40 年代革命根据地所进行的革命文艺论的建构，都集中地进行过艺术属性的研究与分析，并且凭借着取之于西方哲学和艺术论的异质理论资源和方法手段，取得了一些著述成果。新中国成立，中国文艺理论界以前所未有的统一意志和统一的政治价值取向，在苏联文艺理论体系的导引下，形成更具规模的中国文艺理论体系，这就是中国马克思主义文艺理论体系。在这个体系中，虽然不同的著述有不同的偏差，但基本理论根据并无二致。80 年代改革开放国门敞开，马克思主义之外的西方思想大量涌入，使得中国文艺论体系在很短的时间便经历了三个阶段。即借助于新传入的西方思想，结合新时期文艺实践，对既有的马克思主义文艺论体系予以梳理、补充、系统表述阶段；既有理论体系被多方面质疑，多元解释仍至走向解构阶段；多元化的美学文艺论建构及多元系统化阶段。在第二与第三阶段，用钱中文的话说，中国文艺论进入全球文艺论的对话语境，自说自话自我完善或自主权威的时代成为过去，如何在对话中不跟着说或帮着说，而是说自己的话，形成自己的话语主体性，成为这一时期文艺论建构的重要课题。为解决这一课题，为争得中国文艺论的话语权，中国文艺理论界把关注目光投向传统，在传统中寻找话语权的努力成为文艺论的时代努力。文艺论的多元化格局正是在这样的努力中形成。如文化诗学论、新理性精神论、新意识形态论、文艺的新思维论、叙事论、生态论、生存论等。这些论都是努力取利于传统，并结合中国变革现实进行以与西方对话为重点取向的理论建构。这样的多元建构中，传统走出了 20 世纪初因特定的社会需求而沉重笼罩的否定论氛围，也结束了 50—70 年代因阶级斗争的政治界定而被作为封建余毒否定的命运。大家进入自信地理性地反思传统、吸纳传统的境况；同时，现实生活也以其鲜活的生命力和动态展开状况跃入理论视野，它驱散了此前几十年徘徊的教条主义幽灵，成为争得我们自己的理论话语权的时代支撑；取之于传统的整体性方法论被倡导，得之于中西融合的人文精神及时代理性被高扬，中国文艺论研究进入到类似于西方的文艺复兴时代。

当下艺术的基本属性的追问，就在上述多元建构的理论格局中展开，尽管这一追问的集中程度、角度及深度在不同的论说中各有差异。

多元建构的文艺论，在艺术基本属性的研究中都不同程度地面临和解决着如下的方法论课题：

（1）本质追问的方法。这种追问的方法在此前几十年的艺术属性研究中被很多论者坚持，而这种追问方法的方法论由来则在于西方传统的二元论。这种方法论的前提性假设在于，相对于艺术而言，世界分为艺术与非艺术两元，相对于艺术构成而言，艺术又分为现象与本质、本质与非本质两元。当然，不能说作为哲学基本方法的本质追问是没有意义的追问，而在于进行怎样的本质追问和怎样进行本质追问。同时，也需考虑到，本质追问并不是普适的，自然界及社会生活中存在着大量的难以本质追问、毋需本质追问的对象，如有机的、生成的、流变的、个性的对象，硬要对这些对象进行本质追问，则或者空而无用，或者大而不当、或者概而未尽。把一个整体对象割裂为若干局部，把由局部追问来的本质指认为整体对象本质，或者，选动态生成对象的某一瞬间，将瞬间追问的本质，指认为生成变化的本质。这类本质追问，只能步入歧途，前些年不少学者呕心沥血地进行美的本质追问，最终只能以无所着落收场。艺术的基本属性就是见于艺术整体性的属性，是见于艺术被规定的属性。对这种属性即使进行本质追问，也绝非割裂艺术的二元论所能奏效。

这里的问题在于，艺术品与生活中的其他物品是否有可供切割的明确界限。如北京故宫的雕龙、非洲面具、法国凯旋门、杜夏的便池、毕加索的自行车零件等。再有，艺术品中是否确有可以从某些艺术构成因素或局部中单独抽取出来仍使艺术确切地成为艺术的本质属性。如小说与诗歌中的哪一种构成要素的本质属性是决定性的，而其他构成要素的属性只能属于偶然性的，巴黎圣母院作为建筑艺术，哪一方面的本质属性使其成为艺术，而其他属性无关紧要？

在这样的本质追问中，我们此前的文艺论也曾得出过一些艺术本质属性的结论，如艺术是形象的，艺术是揭示生活本质的，艺术是见出自由本质的自由形式等。但这类结论的有效性眼下却正受到质疑。二元论的本质追问难以维持。

（2）孤立研究的方法。艺术的基本属性只能艺术地求解，这是 20 世纪 80 年代中国文艺论集中建构阶段的一个突出的方法特征。这一阶段对于艺术基本属性的追问基本上被封闭在艺术系统自身，尽管实际上艺术系统本身是开放的，但这种开放性却被搁置不论。固然，艺术确有自己的系统，也确有自己的系统定性，但这是与周围各种环境因素不可分割的系统，而且是唯有在与周围的环境因素相作用中才能维系的系统；同样，艺术的系统定性也只能是与周围环境因素相互作用的定性，没有彼此间的相互作用也就没有这样的定性。虽然在艺术的基本属性研究中包含着艺术的自身构成研究，如艺术的形式研究、质料研究、结构研究、技巧研究等，但要通过这类研究揭示艺术的基本属性，又绝不离开这类构成因素的创作与接受根据，而一旦把创作与接受根据考虑在内，艺术属性研究的封闭性也就随之消解。在艺术基本属性的追问中，把艺术孤立起来进行研究，其方法的失当，就像把男人从家庭孤立出来去研究他的丈夫属性一样。

艺术是现实生活的有机构成，现实生活又是历史的延伸与现实化。艺术、现实生活以及现实生活的历史构成一个不可分割的整体。虽然艺术像其他生活门类一样，有自己的定性，但这是现实生活与历史整体性的定性，它受这一整体性的制约与规定。因此，艺术基本属性的研究应该有更为广阔的历史与现实生活的整体性视野。这一整体性就是大家都认可的文化整体性。这也是为什么近年来艺术论的文化学研究被很多学者所重视的原因——大家期待着从艺术所由产生的文化整体性中探寻艺术属性的系统根据，并进而把研究的重心经由文化整体性而向艺术收聚与回落。对这样的思路，我在《中国古代艺术的文化学阐释》一书中曾作过这样的概述："把艺术放到文化学的视野中考察与分析，这是近几年国内外艺术研究的一个重要态势。80 年代中期系统论在国内学术界的风行一时，确实给国内方法论的研究带来了突破，这一突破的一个重要成果便是大家普遍接受了这样一种观念，即系统整体性规定和制约着系统内各子系统的基本特性，因此，各子系统基本特性的揭秘会有效地得力于系统整体性的研究与把握。这一观念运用于艺术研究，不少研究者便对文化及文化学产生了兴趣，因为毫无疑问，艺术品是一种人类文化现象，它分属于文化大系统，文化整体性的探索对于拘泥于艺术特性探索，争执多年而少见突破的困境肯定会有所帮助。"①
而类似的看法，钱中文早在 80 年代中后期就已撰文明示，他分析了文学
与文化的系统性关系，强调要重视文化的系统整体性研究，注重在文化系
统性中掌握艺术特性。他说："文学与其他形式的审美文化，与非审美文
化，这时都以各自的特征与功能，进入这个文化系统，形成总体文化。在
这个文化系统中，文学与各种文化形式，与各种物质文化、精神文化联系
着，并受到它们的强弱不等的制约与影响。"② 据此，他提出文学研究要
"走向宏放，走向纵深，有所发现，有所前进"。钱中文准确地把握住当
时中国文艺属性研究的趋向，并对这一走向整体性的研究趋向进行了理性
引导。

（3）当下规定的方法。艺术基本属性的当下规定，就是以当下艺术的
社会状况，艺术的创作、接受状况，进行艺术的属性与特征概括，并将之提
为艺术的一般性或特征，再进而根据这样的确认展开艺术研究，进行艺术批
评，形成艺术的价值判断。

这种方法在我国，在 20 世纪一段不短的时间里曾被普遍地坚持。比
如《延安文艺座谈会上的讲话》发表后，解放区的文艺理论工作者所进
行的文艺属性研究与论证，以及由此展开的文艺批评，便都是以讲话为理
论依凭。尽管这种以《讲话》为凭的做法是出于政治需要，有其时代的
合理性，不过，《讲话》毕竟是毛泽东这位伟大的政治家出于当时的政治
斗争与民族斗争需要，从政治角度对革命文艺的阐释，虽然其中不乏艺术
的真知灼见，这得力于毛泽东本人的传统文化修养与艺术修养，也得力于
当时他身旁的一些文艺理论工作者的影响，它理所当然地成为当时革命文
艺活动的指导，并指导革命文艺活动发挥了不可或缺的革命作用。但那种
合理性主要是时代性的，而且又是很特殊的时代性。当时代情况发生变
化，《讲话》的革命语境不复存在时，《讲话》对于艺术属性的政治规定
也就失去了时代依据。而文艺理论工作者们在此后的一段相当长的时间却
仍然在政治规定下把《讲话》确定为艺术属性的理论根据，把《讲话》

① 高楠：《中国古代艺术的文化学阐释》，辽宁人民出版社 1998 年版，第 1 页。
② 钱中文：《文艺理论：走向交往对话的时代》，北京大学出版社 1999 年版，第 11 页。

深刻的政治思想意义教条化为艺术的属性规定。这种情况直到 20 世纪 80 年代初才开始改变。

当下，市场经济有力地激活大众审美文化，大众艺术亦即通俗艺术千姿百态地蓬勃发展。面对大众艺术的空前广度和热闹程度，有学者又热衷于从当下大众艺术的角度确定艺术属性的根据，并将之极致化为艺术的基本属性。如有学者多次强调的大众趣味说，以大众趣味为艺术的基本属性，以大众趣味的满足状况为艺术水平的恒定标准，以收视率与排行榜为最切实的艺术评价根据等。作为一家之说，这无可非议，但作为以当下为普遍的艺术属性追问方法，则有失偏颇。时下很热闹的经典批评也有这种当下规定的倾向，此前政治情势下的经典读解确实已表现出明确的时代局限性，但用时下规定的方式读解，则是从彼局限性跳入此局限性，除了时下凑数的忙碌，仍难有所获。时下永远是即时的，而艺术的基本属性恰恰在于它的非即时性。

同样的情况也见于西方。20 世纪上半叶，西方现代艺术波起潮涌，不少流派都以宣言的方式宣告自己的出现或诞生，这些宣言几乎都立足于艺术属性的即时性的标新立异。在他们那里，艺术属性被即时化为各自流派的风格标志。如 1945 年法国诗歌领域出现的字母派，提出诗的基本属性就是创新语言，出于这样的属性理解，字母派诗人把文字拆解成音节或字母，以音节和字母作诗；新小说派则把自己的创作奠基于艺术属性的时代规定上，认为艺术属性的最基本的规定就是满足时代需求，由此他们以时代已经不同否定巴尔扎克的创作，强调表现纯客观事物的存在和意识深处原始的真实等。这些惊世一时的艺术主张，由于对时代条件性的需求大多都很苛刻，因此，随着相应时代条件的变故，也就很快地随风飘散了。

对当下规定的方法予以质疑，不是主张艺术僵化，不是维护既有艺术的传统趣味标准，而是在于强调，艺术的基本属性是超越时代的，这是一个历史范畴；而且，一些更为基本的东西是早已历史地确定了的，时代变化着的，不过是早已历史地确定了的艺术基本属性的现实形态。固然，艺术的一个非常突出的特点是创新，不断地创新。但艺术创新不是随意的，它受艺术传统、艺术手段与技巧、艺术接受的制约，而艺术传统、手段技巧与艺术接受又受制于它们所由发生并延存的社会文化系统。是这一社会文化系统整体性地规定着艺术基本属性的时代变化形态。即是说，研究艺术基本属性，要把这基本属性与其时代变化形态相区别，尽管这基本属性研究离不开它的时代变化形态；再就是研究艺术基本属性的时代变化形态，不要离开社会文化系统的整体规定性，这才有历史的深度。

2. 艺术的基本属性在于生存的整体性实现

艺术不是生活的对立物，而是生活的有机构成。艺术在生活之中，是生活的艺术。这样说并不是取消艺术相对于生活其他构成的独特性，而是强调要在生活的整体性阐释中把握这种独特性。

艺术所以是艺术，必有它不同于生活的其他构成的性质，这就是使艺术成为艺术的基本属性。生活，即人的生存或人的类生存。对人的生存而言，艺术的基本属性在于它能给人以在其他生存活动中无法获得的满足。而且，从艺术与人的共生共在的历史状况而言，艺术所提供的生存满足又绝非是一时一物一地一处的满足，绝非是可有可无的满足，而是密切地相关着生存的满足。更为耐人寻味的是，相对于生存的其他构成，艺术又没有现实实在地提供满足，或者，没有像其他生存构成那样直接地提供满足。尽管从生存有机整体性的角度说，功利性与非功利性并不能截然分开，但大多数艺术活动的功利性都是悄然地消隐于非功利性中，这类活动的功利性主要是见之于非功利的功利性或者是经由非功利派生的功利性。如诗中的客船与画中的苹果，艺术无可取代地提供着生存的满足，但又不是以直接功利的形态提供这种满足，那么，艺术对于生存来说，满足的是什么？它又是如何达到这种满足的？这关系着生存道德与艺术的深层联系。

艺术不同于其他生存构成的独特性就在这里，艺术基本属性的追问也应缘此而发。

如前所述，生存的道德定性是有机整体性，而现实生存又总是非有机整体性的生存。生存是不断地现实化的具体生存，具体生存亦即特定时间与空间中的生存。现实生存的时间性与空间性既是生存整体性的基本规定，又是这整体性得以实现的无可逾越的障碍。在同一时间里，生存顾此则失彼，睡则无可醒，动则无可静；而在同一空间里，生存者只能机体的留顿而精神的飞升，或者，他只能实现生活规定于他的某一角色而无法实现他同时担任的其他角色。因为这种情况，这里才提出生存总是有机整体性生存又总是非有机整体性生存这一生存道德悖论。

任何无法逾越时空大限的生存构成，也都无法逾越在时空定性中现实生活的生存悖论。唯有可以超越时空定性的生存构成，才能逾越现实生存的生存悖论，使有机整体性的生存实现成为可以追求的目标。这里的问题是是否有这样的超越时空定性的生存构成，如果有，它又是如何使有机整体性生存得以实现的。

可以说，各种生存的物化成果或符号化成果都不同程度地具有超越时空定性的性质。这是因为任何生存的物化成果或符号化成果都有生存者的精神活动凝聚于其中，从这一角度说，这些成果也都是精神活动的成果。精神活动的超越时空定性的性质，在西方早自柏拉图就已形成很系统的哲学论述，他的理式说、迷狂说、想象说，都以精神活动的时空超越性为根基。中国老子、庄子是精辟论述精神超越性的哲人，后来经儒道融合而明确提出的"天人合一"，凝结着中国古人努力在精神超越性中提升现实人伦生活的意志与智慧。超越的精神活动凝聚在生存的物化或符号化成果中，构成这类成果的时空超越性。如中国的万里长城、埃及的金字塔，它们的物质形态，虽然有空间确定性和时间延续性的限度，但其中的精神意蕴，如长城所凝载的中华民族精神，金字塔所凝载的埃及人的生死观念，它们都超越着自己的物质形态的时空限度而延续流传。再如各种思想遗产，它们借助于各自的文字符号超越时空的流传，并在各种新思想中获得新的生命。不过，上述物质形态以及语言思想形态的精神超越性，是以其屈从于生存悖论为代价才获得的，即是说，它们的精神超越性的获得，在于它们放弃了精神与物质、思想与心灵的生存整体性——倘若长城与金字塔的精神意蕴不从它们的物质形态中游离出来。它们就只能被锁定在各自的功利形态中，并在时间的延续中终有一天会随着它们的功利形态的消失而在时间中消失；倘若语言思想不从它们的心灵整体性中概括或抽取出来，它们也就无法成为超越的思想语言。

对比之下，唯有艺术，才以其物质与精神，感性与理性的有机整体性实现着时空规定性的超越，并在这样的超越中实现着生存整体性。

艺术的最具普遍性的共识性形态便是其感性形态，而且这感性形态主要地就是生活的感性形态或生活形态构成的感性形态；而艺术的意蕴也总是与其感性形态融合为一体的意蕴，它不存在着与其感性形态分离才能获得超越性的问题，因为它的超越就在于它的感性形态与意蕴的有机整体性。前面提到的长城与金字塔，也可以获得这样的形态与意蕴的有机整体性并因此而超越，但要达到这样的境况，长城与金字塔就必须是已被普遍认可地完成了的艺术的转化，即是说，必须在它们已获得艺术性之后。

那么，这样的在有机整体性中超越的艺术性是什么？

从有机整体性的角度探索艺术性，尤其是艺术性的时空超越性，需要解答的核心问题在于，艺术，何以既是有机整体的，又是时空超越的？

具体的现实生存是有机整体的生存，但同时又是非有机整体的生存，这一悖论总是存在于特定的时间与空间定性中。这也就是说，在具体的现实生活中，正是有机整体性使生存总是时空规定的生存；也正是在时空规定的生存中，生存又总是非有机整体性的生存。这决定了有机整体性以及非有机整体性这相悖又无可或分的两个方面在具体的现实生存中与时空定性也无可或分。而艺术，同样地以其有机整体性却获得了时空定性的超越同时也获得了非有机整体性的超越，其根本原因何在？我想，概括地说，就在于艺术是具体的现实生活生存的非现实形态，这是艺术性的最基本的规定，也是生存论之艺术论的核心。艺术首先是具体的现实生存的产物，并且据此构成具体的现实生存，而且它就是一种现实生存。或者，它取直接的现实生存状况，包括具体的生存行为、生存话语、生存情境，甚至转瞬即逝的生存细节；或者，它取生存的体验状况，对于生存的体验，对于具体生存情境的体验，对于具体生存行为、生存交往的体验，对于生存中具体话语的体验等。这些东西，人们都现实地经历并现实地体验着。从经历或体验的具体现实性说，现实生存地看一个人因愤怒而殴打另一个人与在艺术中看一个人因愤怒而殴打另一个人并无二致；现实生存地听一个人倾诉他的经历与艺术中听一个人倾诉其经历也并无二致。古往今来，艺术理论家与艺术家们不厌其烦地谈论艺术的真实性，就是在强调与追求艺术的现实生存效果。这种效果不仅是认识论的，它更是体验论的。体验论中包含着认识论，在艺术的真实体验中，艺术成为现实生存。莱辛有一段谈诗的真实性的话，很具有生存论的意味，他说："诗人不只想要被人了解，他的描写不只是清晰而已——他还想给我们唤起生动的概念，要我们想象，仿佛我们亲身经历了他所描绘的事物之实在的可触觉的情景，同时，要使我们完全忘记在这里所用的媒介——文字"①莱辛说的这种真实，是超越认识论的，他强调的是一种既唤起生动的概念，引发想象，且又仿佛亲自经历的可触觉的"情景"的真实。这是感官与精神，感性与理性有机整体性地体验着的真实，是生存道德实现其中的真实，它的最真切处便是"仿佛亲自经历"。这种有机整体性的仿佛亲历，与庄子论及体验时所说借助于语言文字又忘却语言文字的"得鱼而忘筌，得兔而忘蹄"的境界，有异曲同工之妙。

艺术以其生存的有机整体性超越具体的现实生存的非有机整体性，并获得时空超越，则根基于它的非现实形态。艺术的非现实形态，集中地体现为它的具体的现实生存归根结底是虚拟的。正是在艺术的虚拟中，非虚拟的具体现实的时空定性被消解，艺术的虚拟在虚拟的时间与空间展开，现实的时空大限在虚拟的时空性中成为超越的起飞点。在艺术中，不仅生存行为，生存境况是虚拟的，生存体验也是虚拟的，虚拟而又真实，这便是艺术的至境。生存论的真实，使艺术成为现实生存，虚拟，则使艺术成为现实生存的超越。虚拟而不真实，构不成现实生存；现实生存而不虚拟，则无可摆脱生存道德悖论，也没有时空超越。这里的关键在于如何虚拟而又真实。亚里士多德解决这个问题的途径是他的摹仿说，他确认"人从孩提的时候起就有摹仿的本能（人和禽兽的分别之一，就在于人最善于摹仿，他们最初的知识就是从摹仿得来的），人对于摹仿的东西总是感到快感。"② 摹仿是人发之于本能的生存行为，人在摹仿中建构自己的生存状态与生存体验。摹仿与人的行为系统、认知系统、情感系统乃至人格系统的建构关系，为 20 世纪的心理学，如认知心理学、行为心理学、情绪心理学、人格心理学所确证。从摹仿与生存的角度说，摹仿是生存的基本行为并且是生存的建构性行为，人的一切生存行为中都存有摹仿的根据。人们通过摹仿而习得，尽管习得之后当初的摹仿转为自主。本能行为是毋需摹仿的，但本能不是生存，超越本能

---

① ［德］莱辛：《论寓言的本质》，见段宝林编：《西方古典作家谈文艺创作》，春风文艺出版社1980 年版，第 140 页。

② ［古希腊］亚里士多德：《诗学》，见段宝林编：《西方古典作家谈文艺创作》，春风文艺出版社1980 年版，第 22、25、36 页。

才是生存，本能是生存的原创并在生存之中，超越本能的生存过程则离不开摹仿。这样摹仿就获得了生存本体性的意义。而所有的摹仿对于所摹仿的原型而言都是虚拟，正因为它不是原型而是原型的虚拟，它才是摹仿，这决定了虚拟也同样具有生存本体性。人们既然一定要摹仿地生存，人们也同样要虚拟地生存并在虚拟中生存。不管有多少艺术起源的说法，摹仿都是其基本根据，虚拟也便都是其基本根据。

由此说来，艺术的现实生存性质，不仅在于它对于现实生存的真实性，同时也在于它对于现实生存的虚拟性。而二者其实是一体的，即真实的虚拟，虚拟的真实。

至于如何达到真实的虚拟或虚拟的真实，亚里士多德已广为人知的说法至今仍然是极为深刻的，他说："显而易见，诗人的职责不在于描述已发生的事，而在于描述可能发生的事，即按照可然律或必然律可能发生的事。历史家与诗人的差别不在于一用散文，一用'韵文'；希罗多德的著作可以改写为'韵文'，但仍是一种历史，有无韵律都一样；二者的差别在于一叙述已发生的事，一描述可能发生的事。因此，写诗这种活动比写历史更富于哲学意味，更应严肃地对待；因为诗所描述的事带普遍性，历史则叙述个别的事。"[①] 按照可然律或必然律摹仿可能发生的事，这就是艺术的真实的虚拟或虚拟的真实。不过这里有一个需要注意的问题，即摹仿总要有一个可供摹仿的原型蓝本，不管这原型蓝本是外部世界的还是心灵世界的，即是说，这是一种对象性行为；而可能发生的事是尚未发生的，尚未发生又可以成为摹仿对象，这是怎样的对象？其实，亚里士多德已对此作了解答，这就是带"普遍性"的事。现实生活只有这样或那样的具体的事，"普遍性"的事作为可能发生的事只能是摹仿者依据"普遍性"的判断而进行的推想，而且这种判断又不是取概念的方式。非概念的"普遍性"的判断及据此展开的推想，这就是可能发生的事的摹仿原型或蓝本。这种"普遍性"的获知，用现今的心理学的话说，当属于概括表象的形成与感知，概括表象概括着同类事物的共性又不离表象的生动性与具体性，它的基本属性

---

① ［古希腊］亚里士多德：《诗学》，见段宝林编：《西方古典作家谈文艺创作》，春风文艺出版社1980年版，第22、25、36页。

即整体性——外部整体性及由外而内的整体性。就关于某类人的概括表象而言，其整体性集中体现为最具普遍特征的行为。艺术心理学家鲁道夫·阿恩海姆在分析视知觉及由此形成的概括表象时就特别指出，人们可以按照要求在自己头脑中唤起某一类人的意象，即追忆的概括表象，这类表象总是最富特征性的行为表象。比如一提到警察，被试者头脑中浮现的便是腰带上"晃动的警棍"，谈到律师，便是一个人的胳膊上"挎着一个公文包"。这种概括表象的获得是反复经历反复体验的结果，这是体验的由感性而理性的浸透性所感知的事物的"普遍性"。① 亚里士多德谈到悲剧时，特别强调"行动"，提出"悲剧是行动的摹仿，主要是为了摹仿行动，才去摹仿在行动的人"；"悲剧的目的不在于摹仿人的品质，而在摹仿某个行动；剧中人物的品质是由他们的'性格'决定的，而他们幸福与不幸，则取决于他们的行动。他们不是为表现性格而行动，而是在行动的时候附带表现'性格'"。亚氏强调行动摹仿的深刻意义，在于他找到了尚未发生而可能发生的"普遍性"的事，所以能获得摹仿的对象性的根据，即体现着特征性行为的概括表象，以及这类概括表象的经由想象的艺术化。此外，由亚里士多德摹仿说所强调的以行动为第一要素的"普遍性"的事，以及我在分析这类事的概括表象性质及其由来时所指认的它只能是发生于反复经历的体验之中这种情况，可以确定，这其实便是我多次谈到的生存体验或生存整体性体验。这样的体验为人们所共同经历——尽管体验的深浅强弱程度因人而异，因此一经摹仿它也为人们所共同感受。在亚里士多德的行为模仿说中，包含着他对于生存整体性的深刻体悟，他在所摹仿的行为的可能性与普遍性中悟及现实超越的生存整体性亦即生存道德，他又在被摹仿的普遍性行为中确认了生存道德的现实形态。同时，生存道德经由行为而具体化为日常道德规范的途径也被他隐约地发现了，他将这种隐约的发现概述为具有"天然倾向"的情感，亦即后来人们说的道德情感。亚里士多德说："被情感支配的人最能使人们相信他们的情感是真实的，因为人们都具有同样的天然倾向，唯有最真实的生气或忧愁的人，才能激起人们的愤怒或忧郁。（因此诗的艺术与

---

① 鲁道夫·阿恩海姆曾很详细地阐释过具体而又普遍的思维意象的生成机制及其特点，见［美］鲁道夫·阿恩海姆：《视觉思维》，滕守尧译，光明日报出版社 1986 年版，第 163—187 页。

其说是疯狂的人的事业，毋宁说是有天才的人的事业；因为前者不正常，后者很敏感。）"①

按照上述思路，艺术在真实的虚拟或虚拟的真实中求得生存整体性的超越及实现。但这种实现是否也是虚拟的呢？是否如至今仍有不少学者所认为的，艺术的实现或所提供的满足是虚拟的或替代性的呢？这里所可能遇到的质疑实在是常识性的。如诗中的宫殿是不能进驻歇息的，画中的蛋糕是无法充饥的。确实，人的机体需求在艺术中不能真正满足，后者提供的只是机体需求的精神满足。但可以说，这种质疑是把具体的生存需求、生存行为与生存的整体性体验或整体性实现混淆了。我不止一次地强调，生存体验是对于生存状况的整体性体验，这是综合的，不断积累的体验，而不是某一次具体需求或具体行为的感受。一个经常挨饿的人不会因吃了一顿饱饭就形成不愁吃喝的生存体验，一个家有暖居的人也不会因一两次露宿郊野而产生流离失所的生存体验。生存体验不仅是个人的生活史与生活现实的综合体验，而且还包含着他对于所属民族、所在时代的集体体验、社会体验。艺术表现着这种体验，并把这种体验提升到生存道德的高度，在这个高度上，生存整体性以其超验性形成生存意向及整体性的生存动力。艺术的真实是生存体验的真实，它用虚拟的方式提供着真实的生存体验。就体验的真实性而言，艺术的生存体验与现实生活的生存体验是同一种体验。由于艺术体验以其虚拟方式获得普遍性或超越性，因此它可以不断地以其真实性与不同地域、不同时代的现实生存相对应，使不同的具体现实生存在这样的艺术中获得真实的生存道德体验。

在生存整体性体验的至高层次上，类的生存整体性与自然宇宙浑融一体，它体现为节律的同一性、流转的同一性、完型的同一性。艺术在不同层次上展现着这样的整体性，这成为艺术的至高至博的光辉。这是至上的生存道德的应在。

---

① ［古希腊］亚里士多德：《诗学》，见段宝林编：《西方古典作家谈文艺创作》，春风文艺出版社1980年版，第22、25、36页。

第　八　章

中国古代艺术的伦理传统

中国古代艺术尽管源远流长，名家辈出，尽管不同时代的艺术风采各异，各领风骚，但透过历史的流光溢彩，不难发现其中一种相当稳定的特性一直贯通、坚持，并发挥、规定与生成其他特性及特征的核心作用，而且，正是在这一核心特性的稳定坚持中，中国古代艺术确定着不同于世界其他民族艺术的独特身份。这一特性，就是中国古代艺术的伦理特性。

一、传统文化的人伦特质

中国古代艺术是中国古代文化的基本构成。作为中国古代文化的具有创生性的基本构成，中国古代艺术在原始的浑蒙时代，就是其远古文化母体所孕育的胚胎，并随着远古文化的进化而不断养成。后来，当中国古代艺术以见出形状的艺术系统而成为它文化母体的分支时，它便是母体文化系统性的分享并在这文化系统性的规定中生长。因此，中国古代艺术的稳定特性必是从文化母体中获得并被后者规定的特性，而这类特性的探源也须从它所由生出并被规定的文化系统性着手。其实，这一思路，也是近年来文化诗学得以建构的思路——从文化求解文学艺术。

1. 文化特质概念的提出

文化学家们早就注意到一个重要的文化现象，即各种民族文化的发展性展开，似乎都依据着某种深隐不显的程序。这种程序有点像控制不同种类生命机体生长过程的程序。对这类程序性的东西，有学者称为具有根本性的文化发展规则，有学者称为决定文化进程的规律，[①] 中国古人则称之为"道"。

依我看来，文化发展中的这种程序性的东西更类似于人格心理学家阿尔波特所说的规定人格建构的人格"特质"[②]。"特质"在人格建构中既内在地规定着人格展开的方向，又外在地规定着各种作用于人格主体的信息，形成人格主体得以接受的状况。这种情况正适宜于文化建构中既有其生成与展开的内核性根据又有外部敞开的接受性转化根据的情形。而且，人格建构，不过是人格主体所生其中的文化系统的人格化——人格系统，这是个性内化的文化系统。因此出于人格与建构人格的文化的同构关系，人格"特质"在文化研究中可以进行文化"特质"的移用。这是文化特质概念的由来，也是文化特质与人格特质在生成或建构程序上的功能相似性。

概括地说，文化特质是一种深隐不显的程序，它历史地规定着具有这一特质的文化的展开与发展，它是文化的主体定性；它同化异质文化，当异质文化足够强大时它便将自身的程序性向着异质文化的作用做出相应调整；它的现实功能在于组构文化发展的动力系统，并为文化的现实发展予以深层次定向。

关于文化特质的功能要点，我在《中国古代艺术的文化学阐释》中已做过专题分析，此不赘述。[③]

---

① ［荷兰］文化学家 Van Peursen, C. A. 在《文化战略》一书中，在分析不同国家或民族文化各有其发展的内在规定性时指出："每一种可能性都必定仍然遵守一定的规则，无论这些规则以何种方式存在。这可以作两种解释。第一种解释要采用一种文化决定论：正如在自然界中那样，存在着一些不可改变的、决定历史进程的规律。可供选择的第二种解释却不是把这些结构设想为对支配文化的规律的说明，而是把它们设想为对人类规则的说明，这些规则与其说是对文化的描述，不如说是在力图推动向某一特定方向前进"，中国社会科学出版社 1992 年版，第 239 页。

② ［美］心理学家阿尔波特在其人格心理学中特别强调"特质"在人格建构中的决定性作用，他认为"人以特质来迎接外部世界，人以特质来组织经验。因为没有两个人会有完全相同的特质，所以每个人对待环境的经验和反应是不同的。"（陈仲庚、张雨新编著：《人格心理学》，辽宁人民出版社 1986年版，第 53 页）

③ 高楠：《中国古代艺术的文化学阐释》第一章"中国古代文化特质的艺术模铸"中，分析文化特质的三个功能要点，即潜在程序性、同化与调整性及动力性，这三个要点构成文化特质概念的基本内容。（辽宁人民出版社 1998 年版）

2. 文化特质的结构构成性与定位性

文化活动的初始状况亦即人的原初生存状况。人类学家认为，人愈接近于他的原初阶段，生存的本能性就愈突出，各种本能指向一个目的，即生命存活。原始人类为生命存活而集群，而集群地进行原初生产活动与生活活动，由此形成对于自己、对于外部世界的初始的浑蒙的认识，并制造简单的生产工具，掌握初步的生产技术，进而不断走向更好一些的生存而使生活复杂化，包括群体构成的复杂化，生产及交往行为的复杂化。于是，分工开始出现，私有财产开始出现，群体间的等级关系也开始出现，习惯性、结构性、制度性的东西愈来愈多。与之相应，人们在生产及交往中对于自己与世界关系的认识也复杂化与深化。在这个过程中，语言、艺术、宗教、伦理、法律等后来成为人类文化基本构成及基本形态的东西经由雏形阶段而不断分化与完善，终于各成系统。

在人类文化发展过程中，人与自然的关系是生命存活的第一关系。不同地域的不同的自然状况原初地构成文化形成与发展的差异性。五大古代文明均在各自的自然生态环境中发生，并因此形成后来各自的文化发展路径。古埃及人创立人类历史上第一个太阳历，把一年分为泛滥季、耕作季、收获季，是古埃及人与尼罗河生态关系的产物；古印度社会独特的种姓制度，可以在印度河流域的生态环境中找根据；在世界上最早透出理性曙光的古希腊人学，又处处留有爱琴海自然生态的根据。因此，肯定地说："人类认识的第一个对象是自然。这不仅因为人是自然的一部分，自然是其诞生之地，更重要的还在于自然是人得以生存的基础，人不认识自然，不与自然打交道，便无法生存"。[①] 人与自然的原初关系规定，或者自然对于人的原初规定，便是文化特质的文化展开程序的基本规定。文化特质的这种基本程序规定，形成并规定人与世界的最初关系，并且，这最初关系规定，后来就成为文化展开的基本规定。它相当于具有初始创生性并有长久规定性的文化基因。它对于文化建构的功能不在于复杂的可供多元展开的潜质，而在于随时发挥作用的选择性的定向或取向。

---

① 孙鼎国主编：《世界人学史》第一卷，河北人民出版社 2003 年版，第 3 页。

中国先民的黄河流域生态环境，以及由这样的生态环境最初规定的农耕采撷的生存方式，形成他们最初的生存意识，形成对天、地、人、神的最初理解，以及与此相一体的最初的生存活动形态。天人合一观念、宗法血缘关系、家族社会构成等，这类决定着中国文化后来发展取向的东西，都作为中国文化特质的潜在程序性因素，在初始生存中稳定地确定下来。文化特质的这种原初取向，与发展心理学所得出的幼儿行为的最初的稳定性强化，对其后来整个一生都具有烙印般影响的结论很相似。①

除最初生态规定，对文化特质形成具有决定性影响的，还在于最初的理性确认。文化史证明，凡生生不息地延续下来，在历史长河中不散不灭的民族文化，都有各自为数不多的理性觉醒者，他们率先发现了这个民族或这个种群得以生存与发展的原初根据，通过语言将之揭示出来，并将其确定为具有稳定性的原初的一些制度，使当时及后来人延续性地照此生存。应该说，原初的生态规定及适应这种规定的生存，是混沌态的，只有一些大体性的限定，恍分而惚分。是最初的理性觉醒使这种恍分惚分相应地明晰起来，多种可能性也被澄清为理应如此的说法。这使得文化特质的程序性成为可以意识坚持与调控的程序性。这种原初的，获得原初自觉的特质程序性在后来的内外作用中不断复杂化，它的复杂化过程虽然不为原初理性单方面自觉或单方面操控，但它复杂化到一定阶段，便必有相应的理性觉醒者将它理性化地揭示出来。没有这样的后继的理性觉醒，也同样不会有民族或种群的文化延续。

一般认为，中国人对于生存或文化的理性觉醒肇始于先秦阶段，这一阶段涌现了一批思想家，生存立法人，产生了许多意义深远的生存命题。这样的先秦阶段又可以再分为三，即殷周阶段、诸子前阶段、诸子阶段。通过这三个承续发展的理性觉醒阶段，文化特质的潜在程序性、动力性，以及它对内对外的同化调整功能便被确定下来，并通过生存实存、生存理性而有力地坚持与得力地阐发。在文化特质的历史性确定中一个具有决定性作用的命题

①　如瑞士心理学家皮亚杰，通过对儿童认识心理结构的形成与发展及其对后来认识结构的后成性意义的研究，发现了婴幼儿期形成的心理结构对于后来心理结构的意义重大的转换性影响。他指出："在感觉运动阶段出现的东西，在所有各个发展阶段和科学思想本身中，也有所出现。并在各个阶段，不过把原始动作转化为运算罢了。这些运算是内化活动（例如，加法必须手脑并用），它又是可逆的（加法倒置为减法），并且组成成套的理论结构（如逻辑加法群或代数群）。"（陈孝禅等译：《皮亚杰学说及其发展》，湖南教育出版社1983年版，第20页）

就是"以德配天"。"以德配天"是周灭殷以后，周公总结夏、殷亡国的经验教训，得出的具有种群生存意义的结论。这是一个统一人天关系的命题，它认同源于中国远古生态规定的天命决定人事的意识，强化着生存及生存理解的天命取向；同时，它又有所发展、有所深化地认识到"天命靡常，唯德是辅"，在这样的认识中人获得对于天的能动性，不仅天规定人，而且人反辅天，人反辅天的渠道便是德，这里，德成为天达于人，人辅于天的必然性中介。德的天人合一的不可或缺的中介地位，在诸子时代，尤其是经由这一时代的孔孟圣人，终于确定为修身齐家治国平天下的核心范畴，甚至从天与人的中介地位转而被强调为顺天为人的本体。

此后中国文化几千年的延展历史，就是以德为核心的文化特质的建构史与完善史，它既规定文化发展的结构构成，又为文化发展取向定位。

3. 中国古代文化特质的人伦本体性奠基

伦，即次序，它本身也包含人与人关系之意。人伦，是对于人与人之间关系次序的确定与强调。在中国古代，伦理与德可以通用，但二者也有差别，伦或伦理是指人与人之间关系秩序的实存性与合理性，它更是一种关系现实规定；德、品德、品行、德行，有化知为行的意思。对于德者而言，它得于德者的行为意识修养，有对于伦理规定已然获得，已然养成之意。许慎说"德者得也"，道德即得道，相对人伦而言，即得人与人之间关系次序的规定，形成了如何处理人与人之间关系的自觉。

注重人伦之德，对于中国古人而言有其久远的生存根据。宗法血缘关系作为维持氏族时代种群生存的支柱，已构成人们的基本生存形态，即是说，人们必须合于宗法血缘关系的规定才能生存。宗法血缘关系原初时是以祖先崇拜为种群生存的重心。在殷文化中"帝"是核心，从甲骨卜辞及存世文献可知，"'帝'的本意是享受最高资格祭祀的先祖；殷人的'卜'和'祀'是他们与其心目中的伟大祖先进行灵魂交流的途径"[1]。在祖先与后人之间，血缘上的"辈分"以及种群生活中所占有的财富与所拥有的权力，就形成人伦次序等级，这种等级又以血缘关系贯通。随着殷人对各方种群的

---

① 谢松龄：《天人象：阴阳五行学说史导论》，山东文艺出版社 1989 年版，第 8 页。

征服，祖先间征服也便意识地发生并转为现实信仰行为。"帝"也由先前种群实际的祖先转为失其实对的"至上神"。然而"帝"的"至上神"身份时间并不长，这期间发生了一件重要事情，即殷末二王自称为"帝"。这一举动既表现当时二王的狂妄自大，也历史地表明随着文明发展，祖先崇拜的没落及现实权势的攀升，基于祖先崇拜的血缘关系次序为基于现实权势的人伦次序取代。此外，从"帝"的现实人世转化也可以看到文明特质的程序控制功能在发挥作用，它控制了像西方那样的超离现世的彼岸"至上神"的产生，宗教的现世意识在这里已体现为文化发展的必然。

后来，周人在对殷的征服中废"帝"立"天"，周公姬旦对"天"和"天命"进行初见系统的阐述。这"天"并非自然之天，它是一种精神化的至上力量，它的至上又不是超离现世的彼岸至上，它笼罩着现世生存，控制着现实生存，并提供现世生存的标准，因此它既是现世权力的抽象，又随时在现世回归中进行现实权力操控。"天"的这种性质再次验证着建立在宗法血缘关系基础上的文化特质是怎样为文化发展取向的。而周代的"天""人"相通，务须以"德"配之，即"敬德保民"，"不敬厥德，乃早坠厥命"①。对此，王国维说得很明白："周之制度典礼，实皆为道德而设"，任继愈则概括说："周公把'天命''敬德''保民'三者联系起来，以'敬德'为'受命'的根据，以'保民'为'天命'的体现；并把先王作为'以德配天'的典范"。②"敬德保民"有突出的伦理意义，它是此前中国先民人伦状况及人伦意识的理性化与规范化，它又是此后中国人伦行为体系与精神体系的理性奠基。对"敬德保民"的人伦要领，任继愈阐述说："'敬德保民'的另一种意义，是伦理方面的。它要求'父慈子孝，兄友弟恭'，并且说这是'天与'的'民彝'，必须遵守的（《尚书·康诰》）；同时，它要求人们的饮宴、服饰、器用、婚丧直至祭祀、征伐等国家大事，都要遵守礼制规范。前者的目的在于'亲亲'，后者的目的在于'尊尊'，两者交相为用，用伦理来维系建筑在血缘关系基础上的世袭禄位制，保持周奴隶主内部的团结统一，以便使周奴隶主贵族的统治'永世不替'"。③ 中国古代的人

---

① 《尚书·召诰》。
② 任继愈主编：《中国哲学史》第一册，人民出版社 1963 年版，第 24 页。
③ 任继愈主编：《中国哲学史》第一册，人民出版社 1963 年版，第 24 页。

伦体制与人伦理性由此奠基，中国独具的人伦文化特质也由此进入人伦文化建构的高度活跃期与旷日持久的稳定期。

至诸子时代，西周政权走向瓦解。西周政权瓦解过程中带来的混乱既证明着任何"人格神"或"至上神"对于人事的无能为力，也使现实人生问题突出为亟待解决的问题，如社会治理问题、社会生存问题等。社会现实的咄咄逼人，生死攸关，"天"的无所着落，虚无缥缈，引发了现实生存问题的时代大讨论，人的问题成为首位问题，先前的人伦体现与人伦精神自然也就成为大讨论的核心。一批著名学派及其代表人物脱颖而出并光照千秋，前期有子产、季梁、叔兴、史嚚等，后期则有孔子、墨子、老子、杨朱、管子、告子、孟子、庄子、荀子、韩非子等。经由大讨论，中国文化的人伦特质获得进一步的理性形态，并在此后的文化发展中居于随时在场的核心位置。

4. 文化特质的人伦本体性

中国古代文化特质之最突出点，是它的人伦本体性。所谓人伦本体性，即把人与人之间的关系置于各种社会文化活动的核心位置，它既是文化展开的基点，又是文化发展的归依，文化建构的一切问题都由此提出也就由此解决。中国几千年文化史或文明史，其中的哲人智慧、政治理性、治国之道、齐家方要、行为规范，都引申于人伦又都凝聚于人伦，并都以人伦问题的求解为旨归。

对中国古代文化的人伦特质或人伦本体性，存有两个常见的误解。一是不区分人与人伦的差异性，套用西方学说中的人本论或个人中心论，认为中国古代文化是以人为本，激励个人的文化。其实，以人伦为本与以人为本是完全不同的两回事。固然，人在人伦中，但在人伦中与以人伦为本这是主体地位的截然不同。以人为本，则着眼于人，过程于人，落实于人，一切合理性都因人而获得，人的压抑或否定即便在其他方面有怎样的合理性也一概在否定之列，而任何不合理性只要是合理于人的，则终究都具有合理性。以人为本见于具体人便是尊重人的个性，保障人的权益。如西方宗教，在人之上设立一个终极的上帝，这看来是不合理的，但因为这个上帝不食人间烟火，不碍人事，而只是一种精神寄托、它的设立反倒有助于人之间的平等，有利于发扬人的个性，因此它又获得了最大的合理性。以人伦为本则着眼于人伦，过程于人伦，落实于人伦，人在人伦之中，又在人伦规范之下，人的一切合理性都被人伦合理性中规约；任何个人利益、个人性，不管对于个人生存有怎样的合理性，只要不利于人伦稳定性及其合理性，就都不合理，并且必须否定。如三纲五常中的"夫为妻纲"，剥夺妻的个人权利以维护夫妻关系规范，因为它对于夫妻关系是合理的，妻的个性权利只能在对于妻的不合理中葬送。孟子在回答梁惠王提问时，很经典地阐述了个人合理性相对于人伦规范而言都无所谓合理性的道理："'王！何必曰利！亦有仁义而已矣。'王曰：'何以利吾国？'士大夫曰：'何以利吾家？'士庶人曰：'何以利吾身？'上下交征利，而国危矣。"① 这段话中还透露出一种重要意蕴，即合于仁义的人伦规范，在不合理中压抑或牺牲的个人利益，又会在人伦合理性中找回。美籍华人学者孙隆基在对中国文化进行深层结构分析中也指出过这一点："中国人对'人'下的定义，正好是将明确的'自我'疆界铲除的，而这个定义就是'仁者，人也'。'仁'是'人'字旁一个'二'字，亦即是说，只有在'二人'的对应关系中，才能对任何一方下定义。在传统中国，这类'二人'的对应关系包括：君臣、父子、夫妇、兄弟、朋友。这个对'人'的定义，到了现代，就被扩充为社群与集体关系，但在'深层结构'意义上则基本未变"。②

　　第二个误区在于否定人伦为本在中国古代文化中具有文化"枢纽"意义或文化"焦点"意义，认为这只是儒家的"一家之说"。"枢纽""焦点"都是文化学概念，取"中心""关键"之意，即不同民族文化各有其制约与规定文化发展的"中心""关键"。③ 第二个误区的代表性看法是道家非人伦论。道家非人伦论认为，道家哲学及道家文化主要以宇宙自然为本体，为人的自由归依，道家反对现实人伦本体性而强调超越现实人伦规范。这种看法

---

① 《孟子·梁惠王章句上》。

② 孙隆基：《中国文化的深层结构》，广西师范大学出版社 2004 年版，第 13 页。

③ 如美国文化学家赫斯科维兹在《人和他的工作》中提出"文化焦点"，这一概念，引起一些文化学研究者关注。他解释说："文化焦点"，"……它指的是每一种文化在它所涉及的某些方面，比其他方面表现出结构上的更大的复杂性和变动性倾向。这种倾向非常突出，以至于由此形成了某些生活状态，而其他方面仅作为它的背景而存在——可以这么说，文化焦点所涉及的方面往往可用来标志整个文化的特征，它简明扼要地显示出所有研究人类社会的学科之大貌。"（［美］克莱德·克鲁克洪等：《文化与个人》，浙江人民出版社 1986 年版，第 18 页）

的问题源于读解的偏颇，即在道家著作的读解中忽略了道家自然观其实并非非人伦自然观，而是人伦之序的自然投射与演映，是对于观察与体验的自然之序的人伦比照与人伦解释，并由此确立超越现实人伦又向人伦理想回归的人伦本体性。概括地说，儒道两家的文化差异并不是文化特质的差异，人伦本体性是二者的共性，他们所面对及思考的都是现实人伦社会问题，他们思考的方法都是在人伦关系体中求解人伦方要的方法，他们求解的目的也都在于如何人伦地生存与人伦地治世。因此，《汉书·艺文志》早就一针见血地称道家为"君人南面之术"。孙隆基把儒家与道家的关系称为"心"学与"身"学的关系，很有见地。"心"总是思虑着如何在人伦现实中求得生存与发展，因此投入人伦之中，成为规定详尽的人伦显学。而任何"心"的人伦追求都只能承之以"身"，"身"不可能是仁学之"二人"，它只能为己。道家讲修"身"，在修炼身体的具体技术方面，为中国文化贡献了房中术、采补术、炼丹术、长生术。为此道家提供了"保身""全身""养生""尽年"等原理。不过，"身"毕竟总是"心"之"身"，是为"心"而用之"身"，因此"身"一经进入现实生活便必须为"心"所支配便总要在人伦之中。所以"道家式的'超越'仍然不是超越于世外，而是希望'天地与我并生'冀求一己之身能够与天地一般长久——由这种意向投射而成的'天理'就变成一个'天长地久'的长生不老之躯"。① 因此，孙隆基说："中国人'个体'的精神形态，必须在别人'身'上才能完成，为此，仍然是符合了'仁者，人也'的定义"②。所以，就儒道两家的基本思路而言，儒家是以人言人，以现实人伦之人求证人的现实伦理关系，并以此作为人的现实伦理规约；道家则以自然言人，以外射于自然的修身保命的理想人伦关系求证现实人伦的理想关系，并将此作为应有的人生境界。而两家所坚持的则共为人伦本体性。

二、艺术传统的人伦取向

中国古代艺术反映与表现中国古代社会生活的方方面面，成为世界艺术

---

① 孙隆基：《中国文化的深层结构》，广西师范大学出版社 2004 年版，第 20 页。
② 孙隆基：《中国文化的深层结构》，广西师范大学出版社 2004 年版，第 16 页。

宝库中特征独具的瑰宝。不同时代、不同风格的中国古代艺术作品间的差异极为明显，不同艺术家自觉地追求不同于他人的独创性。不过，它们又有十分明显的共性，这是贯通于中国古代艺术史的共性，即人伦取向。

中国古代艺术的人伦取向集中体现在普遍坚持的伦理价值观与现世生活两个方面。

1. 艺术的伦理价值观

中国古代伦理价值观概括地说即以人伦交往为基点，以人伦体验为核心，以人伦理想为旨归。它有一套圣人立言的根据，有一套修养性情的方法，并有日臻成熟的与这一价值观配伍的艺术实践与艺术批评。

儒家圣哲孔子对这一价值观的形成具有理性奠基的作用，他的仁学主张及仁学诗论成为后世艺术家伦理取向的根据。

孔子在创立并施教仁学体系的过程中看到了《诗》的仁学施教的重要意义，并对此进行开掘。这决定了孔子对于《诗》的种种说法、对于《诗经》中诗作的运用与发挥，其实主要不是阐发诗艺，而是阐发《诗》的仁学功用与仁学理解。这构成孔子诗论不同于后世侧重于诗艺的诗论的独特性。对诗的艺术论贡献不大的孔子，却因其不断被抬高的历史地位及儒家仁学体系的历史地位，而对艺术的人伦本体性的强化作出了巨大贡献。孔子诗论的三个方面，各有对于诗的精言，这些精言均对后世产生重要影响。如他的诗特征论，提出"诗三百，一言以蔽之，曰：'思无邪'"[①]；"《关雎》，乐而不淫，哀而不伤"[②]。他的诗功能论，有"兴于诗，立于礼，成于乐"[③]；"小子何莫学诗。诗，可以兴，可以观，可以群，可以怨。迩之事父，远之事君，多识于鸟兽草木之名"[④]。还有，就是他的诗实践论，即用诗启示一些具体问题的解答。孔子诗论的这三个方面，唯有从施教于仁学的角度才能抓住根本，并获得合于仁学思想体系的理解。自孔子之后，艺术的言志说、明道说、发愤说、忧思说、意趣说、童心说等，都是对于孔子的本于性体于

---

① 《论语·学而》。
② 《论语·八佾》。
③ 《论语·泰伯》。
④ 《论语·阳货》。

仁见于教的伦理诗论的不同角度的阐发。艺术的价值核心因此被普遍认同，被历史地确定下来。而这一普遍认同与历史确定，又正是中国古代文化人伦特质在艺术活动中的程序性体现。

至于在中国古代有重要影响的各种艺术思想的其他发端者，尽管对很多艺术问题有不同看法，但在艺术的人伦价值观这一根本点上，大家则表现出极大的一致。比如以非乐思想而举世闻名的墨子，他的非乐与孔子的爱乐其实共出于人伦之虑。墨子用于否定艺术的根据在于他担心耽于艺术享乐会导致上背圣王之绩，下损万民之利，而圣人之绩与万民之利其实正是人伦标准的集中体现与最高体现。至于法家代表韩非子，虽然在治国之策上与孔墨差异甚大，但他的艺术价值观仍然是人伦性的，他曾讲述的"清角之调"的故事，具有深刻的人伦意义，甚至可以说，这比孔子论诗更有直截了当的人伦意义。道家，在强调人的归于自然的身体体验方面形成独特思路，但构成其思想核心的"无为而治"，恰恰表现其身体的自由体验，必为人伦之治所用，并完成于人伦之治。道家与儒家的人伦理解差异，不在于前者否定人伦特质，而在于前者更注意人伦特质的本原性，即前面谈到的人伦文化和特质最初形成时对于原始自然生态的依附。

发端期的不同艺术思想，尽管在系统性及表述上尚欠明确，却有理性奠基的意义。它们在艺术价值的人伦取向上形成的一致性，在此后的历史发展中，在人伦文化特质的程序性的规约下，体现出进一步同化、凝聚的倾向，以至于在后来两千年的历史中，人伦价值作为不言而喻的艺术本体价值被普遍坚持。

2. 人生的此岸关注

此岸相对于彼岸而言。中国古代艺术是此岸关注的艺术。把中国古代艺术的此岸关注作为人伦本体特征提出，首先是出于与西方（主要是欧洲）传统艺术的比较。西方艺术传统在长时间的神学笼罩下形成，笼罩着西方艺术精神的基督教神学，其笼罩性的获得，又是其文化特质的程序性规约的结果。

欧洲文化发源于古希腊，由于古希腊文明最早出现在爱琴海周围，史称爱琴文明。爱琴文明的生态状况明显不同于中国黄河文明的河域生态。尽管农耕活动在爱琴文明中位置重要，但更具活力的则是用于交换的手工业，因此商业与手工业很早便从农业中分离出来并迅速发展。随着商业手工业的繁荣发展，以血缘关系为纽带的氏族部落管理机构便逐渐被淡化，并为否定血缘纽带的国家统治机构取代。在公元前 8 世纪—公元前 6 世纪，古希腊奴隶制城邦日益兴盛，先后建立 200 多个城邦国家。如此的文明发端情况，所形成的文化特质便不是强化宗法血缘关系的人伦序位，而是以人为主体。如瑞士学者安·邦纳所说："全部希腊文明的出发点和对象是人。它从人的需要出发，它注意的是人的利益和进步"。[①]

人从人伦关系体中突出出来，人伦关系及人与周围环境的关系成为人的活动支持条件及背景条件，人在它们之外直面它们，思索它们，对象性思维由此发展起来，人成为对象的主体，对象成为相对于人的对象。这样的思维决定着人不指望自己成为对象，也不指望对象成为自己、构入自己。后来发展起来的基督教神学，正奠基于这种最初形成的对象性思维中。人创造了上帝，就是创造了一个绝对的对象，上帝在对象王国里守持他的绝对独立，人在自己的现实生活中则守持自己的独立。人要投奔上帝要聚到上帝膝旁，唯有舍弃人的现世生存成为非人，即成为死后可以进入上帝的对象王国的灵魂。基督教正是在这样的思维中创造了它的神学体系。它的救赎说并不救赎现世人生，现世人生的原罪性质决定了现世人生的无可救赎。它救赎的是可飞升为对象的灵魂，于是，灵魂向着对象飞升的条件就成为现世生活的标准。进入对象世界的条件的现世化使现世成为对象条件，现世意义成为对象条件的意义，于是，现世主体的人便在上帝绝对对象条件中失去主体现世意义。这就有了对于上帝绝对对象世界的彼岸关注。彼岸关注在后来的历史发展中，成为西方生活取向包括道德取向的传统。

与西方传统的彼岸关注不同，中国古代文化的人伦特质规定着中国古人对现世人伦生活的热情关注，他们关注现实生活的人伦意义，关注人伦价值的现实生活实现。概括地说，这就是中国古人特有的此岸关注。

此岸关注的文化实质是现实人伦关系。无处不在的现实人伦关系是得于

---

① ［瑞典］安·邦纳：《希腊文明》，见孙鼎国主编：《世界人学史》，河北人民出版社 2003 年版，第 72 页。

历史规定的关系，它的规定性使人不可能抽离于关系之外，人是关系规定的人并且是构成关系规定的人。因此，无论是他置身其中的人伦关系，还是这关系体中的关系对象，都以他在关系之中为前提并以此为存在。他在其中的关系不可能成为独立于他的对象，他的关系对象也不可能成为独立于他在其中的那个关系的对象，因此在关系体中他随时地实现为对象，对象也随时地实现为他，或者说，他与对象互相规定与构成。而由此形成的思维是关系思维，在关系思维中生存关注便是此岸关注。

中国古代的人伦此岸关注体现为以下方面：

①在时间维度上更注重现时。时间是生存的延续性限定，在过去、现时、未来这三个时段中，现实是过去与未来的生存组构，同时又是过去与未来的生存生成。现时由现实之思与行构成，它实在地实现着生存，是生命、精神经由机体的当下投放与当下占有，它是生命的动力之源并且永远现实地启动生存。它在机体活动中实现生存的实在感受，对于这种生存的实享与实在感受，现实生存的分分秒秒都弥足可贵。但现时瞬间即逝，当人们谈论现时时，刚刚谈论的现时连同谈论本身便都滑入过去。过去是现时的残骸，是死去的现时，尽管在过去中可以凭借记忆去复现或复感现时残骸的曾有鲜活，但身体行为及身体感受却无法现实地复苏。它作为已然消失的东西永远无法现实实在地复归。过去是现时的精神与物质的留痕。不过，过去又总是下一个现时的孕生，过去在现时中死去又孕生现时。未来则是在过去中孕生的现时所产生的未到时段的指向以及预先付与。未来是未到的下一个现时的潜身之所。它是精神借助于过去与现时的起跳板向着未到的起跳，它也是过去与现时对于未到的呼唤与迎接，这呼唤与迎接具有使未来获得预先规定的力量。而这预先规定的力量又会反转来模铸现时、梳理过去，尽管这模铸与梳理总是现时地进行。

中国古人的此岸关注集中体现为把极大的注意力与热情投入瞬间滑过的现时。他们认为现时才是实在，是生命的实体性意义，是唯此才能实现的人生价值。而这正是人伦价值取向的时间规定性。知行合一论便是这一取向的理性概括。

知在时段上可分为过去的知，即经验及经验的理性概括；未来的知，即理想及理想的理性概括。过去的知与未来的知从瞬间滑过的现实中融合于实践着的、生存着的亦即行着的现实过程，现实之知由此生成。现实之知是过去之知的现实运用，又是未来之知的现实提领，现实提领也是用。用即是行，知与行的关系即行着的现实关系，知在行中现实化。知在行中现实化是中国古人十分看重的知的现实标准。知行合一是中国古代哲学的支柱性思维。《尚书》有"非知之艰，行之惟艰"的记载；《左传·昭公十年》记载说："非知之实难，将在行之。"南宋朱熹在知与行的前后轻重上讲得更清楚："知行常相须，如目无足不行，足无目不见。论先后，知之先；论轻重，行为重。"① 至王阳明，对知行关系讲得更富理性色彩也更为透彻："知之真切笃实处即是行，行之明确精察处即是知，知行功夫本不可离"②。他又说："知是行的主意，行是知的工夫，知是行之始，行是知之感。若会得时，只说一个知，已自有行在；只说一个行，已自有知在"③。王阳明从主意与功夫、始与成的关系角度强调知与行相通相融的内在联系，确立其知中有行、行中有知的知行一体论。在古往今来的知行合一论中，过去与现时融为一体，过去在现时复现并因现时获得意义，现时则成为过去的验证与确证。而现时的知短暂与随机，又决定着过去永远是在短暂与随机中被进行着意义的确认，现时解释性便成为过去的时刻变化着的灵魂。当然，在中国古人，现时的短暂与随机并不因此而变动不居，它保持着深层稳定性，这深层稳定性又生发于过去对于现时的延引，是过去的现时实现。过去在现时中稳定地延引着，不仅规定着现时，而且规定现时的未来走向。过去稳定地延引着现时走向未来，现时又以其指向未来的短暂与随机，赋予延引而来的过去以无尽的生机形态。这类似于生命在稳定的延引中不断地充满生机地现实化，因此中国古人痴迷于现时的时间观又是一种生机时间观、有机时间观。

②在价值取向上更注意现实人伦关系。与之相应，则形成中国古人的现实人伦价值观。现实人伦价值观把延引于历史的人伦关系的现实实现视为值得之为、赞誉之为、愉悦之为，以此为评价人物事件的标准，以此为现实努力的意志、智慧、情感取向，并因此形成一套稳定的关系模式、行为模式、进取模式及社会管理模式。这套模式的概括便是在中国古代极具普遍性的

---

① 　朱熹：《朱子语类》卷九《论知行》。
② 　王阳明：《答顾东桥书》。
③ 　王阳明：《传习录》。

"修身齐家治国平天下"。

中国古人的现实人伦价值观根基于建立在原始农耕基础上的宗法血缘关系与宗法血缘意识。中国古代人伦关系的实质是宗法血缘关系的社会化与权力化，普遍的社会人伦之序乃家族血缘之序的同构推衍。在漫长的时间过程中，根基于原始氏族的血缘之序不断内化为中国古人的心理结构，成为他们现时的生机盎然的生存行为的内在依据，这甚至成为他们随时发生的无意识而又切合于伦理意识的心理动作与行为动作。孔子以其对于中国传统文化的深刻理解，发现了这种人伦关系及其内化对于这个民族的与生俱来且又生死攸关的重要性，把它作为为当世与后世定准立则的根据，由此确立他的仁学施教的思想体系。他的圣人地位是内化的社会人伦结构与外化的社会人伦结构交互作用的历史结果，其历史必然性则在于这是社会人伦结构的历史运作。李泽厚揭示了孔子学说的社会人伦心理结构的根据，也因此找到了孔子成为中华民族圣人的千古必然之路，他说："孔子没有把人的情感心理引导向外在的崇拜对象或神秘境界，而是把它消融满足在以亲子关系为核心的人与人的世间关系之中，使构成宗教三要素的观念、情感和仪式统统环绕和沉浸在这一世俗伦理和日常心理的综合统一体中，而不必去建立另外的神学信仰大厦。这一点与其他几种要素的有机结合，使儒学既不是宗教，又能代替宗教的功能，扮演准宗教的角色，这在世界文化史上是较为罕见的"。[①]

3. 中国古代艺术的此岸倾向

中国传统文化的此岸性及中国古人日常现实生活的此岸特征，使中国古代艺术在总体性上具有明显的此岸倾向。这种倾向形成巨大的导向力与聚合力，使历代艺术家情不自禁地在这一历史性的导向力与聚合力的作用下，不断形成各自对于现实生活的无限痴迷与不尽感怀，并倾尽心血地把这种痴迷与感情表述于艺术。

中国古代艺术的此岸倾向集中体现在四方面，即尊古崇圣的艺术自觉，投入现实的生命意识，修身齐家的心理定位，人伦序位的价值追求。

---

① 李泽厚：《中国古代思想史论》，人民出版社 1986 年版，第 21 页。

（1）尊古崇圣的艺术自觉

尽管中国古代艺术重体验，而体验中有很多即时性的非自觉的感应因素，但这不影响中国古代艺术是一种高度自觉的艺术。中国古代艺术家及艺术接受者对艺术的自觉体现为对艺术是什么、有何用、应当如何这类基本问题的历史延续的、同时又是现实普遍的共识性理解。这种自觉的充分程度在于它已化为高度统一的艺术标准，有艺术能力并有从事艺术活动条件的人不参与艺术则罢，一经参与便无一例外地遵循这一标准。这种情况在世界艺术史中是少见的。

中国古人的艺术自觉来自于共同的精神取向，即尊古崇圣。

先秦留存的文献，不立言则已，立言则必寻根问据于先圣先王，不述己则已，述己也便必问典于先圣先王。在理性觉醒时代所明确表述的这种智慧、人格乃至言说的尊古崇圣的取向，即是此前历史过程中业已形成并定型化的取向惯习的理性表述或概括，更为此后的意向所在进行理性奠基。沿着这样的取向前溯，其远古根源在于祖先崇拜，而后，祖先被崇仰提升为天、天命，王与圣便是天与天命的代言者，或者，这些代言者因为为天代言成为王与圣。在漫长的历史过程中，这为数不多的为天代言的王与圣们，他们的业绩，他们的言说因不断在后来的实践中被参习、被引用、被阐释，而经典化、神圣化甚至神秘化。与西方对于其先哲苏格拉底、柏拉图、亚里士多德学说的研讨态度不同，中国觉醒于先秦的尊古崇圣理性，不是研讨于先圣先王，而是虔诚地追循先圣先王。在历代立言者与述己者的虔诚的追循中，先圣先王们成为后来智慧的共用的源泉，这源泉不是引发不同的、富于创造性的立言述己，而是酿就巨大的智慧凝聚力，形成一代又一代的注经式的守持。这个过程当然也有创新，也有不同流派不断产生，就儒家说，如先秦儒学、汉代儒学、宋明心学、理学等，但这都是先圣先王的共同智慧源泉的透润与晕展，是字斟句酌的探幽，是参悟时势的导入与引发。而且，为保证守持的精纯，每隔一段时日，便必来一股复古的热潮，以滤除得于时势的左道旁门的杂质。历代立言述己者总是设法使自己直面先圣先王，这种智慧接受与注释的直接性，使先圣先王们成为超越时空的直接现实存在，他们永远是智慧的现实在场，并永远行使话语权威。不过，尊古崇圣，又不是复古泥圣，而是同时也致力于古与圣的现实转化，这是重"用"的历史体现。因此，一些认真守持先圣先王智慧并结合时势精当阐释的后学，也会被追随与崇仰，他们便因此成为名人，成为学派的领袖，他们的言说也因此成为后人立论述已的依据。他们是先圣先王神圣光环的分享者。

19世纪末，中国在民族危难中进入沉重的文化反思潮，外国学者也开始审视中国文化与传统，这期间，不少中外学者对中国尊古崇圣的传统产生强烈感受，认为这是中国传统文化的一大特征，也是中国国民性及国民智慧的重要构成①。自此以后，中国人代代生存其中，守持其中又麻木不觉的尊古崇圣的智慧取向，便作为重要的文化反思课题被突出出来。

尊古崇圣的智慧与实践取向见于艺术，则构成中国古代艺术的基本特征。

首先，便是艺术由先圣先王而来的伦理教化功能。孔子以六艺设教，六艺就典籍而言谓之六经，六经皆先王古典，"《六经》皆古籍，而孔子取以立教，则又自有其义"②。就教而言，六艺有二，即《周官》之礼、乐、射、御、书、数，以及孔门之《诗》《书》《礼》《乐》《易》《春秋》。这是先圣先王以艺设教的奠基。后人多谈孔子的以艺设教，其实孔子也是师法先王，承先圣先王而启后，孔子只是代表性的实践者，而非创始人。以艺设教，至孔子更为确定，尽管后来"艺"的内涵有所变化，但其中《诗》《乐》一直承领着传统的艺术含义，并不断地用于施教。而以艺施教所教内容又主要是伦理，是正确理解与处理各种伦理关系，以此为统治的根据，齐家的本分，做人的学问。这样的伦理在孔子便是其外礼内仁的仁学体系。对以艺设教，孔子说了很多名言，并对之进行教育实施，这都记在《论语》

---

① 19世纪末，一批外国学者如［英］亨利·查尔斯·萨、［英］库克、［美］斯密斯、［英］罗素、［美］海威等，对中国政治、经济、文化投入热情，进行研究，从他者角度，看到了当时中国学者在文化反思中认识到的中国智慧及人格修养中的尊古崇圣问题。如美国学者斯密斯说："……中国人对古典非常尊重。……建议改良会被视为极大异端。这样，古代无可置疑的优势，就以后代承认的劣势为基础，牢固地建立起来了。这样考虑问题，就不难察觉中国人之所以盲目而顽固地墨守成规的理由。对中国人来说，违犯他们的习惯就是侵犯了他们最神圣的领域。"（《中国人的特性》，1894年版，见潘光旦《民族特性和民族卫生》，1937年版）稍后，严复也强调了这个问题，他说："尝谓中西学理，其最不同而断乎不可合者，莫大于中之人好古而忽今，西之人力今以胜古；中之人以一治一乱、一盛一衰为天行人事之自然，西之人以日进无疆，既盛不可复衰，既治不可复乱，为学术政化之极则。"（《论世变之亟》1895年2月4—5日，选自《严复集》，中华书局1986年版）

② 吕思勉：《先秦学术概论》，中国大百科全书出版社1985年版，第67页。

中。孔子后来被尊为圣人、至圣先师，孔子以艺设教的言论及其实践，便成为后人尊崇与效仿的根据，世代相袭。后来的各代艺术家，无论是偏重于儒家、道家还是后来的佛家，作诗作乐作画，都存着一个伦理劝教的理念，并都在其作品中努力实现这一理念。所以伦理教育功能一直是中国古代艺术的基本功能。

其次，艺术活动的审美趣味取向于先圣先王的审美追求。在中国古代审美活动中，构成主导审美趣味或引导性审美趣味的，是文人审美趣味，也叫文人情趣。文人，即有学识的人，他们可以为师，可以为士，可以是读书人或普通人。中国文人审美趣味在长久的历史发展中一直确定而且稳定，诗的趣味、乐的趣味、书法趣味、绘画趣味，对于自然山水的趣味等等，从秦汉魏晋以后一直一脉相承，这期间虽然也多有流派发生，各提出自己的艺术主张，形成各自的审美趣味，但这只是一种基于主导趣味轴线的波动，既很少另分一支，更谈不上再立一元。这种一脉相承的情况集中体现为一些基本审美范畴的历史稳定性或历史通用性，如意境、含蓄、雄浑、神似、气韵、风骨、中和、刚柔、象、味、神思、情采、章法等。不同时代的文人们可以经由这些富于历史通用性的范畴达成审美趣味的高度一致，大家可以跨越时代进行亲密无间的对话。这是审美标准的高度统一，也是高度统一的审美标准的一贯坚持。而这种高度统一并一贯坚持的审美标准，几乎无一例外地可以在先圣先王那里溯源。

如"《春秋》之称：微而显，志而晦，婉而成章，尽而不汗，惩恶而劝善"[1]；"乐以安德，文以处之，礼以行之，信以守之，仁以历之，而后可以殿邦国，同福禄，束远人，可谓乐也"[2]，"仲尼曰《志》有之：'言以足志，文以足言'。不言，谁知其志？言之无文，行而不远"[3]；"先王之济五味，和五声也，以平其心，成其政也。声亦如味，一气、二体、三类、四物、五声、六律、七音、八风、九歌，以相成也。清浊、小大、短长、疾徐、哀乐、刚柔、迟速、高下、出入、周疏，以相济也"[4]。所引这几段文

---

① 《左传·成公十四年》。
② 《左传·襄公十一年》。
③ 《左传·襄公二十五年》。
④ 《左传·昭公二十年》。

字，均出自《左传》对于先圣先王言论的记述，这些记述因不断被后学引述而变得对于大家都耳熟能详，成为后来的审美范畴得以形成得以沿用的根据。与此相应的审美趣味也就以其超历史的稳定性在历代文人中得以坚持。

最后，艺术活动中对于艺术活动主体人格修养的强调，也是起于先圣先王。强调艺术活动主体的人格修养，这是中国古代艺术活动的突出特点。冯友兰通过中国古代哲学，参悟人生的四个境界，即自然境界、功利境界、道德境界、天地境界。"生活于道德境界的人是贤人，生活于天地境界的人是圣人"①。冯友兰认为中国古代的学问就是要把人提升到道德境界与天地境界，就是要教人以怎样成为圣人的方法，先圣先王就是人作为人达到的最高成就，就是万世的楷模。他从哲学的角度说，这是中国传统哲学的"崇高任务"。其实，这也是中国古代艺术的崇高任务。中国古代艺术在最高层次上，也是在最高价值标准上同于哲学，这可以说是中国古代艺术的一个突出特点，它总是要在中国哲学的最高范畴天地之"道"上确定自己的价值取向，因此它也总是要在这最高的价值取向上指向人生境界的修养。由"道"而"理"，由"理"而"情"，再由"道""理""情"归入"性"，"性"与"道"在最为本真的层次也是在最为超越的层次统而为一。艺术，在"道""理""情""性"的整体性流转中获得意义或价值，并实现为创作主体与鉴赏主体的人格修养。

尊古崇圣的艺术自觉在创作与鉴赏的艺术活动中成为坚实的价值取向，成为不容置疑的现实艺术标准，充分地转化为中国古代艺术的此岸规定。

（2）投入现实的生命意识

生命意识是对于生、人生、生活的理解。它的理性形态是对于何者为生、为人生、为生活的理论言说，西方的人生哲学、中国的性论、心学理学均属这一类；它的感性形态，是现实的生存态度与生存实践。

在生命意识方面，中西方的最为明显的差异在于西方是对象性意识，而中国是主体性意识。西方的对象性生命意识，把生命活动及生命活动构成的

---

① 《冯友兰选集》上卷，北京大学出版社 2000 年版，第 381 页。

世界作为对象去研究与思考，研究者在对象之外成为对象的观察者与思考者。这种意识倾向在古希腊的柏拉图时代就大体定型。此后，西方人在很长一段时间循着笛卡尔"我思故我在"的箴言在对象性生命意识的路上前行。中国古代的主体性生命意识不是把生命活动作为对象，而是将之视为自身，潜身于生命活动，在自身的生命舒展中去体悟与把握生命。这种主体性生命意识在先秦时期便已进入理性化状态，影响深远的先秦诸家，在治世修身的具体看法上各有差异，但在坚持生命体验的主体性方面则并无二致。生命意识的对象性与主体性差异，进而又形成中西方生命理解的差异，西方是知识性、确定性、分析性的，中国则是经验性、变化性、整体性的。西方的这种生命理解在中国古人这里常被视为非知而不予理解；同样，中国古人的生命理解，因其变动不居、浑然莫分而被排挤在西方的对象性研究之外。于是，中西方生命意识的时间性差异也随之而来，即强调知识性、确定性、分析性的西方先哲总是面对已然，面对已定的本质，而强调经验性、变化性、整体性的中国古人，他们所投入其中的便总是正在进行与发生着的生命过程。概括地说，西方先哲的生命意识是指向过去，中国古人的生命意识是投入现实。

这样的生命意识特征见于艺术活动，就有了中西方艺术对于生命、人生、生活的不同展示或表现。总体来说，西方艺术基于既在的认知，动人的叙述、敬畏的命运、丰富的性格，这都是创作主体已然认知的现实敞开；中国艺术基于体验，气韵生动、重在传神、情景交融，这类构成中国古代艺术真谛的追求与表现，永远现实地构成着并活跃着。

李贽曾就琴谈艺，他说："《白虎通》曰：'琴者，禁也，禁人邪恶，归于正道，故谓之琴'。余谓：琴者，心也；琴者，吟也；所以吟其心也"①。李贽对《白虎通》的艺术道德论进行动态阐释，艺术既是现实跃动的心，又是这心声的现实吟说，它的实质就在它吟说的当下。进而，李贽又对艺术当下的动态性作进一步表述："吾又以是观之：同一琴也，以之弹于袁孝尼之前，声何夸也？以之弹于临绝之际，声何惨也？琴自一耳，心固殊也。心殊则手殊，手殊则声殊，何莫非自然者。而谓手不能二声可乎？而谓彼声自

―――――――――

① 李贽：《琴赋》。

然，此声不出于自然可乎？故蔡邕闻弦而知杀心，钟子听弦而知流水，师旷听弦而识南风之不竞，盖自然之道，得心应手，其妙固若此也"①。"心殊则手殊，手殊则声殊"，这是对于艺术创作与接受的现实属性的强调，也是中国古人对于艺术的最具普遍性的看法。

至于诗，这一与乐共同构成中国古代艺术之代表性门类，同样以其充分的现实性而创作与接受。"诗者，志之所之也，在心为志，发言为诗。情动于中而形于言，言之不足故嗟叹之，嗟叹之不足故咏歌之，咏歌之不足，不知手之舞之，足之蹈之也。"② 这是中国古代诗论的经典性言论，讲诗与心的关系，由情之动言之形及于嗟叹、咏歌、手舞足蹈。这可以理解为对诗乐舞关系的阐述，也可以理解为心志发而诗的身心体验状况，无心志情感的现实之动就没有诗的创作与接受，诗的创作是心志现实之动的产物，这心志现实之动的产物又需心志现实之动而接受。姜夔论诗，说"大凡诗自有气象、体面、血脉、韵度"③。这四个方面，全实现于现实的体验之中，唯有在现实体验中心动起来，这四个方面才能获得，才能实现。严羽论诗谈"入神"谈"趣味"，后人就"神"与"趣味"多有探索。其实，这就是一种现实心动状态，是唯有在现实心动状态下才能获得，才能实现的东西。严羽多被引用的这段话，不过是对诗的现实心动状态的微妙进行描述而已："诗者，吟咏性情也。盛唐诸人唯在兴趣，羚羊挂角，无迹可求。故其妙处透彻玲珑，不可凑泊，如空中之音，相中之色，水中之月，镜中之相，言有尽而意无穷。近代诸公乃作奇特解会，遂以文学为诗，以才学为诗，以议论为诗。夫岂不工，终非古人之诗也"④。这段话中的种种比喻，并非状诗的某种属性或特性，而是状作诗与读诗的微妙的心动过程，这是性情唤起与流转变化的过程；或者说，这是诗的创作与接受过程中，性情唤起与流转的心理过程。

（3）修身齐家的心理定位

心理定位，是指各种心理活动的集中而稳定的指向，它相当于精神分

---

① 李贽：《琴赋》。
② 《毛诗序》。
③ 姜夔：《白石道人诗说》。
④ 严羽：《沧浪诗话》。

析学所说的"情结"。它是自幼以来长期教育与生活实践的心理结构状况，是各种心理活动得以展开的控制性机制，并在各种心理活动展开中求得实现。

①修身

"身"即生命的现实形态，根据中国古人有机整体性思维的特点，这"身"当然不仅是肉体，它同时还包含着肉身一体化的心灵，是身心一体、灵肉一体的含义。而这样的"身"又绝非自然之"身"，它是教化与反思、行动与约束、蓄知与运用的综合模铸的结果，主体自觉这种模铸，并为此努力。在长久的历史进程中，这种对于"身"的综合模铸、自觉模铸，形成一套普适普求的自我修养系统。

中国古人"修身"的哲学根据不是西方传统认识论而是中国宇宙论。对此，吕思勉曾有深刻论述："宇果有际乎？宙果有初乎？此非人之所能知也。今之哲学家，于此，已置诸不论不议之列。然此非古人所知也。万物生于宇宙之中，我亦万物之一，明乎宇宙及万物，则我之所以我者，自无不明；而我之所以我者，亦自无不当矣。古人之殚心于宇宙论，盖以此也。"①这样的宇宙论又源于"天人合一"的生命体验，是把自己融入天地日月山泽风雨的周转之中，由这类自然宇宙的周转映照生命自身的流变节律，再以生命自身的流变节律解释自然宇宙周转流变。由此得出的结果不是认知的而是体悟的，是宇宙与生命的互应互照互融。这是一个深邃宏阔的道德取向。这一取向见于万事万物又超越万事万物，它统一于人与自然的和谐之中。古代圣人在观天文察人文中领悟并揭示天人合一的宇宙论要领，为后人"修身"定则，后人则身体力行这些圣人之则，从而使自己不断地提升到天人合一宇宙论的现实道德境界。

中国古代修身系统的生命根基在于在宇宙中生成又与宇宙运转节律相合的"性"。"性"是生命的自然规定或先天规定，无论是性善说、性恶说或性无所谓善恶说，它都被置于"修身"系统的自然起点，亦即自然根据。而"修身"所以能终有所成，又在于性—心—理—道的系统性理解，对于性善说，则这种理解落实于性经由"修身"而及于"道"又复归"性"的

----

① 吕思勉：《先秦学术概论》，中国大百科全书出版社 1985 年版，第 6 页。

轮回；对于性恶说，是"性"经由"修身"而及于"道"，但不是轮回而是提升；对于"性"无所谓善恶说，则轮回与提升兼有。性—心—理—道的整体流转图式，是中国古代智慧的历史结晶，儒、道、佛也好，子学理学心学也好，都在这一整体流转的图式中各自运智，各得其所。

对性—心—理—道的整体流转图式，冯友兰曾从"理学"角度对"修身"之道进行过分析，可谓深得要领。冯友兰按"理学"说法引入"太极"范畴，其实，"太极"即"道"，这是一个经由"修身"而"太极"自显的过程。他说："朱熹早已告诉我们，人人，其实是物物，都有一个完整的太极。太极就是万物之理的全体，所以这些理也就在我们内部，只是由于我们气禀所累，这些理未能明就地显示出来。太极在我们内部，就像珍珠在浊水之中。我们必须做的事，就是使珍珠重现光彩。做的方法，朱熹的和程颐的一样，分两方面：一是'致知'，一是'用敬'。"① "致知"经由"格物"实现，说"格物"而不说"穷理"，是因为"理"似悬空无捉摸处，"格物"则就那形而下之器上寻形而上之道。这更能见出中国古代智慧现实致用的品格。"用敬"，则在于"在格物的时候，我们必须心中记着，我们正在做的，是为了见性，是为了擦净珍珠，重放光彩。只有经常想着要悟，才能一朝大悟"②。这便指明了"修身"与求知的差异。

"修身"之道见于中国古代艺术，便是对艺术活动主体的人格修养的强调，以及艺品即人品的一体化理解。这是中国古代艺术格外重视道德价值的特征性体现。

荀子曾从"重己轻物"角度谈到"修身"与审美的关系，这是对于艺术活动主体自身修养与其艺术活动内在联系的较早论述："心平愉，则色不及佣而可以养目，声不及佣而可以养耳，蔬食菜羹而可以养口，粗布之衣，粗䌷之履而可以养体，屋室、庐庚、葭槁蓐、尚机筵而可以养形。故无万物之美而可以养乐。无势列之位而可以养名。如是而加天下焉，其为天下多，其和乐少矣。夫是之谓重己役物。"③ 这是在讲"物"与"性"与"心"的关系，为物所累则难以进入审美境界，不为物累，归于"性"，"心平愉"

---

① 冯友兰：《冯友兰选集》上卷，北京大学出版社 2000 年版，第 352 页。
② 冯友兰：《冯友兰选集》上卷，北京大学出版社 2000 年版，第 352—353 页。
③ 《荀子·正名》。

则可以保持审美敏感，则可以随处获得美的享受。艺术的审美发现与表现，也正在于这"重己役物"的修养。荀况的"重己役物"之说，至宋明理学则提升为"天理""人欲"之辨，"修身"体现为艺术家超越物欲体悟"天理"的努力。对于如此"修身"的意义，朱熹从道德修养与艺术表现的内在联系上作以阐释："古之圣贤所以教人，不过使之讲明天下之义理，以开发其心之知识，然后力行固守，以终其身。而凡其见之言论，措之事业者，莫不由是以出，初非此外别有歧路可施功力，以致文字之华靡，事业之恢宏也"①。这是认为艺术创作与表现的水平，是创作主体自身修养功到自见的过程，艺术是道德修养的外显，道德修养是艺术活动的根基。

而前面谈到的"格物"之说，可以说是道德修养见于艺术的方法论根据。这里有一个深层理由，即"道"统万物，"理"驭万物，"道"与"理"又见于万物，现实地存在于万物。万事万物作为形而下之器，总是根连着、显化着形而上之"道"之"理"。于是，有及于"道""理"的自身修养，便可以在艺术取材与表现的万事万物中通达于"道""理"，呈现于"道""理"。能够通达、呈现于"道""理"的艺术，为通达于"道""理"的主体修养所孕育，这也是至境的艺术。

②齐家

"齐家"的现实追求，即是"家"的理想，又是"家"的体验，它根源于"家"在中国古人生活中的核心位置，是中国人伦道德的根基。"齐家"的情感体验是亲情，"齐家"的空间体验是"乡土"，亲情与"乡土"，经由以儒家为代表的伦理意识的引导，而成为怀亲恋旧、重友惜别、叹离思归、痛缺喜圆的极其普遍性的社会情感。

李泽厚曾分析中国古代社会的血缘根基，强调"家"在其中的特殊重要性，他说："中国古代思想传统最值得注意的重要社会根基，我以为，是氏族宗法血缘传统遗风的强固力量和长期延续。它在很大程度上影响和决定了中国社会及其意识形态所具有的特征性。以农业为基础的中国新石器时代大概延续极长，氏族社会的组织结构发展得十分充分和牢固，产生在这基础上的文明发达得很早，血缘亲属纽带极为稳定和强大，没有为如航海（希

---

① 《晦庵集》卷六十四《答巩仲至》。

腊）、游牧或其他因素所削弱或冲击。虽然进入阶级社会，经历了各种经济政治制度的变迁，但以血缘宗法纽带为特色，农业家庭小生产为基础的社会生活和社会结构，却很少变动"。① 这段关于"家"的概述，揭示了中国古代社会的实质，"家"既是中国古代文化的核心指向，也是中国古代道德心理的"情结"所在。儒家"孝悌""亲亲"的仁学结构，道家"守雌""贵柔""致虚极，守静笃"的道德意识，墨家的"兼爱"，法家的"理"，其实都是"家"的根基性发生，并且都从根基角度维护"家"的稳定。"家"的"同构"性扩大即是"国"，"家""国"同构且又一体，由"家"至"国"，由"国"至"家"，二者在空间意识或社会意识中不需要什么转化过渡，是同根共体的关系。因此，李泽厚说得对："这是从远古到殷周的宗法统治体制（亦即'周礼'）的核心，这也就是当时的政治（'是亦为政'），亦即儒家所谓'修身齐家治国平天下'。春秋时代和当时儒家所讲的'家'，不是后代的个体家庭或家族，正是与'国'同一的氏族、部落。"② "家""国"一体，"家""国"同构，由"家"及"国"的历史发展过程，亦即血缘纽带通过人伦实践而意识化、社会关系化的过程，这终于形成稳定的"家""国"一体的观念，"齐家""治国"的理性，这也就是中国古人普遍拥有并高度稳定的生存空间意识，这种意识又在现实生活中不断转化为他们丰富多彩的生活实践。应该说，这样的生存空间意识涵盖性极高，渗透性也极强，没有谁能无家无国地生存，没有谁能在"家""国"之外，还另外地保存其他生存空间与生存空间意识。这也就是为什么以"家""国"为根基的儒道思想能够成为中国古代一统的、无所不在的统治思想的原因所在。

"齐家"意识体现在艺术中，就有了强调道德性与现实性的艺术意蕴追求与艺术批评标准。中国古代艺术，尤其见于诗词，特别注重兴发感动的力量与效果，各种艺术创作与接受理性范畴，各种艺术创作的技艺手法，以及各种被标举为经典的艺术作品，都须在兴发感动上发挥作用，有所着落。叶嘉莹在分析中国古代诗词艺术基本特点的文稿中，多次谈到兴发感动问题。

---

① 李泽厚：《中国古代思想史论》，人民出版社 1986 年版，第 299 页。
② 李泽厚：《中国古代思想史论》，人民出版社 1986 年版，第 17 页。

她曾说："像这种对于心、物之间兴发感动之作用的重视，在中国诗论中，实在有着悠久的传统"①，她列举《诗大序》《礼记》《乐礼》《诗品》《文心雕龙》《人间词话》等文论经典对此进行论证，明确指出"可见由外物而引发一种内心情志上的感动作用，在中国说诗的传统中，乃一向被认为是诗歌创作的一种基本要素的"②。那么，怎样才能获得这种兴发感动的力量呢？这是外物与内心相互作用的结果，内心有感受外物的情意根据，外物有感发内心情意的缘由，两相激发与协调，才能产生兴发感动的效果，而这就是"情动于衷而形于言"③ 的由来，是"人心之动，物使之然也"④ 的由来，"气之动物，物之感人，故摇荡性情，形诸舞咏"⑤ 的由来，也是"人禀七情，应物斯感，感物吟志，莫非自然"⑥ 的由来。相对于外物，所由感发的内心情意是关键所在。对此，叶嘉莹说："唯有这种发自内心的感动，才是使诗人写出有生命的诗篇的基本动力"。⑦ 而中国古代艺术家及鉴赏者们可以被感动并敏于被感动的内心情意，概括地说，就是传统的"齐家"意识，以及由此生发的喜怒哀乐、悲欢离合情感。也可以换种说法，即中国古代艺术产生兴发感动力量的喜怒哀乐、悲欢离合，其实都是"齐家"意识被外物所激发的形态。

钟嵘在《诗品序》中谈到兴感感发说过这样一段话："若乃春风春鸟，秋月秋蝉，夏云暑雨，冬月祁寒，斯四候之感诸诗者也。嘉会寄诗以亲，离群托诗以怨。至于楚臣去境，汉妾辞宫。或骨横朔野，魂逐飞蓬。或负戈外戎，杀气雄边。塞客衣单，孀闺泪尽。或士有解佩出朝，一去忘返；女有扬蛾入宠，再盼倾国。凡斯种种，感荡心灵，非陈诗何以展其义？非长歌何以骋其情？"⑧ 这段话，可以说是中国古代诗词因物感事取义骋情的综述，这段话所述说的各个方面都可以在"齐家"意识中找到根源，都是"齐家"

---

① 叶嘉莹：《迦陵论词丛稿》，上海古籍出版社1980年版，第291页。
② 叶嘉莹：《迦陵论词丛稿》，上海古籍出版社1980年版，第292页。
③ 《诗大序》。
④ 《礼记·乐记》。
⑤ 钟嵘：《诗品序》。
⑥ 刘勰：《文心雕龙·明诗》。
⑦ 叶嘉莹：《迦陵论词丛稿》，上海古籍出版社1980年版，第292页。
⑧ 钟嵘：《诗品序》。

意识的现实具体化或情感化。当然，不同时代出于时代状况及审美趣味的差异，在取义骋情方面难免存在艺术表现的侧重及手法、风格的不同，如汉魏时代的诗多以情事为主，写景诗并不多见，盛唐诗则多用点染、假借等媒介，描述自然景物蔚为大宗，因此前者多质朴自然而后者多言外之意。不过，就取义内涵及情感性质而言，"齐家"意识则是一以贯之。抓住了"齐家"，就是抓住了中国传统诗词艺术的真谛。

至于其他艺术，如绘画，无论是人物画、山水画、花鸟画，透过其造型、技巧与风格，其中的气韵、神采、蕴含，都不难在"齐家"意识中找到归依，都是艺术家"齐家"意识的个性表现。如在中国传统画论中占有重要地位的苏轼，他认为绘画反映现实，以形、理、神兼备为佳，"人禽、宫室、器用，皆有常形。至于山石竹木，水波烟云，虽无常形，而有常理。常形之失，止于所失；若常理之不当，则举废之矣"。① 苏轼说的"理"，相当于画家体悟与把握的见于万事万物的"概括表象"，这是对象之"形"与艺术家主观经验相互作用的主体形态，艺术家的以"齐家"意识为根基的人生经验与人生感悟，在这"概括表象"的生成中发挥着能动作用或构型作用，使之获得合于艺术家"齐家"意识的对象之"理"。至于"神"，则是更富于"齐家"意识的生存体验，这是"齐家"意识见于"形""理"的主体精神。如他鉴赏赵昌画的黄葵，赞其为"妙绝"，其理由在于"晨妆与午醉，真态合阴阳。君看此花枝，中有风露香。"显然，这是面对女性的审美体验，苏轼由黄葵而及女性美的赞赏，而这女性美，又是合于苏轼"齐家"意识的女性美，他由这样的美进入画作的传"神"境界。

至于音乐，无论是《乐记》《吕氏春秋》，还是《淮南子》，这些在中国传统音乐理论中具有理性奠基意义的经典，其中共同强调的"中和"之美，"适音"之乐，正是"齐家"意义至于理想境界的生存体验，音乐的审美价值在合于这样的体验中被肯定与接受。

（4）人伦序位的价值追求

①序位等级的生活规定

---

① 苏轼：《净因院画记》。

人伦序位问题在古代是事关人生价值及人生价值实现状况的首要问题。这主要是指一个人在其现实生活中争取到或被置于怎样的位置，这样的位置既包括纵向排序又包括横向关联。而不同的生活方面又有不同的纵向排序与横向关联，如官场官阶的排序、经济状况的贫富排序、文人圈里才名高低的排序、家庭生活中尊卑长幼的排序等。在众多排序中又以官场为首，这是官本位的由来。在横向关联中虽然没有高低上下等级，却有善恶好坏美丑是非之别。这一纵一横的序位关联构成社会生活的人伦网络，人们生活在这网络之中，每时每刻都被周围力量紧紧束缚，形成个性生存的人伦命定。儒家那套经由孔子而理性化、精要化，又为其后学完善的三纲五常，就是这人伦序位网络的伦理规定。这一规定的历史合理性的获得，不是儒家伦理的被接受，而是儒家伦理的被生成并进而被自觉实践。即是说，在儒家之前，人伦序位网络便已大体织就，它靠的是先期的宗法血缘关系及与之相应的关系理性，原始农耕经济则是其生态根基。因此，儒家伦理思想或观念不过是先在人伦序位网络的理性孕生。人伦序位网络也是前面论及的"齐家"意识的历史生活形态与现实生活形态。

因为人伦序位网络既是历史与现实生活的，经由儒家它又成为理性自觉的，因此，对于每一个现实生活的人，它都成为作之于内又形之于外的人生价值取向与人生价值规定。由于没有与之抗衡的另外的历史与现实生活形态，即便有不时出现的"异端邪说"，也只能是一种说法，而不可能成为普遍的生存理性。道家及后来的佛家所以能与儒家思想相互补而获得历史延续，乃是由于它们从根本上说是孕生出儒家思想的那个人伦序位网络的衍生物或同化物，从它们被衍生、被同化时起，它们就获得了与儒家互补于那套网络的属性。

建立在宗法家长制基础上的封建等级规定在绵长的历史过程中不断强化，在社会稳定与延续中发挥重要作用，同时不断内化为人伦序位心理结构，成为人们自觉的序位追求与序位现实接受。对序位等级的合理性，《左传》有明确记载："天有十日，人有十等。下所以事上，上所以共神也。故王臣公，公臣大夫，大夫臣士，士臣皂，皂臣舆，舆臣隶，隶臣僚，僚臣仆，仆臣台"①，

---

① 《左传·昭公七年》。

董仲舒更是把这种"序尊卑、贵贱、大小之位，而差外内、远近、新故之极"① 的序位等级关系提升到"天人合一"的理想高度。就制度而言，等级制不断趋于完善，这里的完善标准便是社会制衡。秦在战事频繁的时代状况下，以军功论序位，规定"有军功者，各以率受上爵……明尊卑爵秩等级，各以差次名田宅，臣妾衣服以家次"②，从最低的"公士"到最高的"彻侯"分为十二级，"功大者食县，小者食乡亭，得臣所使吏民"③。魏晋南北朝时期，与门阀士族相适应的九品中正制度不仅把寒门庶族排除权力等级之外，即便在门阀士族内部也是等级森严，各等级一经确定难以跨越。这种维护门阀士族利益的等级制度与当时门阀士族在封建统治中所起的稳定作用分不开，当时的门阀士族是决定权力归属的武力掌握者，凭武力而统治天下的皇帝与这些门阀士族相联合而进行统治，各朝皇帝可以推翻更换，但武力均衡不能打破。因此，如冯友兰所说："在魏晋至梁陈时期则是这些军阀（皇帝）联合门阀士族进行统治"。④

至于隋唐，随着门阀士族群体的衰落及封建统治者对于统治人才的需求，开始通过科举制度来调解封建等级制。"通过科举考试进入封建等级，虽然也有'家学'和'师承'，没有相当的家庭和社会条件，要通过科举考试进入仕宦，也有相当的困难。但它毕竟在封建等级制上开了一个活口，使封建等级之外的人，经过终生的学习和努力，有可能通过科举进入封建统治的阶梯，所以它比起门阀制度来，就具有了更多的活力"⑤。李桂海对科举制度相对于门阀制度的优越性所作的评价是准确的。

与科举制度匹配而用的，是"恩荫"制度，"恩荫"制度解决的是既有权力的获得者将特权与地位向子孙后代传承的问题，一人入仕，则子孙、亲族，俱可得官，大者并可及于门客等⑥。一般来说，四品以上的文官和六品以上的武官退休时，均可恩补一至三名子弟出任相应官阶。另外，还有所谓

① 董仲舒：《春秋繁露·奉本》。
② 司马迁：《史记·商君列传》。
③ 司马迁：《史记·秦始皇本纪》。
④ 冯友兰：《冯友兰选集》上卷，北京大学出版社 2000 年版，第 597 页。
⑤ 李桂海：《中国封建结构探要》，辽宁大学出版社 1987 年版，第 282 页。
⑥ 赵翼：《廿二史劄记》卷二十五。

"八议"制度对违法犯罪的官员予以保护，使之通过"除免""赎金"等方法"逍遥法外"。

此外，在日常生活中，与政治上的等级制度依附，还有三种关系在序位网络中发挥重要作用。其一是血缘依附关系，如皇亲的血缘依附关系，皇帝的兄弟子侄辈是近亲，可以封王；皇帝外戚，如皇太后、皇后以及妃子的娘家，也可以获得各种实权与特权。皇帝下属的其他官员，也可以凭其各自血缘关系对其近亲外戚予以推荐或争取不同特权。其二，门生故旧间的依附关系。自孔子私学盛行之后，师生关系私人化，老师为官则弟子也可以经由老师举荐获得相应官位，一些已然为官之人，也可以为官后通过与一些人建立师生关系而将他们举荐为官。隋唐科考制兴起，主考与考生，同榜间形成新的师生、同窗关系，这种关系常常被用来建立权力网络，巩固权力地位。其三，是同民族与同地域同乡关系，这种关系在权力网络的建构与联系中发挥着彼此提携与润滑作用，相互庇护，相互照应，联朋结党。李桂海谈到这个问题时曾列举明初"马上短衣多楚客，城中高髻半淮人"的官场情景，指出明初丞相李善长和胡惟庸都是淮人，在他们先后掌权的十七年中，权力非淮人未属，连开国功臣刘基后来也被胡惟庸陷害。当不是淮人的杨宪有成为丞相的可能时，淮人权力集团认为"杨宪为相，我等淮人不得为大官矣"，于是联合起来将之陷害致死。①

这种权力等级制度及相关的制度及依附关系，虽然不是中国古代社会人伦序位网络的全部规定性，但由于权力等级在社会生活中的主导位置，因此它所产生的序位影响也是主导的。平民百姓虽无官可求，却在官的统治之下，其日常生活也在官的控制与影响之下，其权力等级意识也便由此形成。至于那些读书人，从读书之日起便被灌输"学而优则仕"的意识，便存在一个科举入仕的梦想，作为人生价值取向，很难不以此为大。

人伦序位网络存在于生活的方方面面，此不赘述。

②人伦序位意识的艺术实现

人伦序位关系作为不容回避的现实生活关系，人伦序位意识作为自内而作的人生价值取向，使每个人都被规定其中并承受其中。而任何人伦序位都

---

① 李桂海：《中国封建结构探要》，辽宁大学出版社1987年版，第398—403页。

是阶梯性的，即便是横向序位，在各位置上也都有其自下而上的梯级存在，如兄与弟，这是家庭的横向序位关系，在兄中，又分为长兄次兄，在弟中又分为大弟二弟，与之相应的便是家庭财产与权力所属的差异。人伦序位的梯级性激发着与之相关的权力与财富欲望，每一个梯级的人都对上一层梯级形成欲望指向，上一层梯级便是下一层梯级的奋斗目标。这形成人们的生存努力、生存企盼与生存实践。"天行健，君子以自强不息"，这句被世代传颂的话所以成为最富激励性的至理名言，在于它不断地唤起人们在人伦序位中不断向上攀升的热情。

人伦序位的有限性及条件性，使更高层次的序位成为很难企及的理想，因此众多生活于现实的人们便不断形成序位不得实现或得而复失的压抑，如在序位有限性中挤上去的压抑，如求得挤上去而创造条件的压抑，如更高的序位理想终生努力的压抑以及序位身份与责任规定的压抑，由于人伦序位关系无处不在，这样的压抑也就无可排解。特别是中国古代知识分子，饱受儒家伦理思想熏陶，序位意识更为自觉，自幼便开始形成猎取功名、光宗耀祖的欲望指向，并为此而"悬梁刺股""凿壁偷光"；更何况这种欲望指向又与忧国忧民、忠君爱国的宏图大志相融，更有了一种大德大义的合理性，坚持起来自然更加自觉，所受压抑自然更富于"忍辱负重"的精神光彩。

这种人伦序位压抑见于艺术，便成为中国古代艺术的恒久命题。

自周以后，中国古代的六艺之教，培养出一代代知、艺、行、做兼于一身的知识分子。他们著书立说，从政为官，同时又从事艺术活动成为艺术家。这是中国古代知识分子的群体性特征。这一特征见于无可避脱的人伦序位压抑，更使得这种压抑在艺术中有着深刻的切身体验。诗言志、兴观群怨、发愤著书、文以载道、宗经崇圣，这类对于文学的理解都伴随着深切的人伦序位压抑，或者都转化为人伦序位压抑的艺术形态。

以中国文学史中最为辉煌的唐诗为例。初唐"四杰"（王勃、杨炯、卢照邻、骆宾王），开高情雄笔、慷慨悲凉的初唐诗风。他们重一己情怀的抒发，多不平而鸣之作，他们的情怀与不平，都与他们的身世，亦即他们的人伦序位的生存状况相关。他们的共性特点是才大官小、位卑名高，因此心中充满博取功名的激情与不甘人下的豪气。如卢照邻《行路难》，慨述世事艰辛与离愁别绪，富于历史情怀，而构成其情感意蕴的则是岁月逝去、功名无着的悲叹，"巢倾枝折凤归去，条枯叶落任风吹。一朝憔悴无人问，万古摧残君讵知"。骆宾王《帝京篇》，由帝京长安的历史回顾写起，壮伟豪华、气势恢弘，进而以此为铺陈，转入自己生存序位不合理的不平，"三冬自矜诚足用，十年不调几遭回"，不甘下僚的压抑激发起诗意的昂扬。

陈子昂"是一位对唐诗发展有重大影响的诗人"。① 他启复归风雅的一代诗风。他的 38 首《感遇》诗，表现强烈的政治关注以及慷慨悲歌的情志。这类诗作是人伦序位意识的又一种表现，体现为对序位身份及责任的深刻体验。如"本为贵公子，平生实爱才。感时思报国，拔剑起蒿莱。西驰丁零塞，北上单于台。登山见千里，怀古心悠哉。谁言未忘祸，磨灭成灰埃。"② 这类抒怀言志的序位体验之作，不同于怀才不遇、序位未至的抱怨或愤懑，它不是压抑而是振起，但压抑也好振起也好，都是基于人伦序位的价值取向。

至于盛唐诗人群体，他们的诗作成就位居中国诗艺术峰巅，是传统艺术魂魄酿就的精华。这一诗人群体在其诗作中表现的人伦序位意识，抒发的人伦序位情怀，堪称历史上这方面的典范之作，而这一意蕴，又正是这一代诗作的重点所在。如王维，拥有唐诗史上大师地位，他的抒写隐逸情怀的山水田园诗更是他诗艺术的代表，也是他大师身份的标志。空明宁静，诗中有画，飘逸出世，是他的同代人及后人对他诗的艺术的概括。不过透过王维诗的空明飘逸，人们能感受到一种隐含的紧张，一种自我排解式的营造，一种刻意的忘怀。那么他紧张什么，排解什么，忘怀什么？尽管这些都藏于诗中，但其所藏却还是他置身于人伦序位的压抑，是借助空明飘逸的宣泄。"荆溪白石出，天寒红叶稀。山路元无雨，空翠湿人衣"③，这里的意境不是那种沉潜的意境，而是偶涉的新鲜的意境，这种偶涉新鲜之感，从另一个方面透露出诗人的以清驱浊，以新祛旧，该是他对于人伦压抑的体验，对这一点，范文澜曾明确地说："其实他不是禅也不是道，只是要官做……王维、

① 袁行霈主编：《中国文学史》第二卷，高等教育出版社 1999 年版，第 228 页。
② 陈子昂：《感遇》其三十五。
③ 王维：《山中》。

王缙品质一样恶劣，所以都是做官能手"①。由于在序位意识中有着"只是要官做"的潜在的紧张与期待，因此，当长安陷贼时，他才能安心接受伪职，并且官越做越大。

与王维共享盛唐诗坛盛誉的，是孟浩然。孟浩然以其诗作的超脱飘逸而被普遍认作隐逸诗人的代表，李白抑制不住对他超脱飘逸的赞美之情，直抒胸臆地说："吾爱孟夫子，风流天下闻"。其实，孟浩然的序位意识体现在为官济世上也是非常强烈，但由于他禀性孤高狷洁，难为官场所容，因此求仕无门。这更强化了他的序位压抑。他是那种想走仕途又耻于被他人指认自己想走仕途的人，这是中国古代知识分子的一种传统心态。这样，诗常常就成为这种心态的自我排解与自我宣泄的艺术手段。孟浩然在自然景物中潜心搜寻序位进取而不能的替代，将之融入隐含着人伦序位紧张的情怀，创造出令那些心怀序位紧张的读者聊解紧张的飘逸诗作，这是功名利禄序位冲动的反向处理。"移舟泊烟渚，日暮客愁新。野旷天低树，江清月近人"。②诗抒发的是冷落寂寞的旅愁，而作为生出这种旅愁的心境底衬，自然是不愿冷落不甘寂寞的人伦序位期待，这样的期待越自觉，则由其不得实现而产生的压抑感就越强烈，据此抒发的诗情就越有反向的真切感。

李白与杜甫，由盛唐而中唐，是唐代诗人中最为光辉灿烂的双子星座，对杜甫的门阀观念、功名欲望，已成多年来杜甫研究的共识，不少学者据此扬李白抑杜甫，如郭沫若，是对此表述得最富激情的论者。杜甫对自己门阀功名的序位意识未做更多的超脱飘逸的反向处理，多属直抒，其实他也未必就比那些反向处理者更为强烈。如长安贼陷，王维能安受伪职，杜甫却能从贼地长安"脱身得西走"，两相对比，哪个的利禄欲求更为强烈，自不必说。至于李白，以其飘逸旷达、独立潇洒而深得当世与后世青睐，他的"天生我材必有用"的自信，"安能摧眉折腰事权贵"的壮语，为他赢得诗才之外的人格赞美，也为后世扬李抑杜提供了人格根据。李白是功名利禄的序位意识反向表述的高手，其他大诗家，如王维、孟浩然等，是以隐逸于自

① 范文澜：《中国通史简编》。
② 孟浩然：《宿建德江》。

然的方式，靠藏于虚化的艺术手段来处理这种反向表述；李白不同，他在隐逸中，在藏与虚化的同时，更能进行反向的直抒，率直的表述，而且直抒与表陈得理直气壮，给人一种根本不把功名利禄当回事的印象。其实这是一个艺术鉴赏与评价的怪圈，能进行诗艺术鉴赏与评价的，几乎无一例外的是有着仕途序位冲动的知识分子，同时，他们又几乎无一例外地对超越、轻蔑、否定仕途序位的隐逸与率直予以由衷的赞赏。这个怪圈的根据是儒道互补造就的传统读书人的双重人格。李白对这一双重人格进行了充分发挥，把众多崇拜者历史地拖入鉴赏的怪圈。这不是李白的艺术阴谋，而是他对于儒道互补的历史传统的艺术发扬。李白有很强的功名观念，他的仕途冲动也一直是他本源性的创作冲动。著名散文家王充闾总结多年读解李白的体会，在散文《青山魂》中讲述了他对这位伟大诗人的理解，他用一名当代作家与学者的深刻目光，透视李白在传统序位意识中挣扎、安命，又在诗歌领地超越飘升的生存状况，指出"历史很会开玩笑，生生把一个完整的李白劈成了两半：一半是，志不在于为诗为文，最后竟以诗仙、文豪名垂万古，攀上荣誉的巅峰；而另一半是，醉里梦里，时时想着登龙入仕，却坎坷一世，落拓穷途，不断地跌入谷底"[①]。

再如李贺，他是中唐的一位才华横溢的诗人，少年成才，青年早逝，他短暂的人生诗旅，充满了与传统人伦序位意识的搏斗、挣扎。为避父讳，传统的仕途进取路径被封闭起来。那条路就铺在那里，但不属于他，那些平庸之辈就在他眼前顺着那条路走了上去，他却无缘践履。命定的序位却被命定地剥夺，留给他的是无可排遣的无奈与痛苦。这种无奈与痛苦见于他的诗作，就形成了传统人伦序位意识的悲歌与绵长的慨叹。那里很少有隐逸，因为无可隐逸；那里很少反向的直抒，因为无抒可抒；那里只有明知有路却又失途的悲苦与哀痛。这是他永恒的归宿压抑，我在一篇分析李贺诗艺术的文章中，称此为"家园的断崖之望"，我在那篇文章中说："他不是在寻觅家园，他是径直地奔入那个先于他而确定无疑地存在的、只待他归入的家园。然而，这命定的家园却突然拒他于门外，而且，李贺分明看到那些平庸之辈们春风得意地步入了那个家园，他则只能作家园的断崖之

---

　①　王充闾：《寂寞濠梁》，辽宁教育出版社 2004 年版，第 32 页。

望。李贺在中国古代文人的文化空间序位中被残酷地逐出了。这便有了困扰李贺终生的诗压抑——归宿压抑。而这压抑又并不在于归宿之所，只是在于无途可归。'失途'是这里的关键，这失途之苦是读解李贺诗的重要线索"。①

　　通过唐代诗人的举要分析，可以清楚地看到，人伦序位意识如何历史地内化为中国古代文人艺术家的心理结构，又如何在他们的人生中随时地萌生为艺术冲动，如何形成稳定的艺术思维指向，规定艺术创作与鉴赏。这是中国古代艺术根基性的伦理价值取向与伦理价值标准。

---

　　① 高楠：《中国古代艺术的文化学阐释》，辽宁人民出版社 1998 年版，第 392 页。

第　九　章

孔子的伦理诗论

至孔子时代，中国诗创作的艺术水平已经很高，后来诗歌发展与完善的众多艺术要素当时均已成形、成熟并灵活运用。对此最有力的证明便是《诗经》本身。然而，编撰并精读熟讲《诗经》的孔子却基本没有从艺术角度读诗编诗，他没有自己的诗艺术论。他的诗论主张是人格伦理学与社会伦理学的。而孔子在其他问题上谈到的文质问题、美善问题、言意问题，证明他是掌握着论诗艺术的根据的，并且他精通于诗的接受之道，这都是他深入于诗艺术的条件，但他却就是没有就此立论。

这不是小问题。儒家诗论后来在艺术论方面有长足发展，成为中国传统诗论的主流，而长于引述圣哲先师精言妙语的儒家后学在孔子先师这里所能引述的有助于诗艺术阐发的话概括地说只有三句，即"诗言志""思无邪""兴观群怨"。实际上，孔子这三句话又都不是对于诗的艺术的命题，它们只是诗的伦理学表述。众多后学从伦理学向艺术论转述这三句话，由于缺少孔子思想体系的根据，难免牵强附会。这也成为今天研究孔子诗论的一个难点。

当然，在孔子时代，如很多论家所说，文体尚处于分化中，艺术论也没有从非艺术论中明确地划分出来，诗的艺术论的要求也并没有确定地提出。这是时代的事实。问题是在当时，对于含有艺术属性的对象的艺术关注、艺术侧重，或可称为前艺术性的思考，还是存在着并已蔚然成风。如对于乐，对于舞，尤其是对于乐，已然接近系统的程度。孔子论乐的艺术论倾向就很明显，而且透彻、精到。如"子语鲁大师乐。曰：'乐其可知也。始作，翕如也；从之，纯如也，皦如也；绎如也，以成'"。[1] 既然如此，为什么有着突出的艺术属性的诗，却没有引起孔子更多的艺术关注呢？

在确认孔子诗论的伦理学性质而非艺术论性质的前提下，我们来求解这个问题。

一、从设教角度看孔子诗论

孔子是仁学体系的创建者，在这一体系中，仁是根基，礼是核心。但作为思想体系的根基范畴与核心范畴的仁与礼都非孔子创立，"殷周各族统治者，为了从巩固统治者氏族中以巩固氏族贵族的统治，就已倡导'仁'"[2]，"周人尊礼尚礼，事鬼敬神而近之，近人而忠焉"[3]。孔子的功绩是使仁、礼范畴系统化并将之纳入修身治世的教育过程。孔子在"有教无类"的教学实践中，诲人不倦地传授这套仁学体系，这使他成为中国历史上伟大的教育家。孔子的施教目的极为明确，即通过仁学体系的施教，使仁学为不同层次的人——下至庶民，上至国君所接受，从而对那个"礼崩乐坏"的时代予以匡正与拯救。出于这样的教育目的，他不遗余力地执教诗、书、礼、乐；并出于同样目的，把当时已有或已然形成的《诗》《书》《礼》《乐》《易》《春秋》编撰为适于讲授的教材。如吕思勉所论，"孔子之道，具于六经。六经者，《诗》《书》《礼》《乐》《易》《春秋》也。以设教言，则谓之六艺。以其书言，则谓之六经。诗、书、礼、乐者，大学设教之旧科。儒家侧重教化，故亦以是为教，《易》与《春秋》，则言性与天道，非凡及门所得闻，尤孔门精义所在也"。[4] 对孔子确立于六经基础的仁学体系的教学性质，侯外庐也有指认："孔子在西周'维新'传统的约束里，一方面依据对于西周制度的正义心而自认为儒，另一方面又批判了儒者的形式化与具文化，以

---

① 《论语·八佾》。
② 杨荣国：《中国古代思想史》，人民出版社 1954 年版，第 89 页。
③ 《礼记·表记》。
④ 吕思勉：《先秦学术概论》，中国大百科全书出版社 1985 年版，第 52 页。

现实问题的提出与解决为主要任务，这就使他在讲解《诗》《书》《礼》《乐》上注入了系统的道德观点，而并不局限于西周古义"。①

肯定六经在孔子的教学转述性质，是在于肯定"诗"在孔子的仁学体系中，主要是承袭了孔子所承袭的诗、书、礼、乐的既有教学体系中的功能。诗的教化功能的运用与发挥先于孔子已成史实，孔子在沿袭中并未改变这一功能。据吕思勉考证，今文《诗》有鲁、齐、韩三家，今传《诗序》虽为古文家言，而《大序》总说诗之处，实取诸三家。"诗"在孔子之前并被孔子因袭的教学定位，也是缘《大序》总说而定。因此，"节取其辞，实又可《诗》之大义也"。对这一大义，吕思勉概括说："案《诗》分风、雅、颂三体。《诗大序》曰：'《风》，风也，教也。风以动之，教以化之。'上以风化下，下以风刺上，主文而谲谏，言之者无罪，闻之者足以戒，故曰《风》。至于王道衰，礼义废，政教失，国异政，家殊俗，而变风、变雅作矣。国史明乎得失之迹，伤人伦之废，哀刑政之苛，吟咏情感以风其上，达于事变而怀其旧俗者，故变风，发乎情，止乎礼义。发乎情，民之性也，止乎礼义，先王之泽也。是以一国之事，系一人之本，谓之《风》。言天下之事，形四方之风，谓之《雅》。雅者，政也。政有小大，故有小雅焉，有大雅焉。《颂》者，美盛德之形容，以其成功告于神明者也，其释风、雅、颂之义如此。"②吕思勉对于《诗大序》的摘引与分析可以明确看出《诗》的风、雅、颂的由来及理解与其教育功能的密切关系。《诗》因教而编撰、因教而读解、因教而发挥。风者教也，雅者政也，颂者德之佈也。由此，吕思勉结论说："盖孔门学《诗》者皆如此。其于《诗》义，洽熟于心，凡读古书，论古人古事，皆与《诗》义相触发，非后儒所能及。"③

审美对象的特点是唤起审美主体的审美感受，审美主体在审美感受中使审美对象消融于自身同时使自身消融于对象，进而，审美主体在这样的物我相融中享受超越物我的自由，获得平时难以感受的生存愉悦。宗白华经常被当代美学界引用的描述艺术意境的那段话也正是审美体验的精彩描述"以宇宙人生的具体的对象，赏玩它的色相、秩序、节奏、和谐，借以窥见自我

　　① 侯外庐：《中国思想通史》第一卷，人民出版社 1957 年版，第 141 页。
　　② 吕思勉：《先秦学术概论》，中国大百科全书出版社 1985 年版，第 53 页。
　　③ 吕思勉：《先秦学术概论》，中国大百科全书出版社 1985 年版，第 54 页。

的最深心灵的反映；化实景为虚境，创形象以为象征，使人类最高的心灵具体化、肉身化，这就是艺术境界，艺术境界主于美"①。这里的关键是忘却关于对象的知，从而在对象的色相、秩序、节奏、和谐间进行心灵周游，体验周游的愉快；再有，就是忘却自我，忘却自我的身份、利害，自我与他者的关系及自我的好恶等等。为此，宗白华说："功利境界主于利，伦理境界主于爱，政治境界主于权，学术境界主于真，宗教境界主于神"，审美则界于真与神之间，成为物我两忘的物我融通。

用于教育的教材，其明显不同于审美对象之处，在于教材不是消融物我，而是明确、强化何者为物、何者为我，弄清物之为物的来龙去脉、可能必然，这就是知；同时，要弄清我之为我，我何以为我及如何为我，这就是识，即古希腊神庙的那句箴言——"认识你自己"。教育的目的，尤其是起于孔子的儒家教育的目的，一是掌握外物的知；一是完善自我的识，前者是格物，后者是律己。尽管在儒家思想体系中并没有西方物我二元论的倾向，但知物识我的区分是明确的，并且就是要在知物识我的区分中探求物我相通的道、理，达到因物律己、以己运物、天人合一的境界。《诗》在孔子的教育体系中就是被用为知物识我，并进而教导被教育者因物律己、以己运物的教材。对此，孔子说得非常明白："不学《诗》，无以言"；"诵《诗》三百，授之以政，不达；使于四方，不能专对；虽多，亦奚以为？"② "小子何莫学乎诗？诗可以兴，可以观，可以群，可以怨；迩之事父，远之事君；多识鸟兽草木之名"③。

孔子所行的教育，当然不是后来所说的自然科学教育，也不是抽象的思辨教育或认知教育，而且综合着知、情与实践的伦理教育即仁学教育。伦理教育的综合性体现为孔子在实施教育中不排除知、不排除情，相反，他正是要通过启知律情，转入克己复礼以为仁的道德实践。因此，孔子将《诗》作为教材而编撰与使用时，才既强调《诗》的知的功能、识的功能，也强调《诗》的抒情与律情功能。尽管《诗》的抒情与律情功能涉及《诗》的艺术属性，但孔子在这方面并没有作艺术论的开掘，而只是将之用于伦理教

---

① 宗白华：《美学与意境》，人民出版社 1987 年版，第 210 页。
② 《论语·子路》。
③ 《论语·阳货》。

育。对孔子从教育角度谈《诗》与用《诗》，张少康概括说："用'诗教'来概括孔子的文学思想则是有道理的。孔子关于文艺的一系列论述都是围绕'诗教'而展开的"①。

二、孔子诗论的仁学设教在于匡正人伦

不管后人给孔子加了多少桂冠，他扬名于史的基本身份则是教育家。他对当时教育体制的变革有两大贡献：一是他把《诗》《书》《礼》《乐》等典籍之教从贵族专利中解放出来，倡导并实施"有教无类"，坚持"自行束脩以上，吾未尝无诲焉"②；二是经由孔子，社会分工中才有了一个专门的教师职业，在他之前，无论乡学还是国学，都由相应级别的官员负有设教与掌教责任③，而且这类责任对于这些官员都是兼职。因此，如冯友兰说："孔子以前，未闻有不农不工不商不仕，而只以讲学为职业，因此谋生活之人"④。此外，在教学方法上，孔子也有开拓性贡献，即他带领众多学生在各国进行游动式教学。"孔子又继续不断游说于君，带领学生，周游列国。此等举动，前亦未闻，而以后则成为风气；此风气亦孔子开之"⑤。

这样的具有历史意义的教学体系与教学方法的改革，对孔子设教内容带来重要的体系性影响，他设教的《诗》《书》《礼》《乐》等典籍都先他而在，并先已用于设教。先已设教的乡学与国学的类分，使这类典籍设教面对不同的类分对象，进行不同的对象性施教。到了孔子，他搞"有教无类"，设教对象既不同于乡学也不同于国学，典籍教学内容的对象性调整自然是必不可免。而他周游列国式的教学方式，使他获得了联系各国实际情况进行教学的广阔天地，《论语》大量记载孔子在周游列国设教中随时随地就所遇的人、事、风俗、物象发表感想，教导学生的言论，可以推见他因地因材施教

---

① 张少康、刘三富：《中国文学理论批评发展史》，北京大学出版社 1995 年版，第 29 页。
② 《论语·述而》。
③ 按《周礼》所说，西周时期有六大职官体系，其中的地官系统中有"教官之属"，负有教化职能。当时的教化职能分为两类：一类是大小司徒以下的六乡职官在行政事务之外负有礼乐教化职能，这就是所谓乡学；一类是师氏、保氏掌教国子，国子即公卿大夫子弟，这就是国学。
④ 冯友兰：《冯友兰选集》上卷，北京大学出版社 2000 年版，第 37 页。
⑤ 冯友兰：《冯友兰选集》上卷，北京大学出版社 2000 年版，第 36—37 页。

的状况。我想，这是孔子对《诗》《书》《礼》《乐》等典籍进行编撰的教学原因。他是为了使这些典籍更适合于他"有教无类"的周游列国式的教学而进行的典籍编撰。

在这一基于教学动机进行的典籍编撰中，孔子对于时势的仁学主张构成他编撰的指导思想。

孔子既不是仁学的创始者，也不是礼学的创始者，他只是仁学或礼学的阐发者，仁学或礼学经由他的阐发因获得更深刻的理性内涵而系统化。孔子说自己"述而不作"，这是极恰当的自我评价，他正是在"述"中成就了圣人之业。

他阐述《诗》《书》《礼》《乐》《易》《春秋》的话语隔着厚重的历史幕帐早已不知其详，学生追记的《论语》和残存的典籍、透露着他"述"的思路亦即他的仁学主张。处于礼崩乐坏的时代，面对是可忍孰不可忍的犯上作乱，出于对周礼的熟知与沉湎，他义无反顾地承担起克己复礼的历史重任。在当时看，他坚持救助时势的复古之路，试图在周礼复归或重建中找回社会的有序与繁荣，他不甘承认当时的礼崩乐坏乃是变革既有社会之序的历史发展，他不合时宜因此惶惶不可终日并终生无果；历史地看，他把准了这个民族的命脉，对这个民族发展于人伦关系有序性这一历史命运与生存规定有着深刻领悟，因此他必然获得历史回应虽然生而无果却身后为圣。他当时的复古之举实质上成为对民族根性的执着的追循与高扬，而他为此实施的"有教无类"的漂泊的说教人生，也就有了真正的悲剧意义的崇高。

从如是角度理解孔子诗论，则是他不耽于《诗》的艺术论而着力于《诗》的仁学伦理学与政治学，也就是顺理成章之事。

对孔子的仁学主张，古往今来，论者多矣。然何者为仁，个论虽多，定论则无，而且恐怕今后也难成定论。这道理其实很简单，孔子之前及至孔子，虽然仁学多用，却均未对仁予以意蕴确定的阐释，这些仁学的用及，都统一在如何成仁、仁有何用及如何判断仁这类意蕴中，即所说仁都是功夫之仁，成因之仁与功用之仁。而功夫之仁、成因之仁、功用之仁，都是仁在与周围世界相互作用时的形态或状况，相当于仁的"此在"，即仁与世界的相互作用的构成，仁在这样的构成中不再是仁本身而是仁的世界或世界的仁。现在，当我们试图透过仁的世界或世界的仁而面对仁本身时，仁就变得变动不居，恍惚不定了。孔子等先人交付给我们的就是这样的仁，我们要把它作为确定的仁去探询，并要使这样的探询合于孔子等先人的本意，这本身就是一个无法解决的矛盾。

这样说，并不是否定释仁，因为释仁，就是把仁所关涉的世界，包括孔子等先人提供的种种关涉通过阐释带入仁，从而使仁成为仁的世界或世界的仁，这又是向孔子等先人的问询。孔子等先人的仁学在这种问询中复苏。这里的关键在于仁的解释要合于孔子等人提供的仁的关涉，即要推思孔子等所谈的仁的功夫、仁的成因、仁的功用。

对于孔子所说的仁，有两个具有代表性的阐释须予辨析：一是"仁者爱人"的说法；一是"仁者人也"的说法。

"仁者爱人"的说法，生发于《论语·颜渊》："樊迟问仁，子曰，爱人"。此后，很多后学就此阐发。如《孟子》"恻隐之心，仁之端也"①，"仁之实，事亲是也"②，即是"仁者爱人"的引申。汉儒董仲舒"仁者爱人，不在爱我，此其法也"；郑康成注《礼记·中庸》"仁读如相人耦之人"，阮元解释说："人耦者，犹言尔我亲爱之词也"；宋儒以"与物同体"，以"公"释仁，如程明道"仁者以天地万物为一体"③，程伊川"仁之道，要之只消道一公字"④，朱元晦"心之德，爱之理"⑤，即属此义。这里所言，或由人之爱转而为万物之爱，又由万物之爱及于与万物相融一体，或爱之以公，或以心为德、以爱为理，都可视为"仁者爱人"的进一步理解与表述。至明代，王阳明又进而从"心理合一之体、知行并进之功"⑥的高度阐发仁者爱人之说，发掘爱人为仁的良知本体根据，"知是心之本体，心自然会知，见父自然知孝，见兄自然知悌，见孺子入井自然知恻隐，此便是良知，不假外求"⑦。黄宗羲探索仁爱根本，强调其中的自然情感是道德情感与伦理规范的基础，认为先有在动静之中可发仁爱的心，进而才有合于仁义

①　《孟子·公孙丑上》。
②　《孟子·离娄上》。
③　《二程遗书》卷二上《元丰己未吕与叔东见二先生语》。
④　《二程遗书》卷十五《入关语录》。
⑤　朱元晦：《论语·学而》，"孝悌也者，其为仁之本与"注。
⑥　王阳明：《答顾东桥书》，《王文成公全书》卷二。
⑦　王阳明：《传习录》上，《王文成公全书》卷二。

理智规范的仁爱之性，"恻隐、羞恶、辞让、是非，心也。仁义礼智，指此心之即性也。非先有仁义礼智之性，而后发之为恻隐、羞恶、辞让、是非之心也"①。

仁者爱人的仁学理解经由汉儒、宋儒、明儒的历代阐发，形成一套仁学的道德情感规范，这套情感规范既见于政治活动，又见于日常交往活动，既生发于齐家，又播扬于治国，同时，还见于修身养性。它虽然不同于西方的宗教情感，却在日常生活中发挥类似作用。

对孔子之仁的另一种理解，即仁者人也。这种说法把仁作为立人之本，它涉及为人的方方面面，因此它包含爱人又不止于爱人。持这种理解的当代学者中，台湾大学徐复观是一代表。他明确地说："'仁者人也'本生之义，我觉得原来只是说'所谓仁者，是很像样的人'的意思。在许多人中，有若干人出乎一般人之上，为了把这种很像样的人和一般人有一个区别，于是后来另造了一个'仁'字，这应当即是'仁者人也'的本义。"② 徐复观把仁理解为使人成之为人的本质规定性。他引用真西山的话说"仁者，仁之所以为人之理也"，继之，他从苏格拉底追问人是什么的反思自问的角度分析"仁者人也"，认为前者是一个人在反省的开端时从反面对人所发出的疑问，"仁者人也"则是在反省的开端时从正面对人所作的承担。两者一个是发问，一个是隐含着发问的解答，但发问也好，解答也好，都是指向人并求解人。徐复观由此提出的看法是"《论语》仁的第一义是一个人面对自己而要求自己能真正成为一个人的自觉自反"。从这一理解出发，他辨析"仁者爱人"，认为必须先有对人的反思与自觉，才有进一步的人当何为的追问，在追问中追问主体归入人并在人中消融自己，获得对于自己对于人的责任感的统一，这才有爱人之说。因此，"出于一个人的生命中不容自己的要求，才是《论语》所说的'仁者爱人'的真意。"③ 这样，"仁者爱人"便是人之用，"仁者人也"才是人之本。

徐复观仁学理解显然接受了西方影响。在西方思想传统中，人通常被置于与外物、外界相独立、相对立的位置，或者，与神相对的位置，在这一位

---

① 黄宗羲：《明儒家案》卷四十七，《文庄罗整庵先生钦顺》。
② 徐复观：《释〈论语〉的仁》，《中国思想史论集续篇》，上海书店出版社 2004 年版，第 236 页。
③ 徐复观：《释〈论语〉的仁》，《中国思想史论集续篇》，上海书店出版社 2004 年版，第 236—237 页。

置上人获得人是什么的独立意义。经由文艺复兴，人的独立意义进一步提升为人本意义，人成为自己，成为世界的根本。人的这种人本意义随着西方的现代性进程而不断被突出、被强化，人的独立性与主体性在这样的突出与强化中由人的类普通性转化为对人的具体个性的理解，每个人对于他人都是独立的，都具有不容否定的个性自由，于是自由这个具有类普遍性的词，也在具体人的独立个性中被具体化为个性自由，成为人的个性追求。对于人的这种西方式理解，在中国很多当代学者中被坚持，徐复观的仁学理解即是一例。

其实，在中国古代，包括孔子时代，人并没有被独立思考，也并没有被赋予独立位置。人总是被限定在特定人伦关系，即人与人的序位关系中，人的意义即人在人伦关系中的意义，人的规定性即人生存其中的人伦关系对于人的规定性，而人的反思也是他对于生活其中的人伦关系及这种人伦关系与他相互作用所引发的关系行为的反思。我在《中国古代艺术的文化学阐释》中专论过这个问题，我在该论中说："以人伦关系为问题的核心与以人为问题的核心不是一回事。固然，人在人伦关系中，但在之中并非就是在其是。依常理，人就是在人伦关系之中并由人伦关系构成。不过，着眼于人，以人的自由肯定为前提进而去探究构成人的人伦关系，与着眼于人伦关系，以人伦关系的现实性肯定为前提去探究与规约构成人伦关系的人，是差距甚大的两个问题"。对中国古代以人伦关系为核心的传统，我在该书的文化学阐释中所作的结论是"中国古代文化特质之最突出点，在于它的人伦本体性。"①就此而言，徐复观"仁者人也"的解释在传统上说不通。孔子作为儒家传统亦即中国古代文化主导传统的奠基者，他并没有开人的独立之思的先河。《论语》尽管显示了孔子学问的博大精深，但核心内容就是人伦之序，是各种不同的人伦规定，而礼不过是各种社会关系的秩序行为规范，孔子全力恢复的就是这套规范。

我的看法是"仁"即基于爱并贯注于爱的人伦关系。"仁"是一个关系名词，许慎解释的很明确——"仁亲也。从人二"②，从人二犹如从二人，二人是人的复数，即人与人之间的关系。郑玄解释为"仁读如相人耦之人"③，

---

① 高楠：《中国古代艺术的文化学阐释》，辽宁人民出版社 1998 年版，第 18—19 页。
② 许慎：《说文解字》。
③ 郑玄：《礼记·中庸》注。

也是说"仁"是人与人在一起相亲相爱的样子。其实，汉字中，意指人伦关系的名词不少，如邻、朋、家、姻、族、孝、悌等，都既不是指此人也不是指彼人，而是指此人与彼人的某种关系，它们用单字意指的人与人的关系，与君臣、夫妻、父子、兄弟等词组意指的关系具有同等关系性质。从《论语》多处谈"仁"的内容看，每一处谈"仁"，都是在谈一种人伦序位状况，或者谈实现这种状况以及于这种状况的个人修养条件、人格条件等。而所有这些状况或条件，又都融通着由亲情之爱这一基本道德情感引发的态度或情感。因此，"仁"这种基于爱的人伦关系，是包容着各种人伦关系的，是各种人伦关系的基于爱的道德情感关系与道德实践关系。

其实，"仁者爱人"这一命题本身就是关系命题，"仁者"即实现着"仁"这种人伦关系的人，这样的人是必然爱着他人的，"爱"确认着"仁者"与他人道德情感关系。"仁者"因其爱人而成为"仁者"，"仁"因其规定着"仁者"与他人的"爱"的关系而成为基于"爱"的人伦关系规定。这里，"仁"本身无所谓"爱人"，"爱人"是"仁"的关系规定，"爱人"这一关系规定通过"仁者"而实现，经由"爱"，"仁者"与被"爱"之人构成"仁"的实践关系体，"仁"因"仁者"而实践为"爱"的人伦关系，"仁者"与"人"在"爱"中成为"仁"的人伦关系体中的"人"。

对"仁"作基于爱的人伦关系的理解，可以在孔子谈"仁"的各种言论中验证。

子曰："巧言令色，鲜矣仁"①

子曰："刚毅木讷近仁"②

这是谈在追求"仁"这种以"爱"为基础的人伦关系中，求"仁"者言谈举止及性格方面的要求，"巧言令色"难以与他人建立"仁"的关系，"刚毅木讷"者则更容易建立这种关系。

子曰："人之过也，各于其党，观过斯知仁矣"。

每个人的过错，都源于各自不同的利益，个人的这些导致过错的利益追求，在基于爱的人伦关系中才能获得评价的标准，才能知道他的过失对于这

---

① 《论语·学而》。
② 《论语·子路》。

种人伦关系造成怎样的损害，进而也更理解了这种人伦关系。

子曰：“不仁者不可以久处约，不可以长处乐。仁者安仁，知者利仁。”①

不能建立基于爱的人伦关系者，既不能长久地忍受贫困也不能长久地追求享乐。可是建立了这种人伦关系的人却可以安享其中，聪明者又可以从中获得利益。

宪问：“……克、伐、怨、欲，不行焉，可以为仁矣？”子曰：“可以为难矣，仁则吾不知也。”②

争胜、自夸、怨恨、私欲，能从个人角度克制这四个方面，很不容易，但基于爱的人伦关系的建立，却不仅要自我克制，更要通达对方，做到前者，未必就能实现后者。

颜渊问仁，子曰：“克己复礼为仁。一日克己复礼，天下归仁焉。为仁由己，而由人乎哉？”颜渊曰：“请问其目。”子曰：“非礼勿视，勿礼勿听，非礼勿言，非礼勿动。”③

克制自己的欲望，按照合于人伦关系的礼的规范去做。一天做到克制自己而合于人伦关系的礼的规范，就会得天下人的称颂，就会成为仁者。而要做到这一点，就必须在视、听、言、行上约束自己，不背离合于爱的人伦关系的礼的规范。

仲弓问仁。子曰：“出门如见大宾，使民如承大祭。己所不欲，勿施于人，在邦无怨，在家无怨。”④

把自己置于基于爱的人伦关系中，对于关系对方，出门办事要像接见高贵宾客一样恭敬，对待百姓要像办重大祭祀一样严肃认真，自己不喜欢的不要强加于别人。在朝廷没有怨言，在家里也没有怨言。建立基于爱的人伦关系，就必须处处维护这种关系，处处从关系体的对方考虑，在岗位上，在社会中，在家里，都须如此。

子贡曰：“如有博施于民，而能济众，何如？可谓仁乎？”子曰：“何事

---

① 《论语·里仁》。
② 《论语·宪问》。
③ 《论语·颜渊》。
④ 《论语·颜渊》。

于仁？必也圣乎！尧舜其犹病诸！夫仁者，己欲立而立人，己欲达而达人，能近取譬，可为仁之方也矣。"①

泛爱众普济民，是为圣德，堪称为大仁大德。有仁德的人，总是从基于爱的人伦关系角度考虑问题，处理事情，要多替对方着想，自己成事首先使别人成事，自己通达首先使别人通达，能够从自己去理解他人，这是实行仁的途径。

阐释以上八段言论，只是取例。通过代表性言论的阐释，可以看到，在孔子，"仁"总是在人伦关系中被解说、被阐述、被规定的。《论语》涉及当时人伦关系的方方面面，在朝，在野，在市，在家，在君臣，在父母，在兄弟，在师生，在友人，在邻里，在国家。这是一个无所不包的人伦关系网，《论语》就是对这人伦关系网的人伦关系论。《论语》的核心问题，是见于各种人伦关系的关系理想亦即道德理想，同时又是理想性的关系实践或道德实践的经验概括，这就是"仁"。孔子的以述为作，他所谈论的礼、直、智、忠、怨、名实、文质、义利、性等，都以这样的"仁"为根基，并在逻辑上围绕这样的"仁"而展开。

三、孔子诗论的仁学结构

在孔子仁学教学体系中理解他的诗论，这诗论便有两个突出特点：一是它总体上说是仁学诗论，亦即道德或伦理诗论；一是这诗论又是为孔子的仁学或伦理学教学目的服务的诗论。对孔子诗论的进一步理解，需循着这两个特点展开。而这两个特点的确定，又源于孔子仁学结构的整体规定性。

中国古代，尤其自周以后，以礼乐行道德之教便已成为统治者巩固统治的重要手段。"凡有道者、有德者，使教焉"。② 当时，有专门化的实施道德教育的乐教机构，《周礼》春官宗伯大司乐以下的乐官系统便属于这一机构。孔子作为儒家创始人，继承先他而在的与从事道德礼乐之教的乐官系统有千丝万缕联系的"儒"的传统，从他所处时代出发，对道德礼乐之教进

---

① 《论语·雍也》。

② 《周礼·春官·宗伯》。

行更为系统的思考，赋之以进一步的理论根据，并试图以此平治天下。为此，他明确提出"道之以德，齐之以礼，有耻且格"① 的政治理想，并针对当时情况强调从"必也正名"开始。行道德之教，正时事之名，构成孔子仁学设教的主导思想。他为"礼"正名，并不是止于何为"礼"这个概念，而是辨析构成礼的各个方面，如礼的由来、礼的规范、礼的功用等等。在为礼的各方面进行辨析中他进入到人伦关系的构成与修养层面，由此推及于"仁"。杨荣国对孔子所说的"仁"与"礼"的关系曾分析说，在孔子时代，生产关系正发生巨大变革，礼作为既有生产关系的规范面临崩坏，孔子固守礼，就是要维护既有的生产关系，而既有生产关系又离不开"家"，"……家是一个奴隶单位。从'士爱其家'上溯，到大夫、国君和天子，其奴隶所有的单位当更大，有所谓'室'和'邑'。这样，一层一层的对所有的奴隶和这一奴隶的制度，都要爱护与保全，不致因侵夺而加速制度的改变，这就是所谓礼"。② 杨荣国从社会结构角度剖析"礼"的内在构成，找到其基本社会单元"家"的根据，又进而由"家"引入"仁"，这是在寻找以"仁"释"礼"，为"礼"正名的根据。他从孔子"人而不仁如礼何"得出"'仁'的范畴中又包摄有'礼'的结构"。

杨荣国的思路很有启发性。在中国古代，宗法血缘关系是社会稳定的基本关系，它既是社会基础，又是社会规定。在这一类关系规定中"国"不过是"家"的同构放大，"家"的关系规定亦即"国"的关系规定，这样，"礼"作为国的人伦关系规范，自然就在"家"中找到根据。对这一重关系，祁海文从"仁""礼"统一角度分析说："孔子的仁学之宗旨就是以'仁'复'礼'，使'仁''礼'统一，'仁''礼'统一即是人的内在心理欲求与社会伦理规范的和谐一致，'发乎性，止乎礼义'，所谓'中庸之德'正是这一宗旨的集中体现"。③

"仁"作为基于爱的人伦之序，正是"礼"这一人伦关系规范的根据，"礼"是人伦关系的规范性外设，"仁"则是人伦关系的理想性内修，二者在人伦关系的基本范型上形成同构。"人而不仁如礼何"，孔子从理论上发

---

① 《论语·阳货》。
② 杨荣国：《中国古代思想史》，人民出版社1973年版，第94—95页。
③ 祁海文：《儒家乐教论》，河南人民出版社2004年版，第134—135页。

现了这种同构关系，从外求礼与内修仁上使之统一，提出"克己复礼为仁"的说法。复"礼"，修"仁"，"礼"在"仁"中"正名"。

那么，"仁"又何以能为"礼"正名并自证呢？这就涉及"性"这一根基，"性"与"仁"的关系形成孔子仁学的要点。对这一层关系，冯友兰曾阐释说："然礼犹为外部之规范。除此外部之规范外，吾人内部尚自有可为行为之标准者。若'能近取譬'推己及人，己之所欲即施于人，'己所不欲，勿施于人'。则吾人之性情之流露，自合乎适当的分际"。①

孔子的"性"即每个人的本真自然，他又称为"己"，"己所不欲，勿施于人"，"己欲立而立人，己欲达而达人"。"性"或"己"是复礼修仁的本然根据。而人们的本真自然之"性"又是相近的，是后来的教育及人生经验使之彼此差异，即所谓"性相近也，习相远也"。复礼修仁，就是要从后天的个人差异中复返本真之"性"，守护本真之"性"，这便是"克己"的功夫。以本真之"性"复礼修仁，有其超越时势时利的独立意义，这是得于"天"的本源。"其为人也孝弟，而好犯上者，鲜矣；不好犯上，而好作乱者，未之有也。君子务本，本立而道生。孝弟也者，其为人之本与?"②孝悌是人之本性，这一本性的彰显或遮蔽，决定后来的复礼修仁行为。不少学者论及孔子对宰我问"三年之丧"的回答，认为这是孔子以"性"释"仁"、以"性"释"礼"的最具代表性的言论。如李泽厚说："孔子把'三年之丧'的传统礼制，直接归结为亲子之爱的生活情理，把'礼'的基础直接诉之于心理依靠。这样，既把整套'礼'的血缘实质规定为'孝悌'，又把'孝悌'建筑在日常亲子之爱上，这就把'礼'以及'仪'从外在的规范约束解说成人心的内在要求，把原来的僵硬的强制规定，提升为生活的自觉理念，把一种宗教性、神秘性的东西变而为人情日用之常，从而使伦理规范与心理欲求融为一体"。③李泽厚抓住了孔子仁学由"性"及"仁"及"礼"的内在结构，极有见的。

"性"—"仁"—"礼"，己—内—外，这既是一个由个人推及人伦的外化的逻辑结构，又是一个由人伦推及本性的内化的心理结构，在这样的结

---

① 《冯友兰选集》上卷，第 55 页。
② 《论语·阳货》。
③ 李泽厚：《中国古代思想史》，人民出版社 1986 年版，第 20 页。

构中，"礼"经由"仁"获得"性"的自然根据，"性"经由"仁"获得"礼"的社会根据，同时，这又是一个教育、修养过程，个人自然之性经由基于爱的人伦关系的教育与修养而成为守"礼"之人，守"礼"之人通过人伦关系教育与修养，获得自然本性复归。这是一个生成递转的结构。确立这一结构，是孔子仁学的特点，也是它对中国人伦传统的巨大贡献。

孔子诗论，正是这一仁学结构中的诗论。

四、孔子诗论的通性启智

"性"是"仁"的本原，"仁"是"礼"的根据。孔子站在仁学设教的立场，运用诗，理解诗，阐释诗，使《诗》成为通性启智的仁学教材。这是解读孔子诗论的基本点。

孔子诗论可分为三个方面，即诗的特征论、诗的功能论、诗的实践论。孔子诗论的这三个方面，又都是就诗义而言，基本没有涉及诗的文学形式，因此这又是诗义论。如吕思勉所言："盖孔门学诗者皆如此。其于《诗》义，洽熟于心，凡读古书，论古人古事，皆与《诗》义相触发，非后儒所能及"。①

1. 诗特征论

诗特征论在《论语》中有"诗三百，一言以蔽之，曰：'思无邪'"；②子曰："《关雎》，乐而不淫，哀而不伤"。③

"思无邪"是孔子对于《诗》的总体评价，多取何晏"归于正"之说，既包括诗三百的思想感情均归于正，也含有语言音调归于正，即中和之美。这里，着重从孔子设教角度看理解，同时，可看作是孔子编撰《诗》，设教讲授《诗》的伦理基点。孔子对于《诗》有编撰之功，尽管对孔子在何等程度上对《诗》进行了编撰向来多有争议，但有一点大家是共识的，即他在以"雅言"诵之，以乐舞配之的过程中，对《诗》进行必要的删减、校

---

① 吕思勉：《先秦学术概论》，广西师范大学出版社 2010 年版，第 54 页。
② 《论语·学而》。
③ 《论语·八佾》。

正、理顺这类工作是难免的。这样，仁学设教的伦理追求就必然贯穿于这类工作中。如王运熙、顾易生主编的《中国文学批评通史》所说："《诗三百篇》未必为孔子所删定，却无疑为孔子所肯定，这里清楚地表明他的诗歌批评标准。"① 因此，"思无邪"表述《诗》对于仁学设教要求的切合，即它合于"仁"的要求，也可以说，"思无邪"即合于"仁"，合于基于爱的人伦关系规定。这如朱熹所说："凡诗之言，善者可以感受人之善心，恶者可以惩创人之逸志，其用归于使人得其情性之正而已"，② 从孔子仁学实质而言，这"正"乃是"仁"之"正"，是人伦之"正"。这是孔子仁学设教观念的《诗》的印证与实现。此外，"思无邪"还涉及一个仁学设教的教材阐释问题，即《诗》作为仁学教材，必然在设教中根据教学需要予以阐释，这阐释，就要有一个阐释角度，诗是最可以进行多角度理解与阐释的，尤其《诗》中多有男欢女爱之诗，抒发怨意之诗，倘若不进行合于"仁"的阐释并要求学生进行合于"仁"的接受，则《诗》很可能使学生误入歧途。因此，这"思无邪"又是出于设教需要对于《诗》的阐释学或接受学的规定，即不能从非"仁"角度去理解与阐释《诗》。这后一层意思，被众多论者忽略。

"乐而不淫，哀而不伤"，这是引发于《关雎》的对于《诗》的道德情感标准，这一标准关系孔子通过诗进行伦理情感教育的设教思想，他把这一情感奠基于"性"。孔子论"性"，至于"中庸"，又由"中庸"而"和"，进而由"和"至"仁"。他认为，迷失了"中庸"之"和"，便导致"性"失于"惑"。"主忠信，徒义，崇德也。爱之欲其生也，恶之欲其死也，既欲其生，又欲其死，是惑也"③。因此，不淫不伤，无过又无不及，这便是应该通过诗的伦理情感教育复返于"性"的形态。后来，黄宗羲在其"四德"相生相克性情合一思想中，进一步强调仁学的"性"的根基，强调"其中和则性也"，并进而提出"仁义之性，与生俱来"。④

因此，孔子的诗特征论，是由"仁"而"性"并由"性"而"仁"的特征论，他所强调的"思无邪"，所强调的"不淫""不伤"，都是从诗之

---

① 王运熙、顾易生主编：《中国文学批评通史》，上海古籍出版社 1996 年版，第 86 页。
② 朱熹：《论语集注》。
③ 《论语·颜渊》
④ 黄宗羲：《孟子师说》卷六。

所以为诗的特征论角度，发挥《诗》的仁学设教作用。

2. 诗功能论

诗功能论，有"子曰：'兴于诗，立于礼，成于乐'"。① "子曰：'小子何莫学夫诗。诗，可以兴，可以观，可以群，可以怨。迩之事父，远之事君，多识于鸟兽草木之名'"。②

"兴于诗"，是就"性"而言。"兴"，何晏引包咸的话说，即"起"，"言修身当先学诗"。③ "起"，即激发，振起，相当于时下心理学所说神经中枢经由刺激而进入兴奋状态。黄宗羲从"性"角度论述仁义礼智，也正是强调"性"由激发而动，由动进入恻隐、羞恶、辞让、是非等相关于仁义礼智的活跃状态。"心只有动静而已，寂然不动，感而遂通，动静之谓也，情贯于动静，性亦贯于动静"。④ 由于"仁"是必须努力为之，刻意求之的人伦理想，因此孔子对于"性"的努力为之、刻意求之的活跃状态非常看重，他所强调的"仁"的行为，如"学而不厌，诲人不倦"，"发愤忘食，乐以忘忧"，"知其不可而为之"等，都是在"性"的活跃状态才能发生的行为。对此，徐复观的分析很有道理："一般人之所以学而感到厌，诲而感到倦，乃系生命中有时麻木间断的现象，亦即系其有时而不仁"。⑤ 这就是孔子强调《诗》之"兴"功能的"性"的根据。由于"兴"同时又是情感激发的过程，因此孔子深知诗的抒情性质，并正是通过诗的抒情性质的把握，他在设教中深刻地抓住了诗、乐、舞的内在联系。

兴、观、群、怨之说，是孔子劝学生学《诗》的动员，是从诗的功能角度劝学生认真学《诗》。因此，这里有两个强调：一是强调诗的社会功能，按照人类学说法，在社会生产力尚不发达的时代，各种社会活动都严格遵循简约与必需的原则，即唯有社会生活所必需的活动才能成为确定的社会活动。那么，诗，作为时代确定的社会活动，它以怎样的功能而为当时社会

---

① 《论语·泰伯》。
② 《论语·阳货》。
③ 何晏：《论语集解》。
④ 黄宗羲：《明儒学案》卷四十七《文庄罗整庵先生钦顺》。
⑤ 徐复观：《中国思想史论集续篇》，上海书店出版社 2004 年版，第 239 页。

所必须？对此，以求解社会难题为己任的设教者孔子，当然要予以关注并予以解答。兴、观、群、怨，便是孔子对诗之于社会何为的解答。另一个强调，是诗的教育功能的强调，对孔子，这教育功能自然是在他的仁学思想体系中的功能，是本文前面论述的他的仁学结构所整体规定的功能。质言之，诗须有教于自然之性经由基于爱的人伦关系而养成礼的规范，并且，礼的规范又经爱的人伦关系复归自然本性。正是出于这样的仁学结构整体性，孔子把诗的教育功能概括为兴、观、群、怨。由此说，兴，便在于对受教者的自然本性的激发或激活，亦即朱熹所说"感发意志"，[①] 唤起求知欲，调动探索未知领域的热情，做好攻关解难的意志准备。何晏引孔安国注说："兴"指"引譬连类"，[②] 这是就"感发意志"而进入的活跃的想象状态而言，活跃的想象状态是体仁就礼的活跃的接受状态。

观，何晏引郑玄注说："观风俗之盛衰"[③]，朱熹说是"考见得失"，[④] 二人理解都包含体悟察知之意，并非一般的视或看，而体悟察知就须有体悟察知的根据或标准，根据或标准在于孔子仁学，同时对于生活的体悟察知又生成与印证孔子仁学，这是一个观察过程又是一个体认过程，并非一般所说"认识"。而诗所以有这样的观察体认功能，在于它的叙事状物，事在其中、象在其中、道也在其中。

群，何晏引孔安国注："群居相切磋"，[⑤] 主要是说不同的人可以在诗中找到共同话题，通过对共同诗句话题的各自阐发，表述对于仁的理解，这既是孔子的教学实践，也是当时用《诗》的社会实践。诗可以使人在仁的切磋中因仁而群，又可以使仁在诗的因仁而群中得以进一步阐发。因此群不是通常说的情感交流，也不是宣传鼓动，这是向着仁的凝聚。此外，其中也包括诗可以在教学中引发师生间的对话与讨论之意，这可以从《论语》记载孔子与弟子们就诗的对话中得到证明。

怨，尽管在怨什么方面多有争论，但怨是指怨刺或不满这种情绪情感状

---

① 朱熹：《四书章句集注》。
② 何晏：《论语集解》。
③ 何晏：《论语集解》。
④ 朱熹：《四书章句集注》。
⑤ 何晏：《论语集解》。

况，则各方面没有更大疑义。这是孔子以仁为根据所强调的诗的情感批判功能，是对于各种不仁的情感批判。经由怨，孔子的仁学设教体系在情感批判方面得到体系性完善。张少康对这一点有准确理解："'怨'的主体是指对现实不良政治的批判。孔子对'怨'的肯定，也是和他提倡的'仁'相联系的。"①

概括地说，孔子诗功能论的兴、观、群、怨之说，是与他的性—仁—礼的仁学结构相对应的，或者说，这是他的仁学结构对于他诗功能理解的系统定位。在这样的系统定位中，"性"起于"兴"的激活与激发，"仁"入于"观"之思悟与体认，再通过"群"的切磋同德，这便已实践地进入了"礼"的规范。而在这个过程中，"怨"的情感批判活动又始终活跃并且流贯，在怨而不怒的中和中守护着"性"的自然本真。

3. 诗的实践论

孔子的诗实践论，有"'子夏问曰："巧笑倩兮，美目盼兮，素以为绚兮"。何谓也？'子曰：'绘事后素'。曰'礼后乎？'子曰'起予者商也，始可与言诗已矣'"，②"子谓伯鱼曰：'女为《周南》《召南》矣乎？人而不为《周南》《召南》，其犹正墙面而立也与？'"③"子曰：'吾自卫反鲁，然后乐正，雅颂各得其所'④等。

这类言论，是孔子诗教论的有机组成部分，这是孔子诗特征论与诗功能论的接受实践与应用实践，这不是孔子对于《诗》的艺术批评，而是他对于《诗》的仁学表述与运用。是他从诗教出发，联系现实生活对待《诗》与运用《诗》。第一句话讲的是《诗》的启智求知之用，通过"巧笑倩兮，美目盼兮"诗句，理解复"性"修"仁"之后而合于"礼"的规范的道理。这是一种具有典型意义的启发性教育，同时也具体演示了如何带着仁学学习中的问题而读《诗》，并如何通过《诗》求解仁学问题的教学过程。第二句，是讲孔子用《诗》教习学生日常交流，在交流中运用《诗》的"思

---

① 张少康、刘三富：《中国文学理论批评发展史》，北京大学出版社 1995 年版，第 36 页。
② 《论语·八佾》。
③ 《论语·阳货》。
④ 《论语·子罕》。

无邪"的情智并运用《诗》的语言文采,这是孔子一段教学实践的记述。第三句,讲孔子自己理顺诗、乐、舞关系的实践成果,它一方面说明当时诗乐舞是一体的,另一方面说明孔子在仁学设教中理顺诗、乐、舞的关系,这是他仁学设教的重要实践内容。

通过诗的实践论,可以更明确地看到,《诗》对于孔子的仁学设教意义。孔子诗论是仁学设教的诗论,这一诗论通过《诗》的通性启智的特征与功能,引导着学生们的仁学实践及对于仁学的接受。

第 十 章

文学道德属性的审美之维

当文学以生活本质为揭示对象时，思的精纯就被突出出来。这是亚里士多德的摹仿说所圈出的一个涉及文学根本属性的领地。在这块领地上灵肉二元论的权威性被不断强化，灵亦即思的合法性实现于对于肉体欲望的放逐中，尽管置身于这一领域的文学作品不乏肉体描写，然而，在思的深处，肉体欲望被禁绝。这从文学道德论的角度说，是思的道德对于生存道德的否定；这从美学角度说，则是对于美的釜底抽薪。本章将求解这个问题，即从审美维度探求文学的道德属性。

超然于现实的精纯的美与迷失于肉体的纵欲的美都有违美的本谛，都是美的否定，是非美。前者，作为现当代中国美学的重要共识，在 20 世纪中下叶几十年时间里，以其观念形态进行美的藏匿，给生活以观念的非美阐释，美的藏匿与非美阐释的结果，是美的实践性失落。几十年时间数亿国人在美的荒芜中盲目跋涉，与此有关。后者，20 世纪尾叶至今，哈贝马斯所说的社会合理性包括善与美的社会合理性在重构的群体性忙乱中，借助感性释放的消费享乐时潮，也借助美的精纯观念因其被发现的非美本质而被搁置的虚空，正日益成势，构造着社会笼罩性的非美的审美之境。历史已然证明，观念性的精纯的美实则非美；现实正在证明，纵欲性的沉沦的美实亦非美。就美与人的社会有机生存的关系而言，美的永恒之所根基于二者相融合的生存的有机整体性中。这样，在生存的有机整体性中释美，于当下正进行的美学批判与建构，于时下热闹非凡的审美实践，都是应予重视的课题。

一、放逐肉体欲望的文学之思

揭示生活本质的文学之思所要求解的一个根本性问题，即如何在文学形象的个别性中揭示人及生活的普遍性。在这个问题中，个别性是普遍性的形态，其限定在于前者的合理性只能获得于后者，这样，后者便置于裁决前者的地位。于是，在文学的根本处，对于普遍性的思就赢获了因欲望而对普遍之思形成干扰的肉体个别性的放逐权。灵肉二元论支持着这种放逐。

尽管身体始终是沉重的精神活动的忠诚负载者，精神却经常扮演放逐身体的角色，而且，精神愈是自得于柏拉图主义的超越的自由，就往往愈是要坚决地放逐他的忠诚的身体。这一点，西方尤甚于中国——尽管中国也早有庄子为追求精神自由而放逐身体的"身如朽木"之说，也有信仰性的苦行，但总体来说，并没有形成历史性的身体放逐行动。西方则坚持一个放逐的历史过程，自柏拉图以降，几乎所有崇尚理性者，同时都是冷漠无情的身体放逐者。当然，西方人的这种放逐主要还是精神性的放逐——他们拒绝身体出席精神盛宴。于是，身体便成为被弃的漂泊者。他们实施身体放逐的最为得力的哲学帮手还是灵肉二元论。

而秉承二元论的西方美学家们，便争相在身体遭遇放逐的灵的净土上建筑各自的美学殿堂。柏拉图突发奇想地提出一个洞穴隐喻。洞穴是精神分析学意义的母体子宫，这一隐喻透露出这位希腊哲学家、美学家对于身体的轻蔑，身体是洞穴的被囚。它从产生时起就命中注定为理性的异己，它只能借助理性之光窥视虚幻的自己。这是灵肉二元论的哲学与美学奠基。亚里士多德否定了柏拉图所设置的身体的虚幻，却在身体之外为身体行为设置了一个使之获得形式的逻辑主体，这主体其实就是精神活动的神性，在如是的形式对于身体材料的创造中，另外地出具形式的精神活动便成为身体的他者。灵肉的二元分离并没有因为亚里士多德的唯物主义努力而获救。亚历山大时代的伊壁鸠鲁派、斯多葛派和怀疑派，提出一种类似中国老庄的心境静穆主张，基于这种主张他们劝教时人冷却肉欲，静穆心灵，使时人相信快乐来于出离身体的灵的宁静。作为中世纪神学仆从的中世纪美学，恪守神学的来世主义，宣扬以放弃身体的现世享乐为代价，归入神的怀抱，从而求得来世的更大快乐。精神在这里扮演神与来世超脱者双重身份，并用这双重身份双重地毁弃身体。当时的奥古斯丁在其神学《忏悔录》中打造出一个来于上帝的美学烙印，即和谐，在和谐或整一中美被抽象为数。身体欢愉在唯有精神才能把握的数的强势下被打入地狱。托马斯虔诚地接过奥古斯丁为美打造的上帝的烙印，又将之进一步阐释于柏拉图、亚里士多德及普洛丁，经由托马斯，终于完成了神化精神否弃身体的中世纪形式主义美学。至于法国理性主义，笛卡儿在灵肉二元论上迈出了更为清醒的一步，他把生存的全部意义进一步在精神活动的"思"中凝聚，他不仅放逐身体，还进而承用显然应包涵着身体的存在的名义，把精神指认为唯一的在。此后，西方理性主义便全心全意地自闭于笛卡儿"我思故我在"的咒语中。后来的法国启蒙运动并没有解除笛卡儿咒语，只是丰富了一些新的理性内含，甚至在"理性的王国"的强调上，它使笛卡儿咒语获得了放逐身体的新的魔力。这正如恩格斯所评价，启蒙运动时代使得代表着精神的"思维的悟性"成为衡量一切的唯一尺度。而在西方哲学与美学中占有举足轻重位置的康德与黑格尔，则在其理论体系的根本处造成身体的缺席。康德极尽其逻辑推演之能事，不仅首先用逻辑之刃切断了身体对于精神的关联，而且对于精神世界也毫不留情地进行切割，先将其截为数截，再用逻辑把它们缝合。康德是驾驭逻辑的顶尖高手，又是对身体弃之不顾的冷面人。黑格尔把一切都归于他的理念，而他的理念不过是精神的绝对化与客观化。虽然他们对于美学不乏精见，那也只是身体不在场的精神独白。

灵肉二元论构成西方哲学也包括美学的强而有力的历史体系，它也构成西方人的基本思维方式。这样的思维方式又受支配于褒扬精神贬抑身体的价值取向，身体便在西方哲学包括美学中形成历史性阙如。

身体的历史性阙如违反基本的生存常识，即世界上绝没有纯然精神的人。精神总是身体的精神，身体也总是精神的身体。灵肉二元论扭曲了基本的生存常识，灵肉二元论者在高谈阔论中沦入生存荒谬。故而，灵肉二元论的美学也便是荒谬的美学。而发现这一荒谬的，正是一位荒谬的雄辩者，他就是法国启蒙时代鼎盛时期的权威人物卢梭。这是一次酷暑中行走的经历，当时卢梭苦于酷暑难熬，便来到一片树荫下，同时阅读一本周刊，周刊中提到的一个问题使他霎时间产生了一种强烈的震撼，这种震撼如他所记述：

"……我觉得头像醉酒一样昏昏沉沉。一阵心悸使我感到胸闷，透不过气来，再也无法边走边呼吸。我瘫倒在路旁的一棵树下，如此激动地度过了半个小时，以至于当我起来时，我看到衣服的前襟竟在不知不觉中被泪水湿透。"① 这是一种身体感受，是由精神活动引发的身体感受。问题不在于何以这样的精神活动就引发了这样的身体感受，而在于被放逐的身体以如此震撼的方式向放逐身体的哲学家发出了呼唤，卢梭聆听了这一呼唤，他不断地为此陷入沉思，这使他"看到另一个世界，变成另一个人"，他由此认识了"通过身体彻底感受世界的方式"。② 继卢梭之后尼采也有过类似体验，并且也是发生在散步时。当时，双目几近失明的他来到湖畔的一座山岩旁，他被一个突发的直觉抓住，他身体激动得发抖，他流出过多的眼泪，是欢乐的眼泪，他唱着，不停地说着蠢话，他被一个新的思想所充斥，并觉得必须把它说给别人。正是这个直觉孕生了《查拉图式特拉如是说》。③ 这里的问题不在于直觉，而同样在于形成这一直觉的身体感受。或者说，是尼采当时的身体感受引发了当时的直觉，这也正是尼采在《瞧，这个人》中回忆当时情形时所说："是身体产生了激情，让我们把'灵魂'置于这一切之外吧"④。卢梭与尼采散步时的这两次身体震撼，可以说是被灵肉二元论统治的西方哲学包括美学中的重要事件，这是长久被否定被遗忘的身体在忍无可忍中向哲学家的暴动，经由这样的暴动两位哲学家的思想放射出超越二元论的光辉，并由此对后来的哲学家们形成影响。他们及后来追随他们的哲学家包括美学家们终于越来越痛切地发现：身体，是不能放逐的。当然，就文学而言，文学作品的身体放逐是以身体在场的方式进行着，几乎每一个文学形象都是血肉之躯，他们也不断地涌动着身体欲望，不过，这些形象的肉体活动始终被创作主体的普遍性之思所操控，这就像黑格尔所说，理念并不因其见于感性形态而迷失其中。这里有一个本末倒置，即本应生成于个别性的普遍性却在文学的创作之思中进行着个别性的生成规定。而这种规定体现在文学的道德

---

① ［法］卢梭：《致德马勒戴尔伯先生的信》。见［法］米歇尔·昂弗莱：《享乐的艺术》，刘汉全译，生活·读书·新知三联书店2003年版，第64页。
② ［法］让·斯塔罗宾斯基：《透明与障碍》，见［法］米歇尔·昂弗莱：《享乐的艺术》，刘汉全译，生活·读书·新知三联书店2003年版，第65页。
③ ［德］海德格尔：《尼采》上卷，商务印书馆2003年版，第253页。
④ ［德］尼采：《瞧，这个人》，黄敬甫、李柳明译，团结出版社2006年版，第45页。

实现中，则是创作主体既有道德观念对于作品形象的行为规定，行为自身的道德个别性及道德超越性因此被否定。

二、生存的审美取向

审美活动是充满生机的生存活动，这种活动的最为现实也是最为历史的价值就在于生机盎然地生存。对于美及审美的研究以及在文学实践中倘若以否弃对象的最有价值的东西为代价，这种研究就是否定或毁灭对象的研究或者创作，对象在研究及创作中成为非对象。灵肉二元论的美学研究正是由此步入歧途。

生存作为生命活动或生命现象，它的基本特征就是生命的有机整体性。这一特征是自明的，它源于不言而喻的生命的内在属性。机体的有机构成，脏器间的有机关联、呼吸、血液循环、胃肠蠕动、腺体分泌、神经网络、泌尿、生殖，都是有机整体性的自律系统，它们的协调活动，即新陈代谢，即远离平衡态的平衡态，都是有机整体性的实现，这也就是生命过程。有了这样的生命前提，才有所谓见于并承载于身体的精神活动，才有所谓语言的组织与运用，才有所谓各种社会交往、社会实践活动，才有各种复杂的社会关系，如政治关系、经济关系、法律关系、宗教关系、艺术关系、教育关系、家庭亲缘关系等。生命的有机整体性的解体，所有这一切也就随之化为乌有。有一个形象的比喻，说生命是一，其他一切，财富也好，权力也好，社会关系也好，名誉成就也好，都是一后面的零，有这个一，后面的零越多就越有意义或者价值，如果这个一没有了，再多的零也就是零。这个一是生命，也就是生命的有机整体性。

自明的生命的有机整体性因其自明而被忽略——神经中枢只对有所刺激的信息留有印痕，刺激的强度常常就是中枢印痕的深度。生命的有机整体性的自明性在于它的本然如此，本然如此是常态，便不再是刺激，就像心跳因其常态而不作为冲激的信息而被敏感。唯有常态被打破，机体置身于某种非常态并且这种非常态成为常态时，本然的常态再次复现，它才能产生似乎是新异的刺激而被敏感。精神以其超越机体的优势，借助于有机整体性因其自明而形成的忽略，窃得对于身体的自主权，并反转来放逐身体。灵肉二元对立因此反倒成为常态。唯有敏感的智者或者境遇特殊的智者，才能在这样的非常态的常态中感受那有机整体性的信息刺激，并将其作为重要的生存现象而发现而沉思。这些人又常常因这样的发现与沉思而被视为不正常，而倍感孤独。尼采就是这样一个典型。他作为西方二元论历史语境中的哲人能与身体相遇，在于他的独特的身体状况，各种病痛几乎不间断地折磨他，每一个读过几部尼采著作的人都不难体验到他才是真正的身体写作者，他的多病痛的身体从多方面向他发出尖利的刺激，这些刺激折磨得他痛不欲生又使他感到痛快淋漓。这些不间断的身体刺激使他敏锐而深刻地发现了西方二元论哲学的荒谬，并不断地向他提供反叛的武器，使他得以在"观察的顶峰"去思考"最艰难的思想"。他只能在强烈的身体病痛中思索，身体病痛既是他思索的情境，又是他思索的内容，并终于构成他的身体思索的思想。在他的狄俄尼索斯式的倾情中，可以感悟灵回归于肉的狂喜——这是身体痛苦的狂喜，是身体痛苦的升华；他的狄俄尼索斯式的节日狂欢，又是他回归于灵肉一体的迷醉般的庆贺。海德格尔曾就此说："抽象思维是一个节日吗？是人类此在的最高形式吗？确实如此。但同时，我们也必须注意到尼采是如何看节日的本质的：尼采只能根据他对于一切存在者的基本看法来思考节日的本质，亦即只能根据强力意志来思考节日的本质。在节日里包含着：自豪、忘情、放纵；对各色各样的严肃和鄙俗的嘲弄；从动物般的充沛和完美而来的对自身的神性肯定——对于这一切，耶稣基督是不能老老实实地表示肯定的。节日乃是地道的异教"。① 海德格尔在尼采的节日狂欢中所特别强调的强力意志，即是尼采灵肉一体的哲学真谛。多病痛的身体有效地成为精神超越的牵累，使精神不断被提醒自己乃是身体的精神，这使得尼采终于以一个异教徒的绝对性，把传统二元论的身体与精神的关系颠倒了过来，他粉碎了精神放逐身体的历史阴谋，使精神重返身体家园。米歇尔·昂弗莱分析尼采哲学的独特构成与他的身体体验的关系时，曾明确指出："尼采的身体异常脆弱，对体验的一切直接数据都极端敏感。神经贮存着大量的能量，最灵敏的机械装置与这些能量一起投到自我毁灭的一方。由此产生了这一思想：'人们必须有其个人的哲学。'《快乐的哲学》的精彩篇章论证了身体和思维

---

① ［德］马丁·海德格尔：《尼采》上卷，商务印书馆2003年版，第6页。

是相关的，并讲到，由于身体复杂而羸弱，或者说，由于身体被病态的敏感所纠缠，所以身体更能成为一种思想的产地。"① 米歇尔·昂弗莱抓住身体敏感性在尼采哲学中至关重要的位置，读解尼采生命哲学的独特意义，这对于当下我们理解西方传统二元论哲学在尼采这里向生存的有机整体性回归的身体体验途径，有不容忽视的启发性。据此理解尼采的悲剧美学，在他对于酒神充满激情的高扬中，他对比日神精神的"智慧的平静"，"即使当他愤怒和暴躁的时候，他还是把美丽幻想奉为神圣"② 的特点，所强调的酒神精神的"魔力"，"处于一种飞逝欲去的边缘"，"昂然自得和欢喜欲狂"，"整个宇宙的创生力，现在都表现在他的强烈情绪之中，而使那原始的太一获得光辉的满足"③，这些其实都是一种源于身体敏感性的生命体验，尼采经由这样的体验产生出巨大的美学冲动，这是一种竭力把长久压抑于理性的身体解放出来的冲动，这是在身体体验中汲取了充分的生命能量，又将之导入审美视域，使之与传统的审美理性与审美形态相撞击而爆发出来的美学主张的焰火。自然，在沉重的二元论束缚中冲突的尼采不可能不在猛烈的冲突中留下二元论的束痕，这使得他的悲剧美学并没有完成灵与肉亦即日神精神与酒神精神的有机融合，他为二者所留下的难以弥合的对立性远大于他在二者中所求得的有机统一。从这一角度说，尼采美学是发现与张扬了身体的生命根基的美学，他并没有达到灵与肉有机统一的境界。

在西方，即便是经过了为数不少的注重生命体验的哲学家、美学家及文学家的二元论突围，二元论的影响仍然强而有力。在后现代哲学与美学中有双子星座之誉的福柯与德里达，他们都有力地掀起过解构西方传统理性的风暴，都不同程度地洞见西方哲学与美学割裂生存有机整体性的弊端，他们的质疑是深刻而且犀利的，这是一种非营垒内的叛逆者所难以达到的深刻与犀利。但他们在重返身体家园进而求得灵与肉的有机统一方面所取得的进展与他们深刻而且犀利的质疑相比，前者则逊色不少。福柯，这是一个相当看重身体体验的学者，他与尼采不同的是，尼采是因剧烈且又不间断的身体痛苦而被动地沉入身体，福柯则是因为强烈的身体欲望而主动地在肉欲的满足中

① ［法］米歇尔·昂弗莱：《享乐的艺术》，生活·读书·新知三联书店 2003 年版，第 73—74 页。
② ［德］尼采：《悲剧的诞生》，作家出版社 1986 年版，第 17—18 页。
③ ［德］尼采：《悲剧的诞生》，作家出版社 1986 年版，第 17—18 页。

沉入身体。前者是痛苦地沉入，因巨大的痛苦而转生出战胜痛苦的淋漓尽致的快乐；后者则是快乐的沉入。他在快乐的沉入中加倍地体验并理性地升华着快乐。詹姆斯·米勒在《福柯的生死爱欲》中，详细地描述并分析了福柯这位非凡的哲学家、思想家沉浸于身体享乐，追求"极限体验"的经历。旧金山的同性恋社区曾使他感到"无法形容的快乐"，这类快乐不断地引发并转化为他对生命与死亡的哲思，生成他关于性、权力、人生、美与快乐的著名的思想。福柯曾这样解释他的思想由来："我想，那种在我看来是真实的快感，是极为痛切、极为强烈、极为势不可当的，它能要了我的命。痛快淋漓的快感……在我看来，是同死亡相关联的。"① 在强烈的快感中发现与体味死亡，这确实不同凡响。更多地为他的思想寻找身体体验的根据，或者也可以说，为使他的身体享乐得以精神升华，他纵情于加利福尼亚的公共浴池，并吞食一种叫做 LSD 的麻醉剂，到克莱蒙特附近的死亡谷进行极限体验。在死亡谷，借助麻醉剂的力量和施特克豪森的乐曲，福柯仰望太空向星星打手势，他说："天空爆炸了，星星雨点似的落到我身上，我知道这不是真的，但这是'真实'。"② 继而他又说："今晚我重新认识了我自己"，"我现在知道我的性是怎么回事了……"③ 此后如詹姆斯·米勒所说："福柯的加利福尼亚之行改变了他的生活。这次旅行也改变了他过去性爱及思考性的问题的一贯方式"。④ 福柯求借于身体体验，获得了解构西方传统理性的利刃，对灵肉二元论发起致命攻击，他也据此竖起了自己的思想丰碑。福柯融合着身体体验的美学思想散见于《认知的意志》《疯癫与文明》《性史》等著述中。而早在 1963 年出版的《雷蒙·鲁塞尔》一书中，他的灵肉一体论的美学思路就已有过集中表述。这本书是对雷蒙·鲁塞尔这位诗人兼小说家的研究。在这一研究中，福柯坚持着一个重要信念，即艺术虚构与哲学思考具有趋同性。基于这一信念，他把文学作品视若哲思的世界现象，这使得

① ［法］福柯：《一次谈话》（1982），见［美］詹姆斯·米勒：《福柯的生死爱欲》，高毅译，上海人民出版社 2003 年版，第 25 页。

② ［美］瓦德：《福柯在加利福尼亚》，见［美］詹姆斯·米勒：《福柯的生死爱欲》，上海人民出版社 2003 年版，第 346 页。

③ ［美］瓦德：《福柯在加利福尼亚》，见［美］詹姆斯·米勒：《福柯的生死爱欲》，上海人民出版社 2003 年版，第 347 页。

④ ［美］詹姆斯·米勒：《福柯的生死爱欲》，上海人民出版社 2003 年版，第 348 页。

他对于人、对于死亡、对于世界的哲思直接汇入他对于文学的美学之思。在该书中他谈到生存空间问题，这是他长期思索的一个重要的哲学问题。他提出一个重要的迷宫——镜子隐喻，他的灵肉一体化的美学思路在这一比喻中可见一斑。他认为人性由两个巨大的神话空间构成，第一个空间是生存的密封的迷宫，它永未开启，是生存自闭的隐秘结构——这里能看出康德主义的痕迹；第二个空间则是现实生存的迷宫，它是"和外界相通的、多形的、连续的和不可逆的"。这现实生存的迷宫是为人，为兽也为神设下的圈套，是欲望的纽结，是沉默的思想。在这里，神圣的自由与非人性的兽性不可避免地融合在一起，灵肉一体的现实生存过程与生存体验就安顿在这个空间，也生成着这个空间。在这所迷宫中人们遭受种种折磨（同时也获得种种生存的快乐）。"终于，他抵达了第二座迷宫的中心，看见了'重新发现的本源'的'灿烂光辉'。他终于能够解释他的守护神了，懂得了自己脑门上的那颗'星'是一种变态的意象，偶然与重复在那变态中结合在一起；投在一切事物面前的符号的偶然性，开创着每一个形象都将在其间重复自身的时间和空间"。这第二所迷宫是生存反思的迷宫，亦即反思的精神的迷宫，历尽艰辛的生存者在这一迷宫中心所看到的是一面"反映着得到了解释的出生的镜子"，这面镜子又被反映在另一面镜子里。"也正是在这面镜子里，死亡看到了自己，而这面镜子本身又反过来在第一面镜子里得到了反映"。这两面镜子是互照的，它们是身体与心灵、生与死的一体化生存在反思的中心位置的自我发现与自我关照。① 现实生存在其生存过程中只是生存，却不知这就是生存。当他由现实生存进入生存反思即进入镜子的互照时，才发现他已然经历的灵肉一体的现实生存其本身就是本然的生存。对这一迷宫——镜子隐喻，福柯在几年后的一次演讲中再次提及，并进一步阐释说："镜子毕竟是一种乌托邦，因为它是一个非场所性的场所。在镜子中，我在一个非真实的空间中看到我不在其中的我自己，这个非真实的空间实际上就在那个外表后面。我就在我并不在的那个地方，亦即让我看见的阴影，它使我在我所不在的那个地方看到了我自己——一个镜式乌托邦。"② 这是生存理性的

---

① ［美］詹姆斯·米勒：《福柯的生死爱欲》，上海人民出版社 2003 年版，第 192—195 页。

② 福柯、哈贝马斯、布尔迪厄等：《激进的美学锋芒》，周宪译，中国人民大学出版社 2003 年版，第 22 页。

破解——它在生存中，生存过程是它反映的内容，它本身又是一个镜式乌托邦。要特别注意福柯所强调的"我不在其中的我自己"，这是说，我的生存反思已不是我的现实生存，灵肉一体化的现实生存的我不在我的生存反思之中。反思这种精神活动，是现实生存的不在场，尽管它反思的内容是现实生存。这是对生存的独到理解，即生存包括灵肉一体的实际生存和精神的生存反思，精神的生存反思置于生存迷宫的中心位置，但那却不再是灵肉一体的现实生存。据此，他提出一个独到的美学命题——"为藏匿自己的面孔而写作"。① 在精神性的写作中，灵肉一体性的现实生存被藏匿了。

福柯在快乐中回归尼采的痛苦之源，他们是身体家园的殊途同归者。他们基于身体体验的哲学与美学，使他们成为西方二元论传统的最为有力的颠覆者。为此，后来的福柯对先行的尼采心领神会，他甚至公开宣称——"我其实就是尼采"。②

三、美学的身体放逐

在西方现当代从尼采到福柯一些哲学家、美学家们竭力重返身体家园之时，亦即在 20 世纪 50 年代至 80 年代初这段时间，中国的美学家们及文学家们包括文学批评者却开始了他们出离身体家园的精神漂泊。

这与现代中国因文化启蒙与民族自救而形成的时代语境密切相关。19 世纪末 20 世纪初备受凌辱的中华民族进入必须救亡求生的关键时刻，一批先行觉醒的仁人志士把病源归为落后的文化传统，他们中的一部分成为变革封建制度的斗士，他们的另一部分即知识群体则全方位地对封建文化进行智识性的反叛。这两部分力量相互渗透、彼此呼应又多有矛盾，掀起了世纪之交的中国革命大潮。智识反叛的武器是西方的智识。西方智识中愈是与中国传统智识对立的说法，就愈是成为武器的首选，这样，与中国传统的经验思维即整体性思维明显对立的二元论思想就自然被很多传统反叛者们选作利

---

① ［美］詹姆斯·米勒：《福柯的生死爱欲》，上海人民出版社 2003 年版，第 171 页。

② ［美］理查德·沃林：《福柯的审美决定论》，见汪民安、陈咏国、马海良编：《思想译丛福柯的面孔》，文化艺术出版社 2001 年版，第 222 页。

器，而且在运用中进行了更富于二元论锋芒的发挥。

堪称中国现代美学丰碑的朱光潜就是在这样的语境中建构他的美学思想。

朱光潜美学的哲学基础是克罗齐的直觉论。克罗齐的直觉论属于西方物与心二元对立中心的一极，即属于典型的主观唯心主义。尽管朱光潜在其美学思想的进一步阐释中经常又滑入传统的经验思维，但他的克罗齐根基则使他论述美及美感时，毫不犹豫地舍弃了身体家园，构成美及美感的直觉被规定为极精纯的精神活动。他分析说："我们自觉 A（对象）时，就把全副心神注在 A 本身上面，不旁迁他涉，不管它为某某。A 在心中只是一个无沾无碍的独立自足的意象。A 如果代表玫瑰，它在心中就只是一朵玫瑰的图形。如果联想到'玫瑰是木本花！'就失其为直觉了。这种独立自足的意象或图形就是我们所说的'形象'"。① 对于这种直觉，不仅对象唤起身体知觉的种种物的属性被蒸发掉了，而且对象的认知属性——这是作用于精神的属性也被蒸发掉了。美或美感仅成为一种没有任何内容的形式结晶。

朱光潜的这种直觉论虽然后来屡遭批判，包括他的自我批判，但否定身体欲望及身体感的美在形式说，则一直在中国现当代美学中拥有极大的共识性。如蔡仪，这位唯物主义认识论在美学领域的坚定贯彻者，就唯物与唯心严格对立的一般性而言，他应该对朱光潜的形式论反其道而行之，应该给关联着身体的物的属性在美或美感中派以用场。但他没有，他同样是美在形式的坚持者，他的努力只是对美的形式或对于形式的美感进行抽取了身体物欲的唯物论证。他明确地谈到美的本质："我们认为美的东西就是典型的东西，就是个别之中显现着一般的东西；美的本质就是事物的典型性，就是个别之中显现着种类的一般。"② 这个别，显然是非身体的个别，是所面对的审美对象的形式的个别；而这一般，显然也不是身体的一般，是对象所体现的对象所属的类的一般。在这样的典型论中，美成为一般形式或形式一般性，与朱光潜一样，形式承载的身体体验因其足以对把握形式的精神活动造成不必要的分神，而被毫无商量地蒸发。而面对这样的美所产生的美感，蔡

---

① 《朱光潜美学文集》第一卷，上海文艺出版社 1982 年版，第 12 页。
② 蔡仪：《新美学》，群益出版社 1947 年版，第 68 页。

仪则干脆将之归入观念判断："我们可以说，精神的基础活动是认识，美感既是精神活动，那么显然是在认识的基础上发生的，也就是说美感显然是在美的观念的基础之上发生的。"① 于是，在蔡仪的典型论与典型观念论中，朱光潜蒸发具体物性与身体性的美在形式说获得了唯物论的论证。

　　新中国成立后先后两次展开的全国规模的美学大讨论，李泽厚是举足轻重的人物。可以说，先李泽厚而立的朱光潜美学思想，作为李泽厚批判美学的靶子，几乎构成了李泽厚美学思想中最富探索性的要素。李泽厚最初是从客观论的角度向朱光潜的主观论美学发起冲击，并因此作为当时中国美学界的新秀而崛起。李泽厚哲思严谨，论风雄辩，他在不断深入地进行朱光潜主客观统一论（朱光潜在不断地被批判与自我批判中，很快便由唯心论的直觉论转为主客观统一论）的批判中，不断地解决着一个必须与朱光潜泾渭分明的难题，即既然他坚持指认朱光潜后来的主客观统一论其实仍然是主观论，他就必须对主客观统一究竟统一于主观还是统一于客观拿出一个客观唯物论的回答——因为李泽厚几乎紧接着朱光潜而承认美是主客观的统一。李泽厚解决了这一难题，他在马克思主义经典大师那里找到了"实践"这柄利器，并由此生发了他的实践观点美学。但有意思的是，在经由批判朱光潜而确立的实践观点美学中，他同样认同着蒸发身体体验的美在形式说，他的作为是给美的形式以实践论的解释。他说："自由的形式就是美的形式。就内容而言，美是现实以自由形式对实践的肯定，就形式言，美是现实肯定实践的自由形式。"② 在李泽厚看来，美就是形式，是自由的形式。在自由的形式与实践之间，李泽厚提出了一个重要范畴，即"积淀"，"积淀"是一个历史性的物质实践形式化的过程，李泽厚确认，历史实践过程必然留痕于实践的物质形式，这样的形式便成为历史实践过程的形式化肯定，实践的历史密码就凝冻在这一形式中。由于这样的实践是合规律性与合目的性的统一，因此实践主体面对凝冻或积淀着历史实践的形式，也就是面对着合规律与合目的性相统一的历史实践，人的使自然人化的本质力量也便得以确证，人面对这样的确证而深感喜悦，这就是面对自由形式的审美愉悦。他说：

---

① 蔡仪：《新美学》，群益出版社 1947 年版，第 157 页。

② 李泽厚：《美学三题议》，见李泽厚：《美学四讲》，生活·读书·新知三联书店 1989 年版，第 69 页。

"自然与人、真与善、感性与理性、规律与目的，必然与自由，在这里才具有真正的矛盾统一。真与善、合规律性与合目的性在这里才有了真正的渗透、交融与一致。理性才能积淀在感性中，内容才能积淀在形式中，自然的形式才能成为自由的形式，这也就是美。"① 经由"积淀"，形式成为实践的形式，感性成为被实践证明了的理性的感性，主客观统一也便统一于客观历史实践之中。李泽厚由此完成了对于朱光潜主客观统一的直觉形式论的否定。不过，在这一历史实践的审美过程中，面对历史实践的自由形式，审美主体以历史实践主体的身份获得了对于历史实践的自由愉悦，那么他的身体呢？自人类文明史以来，身体的进步比之于巨大的历史实践进步，简直是微乎其微。以纤毫之微承历史之巨，身体的愉悦与否实在无法在厚重的积淀自由中找到切身感受的根据。其实，在李泽厚严密的美学体系中，身体同样被蒸发于观念的实践体系的壁笼之外，形式自由的裁决成为行精神之职的视觉的专利。

通过不断的逻辑提纯，在中国现当代各派美学思想的建构中，审美的精神愉悦因出离身体而成为超凡脱俗的神秘感受，大家都在没有欲求没有功利的圣境中品尝审美圣果。

应该说，这样的审美圣境是有的，它相当于福柯生存迷宫中那两面互照的镜子，是"异位"② 或对象化的镜式乌托邦。问题是这样的圣境所以存在——尽管它已不是实际生存，但仍然还是静观的实际生存，全在于它本身就置于与身体的全部活跃性相融合的生存迷宫之中，正因为它在这样的生存之中，它才深置于生存的中心，才能成为最高层次的反照，才能成为美的圣境。至于出离身体，视身体为审美累赘，把身体快乐看作是使美感堕落的动物式满足，从而灵肉二元论地仅把柏拉图式的精神愉悦强调为真正的美感，这恰恰是美与审美的消解。这样的审美，所审者，连静观的生存都不是，仅仅是镜面的虚无。

---

① 李泽厚：《批判哲学的批判》，见李泽厚：《美学四讲》，生活·读书·新知三联书店1989年版，第68页。

② "异位"，是福柯在《不同的空间》一文中提出的一个重要概念，它是指当代人总是在由各种关系构成的位置（他称为位所）上生存，又经常在由各种不经常的、随意的或偶然关系所构成的位置上生存，后者便是异位生存，人在异位生存中延展自己，反照自己，这就像人们在镜子中注视自己一样。镜子对于人来说，也是异位。见福柯、哈贝马斯、布尔迪厄等：《激进的美学锋芒》，中国人民大学出版社2003年版，第19—28页。

当然，这样一种放逐身体的观念在 20 世纪中国所以能被较为普遍地接受，并不只是美学问题，这更是一种时代的限定，是出离传统又寻求自救，接受外助又无体自安的特定时代的精神反响。任何聪慧或雄辩的美学先师，都不能脱离时代去审美与建构各自的美学体系。

这种美学追求反映在那一段时间的文学创作与文学批评中，则形成肉体欲望的原创性的否定。这种否定或体现在作品主要人物或正面人物的贯穿性行为动机，也包括各种具体动机，都不能基于肉体欲望，甚至不能有肉体欲望；或者，它体现在有缺陷人物或反面人物的被否定、被批判中。这样一来，肉体欲望的道德原初性与生发性也因此被否定，由此而来的道德观念成为文学创作与批评的准绳。

四、传统美学的生存意蕴

而重返生存的有机整体的家园并不是中国传统美学所要解决的问题，因为在中国美学传统中，并没有历史的群体追随的灵肉二元论，因此也就没有与身体对立进而出离身体的精神事件发生。既然没有离开身体的精神出走，又何谈重返生存的有机整体性的家园？

所以，重返家园的说法是相对于西方与中国现当代美学。

规定着中国美学传统的哲思性思维是强调有机整体性的浑融思维或经验思维。在这样的思维方式中，思维主体所面对、所关注的是事物间及构成事物的各因素间的关联性、系统性，是事物由此态向彼态转化的流变性，是事物的有机整体性形态。这类事物包括天、地、人、万事万物方方面面。这是一个生生不息、生机盎然的世界。对这样的思维来说，思维主体思维于所思维的对象，而他所思维的对象又是他构入其中的对象，他思维他的对象，他也就是在思维自己，同时他思维自己，他又总是在思维他所构入的对象。他与他的思维对象并不截然分离。至于这个思维着的他及他所思维的自己，乃是有血有肉的、生命的有机整体性周身贯通的他及他自己，他就是他的精神，就是他的融贯着精神的身体，就是他的融情之理，他的合理之情，同时又是他的融情合理的生命过程；他所思维的对象，由于那是融含了他的对象，所以他的生命的有机整体性也就融合到对象中去成为对象的生命有机整体性，对象呈现给他的也同样是融情之理、合理之情，以及融情合理的生命过程——即便对象是无生命的日月星辰、山泽云雨，思维主体也同样用自己的生命过程去思维、去体验，从而使对象成为生命过程的对象。对这样的浑融思维，我在《中国古代艺术的文化学阐释》中曾做过阐释："主客浑融中的主体是以其生命整体性而融入对象的，其中不仅是认知，而且有丰富的情感和经验地把握对象的意志。这样的主体整体性的肯定规定着主体进行经验思维时，不仅包含有本质、规律的认知，也包含有情感、意志的生命现实状况与生命历史状况。所以，无论这种思维向什么展开和如何展开，它都捎带着人伦内涵，都无法舍掉人伦之'用'。而浑融文化的主体整体性肯定，又使得经验思维必然地含有语言所无法概括的生命整体内容，这部分内容无法通过抽象而舍弃，因为舍弃了这部分内容也便否定了经验思维。"①

　　固然，这样的物我一体、情理未分、灵肉融合的思维方式，对于西方严格区分主体与对象，借助逻辑把握对象本质的求知传统而言，是太过模糊也太过混杂，它甚至不可能抵达西方的求知境界。也正是以西方的二元论思维为参照，20世纪初才有不少学人指责中国传统的经验思维是"大概差不多"的思维，是"不求甚解"的思维，并指认这是中国人极差的思维习惯。而实际上，中国这种传统经验思维，从根本上就不是为了把握西方的二元论的本质世界，它所研究与把握的，恰恰是西方哲思所难以企及的那个世界。西方人经由卢梭、柏格森、叔本华、尼采、德勒兹、弗洛伊德、海德格尔、福柯、德里达们，历尽艰辛地发现了西方传统的本质世界并不是唯一的世界，更不是世界的全部，似乎有很多更为重要的东西被他们的本质世界蒸发掉了。一个多世纪以来，这批西方传统哲思的反叛者们，几乎可以说是忍辱含垢地锤炼出抗拒逻各斯之刃的绵延，发掘出反理性的酒神精神，发现了潜意识的神秘之神，深悟于身体的精神意义，育化出流变不止的差延，这使他们注定名垂千古。正是在这样的反叛浪潮中，中国传统的注重有机整体性的浑融思维开始获得价值重估。一批学者终于发现，西方反叛者们含辛茹苦方才赢得的新智慧的晨曦初露，在中国传统的世界中早已是一片艳阳。

　　且看两千年前史伯对郑桓公说的一段话："夫和实生物，同则不断；以

---

① 高楠：《中国古代艺术的文化学阐释》，辽宁人民出版社1998年版，第153—154页。

他平他谓之和，故能本长而物生之，若以同裨同，畛尽而矣。故先王以土与金、木、水、火杂，以感百物。是以合五味以调口，刚四肢以卫体，和六物以聪耳，正七体以役心，平八素以成人，建九纪以立纯德，合十数以训百体，出千品，具万方，计亿事，材兆物，收经入，行畛极。"① 这就是浑融思维的世界理解，它紧紧抓住世界由其基本因素到物、到人体生命、到艺、到政、到德的整体性构成关系与生成关系，探寻其间的联系与转化，此物中有彼物、此生中有彼生，体中有心、音中有味，艺中有政、政中有德。这种互生互有的世界整体性关系，又产生于万事万物相互作用之"和"。这与西方思辨的分而又分，明显不同。像这样的对于万事万物的有机整体性的理解及表述，在中国古代文献中俯拾皆是，这只是浑融思维的一个例证而已。

基于这样的思维方式，便形成了中国特有的注重生存的有机整体性的美学传统。

这样的美学传统，可以粗略地进行如下概括：

1. 审美的生存整体性

在中国古代美学传统中，精神愉悦和身体快乐相融为一，这既是至高的审美追求，又是身体力行的现实审美实践。

总体上说，中国古代较少有西方那样的单纯的审美活动或艺术活动。在中国古代，审美活动、艺术活动总是融合在社会活动中，审美功能也总是融合于各种社会活动的其他功能如伦理功能、政治功能、教育功能等之中。不少后学认为孔子论诗广泛涉及社会活动中的各种关系是穿凿附会，这其实是误读，这种误读有悖于中国古代诗与各种社会活动相融合的历史实际状况，中国古代的统治者也好文人也好，总是倾向于把诗同时势、民情、民风联系起来。由于审美活动、艺术活动总是相融于各种社会活动的，因此，社会活动中生存的有机整体性就自然保留在审美活动与艺术活动中——毫无疑问，通常意义的社会活动就是社会实践，社会实践是人的生存的整体投入与整体实现。马克思曾称此为人的本质力量全面发展的对象化。康德在此前谈到实践理性时也特别强调了实践理性乃是人的各种力量的综合。审美与艺术活动

---

① 《国语·郑语》。

的这种性质规定着它们的无可拆解的有机整体性。而相反，愈是要求审美活动、艺术活动进入出离社会活动的非功利的纯粹境界，则生存的有机整体性愈被否定，不食烟火的抽象化的精神活动也就愈被张扬。

中国古代早就有六艺之说与六艺之教，将六艺视为君子的立身之道。这六艺，即礼、乐、书、数、射、御，这就是生存的有机整体性的综合培养。孔子特别看重这个问题，他在强调"兴于诗、立于礼、成于乐"的同时，又强调要"志于道，据于德，依于仁，游于艺"①。这都是生存整体性的强调。孔子的那段"吾与点也"的著名对话，正是"游于艺"的形象表述。孔子就人生境界问题向他的几个弟子发问，先回答的三人孔子都不满意，问及曾点，曾点回答说："暮春者，春服既成，冠者五六人，童子六七人，浴乎沂，风乎舞雩，咏而归。"孔子听后"喟然叹曰：'吾与点也'"。② 曾点所倾往的，就是由精神而机体，由道德而行为的有机整体的和谐境界。同样的意思，在孔子论诗的名言中也可以见出："诗，可以兴，可以观，可以群，可以怨。迩之事父，远之事君，多识于鸟兽草木之名"③。尽管自古以来对兴、观、群、怨的具体所指众说不一，但对其中所包含的情感、认知、行为这些为人立世的要点，大家还是有所共识。也正是从这样的共识出发，具体所指的争执才不至于影响大家对于孔圣人的诗教具有历史一致性的接受。而这其中的情感、认知、行为共见于诗的强调，不也就是在强调诗的创作与接受中生存的有机整体性么？

孔子之后，有六经之说，"（孔）丘治诗、书、礼、乐、易、春秋六经"④，六经并提，也是体现了中国先哲们对于生存的有机整体性之感悟，以及在人伦育化中坚持这一整体性的自觉。"温柔敦厚，诗教也；疏通知远，书教也；广博易良，乐教也；洁静精微，易教也；恭俭庄敬，礼教也；属辞比事，春秋教也。"⑤ 这里，乐的和神、诗的正言、礼的明体、书的广听、易的断事、春秋的辞用，由心而行、由情而智，被全面培养并纳入人伦

---

① 《论语·泰伯》。
② 《论语·先进》。
③ 《论语·阳货》。
④ 《庄子·天运》。
⑤ 《礼记·经解》。

之治，而审美与艺术的愉悦也就融于其中。

　　生存的有机整体性的思想，最初源于先民的原始生存状态及与之相应的原始思维，后来，它转化为自夏以后的伦理政治意识与日常生存意识，这已在古文字中留痕，周朝应是这种整体性意识进入系统化的时代，无论在社会政体中、伦理规范中、教育中、审美活动中等，都体现出不同程度的系统化趋向。至于战国末期，经由几代学者的探悟与整合，形成较高程度的整体性意识的系统性自觉，这种自觉在社会生活的各方面均得以坚持，并形成此后两千多年一以贯之的传统文化模式。中国源远流长的美学传统，即注重审美的生存整体性的美学传统，就融合于这一传统文化模式之中。

2. 美及审美的流转变化

　　流转变化是事物的重要属性，这种属性对于具有有机整体性的事物尤为重要，因为须臾不停的流变乃是生命及生存的基本属性。不过，对这种性质，凭借概念，凭借逻辑来把握对象的西方哲学传统表现了一种历史总体性的无能为力，因为被概念所逻辑地抽取的事物的本质、规律、特征、功能、属性等，都追求确定性及明晰性，追求合于逻辑的条分缕析，因此而有意无意地忽略、放逐、否定生命及生存的流变性质。换句话说，生命及生存的流变性很难成为西方传统哲思的掌握对象，在西方传统哲思中，流变性被放逐或藏匿。对流变性的这种因放逐或藏匿而造成的不在场，德里达曾表述说："不在场试图在书中虚场却在被说出时自行迷失；它知道自己既是失落者也是被遗失者，在此情形下它是无法击破的也是无法找到的。去接近它也就意味着失去它；去显示它就意味着去遮蔽它；承认它就意味着撒谎。"[①] 德里达试图寻回不在场或藏匿的事物流变性，他将此称为"差延"。"差延"即"无限的敞开"，即不间断的"改构"，即绝对的"差异性"[②]。

　　构成"差延"的这种事物的流变性，却早已落入中国传统哲思的视野，它被中国古代哲人不断地思索、体悟、把握，并予以生动的表述。这成为中国古代哲学与美学的基本内容。

---

　　① ［法］德里达：《书写与差异》上册，张宁译，生活·读书·新知三联书店 2001 年版，第 112 页。
　　② ［法］德里达：《暴力与形而上学论埃马纽埃尔·勒维纳斯的思想》，见《书写与差异》，生活·读书·新知三联书店 2001 年版，第 128—276 页。

　　集中地体现流变地把握世界万物的思维方式及思维表述的文献，当属被班固、许慎、范晔、陆德明等历代大学问家推为六经之首的《易经》，亦即《周易》。易，如系辞所说："易之为常也不可远，为道也屡适，变动不居，周流六虚，上下无常，刚柔相易，不可为典要，唯变所适。"① 《周易》就是耽思并表述这流变之道的大作。《周易》分为画卦、重卦、卦辞爻辞、十翼。其集成时间相当久远。据系辞论述，画卦者乃远古时代的庖牺氏；重卦者，有伏羲重卦说、神农重卦说、夏禹重卦说、文王重卦说；作卦辞爻辞者，又有文王说、文王周公合作说、孔子说；作十翼者，则主要为孔子说。虽其说不一，但有一点可以肯定，即对世界万物的流变性的关注、体悟在中国早有不下数千年的历史，《周易》是中国古代流变思悟的集成之体，是中国传统智慧的结晶。

　　《周易》不仅关注着万事万物的流变，而且深入这流变之中，探察揭示流变的玄奥。"易有太极，是生两仪，两仪生四象，四象生八卦"，"生生之谓易""天地之德曰生。"② 这是世间万事万物均在流变中生成与发展的宇宙观。"一阴一阳之谓道"，"阴阳不测之谓神"，③ 这是对流变的生成之源、动力之源的深刻感悟，洞察了万物创生的奥秘及人事与大道相通的机理。"观乎天文以察时变，观乎人文以化成天下。"④ 这是讲流变的玄奥见于自然，也见于人文，是自然人文之共则，由此才能观测万物而教化人类，才能查自然之变而示人吉凶。"有天地然后有万物，有万物然后有男女，有男女然后有夫妇，有夫妇然后有父子，有父子然后有君臣，有君臣然后有上下，有上下然后礼义有所措。"⑤ 寥寥数语，揭示了世界生生流转的整体脉络，由天地万物而男女两性，由男女两性而家庭而社会而人伦秩序、道德礼义，一切都在流变中生成，都在流变中转化，都在流变中彼此规定相辅相成。这是一个由宇宙而人事又由人事而宇宙的互逆互动过程，这不正是无限的"敞开性"，不间断的"改构"，绝对的"差异性"么？这就是"天人合一"，这

---

① 《周易系辞传》。
② 《周易系辞传》。
③ 《周易系辞传》。
④ 《周易彖辞》。
⑤ 《周易序卦》。

就是天人合一的社会伦理学。

从这样的流变性出发，《周易》敞开了一个自由的人生境界，同时也是审美境界。"君子所居而安者，易之序也；所乐而玩者，爻之辞也。是故君子居则观其象而玩其辞，动则观其变而玩其占，是以自天祐之，吉无不利。"① 这是探入流变之序则，顺应流变之序则，即相生而生，应变而变，并由此而获得的与天地融一的至乐至美境界。

《周易》揭示的流变性在中国传统美学中具有重要意义，它不仅历史地形成着中国传统的审美趣味，而且在任何一个时代，包括在当代，它都现实地规定着生存实践、审美实践的展开。中国人乐融其中、百赏不厌的诗词艺术、绘画艺术、书法艺术、园林艺术、音乐艺术，无不以流变性为通则与常则。"化"便是这种流变性的范畴表述，万物皆"化"，而且无时无处不"化"。对于专究流变性的"化"，我曾专文阐释②，提出中国古代艺术的玄奥处正在于"根道而化""缘法而化"③。中国古人所乐于并精于追求与品味的艺术之法，如动静、虚实、疏密、流转、互应、融通、演变、境界等，都是这流变性的艺术运用与发挥，其中三昧，不体悟于流变之中，绝不可得。

3. 美的中庸之道

中国古人所关注的流变性尽管涉及天地万物，但由于人的生存始终是这天地万物的构成者，并且是这由自己构入其中的天地万物的观者、识者、体验者，因此，生存的流变性也便经由观、识、体验而使自己的流变性化入宇宙万物，构成宇宙万物的流变性。即是说，中国古人所关注的流变性乃是见于生存的流变性，是宇宙万物与生存共享的流变性。对此，理学家程伊川从"道""理"相一的角度作过阐释："道与性一也，……性之本谓之命，性之自然者谓之天，自性之有形者谓之心，自性之有动者谓之情：凡此数者皆一也。"④

---

① 《周易系辞》。

② 高楠：《艺术的生存意蕴》，《化——规定中国古代文学发展过程的自然意识》一节，辽宁人民出版社 2001 年版，第 245—275 页。

③ 高楠：《艺术的生存意蕴》，辽宁人民出版社 2001 年版，第 262 页。

④ 《二程遗书》卷二十五《畅潜道录》。

知道了这种流变性的生存性质，也就可以从生存角度理解在中国古代哲学与美学中构成基本内容的中庸之道，即这种流变性必然是合于生存或生命规定性的，有序的，在各种非平衡状态中又保持着平衡的流变性。这是对于宇宙及万事万物不停息地流变而又不失其序不失其衡的深刻悟解，流变必然有一个度，适度则有宇宙万物、生存生命的常态及发展。失度，则混乱、则倾轧、则毁灭。这适度便是所谓中庸，中国古人又称之为中和。

中庸或中和在中国古代被看作是立身、治世之本。道家将之视为合于天地宇宙而立身全命的自然之道，认为中和之外的一切虚饰附赘都是对于这自然之道的破坏，"天地不仁，以万物为刍狗，圣人不仁，以百姓为刍狗。天地之间，其犹橐籥与？虚而不屈，动而愈出，多闻数穷，不若守于中。"① 中被视为自然无为之至道。老子又说："和曰常，知常曰明。"② 这是把和看作见于宇宙万物的恒常形态——中为道、和为道的常态。儒家则把这中庸或中和视为治世之常道，孔子说："中庸之为德也，其至矣乎！民鲜久矣。"③ 孟子则赞美商汤"汤执中，立贤无方"，并强调"中也养不中，才也养不才。"④ 儒道两家，在相争相融中历史地勾画着中国古代哲思的展开脉络，他们从各自角度对中庸之道的共同恪守，证明着他们对生存流变性的共同坚持，这构成中国立身治世的传统智慧。

中庸之道，无论见于立身，还是见于治世，或者立身治世兼用，不外乎两个要义：一是中；二是和。《中庸》作者子思说："喜怒哀乐之未发谓之中，发而皆中节谓之和。中也者，天下之大本也；和也者，天下之达道也。致中和，天地位焉，万物育焉。"⑤ 这里的喜怒哀乐，只是以心理活动为喻，是说中乃一种蓄而待发之势，它具有向各方面生发的力量或可能性，但尚未生发。而它一经向各方面生发，就有了一个和的规定性，这就是中节，节即节制，适度，也可以说合于节律。对中之大本，朱熹注曰："天下之理皆由此出。"⑥ 这是强调中乃众理之源之本。对和之达道，朱熹注曰：

① 《老子·五章》
② 《老子·五十五章》。
③ 《论语·雍也》。
④ 《孟子·离娄下》。
⑤ 《中庸》，第一章。
⑥ 朱熹：《中庸章句》。

"天下古今之所共由。"① 这就把和看作是历史发展的普遍规定性，也就是老子所说的常，是中见于宇宙万物的形态。孔子是中庸概念的创造者，他既将中用于判断为人处世的基本标准，又将之构成治世的思维方式。前者，可见于他对师与商的评价："子贡问：'师与商也孰贤？'子曰：'过犹不及'。"② "过犹不及"此后便成为中国人判人断事的日常标准，即是说，既无不及又无过，这才最好，这就是中。后者，孔子表述说："吾有知乎哉？无知也。有鄙夫问于我，空空如也。我叩其两端而竭焉。"③ 这"叩其两端"后来就成为重要的思维方法，它具有非思辨性，它是借助于具体的相对立的两种极端状况，经由比较，经由经验体验，非概念地获知所要求解的那种适中性。中国古代圣贤们所极为看重的民心民意，万物至理之类，既不可见又难以诉诸概念，通常就是用这叩其两端的思维方式，经由史料比较而求得。

对于中庸之道的求得，中国古人除了强调始于中又归于中，又强调这始于中又归于中的和的求得过程，这就是所谓"和实生物，同则不继。"④ 和，是差异而又统一，这是每时每刻都有所不同但又不失其中的动态，是此物彼物各有彼此但又不离其中的流变。这是唯有在流变中才能获得的万事万物各有不同但又共为一体的有机整体性。差异之物是共同的中的分享，中是分享着中的差异之物的共始与共始的流变。晏婴用"相成相济"说精辟地说明了这一点："声亦如物，一气、二体、三类、四物、五声、七音、八风、九歌，以相成也；清浊、小大、短长、疾徐、哀乐、刚柔、迟速、高下、出入、周疏，以相济也。"⑤ 出于这样的中庸之道，中国古人特别注意并敏于万事万物变化之精微、差异之纤毫，并于精微之变与纤毫之差中寻觅求和之方，至中之途。

见于立身治世的中庸之道，以其深蕴的宇宙与生存的道的根基，而在立身与治世历史过程中酿成中国特有的美学传统与艺术传统。

---

① 朱熹：《中庸章句》。
② 《论语·先进》。
③ 《论语·子罕》。
④ 《国语·郑语》。
⑤ 《左传·昭公二十年》。

对这种根基于中庸之道的美学与艺术传统，我曾在《中国古代艺术的文化学阐释》一书中将之概括为"钟摆"特征，①并进行了三方面特征概括。即，其一，重视艺术内涵的潜发状态。潜发状态，即多信息的凝聚，即丰富内涵的有待发掘，这从当下接受美学的角度说，即要求审美对象或艺术作品具有多元接受广度和多重接受深度。这使得在长久的历史发展中，一切构成审美对象者，从自然景物到诗、绘画、书法、音乐、建筑等，都是在形式上具有多元生成性的对象，而在内容上则体现出高潜发性。"言近旨远"说、"言有尽而意无穷"说，"象外之象、味外之旨"说等，都是由此形成的传统审美趣味的生动概括。其二，重视审美中情感的适度状态。这种情感适度的审美意识，在中国古代音乐理论与诗歌理论中表述得最为充分，也实践得最为自觉。如《乐记》："故乐者，审一以定和，比物以饰节，节奏合以成文，所以合和父子君臣，附亲万民也：是先王立乐之方也。"②乐，因其中和而成为立身治世的重要途径，并因此而唤起美感。又《吕氏春秋》："欲之者，耳、目、鼻、口也。乐之弗乐者，心也。心必和平然后乐。心必乐，然后耳、目、鼻、口有以欲之。故乐之务在于和心，和心在于行适。"③这是由机体而心灵，又由心灵而机体的在中庸之道中求得的有机整体性得以实现的审美愉悦。传统诗论中，谈及情感适度的言论比比皆是，以孔子评《关雎》的八个字最为精辟，对后世的美学影响也最为深远——"乐而不淫，哀而不伤"。其三，重视审美形式的中和性。尽管中国古人并不像西方传统那样，有明确而且截然的内容与形式之分，但内容与形式、质与文的差别，长于体验差异之微的中国古人当然不会忽略，在坚持内容与形式有机关联的同时，中国古人也进行着完善审美形式的努力，如《国语》谈音乐的声音节律，已经达到相当精细的程度，这声音节律的核心问题便是体现中和之美的"中声""中气""中之色"。而这体现在绘画中，就有了有无、虚实、黑白、奇正、浓淡等合于中庸之道的种种构图技法。

---

① 关于审美及艺术的"钟摆"特征，见高楠：《中国古代艺术的文化学阐释》，第一章《中国古代文化特质的艺术模铸》，辽宁人民出版社1998年版，第43—54页。

② 《礼记·乐记》。

③ 《吕氏春秋·适音》。

五、文学道德属性的美学阐释

文学的道德属性是文学的基本属性，它对于文学而言也是始终在场的属性。而文学摹仿与表现生活的本质，尤其是它以虚拟的生活样态摹仿与表现生活的本质，决定着它的道德属性不是以观念形态进行道德陈述或者阐发，而只能在虚拟的生活样态中流露出来，在这样的流露中道德意蕴是流露的所指，虚拟的生活样态则是其能指。

虚拟的生活样态的个别性与具体性，作为文学道德意蕴的能指，在其对于所指的涵盖性与丰富性上，必然要极大地优越于道德观念的概念能指，前者有充分的开放性与生成性。一个举案齐眉的动作或者面对漂亮女囚犯的注视眼神，其中的道德蕴含，包括超越既有道德观念的蕴含，显然非概念所穷尽。也正因为这一层道理，文学通过形象行为系统所传达的道德意蕴，才更具有对于既有道德观念的否定性或者超越性。道德是一个历史范畴，随着历史进程的展开，不同时代获有不同的道德规范，不同时代的道德观念只是对于不同时代道德规范的概念表述。而在概念表述之外，还有大量的非概念形态，如情感体验形态、习俗性的交往形态等，后者同样甚至在更充分的状况下发挥着道德规范的作用。而且，后者更具有历史延续性，这是现实活跃着的历史延续性。历史延续性见于不同时代的道德规范中，构成不同时代道德规范的历史稳定性，这部分内容，为见于概念的道德观念所长于把握。而不同时代道德规范的差异性获得，则并非道德观念概念性运作的结果，道德观念的概念性运作的逻辑性，与道德规范时代生成的逻辑性并非等同，前者是受概念表述传统制约的观念运作，后者则是受社会实践制约的社会行为运作。对此，美国哲学家、伦理学家 A. 麦金太尔在谈到"德性"的实践根据时说："我要赋予'实践'的意思是，通过任何一种连贯的、复杂的、有着社会稳定性的人类协作活动方式，在力图达到那些卓越的标准——这些标准既适合于某种特定的活动方式，也对这种活动方式具有部分决定性——的过程中，这种活动方式的内在利益就可获得，其结果是，与这种活动和追求不可分离的，为实现卓越的人的力量，以及人的目的和利益观念都系统地扩展了。"[1] 前面

---

[1]　[美] A. 麦金太尔：《德性之后》，龚群、戴扬毅等译，中国社会科学出版社 1995 年版，第 237 页。

所说的道德的非观念形态正是以其不稳定性却又发挥着道德规范作用，而活跃于现实生活。它的不稳定性未必就是现有道德观念的否定性，它更主要的是拥有一个无可断言的模糊地带，一些新生的道德因素蕴含其中，这是一个实践范畴，受实践利益与实践目的制约，指向人的进一步完善。实践是一个生存概念，它首先是精神与机体统合而一的活动方式，并且在这样的活动方式中实现着精神与机体的一体性。这种一体性蕴含着作为实践主体的人的生存利益，这是一种在生存利益的目的性追求中实现的人的力量。显然，不同时代，人的利益追求的目的性不同，由此采取的目的活动方式不同，但连贯的、复杂的、有着社会稳定性的人类协作活动方式，却在不同时代的目的性活动中延续着，并体现为差异性的不同时代的目的性活动，这就是道德的生存论本质，它具有人类生存的确定性与稳定性，正是这种确定性与稳定性实现着道德的延续性；同时，时代的现实状况又规定着道德的历史变化性，道德不断地在社会实践行为的协调中形成新的行为规范，并因此实现着不同时代变化了的生存目的。人类历史，从根本上说，无论是发生还是延续都是实践的发生与延续，道德，是实践发生与延续的构成，并归根结底被实践所规定。换句话说，不是实践构成道德，而是道德构成实践，不是道德规定实践，而是实践规定道德。对此，马克思主义经典大师讲得非常清楚："思想、观念、意识的产生最初是直接与人们的物质活动，与人们的物质交往，与现实生活的语言交织在一起的。人们的想象、思维、精神交往在这里还是人们物质行为的直接产物。表现在某一民族的政治、法律、道德、宗教、形而上学等的语言中的精神生产也是这样"。①

概括地说，人类生存的延续性历史地形成了人类实践中一些稳定的关系模式及关系行为模式，这类模式因合于人类历史延续的生存目的，而成为稳定的道德模式。而不同时代的特定时代状况，又从政治、经济、宗教等不同方面规定着道德形态的时代差异。可以说，延续的道德稳定性是见于时代差异性的稳定性，并在时代差异性中实现的稳定性。

在这里，有一个生存论的根基，亦即实践论根基——实践总是生存一体性的实践，这就是无论延续的道德的历史稳定性，还是因时代而变化的道德

---

①　《马克思恩格斯选集》第 1 卷，人民出版社 1995 年版，第 72 页。

规范的差异性，都建立在生存整体性的基础上，这生存整体性即灵肉一体性，亦即感性与理性的一体性。这种生存一体性的实现状况，可以是违背生存一体性的，可以是偏离生存一体性的，当然，也可以是较充分地实现着生存一体性的。但无论如何，生存一体性则始终是道德规范的实践根基，也是某一时代的道德规范是否合于生存的历史延续性的根据。这也就是说，克服灵肉二元论的生存一体性，否定灵肉二元论的生存一体性，乃是道德的本原性根据。

而道德，无论是观念形态还是非观念形态，又总是在实践中实现其生存一体性的根据，实践是道德的母体，也是道德的有机形态、生存形态。道德总是在具体的、生动的实践行为中——这类行为通常是关系模式及行为模式化的——发挥作用，并因此成为生存一体性的实践道德，亦即可以感知的道德。当道德可以感知时，道德就获得了审美属性，这便是道德的生存论的审美维度。在审美维度上，道德规范所获得的不是观念判断的标准，而是可以观之于眼、闻之于耳、述之于言、见之于行的审美标准。而这对于文学及文学的道德属性，则有了可以直接见于并规定于文学实践的标准。

文学创作主体，同时又是现实生活中的道德实践主体，他总是自觉不自觉地把在现实生活中的道德实践经验与体验转化为他的文学创作，文学创作所虚拟的现实生活形态，便总是转化着创作主体道德实践经验与体验的具体形象。在这样的具体形象中，创作主体在按照文学的形象要求进行审美创作的同时，也就连同地使其相应的道德实践经验与体验获得审美形态，其间的道德便成为审美的道德，由此而生成的形象便成为拥有不同的善的属性与美的属性的形象。当然，创作主体自身达到的道德水平，他的合于传统道德规范的程度，合于时代道德状况的程度，以及他在某些方面超越前两者而所透露的新道德因素的程度，便都体现或凝聚在他的文学创作中。

中国古代文人的一个重要传统，便是特别强调文学创作主体的自身道德修养，一是重视读万卷书，在读书中进入圣贤境界；一是重视身体力行，在身体力行中感悟这种境界，并构成这种境界。带着这种境界去创作，见于作品的道德功力也就自然地发挥出来。中国古代文人深刻地把握到了道德与审美的内在联系。

文学文本，诗也好，小说也好，散文也好，或者其他文本形态也好，在传达众多信息的同时，必然地传达着一定的道德信息，这是因为无论如何，只要是采用着生活形态，采用着生活中人的生存形态，无论是其中的关系模式、行为模式、语言模式，还是具体的关系行为，具体场景中的心理活动、话语活动，乃至人物性格、命运等等，它们的源于生活或取样于生活的实质，都使它们必然如影随形地携带着一定的道德属性，这使它们成为丰富多彩的道德能指，并因此成为道德的审美符号。柏拉威尔在评价马克思的文学道德意识时说："憎恶道德说教不下于一切其他的故作多情和装模作样的形式，归根到底，伟大的文学总是表现出关心真理和人们心目中的道德价值"① 柏拉威尔的评价合于马克思在其文学批评中体现的文学道德意识，马克思憎恶道德说教，但强调文学的道德价值，他同样憎恶文学在形式上的故作多情和装模作样，但关注文学反映生活、体现道德意蕴的真实的形象性，这是对于文学道德属性的审美强调，在这种强调中，坚持了生活形态与道德的一体性关系。

文学创作的全过程都伴随着生活形态或具体生活样式的道德选择，每一个创作主体必须把他的选择在二者的统一中完成，否则，他就无法想象与表述。其实，任何想象都面临这样想而不那样想的选择，在选择中被放弃的，不仅是那样想不美，还在于那样想不合于创作主体的道德意识。作为总是在文学作品中在场的道德，首先便是主体的创作意识在场，并且正由于它的在场操作，才有了作品的道德在场。古希腊斯多葛学派的代表人物爱比克泰德，是最早论述行为的道德选择的学者之一，他的很多看法与苏格拉底和孔子相通，即坚持实践行为的选择总包含着一定的道德选择，并且，前者经由选择而制约后者。如他曾明确地说："把'我'和'我的'放在哪里，我就必倾向那里。若放在肉体和外物那边，决定的力量就在那里；若在择善一边，我也必在那里。只要我是在我的善的选择那里，我就必如我应当所是的那样，是一个朋友，一个儿子或一个父亲。"② 显然，这类哲学觉醒期的言论更有智慧本原的色彩，在爱比克泰德的道德行为选择说中，我们可以受到创作想象中美善一体的形象选择的生存论启发。

***

① ［英］柏拉威尔：《马克思与世界文学》，梅绍武、傅惟慈、董乐山等译，生活·读书·新知三联书店1980年版，第548页。

② 杨适：《古希腊哲学课本》，商务印书馆2003年版，第697页。

　　再有，文学接受，这是过程性的，它实现着被动的接受主体性。文学的道德接受不同于观念的道德接受，在后者，接受主体进行着观念判断，而在前者，他进行着行为判断，并且在这个判断过程中获得道德体验，唤起道德情感，实现或验证某种情境性的道德目的。也就是说，文学接受的过程，就是接受主体实现美与善、形象与道德一体性活跃与完成的过程；而且，也是他实现自我与他者、现时与传统，乃至传统与传统超越的生存一体性的过程。他此前的道德意识包括道德观念，在文学接受中选择性地到场，这时，即使他行使道德批判的权力，也必然要经由形象样式这道围墙，不过在围墙后他遇到的却仍然是形象样式，他发现他所要批判的作品中道德那类东西，已在细胞水平上化入形象样式。这时，他唯为将那类东西从形象样式中抽取出来使之观念化，否则，他的批判便只能处于无可言说的体验或情感形态；而当他进行观念化的抽取时，文学消失了，文学接受主体成为与自己提炼的道德观念进行搏击的批评主体。这是接受与批评的永恒矛盾。罗兰·巴特所说："批评本质上也是一种形式活动——不过不是美学意义上，而是逻辑意义上的形式活动"① 这样的批评，割裂了文学所营造的生存一体性，它只是批评主体对于文学文本的观念提取。观念提取的割裂实质，使它对于文学文本的其他接受者而言，永远处于未置可否的位置。这是没有事实根据的缺席审判。如何消弭接受与批评的永恒矛盾，这是一个道德实践问题。

---

　　① ［法］罗兰·巴特：《批评作为语言》，［英］戴维·洛奇编：《二十世纪文学评论》，葛林等译，上海译文出版社 1993 年版，第 464 页。

第 十 一 章

文艺学的道德命题

　　道德性作为文学的基本属性是重要的文艺学课题，多年的文艺学建构中道德问题经常被不同角度、不同程度地提及。近年来，日常生活的很多道德规范发生变化，一些新的道德规范陆续形成，社会行为层面的道德冲突随时可见。这是中国现代化进程的道德反应，也是大规模社会转型所引发的道德震荡，全球化的时局为这一反应与震荡推波助澜。尤其是中国有着根深蒂固的道德传统，这更使现时道德状况具有历史冲突的性质，可以说这是一场潜移默化地发生于现实生活的"变革"。现实生活的道德状况以生存语境的方式作用于文学创作者，一切外在的反应、震荡、"变革"便都内化为创作者的道德意识，创作者道德意识以道德感的形态随着综合性创作目的进入文学作品，形成文学的现实道德状况，并由此成为文艺学道德研究的鲜活的文本。同时，它们所体现的道德反应、震荡与"变革"的历史性质，正构成文艺学须予认真研究的道德命题。

一、道德命题的时代突显

　　命题不同于概念，也不同于一般课题，命题的"命"字隐含着一个"命"的主题，即由谁而命。我们说，文艺学的道德命题是一个时代命题，时代的主体性被突出出来，这是一种时代要求，具有时代的历史发展的必然性，问题的严肃性由此得到强调。

道德问题被突显为文艺学的时代命题，可以概括出三个根据，即：

1. 社会道德取向的时代性变化

这不是个别或某些道德规范的变化，而是社会道德取向的总体性变化。不同时代，总会引发一些道德规范质变，从而使人们的日常行为及行为关系发生变化，这可以说是时代见于道德的历史常态；但说到总体性变化就不同了，这是全局之变，是道德的根源之变，它所带来的是各方面道德范畴的全方位的变化，这样的时代便属于特殊时代，人们当下常说的一个词很适于这样的时代，即"时代转型"。

进入封建文明以来，中国漫长的历史发展中，能用得上"时代转型"的时代恐怕就是三个：一个是春秋时代；一个是现代史开端的现代性启动；一个就是当下。这期间虽然历经改朝换代，但社会关系的实质并未发生变化。整体社会结构也未发生变化。五四运动对传统社会结构进行了有力冲击，批判了传统道德，提出了一些新的道德标准，但当时的社会关系与社会结构仍并未发生根本性变化。新中国成立，主要是中国共产党领导的政治革命的胜利，以夺取政权为根本性标志，前所未有地提出了社会主义建设的目标、方针与路线，并在各方面实施、落实，但就社会伦理结构而言，经济基础得以建构的实质性社会关系，并未发生整体性变化。当然，其中有改造、有调整、有推陈出新、也有变革，但难以说是根本性的。因此，经过几十年艰辛努力，"我国仍处于并将长期处于社会主义初级阶段的基本国情没有变，人民日益增强的物质文化需要同落后的社会生产之间的矛盾，这一社会主要矛盾没有变。当前我国发展的阶段性特征，是社会主义初级阶段基本国情在新世纪新阶段的具体表现"[1]，"社会主义初级阶段"的基本国情的准确概括，证明着此前的历史脚步最切近的，也只是步入传统转型的开端。但这毕竟是传统的社会转型的开端，社会转型的实质规定着这期间道德"变革"的复杂性。

道德"变革"的复杂性集中体现在不同关系单元中人与人之间的关系

---

[1]　胡锦涛：《高举中国特色社会主义伟大旗帜　为夺取全面建设小康社会新胜利而奋斗——在中国共产党第十七次全国代表大会上的报告》，人民出版社 2007 年版。

转变，这种转变概括地说就是建立在亲缘及情感基础上的不同关系单元的人际关系向建立在利益关系及权力关系基础上的人际关系的转变。前者，注重的是关系单元或关系体的利益，是关系单元或关系体基于共同利益的关系稳定，中国传统基于共同利益的关系体道德，构成关系体的各方依靠关系体并在关系体中分享关系体的共同利益，关系体利益的保障，就是构成关系体各方利益的保障，关系体利益的破坏或者损害，也就是构成关系体各方的利益的破坏或者损坏。在这种情况下，任何个人的努力与奋斗及努力与奋斗的道德性，都受规定于他所归属的关系体利益，倘若个人的奋斗及个人自由因其违背或跃过了关系体规定从而使关系体利益受到威胁或破坏时，他的奋斗及个人自由就必然被关系体的规定性所抑止或者扼杀；而个人的损失或伤害有助于关系体利益并因而有助于关系体稳定，则个人损失或伤害就成为合于道德规范的损失或伤害，在这个过程中，个人损失或伤害了个人利益却因为维护了关系体利益及关系体稳定而获得道德肯定与补偿。中国古代建立在女性贞节基础上女性道德，它在传统道德中的被肯定，在于它维护着家庭关系的稳定及家庭关系体利益，使家庭不致因女性的失节而导致家庭亲缘关系的混乱与家庭利益的外部分享；而与此相反的男性道德所以对男性的性行为没有类似于"贞节"的严格限制或者不予限制，是因为男权的家庭利益及家庭的决定性位置，使他的性行为的家庭外的发生，或者，通过娶妻纳妾的方式将之转化为家庭内，都不会从根本上影响家庭关系的稳定及家庭利益的损失。因此，在中国传统家庭道德中，对牺牲女性个人利益而守护贞节的女性便施以道德肯定或赐封、修建牌坊之类的道德补偿；而对男性的寻花问柳则投以相当的道德宽容。这种情况如冯友兰所说："社会有其理所规定之基本规律，为构成社会之分子所必依照以行动者。凡依照此规定以行动者，其行动是道德底；反之，则其行动是不道德底。但一社会之上，可有另一较高底社会，一社会之自身是一社会，但同时又是其较高社会之构成分子。若此社会之行动是不道德底。但构成此社会之分子之行为，则系依照此社会所依照之理所规定之基本规律，所以是道德底。"① 在中国古代，奠基于家庭关系的不同层次的社会关系体利益及关系体稳定，是冯友兰所说"社会之理"，

① 《冯友兰选集》下卷，北京大学出版社 2000 年版，第 72 页。

由此形成的道德规范，就是"社会之理"规定的"基本规律"。而且，在这样的"社会之理"中，又是大的社会关系单元统辖小的社会关系单元，大的社会单元的利益及稳定统辖小的社会单元的利益及稳定，因此各种道德规范在不同的社会单元中是自上而下、自大而小地适应着。这在于行为个体，则形成不同层次的道德规范，行为个体是关系型道德规范的最终约束或压抑对象。这就是很多学者所说的建立在宗法血缘关系基础上的中国传统道德的本质所在，由此形成的各种道德规范都以此为根据。

前面所说的社会转型，见于社会道德活动，则是一种关系范型的转型，在转型中，有紧密型关系单元，被松散型关系单元逐渐取代。在松散关系单元中，关系被弱化，关系单元的利益规定性也被弱化，而构成关系单元的各关系方面则从松散关系体中不同程度地解放出来，这是对于关系利益的解放，构成关系的各方面，大到不同层次的关系体，小到关系中的个人，都获得了更大的利益自由，他们既可以相对独立地维系或创造各自所属关系体的利益，也可以自由地创造个体利益。个体相对于关系体的解放，便是现时社会转型期中国道德"变革"的实质所在；在这一"变革"中，先前具有决定意义的关系体存在，走上一条关系体的个体解构的道路，关系体的个体解构的力量和根据又在于更大的社会关系体如政治关系体、经济关系体、文化关系体、职业关系体、部门关系体等给了各所属关系体以解构的外部力量与各种外部条件，这些力量与条件作用于构成关系体的个体，激发他们的个性意识，他们便不同程度地产生出基于个人利益的"自由"追求，而由他们构成的既有关系体及关系体利益，更成为他们实现"自由"的束缚，关系体解构就此发生。伴随着关系体解构过程的展开，人们的社会价值取向开始变化，先前被看得价值很高的关系体利益亦即社会利益、集体利益，逐渐被个人利益的重要性所取代，流行的说法是个人利益的获得才有关系体利益的实现，不是"大河有水小河满"，而是"小河没水大河干"。于是，关系生存的个体逐渐成为关系体中自觉的主体或象征的主体。这是一种根本性"变革"，由这个根本性"变革"，其他方面的"变革"先后发生，如家庭关系"变革"、经济关系"变革"、文化关系"变革"、职业关系"变革"等，规范着人们关系生存的各种道德规范、道德价值取向等，在这样的关系"变革"中发生着"变革"。

而这样的"变革"又是发生于传统延续性中，尤其在中国，道德传统源远流长，无所不在。道德传统与道德"变革"的矛盾自然无法避免，情况错综复杂，传统坚持着传统，"变革"坚持着"变革"，在各自坚持之间，有调和又有变体，共同构成混乱的道德格局。关系体重心的偏移，传统与"变革"的冲突，道德规范的扭曲或构建，作为转型时代特有的道德状况，见于文学，则文学的道德属性进入活跃的变动期，文艺学的道德命题由此被突出。

2. 文学活动的道德失准

文学活动主体首先是日常生活的道德参与者，他们在日常生活的道德参与中形成道德感，进行道德选择与判断。他们的道德活动对于生活是构成性的，即他们的道德活动是生活活动的构成，是见于生活活动而不是纯然的道德活动。很难想象纯然的道德活动是怎样的活动，它似乎只能观念地存在。构成性使文学活动主体以生活形态而不是以观念形态投入文学活动，当他们文学地表现或反映生活时，他们就连同着进行了道德表现。

这种情况规定着文学活动主体是把他们的日常生活的道德感以日常生活方式带入文学活动。文学创作主体不同于一般人的敏感性（更敏锐也更强烈）使他们对现时的道德状况有更充分的体验，他们既有道德经验、道德意识经由道德感活跃与现时道德状况发生更充分也更细微的相互作用。有人因此称文学创作群体为道德变化的晴雨表，尽管这时晴雨表所反映的道德变化未必准确，但敏于变化毋庸置疑。

这种晴雨表效应在近年来的文学创作中演化为多样并且混乱的道德意蕴。从伤痕文学对当时在现实生活中尚有重要作用的政治道德的质疑开始，继之，是对当时伦理规范合理性的质疑，通过"救救孩子"的呼喊，尖锐地提出清理社会道德标准的要求；然后，是个性自由的伦理反思，个性主体性的强调，由此透出的道德睿智，在当时有振聋发聩的效果，富于社会转型启动期所特有的道德批判精神，它是后来全方位道德建构的先声；此后，90年代，社会道德的关系主体向社会道德个性主体转型的势头越来越强烈，文学的个性意识体现为对于政治的淡漠和对内心世界的关注，性意识在个性意识的旗号下格外活跃起来，对当时已显出变化复杂性与混乱性的社会道德形成令人关注的冲击波，"新体验小说""女性主义文学"及"下半身写作"，其进击指向是市场，其震动则在于道德。新世纪以来，随着社会转型进程的展开，转型初期一些动荡的道德关系及道德因素逐渐成为生活常态，奠基在这类关系及因素中的道德规范逐渐进入人们的道德经验积累，并转化为惯习。如企业与个人的职业道德关系，在聘任制的日常生活化中已被人们习惯地接受为聘任的道德关系；性道德经过 20 世纪末的一些反叛性冲击，已经在宽松性与宽容性上被人们习以为常。同时，新的宽松性关系不断出现，新利益关系的道德性也在道德的个性主体性深化中被不断提出并不断规范化。文学与此相应，"打工文学""官场文学""生态文学"，以及 80 后作家群的"青春文学"等，带着各自的道德意识，推涌着文学市场化的浪潮。

而在这个过程中，一个相当重要的因素不可忽视，这就是大众传媒对于文学道德意识及道德影响的强力作用。不同传媒出于各自利益、各自需要，总是把对于它们有价值的东西放大、发掘、重组，甚至变形。文学市场化这一文学现象也是市场现象，自然要以其市场价值被传媒所关注并追逐，文学道德问题又以其特有的冲击力被后者抓住不放。文学的道德问题经过传媒的放大、发掘，甚至变形处理后，不再是文学现象，而成为带有事件性的社会情况或问题，道德的文学形态在这个过程中被转化为道德的事件形态或观念形态。孟繁华曾评价过这种情况："如我们沿着'导向'的思路去评价当今文化生活的话，一个绝望的来世似乎不再遥远。应该说，这种被建构或塑造出的'文化乱世'的图景，在满足狂欢欲望的同时，却也极大地影响了社会对文学的评价。"① 传媒夸大或歪曲着文学的道德状况，但这种夸大或歪曲本身就构成传媒时代文学的道德状况。文学道德问题的现时复杂性，迫切期待文艺学的理论解答。

3. 文艺学的理论待构

文学的道德问题是文艺学的一个老问题，也是文艺学的常识性问题，几乎没有哪本文艺学的教科书不谈到这个问题。不过，这个问题的理论研究又与文艺学科应有的理论属性相距很远。文艺学是一门应用理论学科，它当然

---

① 孟繁华：《"文化乱世"中的"守成"文学》，《文艺争鸣》2007 年第 2 期，第 38 页。

是理论，但它不是哲学式的或更加形而上的理论，它是见于文学现象的理论又是求解或理解文学现象的理论。我曾针对文艺学研究中过分强调思辨性的理论倾向撰文指出："文艺理论的首要属性当然是理论性。理论性集中体现为对于研究对象本质普遍性的揭示，回答对象是什么及何以是。……但问题是文艺理论毕竟又具有明显的现实性，它必须向现实敞开，求解现实文艺理论问题，对各种文艺现象，包括历史的现实的现象，作出现实的理论阐释"①。文艺学的这种理论属性不仅是理论表达风格问题，而是面对怎样的对象问题，进而才是对于这类对象的如何表述。

理论表述只能由它的表述对象决定。倘若理论表述的对象是对象本质层面或普遍性层面，则它不会允许更多的非本质的现象或非普遍性的东西进入它的理论表述，因为这些现象或东西的掺入，会阻碍理论目光对于本质对象或普遍性对象的注视，尽管这类理论在其发生过程中同样需要这些现象或东西，但进一步接近本质或普遍性，前者的努力就是使后者被滤除。文艺学的理论对象不在本质或普遍性层面，而在本质或普遍性与具体现象之间，在这里充满着活跃的连贯性的具体普遍性。对这样的对象，布尔迪厄称之为由关系构成的"场域"，他指出"场域"的关系构成使"所谓普遍性与独立性间的对立，亦即法则性分析同有针对性的描述性的推理方式，……从普遍性中把握特殊性，又在特殊性里体察普遍性"②。布尔迪厄认为社会学面对的就是这样的"场域"对象，在这里，不仅存在普遍性与特殊性的关系，而且研究主体也参与这种关系，并使他所参与的关系成为他的研究对象，他称之为"参与性对象化"③。文艺学研究的文学问题，与布尔迪厄研究的社会问题在研究对象的构成上是一致的，即是说如果文艺学研究不能把相关的文学现象构入到研究对象中，同时，使理论的普遍性与文学现象建立起"场域"关系，即相互构成关系，而且，把研究主体自己对于文学现象的体验或感受汇入这一关系使之"参与对象化"，那么，文艺学就将失去自己的应用理论属性，成为非文艺学。

多年来文艺学道德研究的一个突出问题，就是没有把研究很明确地集中

---

① 高楠：《文艺理论的现实属性》，《文学评论》2007 年第 2 期，第 12 页。
② ［法］布尔迪厄：《实践与反思》，李猛、李康译，中央编译出版社 2004 年版，第 110 页。
③ ［法］布尔迪厄：《实践与反思》，李猛、李康译，中央编译出版社 2004 年版，第 99 页。

在道德具体性与道德普遍性以及研究主体产生于文学具体道德意蕴的感受互构为一体的研究对象上。例如，考察文学道德功能，不能是伦理学的观念考察，也不能仅是具体作品的读解，而是把具体作品的读解感受与所理解的作品的道德意蕴，还有相应的伦理经验及观念构为一体，在这样的相互关系场域中进行道德功能的思考并将之付诸理论表述。而这样的理论，既具有观念普遍性，又具有文学具体性，同时又有思考者个人的经验与感受在其中，这是有情有理有血有肉的富于应用价值的理论。相反，不面对这样的对象，则或是对于文学现象的道德观念的简单归类，或是从观念的普遍性出发对文学的道德意蕴进行抽象，然后进行道德的观念判断，或是缺乏经验与感受根据，一味刻板地批评与说教。时下文艺学的一些道德研究或道德批评就是取的这个路子。

此外，文艺学道德研究还面临既有道德理论有待进一步的解构与建构的难题。如前所述，此前的社会生活历史性地产生出一套与之适应的道德观念与道德模式，它们形成布尔迪厄说的可直觉性运作的"惯习"，这类"惯习"乃在现时研究中发生作用，而现时社会生活的转型，带来"惯习"的解构，一些新道德观念及规范得以形成，并也同样在现时研究中发生作用。过去的已不适用，现时的正待生成，从他处挪用的道德观念又缺乏现时生活依据，道德批评及其研究便常常表现出道德根据的不合时宜或者混乱。

文艺学道德研究的这种理论状况，使得文艺学道德命题的求解具有不容忽视的现时理论意义。

二、道德的文学标志

文艺学的道德命题须解答的一个重要问题是道德与文学的关系，对于本文而言，这个问题由于文艺学界已有多识，即道德性是文学的基本属性，道德与文学是共生共在的一体性关系，所以这里以这种一体性关系的一般性结论作为进一步思考的前提。这里首先追问的是道德与文学的一体性关系是以何种形态体现的，或者换一种提法，道德在文学中以何种形态实现为文学的道德意蕴。

就道德本身而言，它是日常生活一系列行为规范，它通过规范的共循性使不同生活个体获得关系生存的共循的行为标准，亦即彼此协调、彼此接受的行为关系标准，从而获得关系生存的生存关系根据并更自由地生存。早在古希腊时期，针对放纵肉体欲望的快乐主义，斯多亚学派便提出任何个人自由都有一个活动限度，这一限度是命运的必然性安排，这要求任何个体都必须服从超越个体的高级秩序，也是必然的共循秩序，他们称此为对"职责"的严峻意识①。斯多亚派的这种说法为后来的西方伦理学提供了深刻的道德性根据，他们所说的行为"高级秩序"，就是共循的行为规范。孔子一再强调的"礼"，也就是不同层次的行为规范②。对于西方与中国道德的原初理性意义的追溯，有助于我们确认，道德即关系生存的行为规范，关系生存的行为规范即道德的生活形态。

道德的生活形态见于文学，生活对于文学的本原关系及文学对于生活的形态虚拟，都决定着道德见于文学，不可能离开文学虚拟的生活形态，亦即作为道德生活形态的行为规范，以其行为规范的形态虚拟性成为道德的文学形态。说得再简单些，即道德的文学形态是文学作品中人物行为系统所体现的行为规范性。这样说要明确四点：其一，文学作品中人物行为系统所体现的行为规范性，不同于不少谈论文学道德的文章中直接提及的道德经验或道德观念，前者既不是道德的经验形态，更不是道德的观念形态，而是隐含在人物行为中，潜移默化地作用于文学接受者的道德感，或者通过道德反思，能够被研究主体从中发现与根据的行为规范性，这规范性可以具体化为道德经验，或者提升为一定的道德观念。其二，说道德的文学形态是作品人物的行为系统，而不沿用常谈到文学所用的特征性说法——形象，这是因为形象作用概念，它的突出意义是与思想理论的"概念"相区分，是文学的特征性强调，它还可以分解出不同层次与不同方面，如性格、环境、冲突、情节、命运，甚至修辞、风格等；其中有些层次或方面与道德相关，有些则缺

---

① ［德］文德尔班：《哲学史教程》，见宋希仁主编：《西方伦理思想史》，中国人民大学出版社2004年版，第95—97页。

② 范文澜在《中国通史》第一册阐释"礼"时指出，"礼"就是统治阶级规定的秩序。"亲亲、尊尊、长长、男女有别是礼的根本，依据这些固定不可变的根本，制出无数礼文，用以区别人与人相互间复杂的关系，确定每一个人应受的约束，使各守本分，不得逾越。"（人民出版社1994年版，第163—164页）人总是在关系中生存，他的行为就必须合于与他人共同生存的关系规定，"礼"就是合于关系规定的行为规范。

乏直接关联性；而行为，既是形象的具体构成，又是道德规范的直接承载。行为，在日常生活中，在历史性关系生存中早已充分地道德化，换句话说，已没有不可以进行道德评价的行为，哪怕是各种私人行为或无意识行为，因此，说道德文学形态是作品人物的行为系统而不沿用"形象"，更切近道德规范的意蕴。其三，行为系统不是道德规范的抽象表现，道德规范隐含在行为系统中，相对于行为系统，道德规范或道德意蕴只是前者的构成，这种情况成为文学作品道德批评的前提性限制，即批评主体必须通过行为系统的具体分析，才能进入道德层面。在这样的分析中，分析主体所面对的既不是独立于他的人物行为系统，也不是他自己的道德观念、道德经验，而是人物行为系统与他自己的道德观念或经验，以及他被人物行为系统激活了的道德感，是这三个方面的互构，这正是文艺学具有的理论的学科性质所规定的理论对象的面对，由此展开的文学道德批评，才是真正意义的文学的道德批评。其四，由人物行为进而强调行为系统，在于虽然行为是道德规范的直接承载或实现单位，并且在现实生活中行为的道德性已经充分化，但无论在日常生活还是在文学作品中，行为的道德评价总须放到行为的连续性中，即行为与行为情境相互作用的连续性中进行。如性行为，这类行为作为夫妻间的私人行为，并不是道德评价的对象，但这类行为进入公视情境，如进入文学作品与影视作品，行为的道德性就因为它的公视性的获得而成为道德评价的对象。在这种情况下，行为本身的意义便转化为行为发生的情境意义，行为连贯性与行为发生的情境连贯性，致使道德规范总须在连续的行为系统中体现出来。而在文学作品中，行为的连续性并不是行为的自然连续性，它是创作主体行为反思的产物，在行为反思中，发动于艺术想象的行为连续过程被创作目的性及文学规定性所加工，如删减、突出、重组、技巧性处理等，这样，一些行为或行为细节的强调，很可能是为了道德之外的其他目的，如展示性格特征、造成悬念、安排情节等。因此，在文学作品中，总是作品人物的行为系统而不是某些单个行为才有道德意蕴可言。

从创作角度说，道德的文学形态是以道德感方式获得的，道德感既使创作主体获得原初的道德体验，又使他获得道德的文学形态，前者是文学的道德意蕴的由来，后者则是文学的道德意蕴的表现。

道德在伦理学中又称为德性或良知、良心，它更强调道德活动情感性质。直接提出"道德感"命题并展开论述的，是 17 世纪英国伦理学家沙甫慈伯利与弗兰西斯·哈奇森。沙甫慈伯利认为人人都有道德感，这是对于正邪是非的感觉，是理性生物的自然本性，它是一种情感活动，他说："凡出自不公正的情感所作的，就是不义、恶行和过失；如果情感公正、健全、良好，并且情感的内容有益于社会，而且还是以有益于社会的方式施行，有所感动，这就必定在任何行为中构成我们所说的公正与正直"①。在沙甫慈伯利看来，道德感既是人的邪正是非活动的自发组织者，又是其判断者，这类情感本身在不同人身上是有差异的，这是一种情感能力，是一种天赋，"只要我们去观察行动，去辨察人的感情和激情（它们大都是一被感到就被辨察的），就有一双公正的内在的眼睛极其明确地区分美好与丑恶，可敬与可憎，所以怎么可能不承认这些区分有其天赋的基础，辨察力本身就是天赋的，并只能来自天赋呢？"② 由于沙甫慈伯利强调道德判断的情感方式与情感根据，他又被称为情感直觉论者。哈奇森也遵循这一思路，他对道德的情感活动做进一步区分，认为人由两种情感推动即对自身的自爱与对他者的仁爱，这两种情感动因经常发生冲突，每到这时，就有"赞同每种仁爱的"，这是一种"调节和控制的机能"，"感知道德上的优越的能力"③。18 世纪的大卫·休谟也从道德的情感活动角度谈论人们的道德正义与道德堕落，认为这决定于一种感知或被恰当地感觉到，而这感知或感觉又依赖于内在的情感，"这些感觉或感情是先天造就的，是我们整个人类普遍具有的"④。从沙甫慈伯利到哈奇森、休谟，他们的道德论都是从情感直觉的角度揭示人们道德活动的内在根据，并认为这是一种天赋。

　　此外，还有一些西方文学，虽然也认为人们的道德活动是情感直觉活动，但对这类道德情感本身，则认为是经验产物。其中，比较有代表性的是 19 世纪的亚历山大·贝恩。他认为道德感不过是对外部控制的内部模仿，人们从孩提时代就学会对外部控制的服从，这是他作为道德行为者所必须接受的第一课。他说："我们所理解的有关良心的权威，义务的感情、公正的

① 周辅成编：《西方伦理学名著选辑》上卷，商务印书馆 1964 年版，第 760 页。
② ［美］弗兰克·梯利：《伦理学导论》，广西师范大学出版社 2002 年版，第 24 页。
③ ［美］弗兰克·梯利：《伦理学导论》，广西师范大学出版社 2002 年版，第 25 页。
④ ［美］弗兰克·梯利：《伦理学导论》，广西师范大学出版社 2002 年版，第 26 页。

感觉和悔恨的痛苦的一切——不外乎是我们后天获得的厌恶和畏惧的各种表现形式，这些厌恶和畏惧相对于那些我们已述及后果的行为而言的"①。对义务感、责任感这类看似天生的道德感，这类似乎是本原性的道德心理，贝恩认为，即便有这样的整合，也不证明存在抽象的原始感，相反，这类看似原始的东西不过是经验产物，它们是经验通过联想集合起来的比任何具体情感活动都要"强大的情感"。

　　从本文立论的角度，这里须强调一下康德调和天赋论与经验论的道德论。康德重视道德感的先验性，这先验性是实践理性中有关形式的原则或条件，是义务范畴，或者说，它只是一个可以称为"应当"的形式。由于它在人这里的普遍存在，它成为确实的原则，人靠它成为道德的生物。它的先验普遍性使它成为"绝对命令"。"绝对命令"是自由意志的产物，理性自我的产物，物自体的产物。自由意志的绝对性来自于人之为人的必然性，"……每个人都按照自己的'实践理性'办事，不接受外来的控制，因而每个人都得到自由的全面的发展，这就是所谓的'意志自由'"②。对康德道德得以奠基的自由观，全增嘏曾概括地说："这种关于自由的观点进一步论证了他在理性的'二律背反'中已经提出了的必然属于现象界，而自由则属于'自在之物'的这个原则"③。个人的意志自由是先验绝对的自由意志的分享，在现实生活中，人们需将"绝对命令"履践为实践或经验的道德规律，为此，他提出生活中的三条道德律，即立定意志使自己的行为合于普遍规律，把自己和他人都当做目的的人而不只是作为工具，有理性者的意志是分布普遍规律的意志。这三条道德规律，是康德先验道德律令的经验化与实践化：自在的自由—先验道德律令—实践道德规律—道德行为—个人自由，在这样的思辨过程中康德完成了道德感中先验与经验的调和。

　　人们在现实生活中进行道德判断与选择的情感体验，既有其先验根据，也有其经验根据。就先验而言，生命的律动，新陈代谢的秩序，远离平衡的平衡保持，安全需求，比例和谐的生理结构，这类得于人类遗传的生态规律，就是道德感的自然基础，也就是生命本身。这类生命的自然规定性便相

　　① ［美］弗兰克·梯利：《伦理学导论》，广西师范大学出版社 2002 年版，第 37 页。
　　② 全增嘏：《西方哲学史》下册，上海人民出版社 1985 年版，第 93 页。
　　③ 全增嘏：《西方哲学史》下册，上海人民出版社 1985 年版，第 93 页。

当于康德所说"自在"或"物自体"。随着生命科学的进展，隐蔽在晦暗中的神秘的"物自体"逐渐显露出可予解释的自然相。正是律动、秩序、平衡、安全、比例、和谐这类生命的自然范畴或生态范畴，成为道德感的先验根据，这类根据在婴幼儿那里甚至在一些动物身上都不同程度地体现出来。在灵肉一体化的生存规定中，身体的原初规定也便是心灵的原始规定，它们是情感、认知、意识的先验范型，或康德所说先验形式，它们使后来的经验获得形式，转化为结构。伦理学所揭示并不断研究的道德感的基本范畴，如羞耻感、荣誉感、幸福感等，都可以在生存的先验范型中找到原初根据。早在 17 世纪，西方伦理学史中的重要人物霍布斯就对道德的根据做了深入思考，他发现人有出于机体生存的各种基本欲望，包括权力欲、绝望、恐惧、自信、义愤、慈悲、贪婪、野心、自荣、自谦、怜悯、同情等与道德感相关的情感形式。他很详细地分析了人的道德行为与这些先验情感形式的关系，如他分析人们追求平等、和谐的社会秩序，并由此生出各种道德规范，其根基就是人的自我保存和追求幸福的欲求。他说："使人们倾向于和平的激情是对死亡的畏惧，对舒适生活所必需的事物的欲望，以及通过自己的勤劳取得这一切的希望"[①]。20 世纪美国伦理学家梯利寻找伦理的遗传根据，认为这是一些天赋的本能，包括仇恨的感情、模仿的欲望、对别人幸福的同情、服从更高的倾向等。但他进一步认为，这些天赋的东西，必须得到后天的开发与训练，才能转化为真正意义的道德感，"我们有许多本能，它们不可能马上就成熟，它们需要适当的刺激，但我们不能否认这种本能的天赋性质"[②]。

道德感的自然范型在日常生活中通过训练、教育及实践被开发为见于道德活动的道德感，这是一个经验化过程。经验对于道德感有两种形式：一是具体经验形式见于道德感的直觉活动，如直觉判断与直觉选择；一是经验的结构形式，这是一个自行或自律的运作形式。在文学创作中经验的这两种形式交互作用，使文学创作既是直觉体验的又是反思的。具体经验形式无须多说，这是众多经验论者谈及伦理经验时不断谈到的形式。经验结构形式是

---

① ［英］霍布斯：《利维坦》，黎思复、黎延弼译，商务印书馆 1986 年版，第 92 页。
② ［美］弗兰克·梯利：《伦理学导论》，广西师范大学出版社 2002 年版，第 66 页。

20 世纪随着神经学、心理学及结构主义哲学的发展而被多数学者确认的经验形式。其要点在于认为经验的不断积沉，其中的一些相似成分因为常发生而成为一定的心理结构，心理结构是皮层形式的通路式的神经模型，这类神经模型在相应刺激的作用下会自行操作，传递信息，产生反应。布尔迪厄曾从实践感的习性角度谈到这个问题，从而提供了一个现时与经验、现时与历史在现时行为中瞬间融和的思路①。这个过程因为自行或自律，没有具体经验在回忆中参与，又不为结构主体所自觉，因此这也是一个直觉过程，不假思索、直截了当、脱口而出、即时而行，是人们谈论这一过程时常用的词。日常生活中的道德感活动，如说什么话，怎样说这句话，做什么事，怎样做这件事，这类选择或判断都有道德感的直觉活动运作其中。②

文学创作中某一场景的出现，人物在场景中所言所行，都是以直觉方式最初浮现于想象。这样的浮现，总有相应的道德判断在其中。鲁迅《故乡》表现"我"与闰土的对话，一招一式，一言一辞，除了场景、氛围、性格、主旨等限定，两人各自道德感及基于道德感的行为言辞的规定性都暗含其中，所有这些东西，都直觉地浮现于作者的想象。当然，文学创作的道德感运作不同于日常道德感运作，尽管二者都是直觉性的，但在日常生活中，道德感的直觉运作主要是在场景的即时作用中发生，它更多地不是通过反思，而是通过行为的反馈性调整，而且行为反馈性调整也主要是直觉的。在创作中则多了一道反思程序，创作主体根据一定的创作主旨直觉地发生艺术想象，在这里主旨也可能是观念的或者并不排除观念，但它却必须具体化为活跃想象的意向性。在意向性中，他说不清也不需要说清何以这个人在这样一种情况下就会做出这样一个动作说出这样一句话，但这个动作或这句话却自然在他想象中浮现，只有特殊情况不是这样，如场景的特殊性，人物处境的

---

① 用"习性"解释实践活动的直觉性或无意识性，这是布尔迪厄阐释实践活动及实践感的一个重要环节，他认为，"习性"是习性赖以产生的全部过去的有效在场。由于它的在场，实践活动并不总由直接现时的外部因素决定，因此它具有某种独立性，这种独立性是被作用的起作用的过去的独立性，该作用具有累积资本的作用，它来自于历史产生的历史，从而确保变化过程中的恒定性，而正是这一变化过程造就了作为世界中的世界的个体行为人。（布尔迪厄：《实践感》，译林出版社 2003 年版，第 86 页）

② 根据胡塞尔的看法，意向性不是观念的，它是观念的前提，包括观念在内的意识活动在意向性的所向对象中展开。但意向性的形成原因却可以是观念的，即根据一定观念而形成的对于一定对象的意向性。文学创作中，观念可以促发创作冲动，但这冲动却应是意向性的，是形象思维而非逻辑思维。这有一个由观念向意向性转换的问题，具体的经验理解及伴随性体验，应是转换的中介。

特殊性等。托尔斯泰谈《安娜·卡列尼娜》创作，在她列文和神父"站在谁一边"①的问题时就是这种情况。但是，接下来，或者几乎同时，在创作主体把文学想象转化为文字表达时，他的直觉想象成为他表现的对象，他从直觉的一体性中脱身而出，成为直觉想象的反思者。这时，与文学规定性相关的理性活动便参与文学表现的情况，从而成为理性思考与运作的规定性。在前些年形象思维讨论中，以及当下的继续讨论中有些学者过分强调形象与观念的差异，二者似乎水火不容，其实在反思中，二者并没有非明确划分不可的界限。

融合其中的道德感也在反思中被面对，甚至可以成为重要面对，这可称为道德感反思。如《祝福》中鲁四老爷对守寡的祥林嫂的那番表情与对话，是否准确地表现了创作主旨规定的该角色应有的道德感？或者再深思一步，该人物表现的这种道德感及在这种程度上表现的道德感，是否更合于该类人物时代与历史的规定？在这样的反思中，具体道德经验或观念被唤起，形成道德感反思性体验。不过，这一反思程序除在必要时以议论或叙述方式留痕于作品，创作主体还需使反思性体验的想象内容复归于直觉，即使读者感觉起来仍然是自然而然的人物行为，仍然是直截了当的想象产物，仍然是道德感的直觉运作。这样的道德感活动由于实际上已有理性在反思中参与，因此只是形式上的道德感，即回归道德感形式。由道德感的直觉运作，到道德感反思，再到道德感形式复归，这是一个他作流程。这样的流程在创作中不断发生，互相环套与环合，由行为而行为系统，由辞句而章节，乃至最后整体地完成，道德意蕴也便因此蕴含在作品之中。

道德感的主体形态是情感体验的，或者说，道德感是以主体体验的方式进行直觉运作的，因此在创作主体进行道德感想象及道德形式复归时，他都须靠体验来完成，即便是反思也是要随时进行体验的反思。这样，体验的心灵与机体的一体性，心灵中认知、情感、意志活动的一体性，便成为文学道

---

① 托尔斯泰曾就《安娜·卡列尼娜》写作，向一位读者就"站在谁一边"的问题进行阐释，他说："您还记得小说中有一章我写列文在结婚前的忏悔，列文和神父之间的谈话。您看，我作为一个作者，站在谁一边，是列文还是神父？"托尔斯泰的回答是："这一场我修改了四次，因为我感到，我的倾向性太明显。而经验告诉我，读者更喜欢作者的倾向不外露的作品。"（倪蕊琴选编：《俄国作家批评家托尔斯泰》，中国社会科学出版社1982年版，第463页）在托氏所说的这个修改之处，是他个人的写作趣味与他所理解的读者阅读趣味发生矛盾的地方，这时，他便进入创作经验的思考中。

德意蕴的基本形态。前面所说体现文学道德意蕴的行为系统，便是在体验中获得整体性的系统。而这正是文学形象的特征。非常重视文学道德意蕴的托尔斯泰，在谈论文学时并未特别地谈论文学的道德属性，而是不厌其烦地谈文学艺术的情感感染力，这足以证明他是文学想象及其表现的深得真味者，他其实就是在谈文学想象的体验本质，也包括文学道德意蕴的体验本质[①]。

三、文学的道德接受与道德批评

文学道德接受是文学所提供的行为系统的构成性接受，是接受者基于生活经验的接受，即是说接受者现实生活的行为系统经验是他进行文学的道德接受根据。

前面说道德的文学形态是文学作品所表现的行为系统，说文学道德意蕴源于创作主体道德感的体验性或直觉性运作，一个文学的道德接受问题便随之而来，即文学的道德接受是否可以转化为道德观念的接受，因为前面所说从某种程度上否定了观念接受的可能性。

这是因为行为系统也好，融合着历史与现实、机体与心灵、认知、情感与意志的道德感体验性运作也好，文学的道德蕴含于其中生成于其中，都只能是形象的综合构成与形象的综合表现。道德意蕴的这种综合构成性决定着文学接受的形象综合性。换句话说，文学接受主体必须在对文学形象的综合性接受中，连同性地构成性地接受蕴含其中的道德意蕴。

在现实生活中，对于他人行为的理解有即时理解也有反思理解，即时理解也是行为的情境性理解，即在行为情境中理解情境行为。一般来说，这是瞬间达成的直觉活动，由此形成的自身反应也是直觉性的，即即时言说与形成行为反思性理解乃是一种延续性理解，先前行为理解是连续而来的行为的

---

① 托尔斯泰从情感感染力的角度论述文学艺术。一些学者对此持有非议，称托氏为情感主义者，认为文学艺术的意义不止于情感。这是对托氏提法的片面理解。文学作品有一个基本效果尺度，即它必须感染人，以此区别理论的说服人或实践的改造人等。如托尔斯泰说："艺术活动就是建立在人们能够受别人感情感染这一基础上的。"（《什么是艺术》，见伍蠡甫、蒋孔阳、秘燕生编：《西方文论选》下卷，上海译文出版社 1979 年版，第 432 页）产生艺术效果的原因可以是多重的，但文学艺术要有情感感染力这样的效果则是共同的。

理解前提，而接下来的行为可能性又是时下行为理解的展开性根据，这又是行为的过程性理解，即此前的已然理解与此后的可能性理解支持并帮助形成时下的行为理解，时下行为在此前及此后行为连续性中获得意义，这常常造成时下行为意义本身的忽略。道德观念在日常行为中的极端坚持便会导致时下行为意义丧失，这尤其体现为为了某种道德教义或道德观念而生存，如宗教苦行主义，苦难的前在行为目的与接下来的可能实现的目的相互作用，使时下苦行行为压抑正常欲望的反道德性被掩盖，行为主体被置于目的实现的虚幻满足中。17 世纪的斯宾诺莎注意到基督教道德教义造成人们现实生存意义迷失的情况，反对上帝与来世的至善目的虚设，主张把道德标准从虚无缥缈的上帝那里拉回到人的现时行为。为此他提出："从人的本质本身足以产生保持他自己的东西"①，认为善存在于实现欲望的现实行为，而不是预先判定的现时行为之外的其他东西。我们现实生活中对时下行为因动机追问与可能性目的追问而忽略对时下行为意义的体验，就是小说家昆德拉所说的"生活在别处"，这是过去与未来对于现时的侵占。而日常生活中正常的行为反思则是现时行为的关注，在行为的连续性中用已然的前提与或然的结果形成时下行为的直觉把握，亦即"保持自身"。布尔迪厄针对时下缺乏热情的"自由漂移的知识分子"意识形态，强调特定场域的"特定利益"，以此说明其不关注"切身利害"之外的现实意义的"淡漠"生存状态②，其理论意义同时也是伦理学及社会行为论的。

更为深刻的是，在布尔迪厄所说的由"特定利益"驱动的现实行为场域中，他把"习性"范畴引导进来，指认实现着"特定利益"的场域行为是"习性"行为，"习性"是历史与人生经验见于行为主体的行为倾向系统③，"习性"生成与组织的实践行为便是历史与人生经验现时在场的行为，

---

① 〔荷兰〕斯宾诺莎：《伦理学》，贺麟译，商务印书馆 1958 年版，第 120—121 页。
② 〔法〕布尔迪厄强调现实利益是一种历史建构，是合于经验的总结，它具有现实实在意义，因此值得追求并努力应付。他在现实中看到历史，更使历史在现实中获得意义。（布尔迪厄：《实践与反思》，中央编译出版社 1998 年版，第 157—159 页）
③ 〔法〕布尔迪厄认为，条件制约与特定的一类生存条件相结合而生成"习性"，"习性"是具有持久性的潜在行为倾向系统，它作为实践活动和表象的生成和组织原则而发挥作用。"习性"是历史的产物，按历史生产的图式，产生个人的和集体的因而是历史的实践活动。（布尔迪厄：《实践感》，译林出版社 2003 年版，第 79—84 页）

这样的行为是历史与人生经验的现时化。由此一来，行为论所说的前在行为对现时行为的作用被纳入历史与人生经验现时行为的潜在倾向性作用中，并且，不再是前者规定后者，从而导致后者的"淡漠"；同时，场域性的"特定利益"作为场域行为成为努力的目的，又形成未然而应然的指向或引导效应，使未然性获得现时实现的根据并且使未然行为在引导现时行为中被现时行为开启。于是，在布尔迪厄的"习性"模式中，先在的已然与未在的应然，便都在现时行为中获得支撑，获得意义，它们在现时行为中获得现时在场的机会，过去在现时重生，未来在现时开启，现时行为被推到意义的生成地位。

而现实生活的行为系统又不是过去、现时、未来进行排列的时间系统，它是关系系统，各种关系纵横交错，彼此构成并互生互动。每一个现时行为，都是在关系网络中获得历史与未来的现时规定性，并使历史与未来获得现时意义的，这对于行为主体而言，是他必然受制于其中的客观力量。这样的关系形态及关系作用，便是布尔迪厄所说"场域"。他说："根据场域概念进行思考就是从关系的角度进行思考。……近代科学家的标志就是关系的思维方式，而不是狭隘得多的结构主义的思维方式。人们可以发现，在许多科学家事业背后都是这种关系思维方式，虽然这些科学事业看上去极不相同。我可以对黑格尔的那个著名的公式稍加改动，指出'现实的就是关系的'：在社会世界中存在的都是各种各样的关系——不是行动者之间的互动或个人之间交互主体性的纽带，而是各种马克思所谓的'独立于个人意识的个人意志'的客观关系。"① "场域"是建立在"特定利益"追求与实现的动力中的关系体，行为者"习性"地活动于这样的关系体中，他的看似自发的行为或者如萨特所说的自由选择的行为，其实是被这关系体所客观规定的行为。当然，在这里，起码在这里，布尔迪厄把行动者之间的互动与个体间的交互主体性与关系的客观性置于是与不是的对立位置，这似乎有一种为了强调而简单化表述的倾向。客观规定倘若不能经由主观而转化为主体行为，它就无法实现其规定的客观性；同样，任何客观规定倘若不能经由关系行为内化为行为主体的内在规定，它也就无法成为真正意义的关系规定。

① ［法］布尔迪厄：《实践与反思》，中央编译出版社 1998 年版，第 133 页。

"场域"关系体的客观性是在行动者之间的互动或个体间交互主体性的纽带中体现的客观性，互动或个人间交互主体性纽带是关系客观性的形态根据，关系客观性则是互动或个人间交互主体性的纽带的思维根据与行为根据。并且，这种"场域"的关系客观性总是在"习性"的内在结构化中实现，即是说，得以形成"习性"的历史及人生经验，其实就是"场域"的及不同"场域"交互作用的历史及人生经验。它们的"习性"化就是"场域"及其相互作用的"习性"化，就"习性"的构成而言，这就是"场域"及其相互作用史在"习性"中的结构化。

因此可以说，行为是"场域"的行为，又是历史或人生经验的行为，行为的意义在于它现时地实现着"场域"的"特定利益"。在现时地实现"场域"的"特定利益"的过程中，历史与"场域"中各种关系的规定性连同被实现。

同此理解行为及行为系统，作为行为规范的道德就自然被纳入同样的理解思路。这是因为从功能角度说，道德就是能够规范个体行为，使之合于"场域"的关系规定，而道德规范的合理性或普遍有效性，又在于它历史地或"习性"地合于"场域"的关系规定，它是在具体的行为规范中规划并实现"场域"的历史关系，并通过这样的规划与实现，现时地实现着"场域"的"特定利益"。

这是实践行为系统的根据及意义所在，它现时地构成行为发生的根据与意义，或者说，在日常生活中，人们就是在这样的根据和意义中发生着各种现时行为并形成现时行为系统理解。在历史进程中，它不断内化为人们行为系统的构建与评价体系，它既是心理的又是实践的，以直觉体验为道德感方式的行为体验系统自然地包含其中。

在文学接受中，接受者对作品人物行为系统的理解与接受，同样是循着上述行为理解的思路，前者总是立足于自己在日常生活中所实际经历与积累的行为发生经验，把自己的这类经验带入文学接受过程，使作品人物的行为系统得以理解，进而在理解基础上进行经验批评。就行为经验的参与过程而言，这是接受者的"习性"发生作用的过程，他凭借"习性"去读解与判断，并传代"习性"的直觉性质"直截了当"地理解与判断，因此他没有必要每读一个行为单元便停下来反思一番，而是直接经由作品的文字表述达成理解。他的阅读与他的理解同时进行，他的体验也伴随着发生，而他理解与体验的规定性，便是前面提到的日常生活的行为规定性，即行为总是在"场域"、"场域特定利益"、"场域关系"、行为主体"习性"的构成性或综合性规定中发生。这类构成规定性或综合规定性见于文学作品，便与通常说的历史与时代背景、环境、人物关系、人物性格、人物行为目的等值对应。文学与现实生活的真实的虚拟关系，摹仿与表现关系所以同时确立并作为本质关系被历史地坚持，也在于二者行为系统的构成性规定或综合性规定的对应性。

　　不过，文学行为系统不同于日常生活行为系统的特殊性，主要在于二者的虚拟关系。日常生活行为是在复杂的"场域"网络各种关系的相互作用中历史与现实地、局部与整体地、偶然与必然地、个性与社会性地发生着，它是社会多方面的"合力"的结果。对于这"合力"，任何行为主体由于种种原因都难以充分了解与把握，"合力"的客观性因行为主体的主观性不能充分把握而形成的盲目性、片面性、表面性等都在主体行为中发生作用，造成种种行为过失、行为非目的性及行为的自相矛盾。这种情况随着生活进程而无可重复地为新的行为所取代，先前行为成为新的现时行为的往往是非目的性的规定，新的现时行为也常常在非预期的情况下发生。在文学中不同，文学的虚拟性使文学作品的人物不是受客观实在的生活或历史"合力"的控制，它是受文学创作主体所虚拟的生活或历史"合力"的控制，创作主体作为实施虚拟的主体，他主观地设定各种虚拟根据，他有主观设定的充分自由。他是在他的自由设定中使人物行为像在生活"合力"设定的"场域"中那样获得根据，即是说，在文学创作中，"场域"是主观设定的，而人物的"场域"行为却是"场域"的。如鲁迅的《坟》，华老栓生活"场域"是鲁迅主观设定的，生活中并没有这样一个实在的"场域"，但华老栓用人血馒头给儿子治病的行为系统却像是合于相应的生活"场域"那样在作品的虚拟"场域"中发生并合于这"场域"规定。这种情况不仅见于坚持摹仿原则的作品，即便是表现的作品，人物行为的设定也须是"场域"性的，不然，它便无法求得表现。如卡夫卡《变形记》格里高尔的行为系统，其家庭"场域"的规定性看上去同样是生活"场域"的规定性。

　　不过，创作主体在创作中主观设定的自由，也同样是生活"场域"性的，他只能在他生存其中的生活"场域"的规定下去进行他的虚拟或虚设，他的理解与想象，他创作什么与如何创作，都是一定的生活"场域"作用于他的"习性"而形成的反应。哈贝马斯谈到哲学家的理性时说："它把从不稳定的和不可靠的东西中净化出来的存在着的东西留给逻各斯，而把易逝的东西的王国让给了神性"①。作家也是一样，不过他不是把"净化"出来的东西留给"逻各斯"，而是留给他的虚设。

这种情况使接受者在接受文学作品时是在虚设中进行"场域"性接受，他的"场域"经验也是在虚设前提下发挥作用。他不像生活中那样被投入"场域"，而是在虚设的引导下被安排在"场域"中。虚设的目的与条件便是接受者形成理解与接受的条件。如作品中情境的虚设、关系的虚设、人物的虚设、命运的虚设等，接受者只能循着创作主体有意安排并运用各种文学手段或技巧着意提示的虚设线索，进入特定"场域"，从而达成接受。如果文学作品不能成功地把接受者带入虚设，如果接受者不能经由虚设进入特定"场域"，就不会有真正的接受。虚设是本质意义的文学性，能使虚设获得真实感，使虚设获得真实的关注，这才有文学接受可言。众多文学家与评论家们不厌其烦地谈论真实性、谈论真诚、谈论情感感染力，以及由此形成的各种创作经验、创作手法，其实都旨在解决文学必须虚设但又必须看上去不是虚设这一难题。接受过程就是文学虚设走入生活"场域"的过程，生活"场域"在文学作品中是虚设，接受者却必须在虚设中接受他被安排其中的生活"场域"。他的"习性"，他的经验，只有在这个过程中才能转化为接受。对这个问题，很多接受学者严重地疏忽。

这里是谈文学的道德接受，却避开道德问题纵论文学作品行为系统的"场域"性及"场域"性接受，这不是论述的偏颇，而是在强调正确理解文学的道德接受的思路。因为恰恰在这个问题上，不少文学道德问题的研究者经常落入观念抽象的陷阱。

如上所述，作为行为，它总是"场域"性行为，"场域"中的"习性"行为，它可以是政治的、经济的、感情的、交际的行为，当然也可以是道德的行为。这样的分类，是行为目的性或行为属性的分类，这是研究者根据研

---

① ［德］哈贝马斯：《哈贝马斯精粹》，南京大学出版社 1998 年版，第 133 页。

究需要对于行为的分解，而在这样的分解中行为本身却迷失了，它成为分类研究的牺牲品。文学，对抗着这种分类，并且一直在这样的分类中扮演拯救者角色。它也因此在拯救生活中被分工所肢解的人们，使他们在分工造成的人格抽象中回归"本质力量丰富性"的非"异化"状态。显然，在现实生活的人的实在中，没有哪个人及其行为是纯然政治的或道德的，而总是"场域"中的"习性"的有机生命体及有机生命行为。道德意蕴在文学作品的行为系统中是构成性的，它隐藏在它的构成性中，而它的形态即是它构成其中的行为，它以行为来体现它的规范，并且它的规范即它所规范的行为。引用布尔迪厄分析行为的"场域"属性与"习性"属性，引入"场域"利益的目的性与动力性，并由此扩展到行为的"场域"间关系，只是在于指出，须从这样的一个历史与现实、"习性"与"场域"、个体与关系等相互作用的整体关系中思考行为所体现的道德规范问题。尤其应该从这样的角度思考一部分文学作品，从其行为系统的道德规范性中给予接受者以怎样的道德影响，而且这影响又是以怎样的道德感的直觉形态被体验地接受的。所以，简言之，以上所进行的行为系统的分析，在文学的道德问题之外又恰在文学的道德问题之中，用意是指引一条文学的道德接受的方法论思路。因为毕竟如亨利·詹姆斯所说，并没有道德的或不道德的文学艺术这种事，而只有在怎样的艺术感染力中形成了怎样的道德影响①。文学的道德接受是文学作品所提供的行为系统的接受，亦即"场域"中"习性"行为系统的接受。道德接受在道德感的直觉体验中进行，因此这是一个潜移默化的过程。文学批评对于文学的道德状况的评价常常是离开文学行为系统的观念性评价，或者说，是对于所提炼的观念的评价，因此常常是非文学的评价。这样说，并不是说观念在文学的道德评价中就没有意义，而只是说，文学的道德意蕴的观念式评价或观念批评，应该认真考虑它所由提炼的"场域"及"习性"

---

① ［美］亨利·詹姆斯在他的理论代表作《小说的艺术》中，特别强调文学作品的文学属性，亦即经验的真实以及表现方式的深度。读者不是为了某种理念而接受，他们只是对行为，对主题的丰富或贫乏表示喜欢或不喜欢而已。出于这样的考虑，他分析文学艺术的道德问题，明确地说："你的道德和你的有意识的道德目的，又是什么意思呢？你可否把你的这些术语加以介绍，并解释一下一幅图画（一本小说就是一幅图画）如何可能是道德或不道德的呢？你能否告诉我们你愿画一张道德的图画或雕刻一座道德的雕像；你可否告诉我们你将如何着手呢？"（伍蠡甫、蒋孔阳、秘燕生编：《西方文论选》下卷，上海译文出版社 1979 年版，第 515 页）

的关系整体性，应该是这样的关系整体性中的观念提炼与考察。这是实践情境中的观念提升与观念考察，又是可以回归实践情境的观念提升与考察。它当然有其类的道德感的先验根据，又有其历史及人生经验的"习性"根据，同时，还有其时代的"场域"整体性的现实根据。在这个过程中，历史规定性、现时"场域"规定性、利益关系规定性等构成性地见于道德规范的观念思考，而这样的思考又构成性地导入虚设的"场域"与"习性"的行为系统中及这样的行为系统的艺术感染力中。由此进行的批评才既是观念的，又是文学的，它可以在历史必然性中展开，可以在现实"场域"中展开，也可以在现时的利益关系中展开。

参 考 文 献

1. 马克思：《〈政治经济学批判〉导言》，《马克思恩格斯选集》第 2 卷，人民出版社 1975 年版。

2. 马克思：《1844 年哲学经济学手稿》，人民出版社 1979 年版。

3. 马丁·霍利斯：《人的模式》，光明日报出版社 1990 年版。

4. A. 麦金太尔：《德性之后》，中国社会科学出版社 1995 年版。

5. A. 麦金太尔：《谁之正义，何种合理性》，当代中国出版社 1996 年版。

6. 桑德尔：《自由主义与正义的局限》，译林出版社 2001 年版。

7. 叔本华：《作为意志和表象的世界》，商务印书馆 1981 年版。

8. 莫里斯·梅洛-庞蒂：《知觉现象学》，商务印书馆 2001 年版。

9. 胡塞尔：《现象学观念》，译文出版社 1986 年版。

10. 哈贝马斯：《后形而上学思想》，译林出版社 2001 年版。

11. 康德：《判断力批判》下卷，商务印书馆 1964 年版。

12. 海德格尔：《存在与时间》，生活·读书·新知三联书店 1987 年版。

13. 弗兰克纳：《伦理学》，生活·读书·新知三联书店 1987 年版。

14. 恩斯特·卡西尔：《人论》，上海译文出版社 1985 年版。

15. 斯托曼：《情绪心理学》，辽宁人民出版社 1986 年版。

16. 阿尔都塞：《保卫马克思》，商务印书馆 1984 年版。

17. 米·杜夫海纳：《审美经验现家学》，文化艺术出版社 2004 年版。

18. 鲁道夫·阿恩海姆：《艺术与视知觉》，中国社会科学出版社 1984 年版。

19. 尼采：《悲剧的诞生》，生活·读书·新知三联书店 1986 年版。

20. 黑格尔：《美学》，人民文学出版社 1959 年版。

21. 福柯：《疯癫与文明》，生活·读书·新知三联书店 2003 年版。

22. 萨特：《存在与虚无》，生活·读书·新知三联书店 1987 年版。

23. A. 古谢伊诺夫、Г. 伊尔利特茨：《西方伦理学简史》，中国人民大学出版社 1992 年版。

24. 怀特海：《思维方式》，商务印书馆 2004 年版。

25. 布尔迪厄：《实践感》，译林出版社 2003 年版。

26. 兰克·梯利：《伦理学导论》，广西师范大学出版社 2002 年版。

27. 黑格尔：《法哲学原理》，商务印书馆 1961 年版。

28. 胡塞尔：《纯粹现象学通论》，商务印书馆 1996 年版。

29. 奥尔德里奇：《艺术哲学》，中国社会科学出版社 1986 年版。

30. 哈贝马斯：《哈贝马斯精粹》，南京大学出版社 2004 年版。

31. 詹母斯·米勒：《福柯的生死爱欲》，上海人民出版社 2003 年版。

32. 马丁·海德格尔：《尼采》，商务印书馆 2003 年版。

33. 米歇尔·昂弗莱：《享乐的艺术》，生活·读书·新知三联书店 2003 年版。

34. 张汝伦：《历史与实践》，上海人民出版社 1995 年版。

35. 江民安、陈永国编：《后身体文化、权力和生命政治学》，吉林人民出版社 2003 年版。

36. 李泽厚：《中国古代思想史论》，人民出版社 1986 年版。

37. 吕思勉：《先秦学术概论》，中国大百科全书出版社 1985 年版。

38. 孙鼎国主编：《世界人学史》，河北人民出版社 2003 年版。

39. 张岱：《中国伦理思想研究》，中国人民大学出版社 2011 年版。

40. 高兆明：《伦理学理论与方法》，人民出版社 2005 年版。

41. 伍蠡甫、蒋孔阳主编：《西方文论选》，上海译文出版社 1979 年版。

42. 石毓彬、杨远：《二十世纪西方伦理学》，湖北人民出版社 1987

年版。

43. 敏泽、党圣元：《文学价值论》，社会科学文献出版社 1997 年版。

44. 董学文、张永刚：《文学原理》，北京大学出版社 2001 年版。

45. 杜书瀛：《文学原理创作论》，人民文学出版社 2001 年版。

46. 张岱年：《中国伦理思想研究》，中国人民大学出版社 2011 年版。

47. 任继愈主编：《中国哲学史》第一册，人民出版社 1963 年版。

48. 袁行霈主编：《中国文学史》第二卷，高等教育出版社 1999 年版。

49. 杨荣国：《中国古代思想史》，人民出版社 1954 年版。

50. 冯友兰：《冯友兰选集》上卷，北京大学出版社 2000 年版。

51. 叶嘉莹：《迦陵论词丛稿》，选自《〈新批评〉文集》，百花文艺出版社 2001 年版。

一、中国典籍

《论语》《孟子》《老子》《庄子》《荀子》《道德经》《易经》《易传》《礼记》《国语》《尚书》《朱子语类》《春秋繁露》《左传》《文心雕龙》《文赋》《诗品》《史记》等。

二、外文原著

1. Aristotle. *Nicomachean Ethics*. Dover Publications, 1998.

2. Spinoza, Benedict. *Ethics* (Wordsworth Classics of World Literature). Wordsworth Editions Ltd., 2001.

3. Aquinas, Thomas (Author). & Sigmund, Paul (Translator). *St. Thomas Aquinas on Politics and Ethics* (Norton Critical Editions). W. W. Norton & Company, 1987.

4. Thiroux, Jacques & Krasemann, Keith. *Ethics*: *Theory and Practic* (11th edition). Pearson, 2011.

5. Cahn, Steven & Markie, Peter. *Ethics: History, Theory, and Contemporary Issues* (5th edition).Oxford University Press,2011.

6. Marino, Gordon. *Ethics: The Essential Writings* (Modern Library Classics). Modern Library,2010.

7. Bonhoeffer,Dietrich.*Ethics* (1st Touchstone ed edition).Touchstone,1995.

8. Singer, Peter. *Ethics* (Oxford Readers, 8th printing edition). Oxford University Press,1994.

9. Garber,M.& Walkowitz,Rebecca.*The Turn to Ethics* (CultureWork: A Book Series from the Center for Literacy and Cultural Studies at Harvard). Routledge,2000.

10. Johnson,Oliver & Reath,Andrews.*Ethics: Selections from Classic and Contemporary Writers* (11th edition).Cengage Learning,2011.

11. Hinman,Lawrence.*Ethics: A Pluralistic Approach to Moral Theory* (5th edition).Cengage Learning,2012.

索　引

B

柏拉图　76,82,104,136,148,169,173,210,
211,221

C

呈现　4,26,29,34,58—61,64,65,95,102,
126,177,223

D

道德的文学标志　244

道德的文学形态　49,242,245,246,252

道德感　3,4,7,24—37,39—41,72,78,
106—115,117—120,237,241,245—252,
255,258,259

道德价值　4,21,37,42,43,45,47,49,51,
52,176,235,240

道德命题　2,3,6,7,237,241,244

道德批评　5,31,32,36,37,106,113,120,
121,244,246,252

道德生存　5,29,33,37,43,44,107,121,
132,133

道德体验　21,22,74,153,236,246

道德意识　1,3,4,7,19,21,23,24,29,35,
40—42,45,47—50,56,73,74,79,178,
235—237,241,242

道德意蕴的行为系统　37,118,252

道德在场　3,8,20—23,235

道德主体　4

董仲舒　127,132,182,195

杜夫海纳　46,59,62,63,67,69,88,89

F

冯友兰　124,172,176,182,193,202,239

福柯　22,62,215—218,221,223

G

惯习性　17,106

H

哈贝马斯　33,84,106,107,209,257

海德格尔　59,62,129,136,214,223

胡塞尔　26,84,85,92,112,129

怀特海　40

霍利斯　11,12

J

建构性　106,110,150

K

康德　13,25,34,37,43,45,52,54,63,72,
　73,88,103,139,140,211,217,224,248,
　249

孔子　6,10,37,70,75,77,81,82,99,104,
　126,131,160,163,164,168,170,171,181,
　183,189—198,200—208,224,225,227,
　229—231,235,245

L

老子　122,123,148,160,229,230

李泽厚　168,177,178,202,220,221

刘勰　67,76,77,85,86,96,101

陆机　67,98

M

马克思　1,2,9,26,38,55,61,79,106,107,
　134,142,220,224,233,235,254

麦金太尔　18,20,53,232

孟子　70,71,81,131,160,161,195,229

N

尼采　17,57,62,129,212,214,215,218,223

R

人伦　5,10,11,70,77,82,119,128,148,
　154,158—168,177,178,180,181,183—
　188,191,193,194,197—206,223,225,
　227

仁学结构　6,178,200,203,206,207

S

生存道德　5,6,121,122,129,132—137,
　141,147,148,150,152,153,209

生命意识　5,124,168,172,173

T

梯利　73,76,249

涂尔干　35

W

文化特质　154—160,162,164,165,197

文学的道德接受　108,115,118,236,252,
　257,258

文学的道德批评　31,121,246

文学体验的伦理指向　69

文学行为符号系统　14

X

心灵整体性　34,61,62,64—66,148

行为系统　3,4,14—16,19,21,23,24,28,
　37,41,48—50,52—54,56,115,117,
　118,120,150,232,245,246,251,252,
　254—259

Y

亚里士多德　6,16,45,76,88,150—152,
　169,209—211

Z

张载　126

周敦颐　128

朱熹　37,167,176,177,204,206,229

宗白华　191,192

后　记

一部书封笔了，一扇门打开了。

从那扇们走进来的，竟率先是我自己，背着行囊，蓬头垢面。我这是自己敲着自己的门，借着敞开了这道门的优先权，自己首先成为自己的投访者，并继续着自己的自我追问。

这种自我投访的感觉很有意思。这不是康德式的先验追问，也不是黑格尔式的反思，当然，更不是马尔库塞式的自我梳理。我想到柏拉图的洞穴意象，这是一个象征性极强的意象。我此时正有一种洞穴探险的感受，费了很大的劲，翻山越岭，沿途求问，找到了那个传说纷纭、幽深神秘的洞穴，仗着火把探进去，吸着泠泠洞穴的气息，听着隐在暗影中流水的声响，一步一步地走下去。在一个宽敞的石台旁，火把燃尽了，而另一端的洞口已隐隐地投过亮来。这时，这个洞穴的探险者当做何选择呢？回望——那是来路的梳理；退回——那是反思；坐在石台上前因后果地思考，包括火把为何灭掉的思考——那便是追问。我想真正的探险者的选择该是迎着另一端洞口的浅亮，在黑暗中试探着走下去吧。原因很简单，这里有一种目的未抵的压迫，有一种不甘止于半途的冲动，有一种进一步探索的渴望，也有一种接受挑战进而胜之的力量。我总感到这部书的封笔，就像洞穴里那支火把的燃尽，在做最初的探索准备时，我并没想到会有那么长的路，那么多的曲折，那么多令人不断驻足观赏体味的洞穴风光。是这些未想到，使预先的储备耗尽了。

其实很多学术著作的写作都是这样，一部书的封笔，只是对于这部书所探索的问题阶段性完成，这又是新的探索阶段的开始。学术问题的逻辑就是这样，既有研究成为进一步研究的前提，进一步研究将面对什么，将发现什么，这是上阶段开始研究时始料不及的，因为那时还没有这进一步研究的前提，这就是弗洛姆所说的逻辑的自循力与推动力吧。我在这部书已然提供的研究前提上，又发现了很多有待更深入地展开研究的新问题，如文学道德历史尺度当下构入的条件性问题、形态性问题，文学道德尺度时空流变的语境性问题，文学形式的道德凝结问题，文学道德的补偿性变异问题，文学的接受道德与批评道德问题，等等。他们真像那已透出微光的洞穴的另一端出口，诱导着我牵拉着我充满激情地继续前行。

我还看到，从随着这部书的封笔而打开的那道门中走进来的还有很多同样的探索者们，他们中有这部书所探索内容、所提出观点的赞同者、部分赞同者、否定者、批判者，他们寻路而来，他们是我最为企盼的客人、友人、知心人。寒夜客来茶当酒，或者，美酒飘香待客来，大家都坐在文学道德论这座幽洞途中的石阶上，聆听流水，领受清风，思虑着并相互提携着前行。

书封笔了，交出付印了，这对我来说是值得庆祝的，因为这毕竟是阶段性思考面对读者的陈示，这大概是一个学者的本分吧，"妆罢低声问夫婿，画眉深浅入时无"的忐忑，在出了很多书、著了很多文之后的此刻居然依旧浮动于心中，这使我感到自己尚还年轻。那些使这部书以这样的规模和样式得以面世的师友们，此时格外清晰而温馨地浮现在我的心头：陆贵山、张政文、赖大仁、高建平、党圣元、于景祥、孟繁华、陆杰荣、宋伟……他们不辞辛苦又充满真情地为我导路，助我前行。人民出版社的责任编辑汪逸，她非凡的责任心、精益求精的工作态度及恰到好处的编辑指导，使我感激不已。是令人肃然起敬的人民出版社培养了这样的编辑人员，感谢人民出版社为这部书的出版所做的感人至深的努力。

高　楠

乙未羊年

责任编辑:汪　逸
封面设计:肖　辉
版式设计:肖　辉　周方亚
责任校对:张红霞

图书在版编目(CIP)数据

文学道德论/高楠 著. -北京:人民出版社,2015.4(2016.10 重印)
(国家哲学社会科学成果文库)
ISBN 978－7－01－014527－3

Ⅰ.①文…　Ⅱ.①高…　Ⅲ.①中国文学-当代文学-伦理学-文学研究-中国
Ⅳ.①I206.7

中国版本图书馆 CIP 数据核字(2015)第 035741 号

文学道德论
WENXUE DAODELUN

高　楠　著

人民出版社 出版发行
(100706　北京市东城区隆福寺街 99 号)

北京中科印刷有限公司印刷　新华书店经销

2015 年 4 月第 1 版　2016 年 10 月北京第 2 次印刷
开本:710 毫米×1000 毫米 1/16　印张:17.5
字数:257 千字

ISBN 978－7－01－014527－3　定价:65.00 元

邮购地址 100706　北京市东城区隆福寺街 99 号
人民东方图书销售中心　电话 (010)65250042　65289539